本书由东莞理工学院城市学院
科学研究著作基金资助出版

宋秋敏 著

唐宋词与流行歌曲

中国社会科学出版社

图书在版编目（CIP）数据

唐宋词与流行歌曲／宋秋敏著．—北京：中国社会科学
出版社，2009.8

ISBN 978 - 7 - 5004 - 8033 - 4

Ⅰ．唐…　Ⅱ．宋…　Ⅲ．①词（文学）—关系—流行歌
曲—研究—中国—唐代②宋词—关系—流行歌曲—研究

Ⅳ．I207.23

中国版本图书馆 CIP 数据核字（2009）第 127137 号

责任编辑　冯　斌
责任校对　刘　娟
封面设计　王　华
技术编辑　戴　宽

出版发行　中国社会科学出版社
社　　址　北京鼓楼西大街甲 158 号　　邮　编　100720
电　　话　010—84029450（邮购）
网　　址　http://www.csspw.cn
经　　销　新华书店
印　　刷　新魏印刷厂　　　　　　　　装　订　广增装订厂
版　　次　2009 年 8 月第 1 版　　　　印　次　2009 年 8 月第 1 次印刷
开　　本　880×1230　1/32
印　　张　13.125　　　　　　　　　　插　页　2
字　　数　350 千字
定　　价　36.00 元

序　言

杨海明

　　改革开放以来，唐宋词研究呈现出蓬勃发展的态势，时至今日几成当代中国古代文学研究领域的一门"显学"。与此同时，其"危机"也有所显露，这主要表现为题目难有新意，要想寻找富有创新和开拓意义的研究课题似乎越来越难。在面对此种困境不免生出几分无奈与困惑的情况下，阅读宋秋敏博士新作《唐宋词与流行歌曲》，或许能生出"山重水复疑无路，柳暗花明又一村"的新鲜感和喜悦感来。

　　照我看来，本书的显著特色和创新意义主要即在于它"背靠遗产，面向现在"的研究立场与"古今勾连，古今对比"的研究方法。这在当今众多的词学论著中显得相当独特和令人瞩目。确实，正如作者所言："虽然时隔千年，古老的唐宋词，其灵魂和身影仍时时闪现在当代人的心中及文化生活中"，"在如今响彻大街小巷，红遍大江南北的流行歌曲中，人们就会时时触摸到唐宋词的优姿情影，感受到它的馥郁芬芳"。正是基于唐宋词和当代流行歌曲在"流行歌曲"属性方面的相似性和继承性，二者便有了"古今勾连"和"古今比较"的可能性与可操作性。于是，采用上述方法，本书便从"流行歌曲"的新颖视角对唐宋词展开了全面而又深入的研究，其中多有创获。特别是其第四章和第五章，既从主题和"包装策略"两方面对唐宋词作"以今鉴古"的反向观照，又从接受论的角度论述了当代流行歌曲应该而且可以从唐宋词中汲取精神养料与寻找艺术借鉴的道理，其言论恐便是一般单纯面向古文献作"纯学术"研究的学者所写不出的。也正是因为作者既背靠遗产又关注现代的研究立场，本书不仅能拓宽唐宋词研究的视野，深化对唐宋词的认识，也能对当代流行歌曲的创作提供补弊纠偏和有所裨益的启示作用。

当然，本书也还存在某些欠缺与不足，如其第三章的内容就可继续锤炼提高。但总观全书，作者已经成功地迈开了她在唐宋词研究道路上的学术步伐，并取得了喜人的成绩，故而值得庆贺。本人乐意为之作此小序，并期盼她能不断进取，获得更多更新的成果。

2009 年 3 月 10 日

目　录

绪　论

　　流行歌曲已经成为当代中国乃至全世界流行文化的最重要组成部分。举例来说：2005 年，"超级女声"成为中国大陆网上点击率最高的新名词之一。这场波及全国的"卡拉 OK 秀"，收视人群高达几亿，参与报名的人数达十余万，参与投票的群众达数百万。2006 年以来，"加油好男儿"、"我型我秀"、"绝对唱响"、"梦想中国"等以流行歌曲为主角的平民选秀活动进一步在全国范围内展开，同时，创办于 2000 年的央视《同一首歌》，以演唱当代流行歌曲为特色，其辐射力甚至影响到了海外华人，至今不衰。自从《老鼠爱大米》走红以后，网络歌曲的创作也日益繁盛，每天都有成千上万首新歌在网络上产生和流传……这些现象无不表明，流行歌曲在当代流行文化中具有无可替代的主导地位，它的兴盛不但对社会生活产生了广泛而深远的影响，也标志着全民娱乐时代的到来。

　　表面看来，优雅古典的唐宋词与时下响彻大街小巷的流行歌曲是风马牛不相及的两件事物，但实际上，大部分配乐歌唱的唐宋词从某种意义上说就是当时的流行歌曲。对此，袁行霈先生指出："唐五代北宋的词，基本上可以称为当时的流行歌曲。"[①] 谢

---

① 袁行霈：《中国诗歌艺术研究》，北京大学出版社 1996 年版。

桃坊先生也认为："宋词中的大多数作品都是供小唱艺人演唱用的，而小唱是由简单的方式演唱流行的通俗歌曲。"① 虽然相隔千年，当代流行歌曲与唐宋词之间却仍然存在着千丝万缕的联系和诸多极为相似的"遗传基因"。由此出发，从流行歌曲视角研究唐宋词就不但是可行的，而且还具有重要的学术价值和现实意义。

作为不同时代的流行歌曲，唐宋词与当代流行歌曲之间既有诸多相同和相似之处，又存在着一些差异；既前后相通，又有所变异。

一方面，从整体来看，唐宋词与当代流行歌曲基本属于同一类文化形态，即大众文化。因此，无论就其内在特质还是外部功用而言，唐宋词都有着现代意义上流行歌曲所具有的主要属性和特征。比如，从文体特征而言，唐宋词与当代流行歌曲都兼有音乐文学和抒情文学的双重特性；就文学属性而言，二者皆属于通俗文学的范畴；从文学功能来看，无论唐宋词，还是当代流行歌曲，都表现为教化功能潜隐而娱乐功能进一步彰显，等等。此外，唐宋词作为流行歌曲所具有的艳情性、时尚性等"另类"特征，以及其商业、社交等实用功能，也都与现代流行歌曲有着诸多相似与相通之处。

另一方面，正如刘勰《文心雕龙·通变》所言："文律运周，日新其业。变则其久，通则不乏。"由于年代相隔久远，当代流行歌曲与唐宋词在血脉相通、气息相融之外，又有所变异，这就为当代流行歌曲借古鉴今、参古酌今提供了可能。而且，中华民族生生不息、一脉相承的民族文化心理以及对于传统文化的自觉承传和心理上的深层认同感，也使得当代流行歌曲对唐宋词

---

① 　谢桃坊：《再论宋代民间词》，载《贵州社会科学》1987 年第 4 期。

的借鉴和传承理所应当、水到渠成。

从流行歌曲视角对唐宋词进行重新审视与诠释，就学术角度而言，能够凸显唐宋词的流行歌曲特性，能够更加透彻地解剖与认清其音乐性、娱乐性、时尚性与商业性，解释其抒情的艳情化、柔媚化、悲情化之成因，理清音乐与词之关系的发展脉络以及这些变化对词体、词风演进的影响。而且，选取这样一个古今对接且具有现实意义的研究视角，也有助于加强当代人对唐宋词的了解和接受，拉近古代经典文学与当代普通大众的距离，从而使千百年来流传在国人中间的唐宋词，进一步在当代人的文化生活中焕发出新的生机与活力。

人所共知，所谓唐宋词，就是指唐五代和宋代的词。而本书的研究对象，则主要集中于符合流行歌曲概念指称以及具有流行歌曲基本特征的那部分唐宋词。

论及流行歌曲，必然要先明确流行音乐的概念界定。流行音乐一词源自英文 Popular Music（或 Pop Music），也称通俗音乐，是一种音乐体裁的总称。有关流行音乐的定义相当多，意见也不统一，较为普遍的说法有以下几种：

《新格罗夫美国音乐大辞典》[①] 对流行音乐辞条这样解释：

> 流行音乐，一种音乐类型，包括多种风格，易为大多数人所理解；对于它的欣赏无需多少音乐知识或音乐技能。在某些方面，它与古典音乐、民谣音乐以及爵士音乐有很大不同。流行音乐的篇幅一般不长，突出旋律线条，和声语音比较有限、简单。

[①] 《中国大百科全书》（简明版），中国大百科全书出版社 1996 年版，第 4840 页。

彼得·盖曼德与彼得·克莱顿合著的《流行音乐指南》（*A Guide to Popular Music*）一书认为：

> 它（流行音乐）的构思、写作或制作都是为着一个目的，便是取悦大众和制造金钱，它的流行是由于追随"潮流"风气和向公众提供一种浅薄、简单的娱乐。

《中国大百科全书》（简明版）指出：

> 通俗音乐（Pop Music）泛指一种通俗易懂、轻松活泼、易于流传、听众广泛的音乐，它有别于严肃音乐、古典音乐和传统民间音乐，又称轻音乐或流行音乐。

《中国百科大辞典》的定义是：

> 通俗音乐又称流行音乐，与严肃音乐相对，通俗易懂、易在青年中流传、具有时代特征音乐的泛称，包括通俗歌曲和通俗器乐曲，题材多以反映青年心声为主。乐队常以电声乐器为主。演出时多采用服装、伴舞、灯光和舞台美术等综合手段，以渲染气氛，多以歌舞结合方式。通俗音乐具有时代性，流行快，消失也快。①

从上述定义可以看出，流行音乐具有娱乐性强、商业色彩浓厚、通俗易懂、易于流传、听众广泛等主要特征，而实际上，这

---

① 《中国百科大辞典》，中国大百科全书出版社 1999 年版，第 5355 页。

也正是流行歌曲的主要特征。

流行歌曲（Popular Music Song），也称大众歌曲，其实是流行音乐（Popular Music）的一个分支，即谱上歌词的流行音乐，它是流行音乐最重要和最普遍的表现形式，属于大众流行文化的范畴。

从音乐分类学的角度来看，狭义的流行歌曲专指同艺术歌曲相对而言的通俗歌曲。而广义的流行歌曲则指在一定时期内受到普遍欢迎，并被广泛传唱的歌曲。本书对流行歌曲概念的指称，偏重于后者。

根据广义的定义，回溯我国古代的音乐史和文学史，流行歌曲的发展由来已久。从某种意义上讲，中国古代诗歌的发展历史（特别是诗歌体裁的形成和演变），也可视为一部流行歌曲的发展史，流行歌曲合乐和流行的特性，对于我国古代诗体的发展嬗变，具有重要的催生和推动作用。

音乐与诗歌相结合的传统在我国历史悠久。《尚书·尧典》云："诗言志，歌永言，声依永，律和声，八音克谐，无相夺伦，神人以和。"《礼记·乐记》云："故歌之为言也，长言之也。说（悦）之故言之，言之不足故长言之，长言之不足故嗟叹之，嗟叹之不足，故不知手之舞之，足之蹈之也。"《毛诗序》亦云："诗者志之所之也，在心为志，发言为诗。情动于中而形于言，言之不足故嗟叹之，嗟叹之不足故咏歌之，咏歌之不足，不知手之舞之，足之蹈之也。情发于声，声成文谓之音。"① 这些言论，便都说明了诗与乐亲密无间的合作关系。

《诗经》时代是我国古代流行歌曲蓬勃发展的第一个黄金时期。这一时期以"国风"为代表的流行歌曲大多是集体创作，

---

① 阮元：《十三经注疏》，中华书局1980年版，第270页。

它们以口头传播为主，并在流传的过程中不断得到加工和整理。所谓："孟春之月，群居者将散，行人振木铎徇于路以采诗，献之太师，比其音律，以闻天子。"①《诗经》三百零五篇，都是可以用来合乐歌唱的。《史记·孔子世家》曰："三百五篇，孔子皆弦歌之。"《墨子·公孟》中也有"诵诗三百，弦诗三百，歌诗三百，舞诗三百"的记载，可见当时的《诗》不但可歌，还有伴奏和舞蹈。在音乐的影响下，《诗》的体式就形成了以四言为主、间有杂言、多回环复沓以及隔句用韵等特点，这也为后代诗歌发展奠定了形式格局上的基础。

《诗经》中，《雅》、《颂》除外（雅主要用于朝会和宴飨，颂则主要用于庙堂祭祀），占其全部作品大半的《风》实际上就是当时的流行歌曲。《风》是《诗经》的精华，共一百六十篇，多为闾巷传诵的歌谣。它分十五国风，来自周南、召南、邶、鄘、卫、王、郑、齐、魏、唐、秦、陈、桧、曹、豳等国家和地区，流传面几乎覆盖了当时中国（主要在黄河流域）的所有地域和各阶层民众。

作为中国古代诗歌的源头，《风》直接来源于劳动人民的生产生活，是"饥者歌其食，劳者歌其事"②的产物。它以最为原始和朴素的形态，反映了农耕社会背景下人们"原生态"的生活和思想情感，这与商业经济背景下产生的流行歌曲还是有着相当大的差异的。

《诗经》以后的战国时期，流行于南方民间（主要是楚地）的新兴音乐文体是楚辞。屈原的作品代表了楚辞的最高成就，其中最具音乐性和民间流传最广的当属《九歌》。《九歌》是屈原

---

① 班固：《汉书》，中华书局 1962 年版。
② 何休：《公羊传解诂》，影印文渊阁四库全书本。

根据楚地祭祀鬼神使用的一套歌曲创作整理的。王逸《楚辞章句》谓："昔楚国南郢之邑，沅湘之间，其俗信鬼而好祠。其祠，必作歌乐鼓舞以乐诸神。屈原放逐……出见俗人祭祀之礼，歌舞之乐，其词鄙陋，因为作《九歌》之曲。"可见其娱神娱人的重要功能。在体例上，《楚辞》采用更加自由、富于个性的杂言形式，打破了《诗经》以四言为主的限制，将诗歌体式的发展又推进了一步。

乐府诗肇始于秦，大兴于汉，是继《诗经》、《楚辞》后产生的一种新型合乐诗体。由于它是被称为"乐府"的音乐机关收集整理，故得名乐府。汉代乐府民歌的来源相当广泛，如《汉书·礼乐志》记载，当时有燕、代讴、燕门、云中、陇西歌诗九篇；邯郸、河间歌诗四篇；左冯翊秦歌诗三篇；京兆尹秦歌诗一篇；河东蒲反歌诗一篇；河南周歌诗七篇；洛阳歌诗四篇；齐郑歌诗四篇；周谣歌诗七十五篇；周歌诗两篇；南郡歌诗五篇；吴、楚、汝南歌诗十五篇，等等。这些乐府民歌在民间广为传唱，继承和发扬了《风》诗的现实主义传统，形成了"感于哀乐，缘事而发"整体特征。

南北朝时期是我国古代流行歌曲发展的第二个黄金时期。这一时期的乐府民歌（尤其是南朝乐府）空前繁荣，其产地和流传地也呈现出由农村向城市，特别是向商业发达的城市集中的趋势。

南朝乐府民歌分为"吴声"和"西曲"两大类，它们大多产生和流行于当时较为繁华的城市都邑。《晋书·乐志》载："吴歌杂曲，并出江南。东晋以来，稍有增广。其始皆徒歌，既而被之管弦。盖自永嘉渡江之后，下及梁、陈，咸都建业，吴声歌曲起于此也。"《古今乐录》云："按西曲歌出于荆、郢、樊、邓之间。"建业是六朝的首都，荆、郢、樊、邓是当时重镇，它们都是南朝经济活动的中心。关于南朝民歌在都市中流播的情形，《南史·循吏列传》曾作如此描绘："凡百户之乡，有市之邑，歌谣舞蹈，触处成群。""都邑之盛，士女昌逸，歌声舞节，袨服华装，桃花绿水之间，秋月春风之下，无往非适。"试读以下几首当时流行的歌曲：

> 宿夕不梳头，丝发披两肩。腕伸郎膝上，何处不可怜？
> 芳是香所为，冶容不敢当。天不夺人愿，故使侬见郎。
> 气清明月朗，夜共与君嬉。郎歌妙意曲，侬亦吐芳词。
> 恃爱如欲进，含羞未肯前。朱口发艳歌，玉指弄娇弦。
>
> （《子夜歌》）
>
> 春林花多媚，春鸟意多哀。春风复多情，吹我罗裳开。
> 秋风入窗里，罗帐起飘飏。仰头看明月，寄情千里光。
>
> （《子夜四时歌》）
>
> 初歌《子夜》曲，改调促鸣筝。四座皆寂静，听我歌《上声》。
>
> （《上声歌》）

　　这些民歌都是以城市为传播背景，演唱者的身份既是歌女，歌曲的内容也以迎合大众欣赏口味的"郎情侬意"为主。由此可见，在南朝的乐府民歌中，城市化、商业化、艳情化等现代流行歌曲所具有的许多属性和本质特征已经逐渐显露和成熟。

　　南朝乐府城市化、商业化、艳情化等流行歌曲属性深刻地影响了唐宋词。五代词人欧阳炯在为现存最早的文人词集《花间集》所作的序中曾提到南朝乐府与曲子词的渊源关系，他说：

> 则有绮筵公子，绣幌佳人，递叶叶之花笺，文抽丽锦；

举纤纤之玉指，拍按香檀。不无清绝之词，用助妖娆之态。自南朝之宫体，扇北里之娼风。何止言之不文，所谓秀而不实。

对此，萧涤非先生也曾有过精辟的论述：

> 要知南朝乐府自是富有时代性与创作性之文学。……由叙事变而为言情，由含有政治社会意义者变而为个人浪漫之作，桑间濮上，郑卫之声，前此所痛斥不为者，今则转而相率以绮艳为高，发乎情而非止乎礼义，遂使唐宋以来之情词艳曲，得沿其流波，而发荣滋长，而蔚为大国，此固非一二大诗人之所能为力者也。①

当然，由于六朝政治局面动荡、门阀制度等级森严、歌伎管理体制不甚完善等原因，南朝乐府的流传范围、商品化程度等都受到种种限制。直到社会安定、城市商业经济极为发达的两宋，我国古代流行歌曲才迎来它的第三个黄金时期。

本书选取唐宋词作为我国古代流行歌曲的代表加以研究的原因主要有二：

首先，唐宋词的繁荣，标志着中国古代流行歌曲巅峰时代的全面到来。

曲子词本源自民间，然而至晚唐五代，它已经逐渐蜕尽乡野之气，充分显露出与当时城市的绮靡淫乐之风丝丝入扣的华艳雍容之态。晚唐五代是一个乱世，但却又是一个刻意追求感官享乐的时代，尤其是相对安定的西蜀和南唐，上至王公贵族，下到市

---

① 萧涤非：《汉魏六朝文学史》，人民文学出版社 1984 年版，第 259 页。

井小民，无不沉醉在对世俗欢娱的追逐中。其时，不但城内"一片揭天歌吹，满目绮罗珠翠"①，就连城市近郊也出现了"村落闾巷之间，弦管歌声，合筵社会，昼夜相接"② 一类奏曲唱词的繁盛场面。曲子词在这种繁华却堕落的城市经济的催化下，逐渐成熟了。

　　北宋是封建社会的鼎盛时期，商业经济的迅猛发展为词的兴盛提供了丰饶的土壤和广阔的空间。宋代都市中最常见的娱乐场所是"勾栏瓦肆"，其在当时的数量很多，规模也不小：开封潘楼酒店附近的一个瓦子，"其中大小勾栏五十余座"；一个被名之为"象棚"的规模最大，"可容数千人"。③ 临安城内有规模的"瓦舍"也有十七处。曲子词在当时"瓦舍"中的地位已颇为显著，它最主要的表演方式是小唱。除此之外，《东京梦华录》的"京瓦伎艺"条中记载的与词有关的名目还有嘌唱、般杂剧、诸宫调、商谜、合声、叫果子等多种。《梦粱录》中也提到诸如说唱诸宫调、唱赚等与词关系密切的说唱文艺。④ 曲子词多姿多彩的形式丰富了"瓦舍"的娱乐内容，使人"终日居此，不觉抵暮"，"不以风雨寒暑"，皆要前往；致使"诸棚看人，日日如是"，而且有的惟恐"差晚看不及也"。不仅如此，作为一种声与色完美结合的文艺活动，唱词表演还频繁出现于花坊柳陌、茶楼酒肆、官邸豪宅、皇宫禁院。不少词曲甚至传入少数民族地区和国外。其参与人数之多、流传面之广，是我国古代其他时期的流行歌曲所难以企及的。

　　曲子词独特的艺术形式和巨大的艺术魅力也为后人所首肯和

---

① 尹鹗：《金浮图》，转引自曾昭岷等编《全唐五代词》，中华书局1999年版。
② 张唐英：《蜀梼杌》卷下，丛书集成本。
③ 孟元老：《东京梦华录》卷二、卷五，中国商业出版社1982年版。
④ 吴自牧：《梦粱录》卷六，中国商业出版社1982年版。

称颂，他们将其与楚辞、汉赋、唐诗、元曲等文学样式并称为"一代之胜"。如王国维先生在《宋元戏曲史·自序》中所云："夫一代有一代之文学：楚之骚，汉之赋，六代之骈语，唐之诗，宋之词，元之曲，皆所谓一代文学，而后世莫能继焉者也。"这也从侧面说明，唐宋词作为流行歌曲在中国古代诗歌史乃至中国古代文学史上的地位。

其次，如前所述，作为当时的流行歌曲，曲子词一方面集中体现了时尚性、通俗性、艳情性等大众流行文化的重要特征；另一方面，其包括娱乐功能、商业功能、社交功能在内的各种实用功能也随着自身的发展不断得以强化和扩大化。虽然相隔近千年，唐宋词却具有现代流行歌曲所具有的主要属性和特征，与现代流行歌曲"隔代相似"的特点异常显著，这就为我们"勾连古今"、"背靠遗产，面向现在"提供了可能性和极大的便利。

南宋以后，文人词与音乐渐趋疏离，作为一种独立的文体而存在，与此同时，另一种与音乐更为合契的文学式样——散曲，逐渐产生并发展成熟，这也正是元代的流行歌曲。

散曲，元曲的一种，元代一般称"乐府"，又被称为"街市小令"① 或"市井所唱小曲"②，是当时社会上流行的合乐诗体。与曲子词相比，散曲在句式的变化上更为灵活，对格律的要求也相对宽松。同时，散曲的语言更具通俗性和谐谑性，正如王骥德《曲律》所说："诗与词，不得以谑语方言入，而曲则惟吾意之所欲至，口之欲宣，纵横出入，无之而无不可也。"散曲以宣扬人生如梦、富贵无常、及时行乐等内容为主，无论是作品的数量和整体水平，还是作者队伍与接受群体，都与唐宋词有一定的

---

① 朱权：《太和正音谱》，《中国古典戏曲论著集成》本。
② 王骥德：《曲律》，《诵芬室丛刊》二编本。

差距。

明清的民间歌曲出现了繁荣的景象，明人卓人月曾在《古今词统序》中说："我明诗让唐，词让宋，曲让元，庶几《吴歌》、《挂枝儿》、《罗江怨》、《打枣竿》、《银绞丝》之类（乡野俚曲——本书作者注），为我明一绝耳！"沈德符在《万历野获篇》中也描绘了当时民歌小曲"火爆"传播的情形："不问南北，不问男女良贱，人人习之，亦人人喜听之，以致刊布成帙，举世传诵，沁人心腹，其谱不知从何而来，真可骇叹！"

明代的民间歌曲虽经部分文人收集刊印，如冯梦龙选辑的《山歌》、《挂枝儿》，但流失甚为严重，现存数量仅在千首左右。清代流传下来的民歌小曲，其数量明显多于明代，如刘复、李家瑞编的《中国俗曲总目稿》，共收清俗曲单刊六千零四十四种；郑振铎在《中国俗文学史》中也说："曾收集各地单刊歌曲近一万二千余种。"清代不少文人重视民歌俗曲，有人还亲自参与民歌创作，如蒲松龄创作的《聊斋俚曲》中就有很多俗曲小调。此外，不少明清词曲也以间接的形式大量应用或保存于戏曲、说唱和歌舞等艺术形式之中。

现代五四新文化运动以后兴起了白话文和白话诗，同时也掀起了白话歌词创作的热潮。由刘半农作词，赵元任作曲的歌曲《教我如何不想他》，一般被认为是中国现代第一首白话流行歌曲。此后，《夜上海》、《夜来香》、《蔷薇蔷薇处处开》、《玫瑰玫瑰我爱你》、《香格里拉》、《何日君再来》等流行歌曲几乎已经成为上海滩灯红酒绿、纸醉金迷的奢华生活的象征，无数追逐时尚的市民为之目动、耳动、心动、口动，迷狂不已。但是时逢乱世，国家内忧外患，此类流行歌曲仅为昙花一现，转眼就烟消云散了。

新中国成立后，城市一度在"左"的思潮禁锢下沉睡，直至新时期，在改革开放春风的吹拂下，流行歌曲才得以伴着城市经济的复苏而重获新生，并且一发而不可收，以铺天盖地之势席卷华夏。先是邓丽君、张帝、刘文正演唱的港台歌曲在大陆潜滋暗长，很快地，大陆也有了一批国产的歌手，也有了专门的作词家、作曲家和音乐经纪人。仿佛在一夜之间，已无温饱之虞的人们发现，原来软、慢、轻、柔的声音更适合自己的耳朵，原来琐屑、细小的情感更能体贴人的心灵。20 世纪八九十年代的中国城市乐坛，台湾校园歌曲、摇滚乐、西北风、城市民谣、城市情歌以至模仿美国黑人饶舌乐（RAP）的说唱音乐，你方唱罢我登场，令人眼花缭乱，目不暇接。同时，城乡居民生活水平的提高和科技水平的进步也使流行歌曲的传播手段更加先进，收音机、录音机、电视机、CD、VCD、DVD、MP3 等现代化家电的普及为其能够在最短时间和最大范围内流行提供了物质保证。

王灼《碧鸡漫志》卷一云："诗至于动天地，感鬼神，移风俗，何也？正谓播诸乐歌，有此效耳。"这正指出了音乐性和流行性对于诗歌传播的重要作用。不同时代有不同的流行音乐，不同音乐又配合反映本时代风尚的歌词，流行歌曲在中国历史上的发展演变过程，正体现了在大众文化的背景下，流行音乐对文学的自主选择。

第一章

唐宋词的流行歌曲属性

第一节　曲子词

我国的流行歌曲具有悠久的发展历史，它们所配合的音乐也各不相同。

宋沈括《梦溪笔谈》卷五《乐律一》云：

> 自唐天宝十三载（754），始诏法曲与胡部合奏，自此乐奏全失古法，以先王之乐为雅乐，前世新声为清乐，合胡部者为宴乐。

雅乐、清乐、宴（燕）乐分别代表了历史上三个不同的音乐时代。其中，先秦的古乐称雅乐，汉魏时期的音乐称清乐，而隋唐以来的音乐则为燕乐。曲子词是配合燕乐歌唱的歌词，它与音乐结合的方式，以及其在体制格局上的种种特点，与前代音乐文学相比都大不相同，属于新的诗乐体系。换言之，曲子词也就是风靡唐宋时代的新型流行歌曲。

一　燕乐的兴盛为"倚声填词"提供了全新的音乐基础

燕乐是隋唐时代的新乐，其源可以上溯至南北朝时期。隋统一后，统治者对南北音乐进行收集整理，文帝时置七部乐，至炀帝又定为九部乐。据《隋书·音乐志》载：

> 始开皇初定令，置七部乐，一曰国伎，二曰清商伎，三曰高丽伎，四曰天竺伎，五曰安国伎，六曰龟兹伎，七曰文康伎。又杂有疏勒、扶南、康国、百济、突厥、新罗、倭国等伎。
>
> 及大业中，炀帝乃定清乐、西凉、龟兹、天竺、康国、疏勒、安国、高丽、礼毕，以为九部。

唐初仍循隋旧制，设九部乐。太宗增高昌乐，又造燕乐而去礼毕曲，合而为十部乐。《宋书·乐志》谓：

> 一曰燕乐，二曰清商，三曰西凉，四曰天竺，五曰高丽，六曰龟兹，七曰安国，八曰疏勒，九曰高昌，十曰康国，而总谓之"燕乐"。

广义的燕乐，也即"燕享之乐"，它是庙享仪式上所用的"雅乐"之外的俗乐的总称。

燕乐的乐器，种类繁多，有琴、瑟、琵琶、筝等弦乐器；笛、箫、箜篌、笙、觱篥等管乐器；钟、鼓、磬等打击乐器。清凌廷堪《燕乐考原》卷一记载："燕乐之器，以琵琶为首"，其四弦定四声（第一弦宫声，第二弦羽声，第三弦商声，第四弦角声），每条弦上均成七调（宫、商、角、徵、羽、变宫、变徵），故燕乐共有二十八调。由于燕乐音域宽广、节奏多变、具有丰富的表现力，所以它很快就取代了从容雅缓、音稀而淡的古乐，在社会上风靡一时，广为流传。关于燕乐动人心弦的演奏效果，《文献通考·乐二》记载说：

> 自宣武（北齐）已后，始爱胡声，洎于迁都。屈茨，琵琶，五弦，箜篌，胡笛，胡鼓，铜钹，打沙罗，胡舞铿锵镗镗鞳，洪心骇耳，抚筝新靡绝丽，歌响全似吟哭，听之者无不凄怆。琵琶及当路琴瑟殆绝音，皆初声颇复闲缓，度曲转急躁。按此音所由，源出西域诸天诸佛韵调，娄罗胡语，直置难解，况复被之土木？是以感其声者，莫不奢淫躁竞，举止轻飘，或踊或跃，乍动乍息，跷美娇反，脚弹指，撼头弄目，情发于中，不能自止。

又《隋书·音乐志》记载：

> 后主（北齐）唯赏胡戎乐，耽爱无已。于是繁习淫声，争新哀怨。故曹妙达、安末弱、安马驹之徒，至有封王开府者，遂服簪缨而为伶人之事。后主亦自能度曲，亲执乐器，悦玩无倦，遂倚弦而歌，别采新声为《无愁曲》，音韵窈窕，极于哀思。使胡儿阉官之辈，齐唱和之，曲终乐阕，莫不殒涕。

这还是“胡声”初兴时的情景。

隋代，“太常雅乐，并用胡声”，隋高祖又“诏求知音之士，集尚书，参定音乐”。[①] 以前代传入的龟兹乐为例，“开皇中，其器大盛于闾闬。时有曹妙达、王长通、李士衡、郭金乐、安进贵等，皆妙绝弦管，新声奇变，朝改暮易，持其音技，估衒公王之

---

① 魏徵寿：《隋书》卷一四、一五，中华书局1973年版。

间，举时争相慕尚。"① 可见"新声奇变"、"朝改暮易"的燕乐已经成为当时朝野流行的时尚。

唐代燕乐更加兴盛，其乐曲之繁，流传之广，超轶前代。《乐府诗集》卷七九《近代曲辞》载：

> 凡燕乐诸曲，始于武德、贞观，盛乎开元、天宝，其著录者十四调二百二十曲。又有梨园、别教院法歌乐十一曲，云韶乐二十曲。肃、代以降，亦有因造。

又据《新唐书》卷二二《礼乐志》载：

> 唐之盛时，凡乐人、音声人、太常杂户子弟隶太常及鼓吹署，皆番上，总号音声人，至数万人。

而唐时的民间音乐艺人以及流行于民间的乐曲则不可计数。杜佑曰："自周隋以来，管弦杂曲将数百曲，多用西凉乐，鼓舞曲多用龟兹乐，其曲度皆时俗所知也。"② 在这种处处弦管、户户笙歌的燕乐背景之下，一方面，青楼北里、乐工伶人迫切需要与诗人合作，以增强其演出效果及竞争力。如中唐时的李贺、李益，他们的诗歌就是乐工歌伎竞相传唱的对象。《新唐书·李贺传》载："（李贺）乐府数十篇，云韶诸公皆合之弦管。"又《新唐书·李益传》载："贞元末，名与宗人（李）贺相埒，每一篇成，乐工争以赂求之。以被声歌，供奉天子。"另一方面，为时调新声撰写曲辞，使之流播四方，这也是诗人们所乐意和向

---

① 魏徵等：《隋书》卷一四、一五，中华书局1973年版。
② 杜佑：《通典》卷一四六，中华书局1988年版。

往的。由此，则以时尚曲调配以流行曲辞的新兴歌曲，风靡一时，唱遍了歌院酒楼、大江南北。

二　歌诗之法渐衰与歌词之风代兴

唐代配合燕乐歌唱的曲辞大致分为两类，一类原为流传甚广的名篇，"后之审乐者，往往采取其词，度为歌曲，盖选词以配乐，非由乐以定词也"。此即所谓的"声诗"，或称"歌诗"。一类本有曲度，"因声以度词，审调以节唱，句度短长之数声韵平上之差，莫不因之准度……斯皆由乐以定词，非选词以配乐也"。① 这也就是曲子词。前者以"旗亭画壁赌唱"的传说最为著名。唐薛用弱《集异记》卷二载：

> 开元中，诗人王昌龄、高适、王之涣齐名，时风尘未偶，而游处略同。一日天寒微雪，三诗人共诣旗亭，贳酒小饮。忽有梨园伶官十数人，登楼会燕。三诗人因避席隈映，拥炉火以观焉。俄有妙妓四辈，寻续而至，奢华绝曳，都冶颇极。旋则奏乐，皆当时之名部也。昌龄等私相约曰："我辈各擅诗名，每不自定其甲乙，今者可以密观诸伶所讴，若诗入歌词之多者，则为优矣。"俄而，一伶拊节而唱曰："寒雨连江夜入吴，平明送客楚山孤。洛阳亲友如相问，一片冰心在玉壶。"昌龄则引手画壁曰："一绝句。"寻又一伶讴之曰："开箧泪沾臆，见君前日书。夜台今寂寞，独是子云居。"适则引手画壁曰："一绝句。"寻又一伶讴曰："奉帚平明金殿开，且将团扇共徘徊。玉颜不及寒鸦色，犹带昭阳日影来。"昌龄则又引手画壁曰："二绝句。"之涣自以得

---

① 见《四部丛刊》影印明嘉靖本，《元氏长庆集》卷二三。

名已久，因谓诸人曰："此辈皆潦倒乐官，所唱皆巴人下里之词耳，岂阳春白雪之曲，俗物敢近哉？"因指诸妓之中最佳者曰："待此子所唱，如非我诗，吾即终身不敢与子争衡矣。脱是吾诗，子等当须列拜床下，奉吾为师。"因欢笑而俟之。须臾次至双鬟发声，则曰："黄河远上白云间，一片孤城万仞山。羌笛何须怨杨柳？春风不度玉门关。"之涣即揶揄二子曰："田舍奴，我岂妄哉！"因谐大笑。

此传说可信与否姑且不论，它至少从一个侧面反映出盛唐时期选五七言诗用以配乐歌唱的社会风习。《蔡宽夫诗话》曰："大抵唐人歌曲，本不随声为长短句，多是五言或七言诗，歌者取其辞与和声相叠成音耳。"王灼《碧鸡漫志》曰："李唐伶伎，取当时名士诗句入歌曲，盖常俗也。"也都指出了唐代采诗入乐的实际情况，这种风尚一直沿袭至晚唐五代。

随着燕乐的进一步发展，其节奏旋律愈发繁复多变，传统齐言诗整齐的音节和句式越来越无法适应音乐的变化和表现，这就要求乐工伶人与诗人共同努力，创造出一种与燕乐更为契合的新型合乐诗体。对此，梁启超评论说："凡诗歌之文学，以能入乐为贵，在吾国古代有然，在泰西诸国亦靡不然。以入乐论，则长短句为便，故吾国韵文，由四言而五言，由五七言而长短句，实进化之轨辙使然也。"①他认为长短句的词体是配合音乐的最佳形式，是中国诗歌进化的必然，这从诗乐配合的总体情况而言，大致是符合实情的。

关于唐代配乐曲辞由齐言到杂言的演变，后人有"和声说"、"虚声说"、"泛声说"、"散声说"等多种说法。

---

① 梁令娴：《艺衡馆词选序》，清光绪三十四年（1908）刊本。

"和声说"如：

> 诗之外又有和声，则所谓曲也。古乐府皆有声有词，连属书之，如曰"贺贺贺、何何何"之类，皆和声也。今管弦之中缠声，亦其遗法也。唐人乃以词填入曲中，不复用和声。
>
> （沈括《梦溪笔谈》卷五《乐律》）
>
> 古乐府诗，四言、五言，有一定之句，难以入歌，中间必添和声，然后可歌。如妃呼豨、伊何那之类是也。唐初歌曲多用五、七言绝句，律诗亦间有采者，想亦有剩字剩句于其间，方成腔调。其后即亦所剩者作为实字，填入曲中歌之，不复别用和声。……此填词所由兴也。
>
> （胡震亨《唐音癸签》卷十五）
>
> 唐人朝成一诗，夕付管弦，往往声希节促，则加入和声。凡和声皆以实字填之，遂成为词。
>
> （况周颐《蕙风词话》卷一）

"虚声说"如：

> 唐初歌辞多是五言诗或七言诗，初无长短句。自中叶以后，至五代渐变成长短句。及本朝，则尽为此体。今所存只《瑞鹧鸪》，《小秦王》二阕，是七言八句诗并七言绝句诗而已。《瑞鹧鸪》犹依字易歌，若《小秦王》必须杂以虚声，乃可歌耳。
>
> （胡仔《苕溪渔隐丛话后集》卷三十九）

"泛声说"如：

> 古乐府只是诗，中间却添许多泛声，后来人怕失了那泛

声，逐一声添个实字，遂成长短句，今曲子便是。

（朱熹《朱子语类》卷一四〇）

词转于诗歌。诗有泛声，有衬字，并而填之，则调有长短，字有多少，而成词矣。

（谢章铤《赌棋山庄词话》卷七）

"散声说"如：

唐人所歌，多五、七言绝句，如《阳关》诗，必至三叠而后成音，此自然之理。后来遂谱其散声，以字句实之，而长短句兴焉。

（方成培《香研居词麈》卷一）

上述诸说指出了五、七言诗与乐曲之间的矛盾，以及解决矛盾的种种途径，但这些途径都只是为了使曲辞能够合乐所采用的艺术手法与技术处理，实际上，由乐定体、倚声填词，也即由原来的诗主乐从发展到乐主词从，这才是曲子词在诗与乐结合的发展进程中真正重大的突破。

三 由乐定体，倚声填词

同诗歌相比，词与音乐的关系更为密切。燕乐不仅对词的内在特质和主体风格产生过重大影响（此问题将在后文详细探讨），而且对曲子词形式体制的最终确立起到了决定性的作用。这主要表现在以下几个方面：

（一）以曲调为名

词皆依调而作，词调又称词牌，其调名本是曲调的曲名。曲名一般用来概括这个曲调的音乐内容，如《临江仙》乃言仙事，

《女冠子》大多述道情，《河渎神》则咏祠庙，等等。唐宋人选用词调，多数不拘于调名本意，可以较为自由地应歌或抒情。但是，他们往往非常重视词（曲）调的声情，注重因情择调，使曲调与词情融合无间。清沈祥龙《论词随笔》曰："词调不下数百，有豪放，有婉约，相题选调，贵得其宜，调合则声情始合。"就指出了词调选择的重要作用。大体而言，婉约词人常选用《蝶恋花》、《诉衷情》、《雨霖铃》之类宛转抽绎、哀怨低徊之调，而豪放词人则多用《满江红》、《念奴娇》、《贺新郎》、《渔家傲》之类音韵洪畅、激越奔放之调。此外，曲名有时也表明曲调的音乐性质或令、引、近、慢等乐曲类别，如《卜算子令》、《婆罗门引》、《声声慢》、《转调踏莎行》、《减字木兰花》、《摊破浣溪沙》，等等。

　　（二）按乐曲的曲段分片

　　唐宋时期的乐曲大都分段，一段叫做一遍。词体分段、分片的外在形体特征，就是依据乐曲的分段而形成的。以乐曲的一段为一调的，称为单调或单片，如《独角令》、《一片子》、《忆江南》等。这些曲调多流行于词的初期，有些在后来被展衍为双调。以两段乐曲为一调的，称为双调，这是词体最普遍的形式。双调词有上下片完全相同的，这是同一段乐曲演奏了两遍，此类词调大多是篇幅短小的令曲。也有上下片不一样的，它说明乐曲的前后段不同，一般是前段短后段长，此类曲调大都是慢曲。以三段或四段乐曲为一调的，称为三叠或四叠，由于曲调太长，不便于传唱，故三叠、四叠的词调并不常见。

　　（三）以曲拍定句

　　关于唐宋词"依曲拍为句"的特点，张炎《词源》卷下《拍眼》一条论曰："盖一曲有一曲之谱，一均有一均之拍、若停声待拍，方合乐曲之节。所以众部乐中用拍板，名曰'齐乐'，又曰'乐句'，即此论也。"唐宋乐曲都有各自不同的节拍，因曲调不同，长短不一，急慢各异。词体以曲之一拍，为词之一句，由此形成了长短并用、奇偶相生的特殊形体特征。

（四）依乐曲中的"均"押韵

燕乐的每段乐曲，都可以分为若干小段，这个相对完整的音乐单位，就称之为"均"。沈义父《乐府指迷》云："词腔谓之均，均即韵也。"乐曲中的一均，也即词中一韵，乐曲于此处须"顿"、"住"，歌词则相应地于此处断句、押韵。张炎《词源》卷上《讴曲旨要》云："歌曲令曲四掯均，破近六均慢八均。"根据曲调种类的不同，词调押韵的韵数、韵位也各不相同。

（五）字声须与乐律相互配合

由于需要合乐歌唱，词对声律的要求比近体诗更为精严、复杂。因此，早在宋代，李清照就在其《词论》中指出："盖诗文分平、侧，而歌词分五音，又分五声，又分六律，又分清、浊、轻、重。"仇远《山中白云词序》也说："世谓词者诗之余，然词尤难于诗。词失腔，犹诗落韵。诗不过四、五、七言而止，词乃有四声、五音、均拍、轻重、清浊之别。若言顺律舛，律协言谬，俱非本色。"作词审音用字，无非为了协律合乐。用律太宽，往往难以满足音律曲度的要求；用律太严，又失之苛细，使音乐成为文字的桎梏，对歌词声律的讲求，无论发展至哪一种极端，都是不可取的。

唐宋词与音乐的结合，主要是以"倚声填词"的方式表现出来的。所谓"倚声填词"，也即先曲后词，依照已有的音乐曲调或谱式，制词相从。对此，前人多有论及：

　　　　沈括《梦溪笔谈》卷五："唐人乃以词填入曲中。"
　　　　张耒《东山词序》："大抵倚声为之词，皆可歌也。"

　　黄庭坚《渔家傲》序："或请以此意倚声律作词，使人歌之，为作《渔家傲》。"

　　刘辰翁《酹江月》注："同舍延平府教祝我初度，依声依韵，还祝当家。"

　　冯梦龙《古今小说》卷十二《众名姬春风吊柳七》："什么叫填词？……唐时名妓多歌之。至宋时，大晟府乐官博采词名，填腔进御。这个词，比切声调，分配十二律，某某律某调，句长句短，合用平上去入四声字眼，有个一定不移之格。作词者按格填入，务要字与音协，一些杜撰不得，所以谓之填词。"

　　方成培《香研居词麈》卷三："宋人多先制腔而后填词，观其工尺，当用何字协律，方始填入，故谓之填词。"

　　倚声填词，一方面，由于音律和声律的双重束缚，词受到了比近体诗更多的限制；另一方面，也是更为重要的是，在音乐的影响下，词体形成了句法灵活、韵位多变等特点，这就较近体诗更为解放，也更容易为大众所接受。在倚声填词的条件下，唐宋词人不断采用新声以丰富词调，同时，他们又不断规范词体，使词与乐的融合更加完善。而即使在词乐消失之后，因倚声制词积累经验而具有的词调丰富、句式复杂多变、格律严密、声韵和谐等艺术特色，也仍然是唐宋词在中国诗歌史上占据特殊地位的重要原因。

第二节　长短句当使雪儿、啭春莺辈可歌

　　以文本形式流传至今的唐宋词，其与音乐有着极深的渊源，乃是当时配合燕乐乐曲歌唱的合乐歌词，这从它的诸多名称中也可见一斑。词在初起阶段，人们多称之为曲子或曲子词。如敦煌

抄本有《云谣集杂曲子》、欧阳炯在《花间集序》中亦称该集所收录为"诗客曲子词"、孙光宪《北梦琐言》载和凝"少时好为曲子词",人称"曲子相公"。至宋代,词又被称为"乐府"(苏轼《东坡乐府》)、"寓声乐府"(贺铸《东山寓声乐府》)、"近体乐府"(欧阳修《欧阳文忠公近体乐府》)、"乐章"(柳永《乐章集》)、"歌曲"(姜夔《白石道人歌曲》)、"歌词"(鮑阳居士《复雅歌词》)、"琴趣"(赵彦端《介菴琴趣外篇》)、"鼓吹"(柴望《凉州鼓吹》)、"渔唱"(陈允平《日湖渔唱》)、"笛谱"(周密《蘋州渔笛谱》)、"琴谱"(仇远《无弦琴谱》)等,这些称谓,都表明了唐宋词的歌词性质。作为当时的流行歌曲,唐宋词的"歌曲性"与前代音乐文学既有相似之处,更凸显其独特风貌以及崭新的格局。

一　唱歌须是玉人

在前代"流行歌曲"的传唱过程中,男女歌者具有同样重要的地位。传播者或者就是作者本人,如《诗经》的传唱者,朱熹在《诗集传序》中说:"凡《诗》之所谓'风'者,多出于里巷歌谣之作,所谓男女相与咏歌,各言其情也。"乃"里巷男女"自身。汉代乐府民歌的歌唱者也大抵是"饥者歌其食,劳者歌其事"的"饥者"和"劳者"。或者是当时著名的歌唱家,如王灼《碧鸡漫志》卷一列举说:

> 古人善歌得名,不择男女。战国时,男有秦青、薛谈、王豹、绵驹、瓠梁。女有韩娥。……汉以来,男有虞公发、李延年、朱顾仙、末子尚、吴安泰、韩发秀。女有丽娟、莫愁、孙琐、陈左、宋容华、王金珠。唐时男有陈不谦,谦子意奴、高玲珑、长孙元忠、侯贵昌、韦青、李龟年、米嘉

荣、李衮、何戡、田顺郎、何满、郝三宝、黎可及、柳恭。
女有穆氏、方等、念奴、张红红、张好好、金谷里叶、永新
娘、御史娘、柳青娘、谢阿蛮、胡二市、宠姐、盛小丛、樊
素、唐有态、李山奴、任智、方四女、洞云。

在这些专业和非专业歌者的努力下，不同时代的流行歌曲得
以流播四方，流行一时。

然而，唐宋词的传播者却以女性歌妓为主，这一点在现存最
早的文人词集——《花间集》的序言中已经表述得十分明确：

> 有唐以降，率土之滨。家家之香径春风，宁寻越艳；处
> 处之红楼夜月，自锁嫦娥。则有绮筵公子，绣幌佳人，递叶
> 叶之花笺，文抽丽锦；举纤纤之玉指，拍按香檀。不无清绝
> 之词，用助妖娆之态。

到了宋代，唱词表演"独重女音"之风有增无减，对此，
王灼在《碧鸡漫志》卷一中慨叹说："今人独重女音，不复问能
否。而士大夫所作歌词，亦尚婉媚，古意尽矣。"在唐宋词中，
有关歌妓唱词场面的描写随处可见：

> 绿云高髻，点翠匀红时世，月如眉。浅笑含双靥，低声唱
> 小词。
>
> （牛峤《女冠子》）
>
> 歌声慢发开檀点，绣衫斜掩。时将纤手匀红脸，笑拈
> 金靥。
>
> （毛熙震《后庭花》）
>
> 酒倾琥珀杯时，更堪能唱新词。赚得王孙狂处，断肠一搦

腰肢。

（尹鹗《清平乐》）

　　爱把歌喉当筵逞。遏天边，乱云愁凝。言语似娇莺，一声声堪听。

（柳永《昼夜乐》）

　　金花盏面红烟透，舞急香茵随步皱。青春才子有新词，红粉佳人重劝酒。

（欧阳修《玉楼春》）

　　萧娘劝我金卮，殷勤更唱新词，暮去朝来即老，人生不饮何为。

（晏殊《清平乐》）

　　小令尊前见玉箫，银灯一曲太妖娆。歌中醉倒谁能恨，唱罢归来酒未消。

（晏几道《临江仙》）

　　从这些词句中不难看出，"美女唱新词"作为当时最时髦和最流行的文化娱乐活动，对听众有着无穷的魅力和吸引力。

　　唐宋词传播之所以形成"独重女音"的审美风尚，其原因大致有二：

　　首先，从外部环境而言，唐五代和两宋奢侈逸乐的社会风气对唐宋词传播"独重女音"之风的盛行起到了推波助澜的作用。

　　中唐以来，由于城市经济发展、文人理想破灭等种种原因，耽逸享乐之风在社会上蔓延。这种风气随着宋代"承平日久，国家无事"①的太平环境而延续。宋太祖干德五年，朝廷诏示天下曰："朝廷无事，区宇咸宁。况年谷屡丰，宜士民之纵乐。"②

----

① 脱脱等：《宋史》卷二五〇，中华书局1977年版。
② 徐松：《宋会要辑稿》，中华书局1957年版。

在"纵乐"思想的指导下，到北宋中后期，不仅"侍从文馆士大夫，各为燕集，以至市楼酒肆，往往皆供帐为游息之地"①，而且"市井闾里"亦"以华靡相胜"②。

享乐之风的盛行催生了歌妓制度的繁荣，有宋300多年，歌妓活动几乎渗透到社会生活的各个层面。

从妓籍看，宋代歌妓分官妓、家妓和私妓三种。官妓是中央官署和各地方州官署所蓄养的歌妓，她们在各种官方的宴会庆典中唱词侑觞，活动十分频繁，所谓"无时不开宴，望顷刻之适不可得"。③ 宋代著名歌妓如琴操、严蕊、周韶、胡楚、龙靓、郑容、高莹等都是官妓。

家妓乃达官显贵、豪富之家蓄养的能歌善舞的美女。每遇各种聚会，她们要遵从家主的要求，为客人歌舞助兴。宋代士大夫家中蓄养歌妓的现象非常普遍，比如晏殊"喜宾客，未尝一日不宴饮"，且"必以歌乐相佐"④，欧阳修有美貌歌妓"八九姝"⑤，苏轼"有歌舞妓数人，每留宾客饮酒必云：'有数个搽粉虞候欲出来袛应也'"⑥；北宋仁宗朝宰相韩琦家有"女乐二十余辈"⑦，神宗朝宰相韩绛有"家妓十余人"⑧，等等。当筵创作新词，随之付诸家妓歌唱，此情此景对于士大夫文人而言，不但是闲暇时光的

---

① 沈括：《梦溪笔谈》卷九，中华书局1957年版。
② 王铚、王林：《默记·燕翼诒谋录》卷二，中华书局1981年版。
③ 洪迈：《夷坚志》丁志卷一二，中华书局1981年版。
④ 叶梦得：《避暑录话》卷三，转引自《宋元笔记小说大观》，上海古籍出版社2001年版。
⑤ 梅尧臣：《宛陵先生集》，《四部丛刊》本。
⑥ 吕本中：《轩渠录》，宛委山堂本《说郛》卷三四，上海古籍出版社1988年版。
⑦ 江少虞：《宋朝事实类苑》卷八，上海古籍出版社1981年版，第79页。
⑧ 蔡正孙：《诗林广记》后集卷三引《侯鲭录》，中华书局1982年版，第241页。

一桩美事，更是一大乐事，大量赠妓词、咏妓词也正是在这样的
背景下产生的。

私妓也即市井妓，她们是宋代歌妓中人数最多、活动范围也
最为广泛的一个群体。私妓以歌舞伎艺表演为主，兼及出卖色
相，出入于城市的秦楼楚馆、茶楼酒肆、平康诸坊和瓦肆等公众
消费场所和娱乐场所。宋代私妓相当活跃，例如北宋的东京
（开封），"鬻色户将及万计"①、"向晚灯烛荧煌，上下相照，浓
妆妓女数百，聚于主廊檐面上，以待酒客呼唤，望之宛若神
仙"。②而南宋的临安（杭州），也是私妓云集之地，据《马可
波罗行记》载：

> 京师（杭州）城广一百迈当，有石桥万二千座，有浴
> 室三千所，皆温泉。妇人多娇丽，望之若仙。国君侍从的男
> 女数以千计，皆盛装艳服，穷极奢侈。城中有湖，周围皆崇
> 台别馆，贵族所居。临岸多佛寺，湖心有二小渚，崇殿巍
> 然，临水望之如帝居，为士大夫饮宴之所，杯盘几筵，极奢
> 丽，有时容集多至百余辈。青楼盛多，皆靓妆艳饰，兰麝熏
> 人，贮以华屋，侍女如云，尤善诸艺，娴习应对，见者倾
> 倒，甚至醉生梦死，沉溺其中。故凡游京师者，谓之登天
> 堂，归后尤梦京师。③

形形色色的市井歌妓既为词人的创作提供了生活原型和创作
素材，同时，也成为推动这些词曲传播的中坚力量。

---

① 陶谷：《清异录》卷上，百部丛书集成本。
② 孟元老：《东京梦华录》，中国商业出版社1982年版。
③ 马可波罗：《马可波罗行记》，东方出版社2007年版。

　　杨海明先生说："词在小舞台（酒宴歌席）上伴着歌妓'出场'，实即枕奠着一个更大范围的社会舞台，且又挟带着前所未见的歌围舞阵的浩大声势。"① 而唐宋词传播"独重女音"之审美风尚的形成，正是在两宋城市经济高度繁荣的社会大舞台上，由当时奢侈逸乐的社会风气以及成熟的歌妓制度共同催生的结果。

　　其次，从内部因素而言，唐宋词"独重女音"的审美风尚又与其所配音乐的特点以及词体艳情化的内容有关。

　　如前所述，词所配合的音乐，是来源于"胡夷里巷"的燕乐，它具有"从浊至清，叠更其声，下则益浊，上则益清，慢者过节，急者流荡，繁声淫奏，富于变化"② 的特点。词与燕乐结合，就极易形成"以旖旎近情之辞，就合管弦冶荡之音，往往极怒极伤极淫而后已"③ 的风格情调，这正与女音"韵清且美"，"歌喉宛啭，道得字真韵正"④ 的特点相吻合，因此，刘克庄在《翁应星乐府序》中即指出："长短句当使雪儿、啭春莺辈可歌，方是本色。"王炎《双溪诗余自序》也说："长短句宜歌不宜颂，非朱唇皓齿无以发要妙之音。"吴自牧《梦粱录》卷二○"妓乐"条亦载："但唱令曲小词，须是声音软美。"女性歌妓清脆娇软的歌喉配以宛转要眇的音乐，再加上她们形体语言的艺术再创造，自然能够将唐宋词婉转妩媚、幽约旖旎的风韵表现得淋漓尽致。试看歌妓们的现场演出效果：

　　　　吴娃劝饮韩娥唱。竞艳容，左右皆春。

　　　　　　　　　　　　　　　　　　　　　　　（张先《泛青苕》）

---

① 杨海明：《唐宋词美学》，江苏教育出版社 1998 年版，第 8 页。
② 欧阳修：《新唐书》，中华书局 1975 年版。
③ 沈雄：《古今词话》，转引自唐圭璋《词话丛编》，中华书局 2005 年版。
④ 吴自牧：《梦粱录》卷二○，中国商业出版社 1982 年版。

响亮歌喉。遏住行云翠不收。妙词佳曲。唻出新声能断续。

（苏轼《减字木兰花·庆姬》）

不用抹繁弦，歌韵天然。天教独立百花前。

（仲并《浪淘沙·赠妓》）

遛朱唇，缓歌妖丽，似听流莺乱花隔。

（聂冠卿《多丽》）

歌罢碧天零影乱，舞时红袖雪花飘。几回相见为魂销。

（向子谡《浣溪沙》）

纤腰妙舞萦回雪，皓齿清歌遏住云。

（袁去华《思佳客》）

"左右皆春"、"遏住行云翠不收"、"歌韵天然"、"魂销"等词句，就从不同角度展示了听众所获得的非凡的视听新感受。

词体艳情化的内容也是决定唐宋词传播"独重女音"的重要因素。元燕南芝庵《唱论·凡唱所忌》说："男不唱艳词，女不唱雄曲"，这就明确指出，不同的歌词内容需要由不同身份的歌者演唱。还有一则广为流传的词坛轶事也颇能说明问题，据宋代俞文豹《吹剑录》载：

> 东坡在玉堂日，有幕士善歌，因问："我词何如柳七？"对曰："柳郎中词，只合十七八女郎，执红牙板，歌'杨柳岸，晓风残月'。学士词（指东坡词）须关西大汉、铜琵琶、铁绰板，唱'大江东去'。"东坡为之绝倒。

这位幕士的话里至少包含了两层意思，一是苏词的内容和风格与柳词截然不同，二是就传播而言，苏词完全不合当时"独重女音"的潮流。由于词之初起就凸显出"自南朝之宫体,扇北里之倡风"的艳情化倾向,并一直以此为词体发展的"本色"和"当行",则此类女性化、柔媚化的丽词软调自然是由"语娇声颤,字如贯珠"的美貌歌妓来"意传心事"最为合适,而东坡词既为别调,也就只能由当时看来极不合时宜的"关西大汉"用"铜琵琶、铁绰板"来演唱了。同时,大量女性歌妓的参与,又增添了唐宋词的"香风"和"艳色",进一步强化了唐宋词的艳情化倾向。

外部社会环境与词体本身特性共同作用,促成了唐宋词传播"独重女音"的审美风尚,反过来,这种风尚又对当时的社会风气与词体本身产生了深刻的影响,唐宋词柔美婉媚风格的确立以及本色观念的形成,就与女性歌妓的演唱有着极为密切的关系。

二　声辞繁杂,不可胜纪

作为当时的流行歌曲,唐宋词的兴盛离不开"曲"与"词"的共同繁荣。

被选做词调的乐曲基本都是风靡一时的流行曲。《四库全书总目提要》卷一九九集部词曲类《钦定词谱》条说:

> 词萌于唐,而大盛于宋。然唐宋两代皆无词谱。盖当时之词,犹今日里巷之歌,人人解其音律,能自制腔,无须于谱。

以唐五代词调为例,崔令钦《教坊记》录324曲,内杂曲278,大曲46,皆为开元、天宝时期社会上的流行曲。据吴熊和先生考证,由这些流行曲演变的唐五代词调,有以下79个:

抛球乐　清平乐　贺圣朝　泛龙舟　春光好　凤楼春

长命女　柳青娘　杨柳枝　柳含烟　浣溪沙　浪淘沙

纱窗恨　望梅花　望江南　摘得新　河渎神　醉花间

思帝乡　归国遥　感皇恩　定风波　木兰花　更漏长

菩萨蛮　临江仙　虞美人　献忠心　遐方怨　送征衣

扫市舞　凤归云　离别难　定西番　荷叶杯　感恩多

长相思　西江月　拜新月　上行杯　鹊踏枝　倾杯乐

谒金门　巫山一段云　望月婆罗门　玉树后庭花

儒士谒金门　麦秀两歧　相见欢　苏幕遮　黄钟乐　诉衷情

洞仙歌　渔父引　喜秋天　梦江南　三台　柘枝引

小秦王　望远行　南歌子　渔歌子　风流子　生查子

山花子　竹枝子　天仙子　赤枣子　酒泉子　甘州子

破阵子　女冠子　赞普子　南乡子　拨棹子　河满子

水沽子　西溪子　回波乐①

　　这些风行一时的曲调，都是词人们竞相填写的对象。比如孙光宪《北梦琐言》卷四记载："（唐）宣宗爱唱《菩萨蛮》词，令狐相国（绹）假其（温庭筠）新撰密进之"，而在《花间集》中，仅温庭筠一人填制的《菩萨蛮》就有 14 首。《北梦琐言》卷十并载："（薛昭蕴）每入朝，弄笏而行，旁若无人，爱唱《浣溪沙》词。"又如两宋时期，晏殊特爱《渔家傲》曲，《珠玉词》中收此调 14 首，为诸调之冠，其自云："齐揭调，神仙一曲《渔家傲》"。辛弃疾有《贺新郎》23 首，岳珂《桯史》卷三载："稼轩以词名，每燕必命侍妓歌其所作，特好歌《贺新

---

① 吴熊和：《唐宋词通论》，浙江古籍出版社 1989 年版，第 17—18 页。

郎》一词。"可见词人对这些流行曲调的偏爱。

　　词调根据乐曲创制，但乐曲不等于词调，由曲调转为词调，也是艺术加工和再创作的过程。

　　唐宋词的词调来源与作者多种多样。有的来自民间或外域，如刘禹锡《竹枝词序》曰："余来建平，里中儿联歌《竹枝》，吹短笛，击鼓以赴节。歌者扬袂睢舞，以曲多为贤。聆其音，中黄钟之羽，卒章激讦如吴声，虽伧儜不可分，而含思宛转，有淇濮之艳。……故余亦作《竹枝词》九篇，俾善歌者飏之。"北宋时，"民间作新声者甚众"①。柳永《乐章集》中的一些词调就来源于市井"新声"。来自边地或外域的词调也不少，如敦煌曲子词中的《望月婆罗门》，原是印度乐曲。又如洪迈《容斋四笔》卷一五载："近世风俗相尚，不以公私宴集，皆为耍曲耍舞，如'渤海乐之类'。"其他如《菩萨蛮》、《怨胡天》、《定西番》、《四国朝》、《异国朝》、《蛮牌序》等词调也属此类。又有的词调创自教坊或大晟府等官方音乐机构，如《荔枝香》，据《新唐书·礼乐志》载："（唐玄宗）幸骊山，杨贵妃生日，命小部张乐长生殿，因奏新曲，未有名，会南方进荔枝，因名曰《荔枝香》。"又如陈师道《后山诗话》载："武才人出庆寿宫，色最后庭，裕陵（宋神宗）得之。会教坊献新声，为作词，号《瑶台第一层》。"②再如《词源》卷下载："迄于崇宁，立大晟府……美成诸人，又附增演慢曲，引、近，或移宫换羽，为三犯、四犯之曲，按月律进之，其曲隧繁。"而"大晟词人"晁端礼，其所撰《黄河清》、《寿香明》二调，"音调极韶美，天下无

---

　　①　脱脱等撰：《宋史·乐志》，中华书局1977年版。
　　②　陈师道：《后山诗话》，载何文焕《历代诗话》，中华书局2004年版，第342页。

问遐迩大小，皆争唱之。"① 还有一些词调乃词人或乐工歌妓自度自制，如姜夔《惜红衣》，其词序云："丁未之夏，予游千岩，数往来红香中，自度此曲，以无射宫歌之。"其《长亭怨慢》，词序云："予颇喜自制曲，初率意为长短句，然后谐以律。"此外，像柳永、周邦彦、吴文英等也都是自创新曲的高手。再如北宋流行的《解愁》词调，即为乐工花日新所创制，陈慥为苏轼《无愁可解》作序云："国工花日新，作越调《解愁》，洛阳刘几伯寿，闻而悦之，戏作俚语之词，天下传咏，以为几于达者。"可见其在当时受欢迎的程度。

清吴绮《记红集凡例》云："凡词皆以声情为主，若声不流丽，则情亦滞涩，歌喉少戾，听者废然，何况作者先为劣调乎？"强调曲调优劣对于歌词的重要影响。词坛上留下了不少有关词借曲行的记载。

晏几道《小山词序》云：

> 始时，沈十二廉叔，陈十君龙（宠）家，有莲、鸿、苹、云，品清讴娱客……昔之狂篇醉句，遂与两家歌儿酒使，俱流转于人间。

认为自己的"狂篇醉句"，主要依靠"歌儿酒使"流转人间。

又据曾敏行《独醒杂志》卷三载：

> 东坡守徐州，作《燕子楼》乐章，方具稿，人未知之。

> 一日，忽哄传于城中。东坡讶焉，诘其所从来，乃谓发端于逻卒。东坡召而问之，对曰："某稍知音律，尝夜宿张建封庙，闻有歌声，细听，乃此词也，记而传之，初不知何谓。"东坡笑而遣之。

逻卒对于歌词内容虽"初不知何谓"，但由于他"稍知音律"，熟悉曲调，故能"记而传之"。

事实上，唱词之风不但是唐五代和北宋词坛兴旺发达的重要原因，即使在繁华过眼而只有余音绕梁的南宋词坛，它依然对词（尤其是民间词）的创作与传播起到了一定的推动作用。

反过来，歌词创作与传播的繁荣又促进了乐曲的创新和发展。

一首流行新曲，开始总是以虚谱无词的形式出现的。有些词人喜欢这支曲子，以其为词调填词，如姜夔《霓裳中序第一》词序曰：

> 又于乐工故书中得商调《霓裳曲》十八阕，皆虚谱无辞。……予不暇尽作，作《中序》一阕传于世。

又如周密《醉语花》词序曰：

> 羽调《醉语花》，音韵婉丽，有谱而无辞。连日春晴，风景韶媚，芳思撩人，醉捻花枝，倚声成句。

随着歌曲被传唱，词调遂被反复填写，这就延长了流行乐曲的生命，扩大了它的流传面。以著名词人柳永为例，据叶梦得《避暑录话》卷下载：

柳永为举子时，多游狭邪，善为歌辞。教坊乐工每得新腔，必求永为辞，始行于世，于是声传一时。

可见柳词对于推广新调的重要作用。又比如大文学家苏轼，有些词调，虽然不是他首创，却是经由他填写之后才流行的。宋人胡仔列举了他的一些名篇佳作：

子瞻佳词最多，其间杰出者，如"大江东去，浪淘尽，千古风流人物"赤壁词；"明月几时有，把酒问青天"中秋词；"落日绣帘卷，亭下水连空"快哉亭词；"乳燕飞华屋，悄无人，桐阴转午"初夏词；"明月如霜，好风如水，清景无限"夜登燕子楼词；"楚山修竹如云，异材秀出千林表"咏笛词；"玉骨那愁瘴雾，冰肌自有仙风"咏梅词；"东武城南，新堤固，涟漪初溢"宴留杯亭词；"冰肌玉骨，自清凉无汗"夏夜词；"有情风万里卷潮来，无情送潮归"别参寥词；"缺月挂疏桐，漏断人初静"秋夜词；"霜降水痕收，浅碧鳞鳞露远洲"重九词。此十馀词，皆绝去笔墨畦径间，直造古人不到之处，真可使人一唱三叹。

（《苕溪渔隐丛话》后集卷二六）

这些词调大多借苏词而闻名，从而被广泛填写。其中，《念奴娇》（大江东去）因苏词而得《大江东去》、《酹江月》、《赤壁词》等别名，宋金元词人对此词追和、次韵数量最多，达31首；《卜算子》（缺月挂疏桐）位居第二，有16首；《水调歌头》（明月几时有）有5首；周邦彦的词也被诸多追随者依韵唱和，毛晋《和清真词跋》说他"每制一调，名流则依律赓唱。独东楚方千里、乐安杨泽民有《和清真全词》各一卷，或合为三英集行世"。由此可见，歌词合乐对于乐曲流行的促进和推动。同时，歌词合乐又激发了乐曲创新的竞争，北宋时期，各种"新调"、"新声"不可胜计，这与合乐歌词的繁荣是密不可分的。

在歌词合乐的大环境下，又有人在原有词调的基础上改造歌词，添声减字，使之便于歌唱。《词谱》卷一三陈亮《转调浣溪沙》调下注曰：

> 宋人精于音律，凡遇旧腔，往往随心增损，自成新声。如元人度曲，或借宋人词调偷声添字，名为过曲者，其源实出于此。

又清吴衡照《莲子居词话》引吴颖芳语曰：

> 或前词字少而今多之，则融洽其多字于腔中，或前词字多而今少之，则引申其少字于腔外，亦仍与音律无碍。盖当时作者述者皆善歌，故制词度腔，而字之多寡。平仄参焉。

或者采用变奏的方法，使乐曲符合不同内容歌词的要求。对此，杨荫浏先生《中国古代音乐史稿》专门论及，他说：

> 同一曲调，在节奏的改变上，在旋律的细致处理上，可以千变万化。人民在长期实践中间，学会了一套变奏的手法，可以根据同一曲调的大体轮廓，进行各种变奏处理，使之符合于不同内容的要求。我们有好些深刻动人的歌曲、戏曲和器乐曲，的确是这样从某些已有曲牌的基础上产生出来

的。它们本身，就是一种有力的证明。①

有时同一词调，可以被词人用来表现截然不同的情感或内容，其中不少即经过变奏处理。

歌词合乐，付诸弦管歌喉，这是词与乐之间矛盾协调的产物。从消极方面而言，二者彼此制约，互为掣肘；但从积极方面看，二者又互相促进和推动，实现了"互动双赢"。唐宋词所取得的巨大成功，在一定意义上就是这种积极因素充分作用的结果。

三 词"别是一家"

最早将合乐协律当做词体"别是一家"的特征，并将其提升至理论高度加以概括和总结的人当属李清照，其《词论》曰：

> 盖诗文分平仄，而歌词分五音，又分五声，又分六律，又分清浊轻重。且如近世所谓《声声慢》、《雨中花》、《喜迎莺》，既押平声韵，又押入声韵；《玉楼春》本押平声韵，又押上、去声，又押入声。本押仄声韵，如押上声则协；如押入声，则不可歌矣。王介甫、曾子固，文章似西汉，若作一小歌词，则人必绝倒，不可读也。乃知别是一家，知之者少。

词是音乐文学，作词强调审音用字，无非为了协律合乐，使词与曲、字声与乐音契合无间。所谓"词有声调，歌有腔调，必填词之声调字字精切，然后歌词之腔调声声轻圆。调其清浊，

---

① 杨荫浏：《中国古代音乐史稿》，人民音乐出版社 1981 年版，第 197 页。

叶其高下，首当责之握管者。"①

实际上，中晚唐词人已经把声辞和谐作为衡量歌词创作的重要指标。白居易《杨柳枝二十韵》："乐童翻怨调，才子与妍词。"李绅《忆被牛相留醉》："酒徵旧对渐衰质，曲换新词感上宫。"薛能《柳枝四首》其一："柔娥幸有腰肢稳，试踏吹声作唱声。"又《舞者》："筵停匕箸无非听，吻带宫商尽是词。"这种"吻带宫商"的结果，就使词与乐的结合更加紧密，也使词律日趋成熟和精密。

温庭筠是第一个大力作词的文人，《旧唐书·温庭筠传》言其"能逐弦吹之音，为侧艳之词"。他不仅作词务协音律，又且推进了词律的发展。夏承焘先生《唐宋词字声之演变》说：

> 词之初起，若刘、白之《竹枝》、《望江南》，王键之《三台》、《调笑》，本蜕自唐绝，与诗同科。至飞卿以侧艳之体，逐管弦之音，始多为拗句，严于依声。往往有同调数首者，字字从同；凡在诗句中可不拘平仄者，温词皆一律谨守不渝。凡其拗处坚守不渝者，当皆有关于管弦音度。飞卿托迹狎邪，精雅此事，或非漫为诘屈。

这也为后来的歌词创作确立了规范，温庭筠的追随者——西蜀"花间"诸人以此为作词标准，继而提出歌词须"名高《白雪》，声声而自合鸾歌；响遏行云，字字而偏谐风律"② 的纲领性"宣言"。

---

① 谢元淮：《填词浅说》，转引自唐圭璋《词话丛编》，中华书局 2005 年版。
② 欧阳炯：《花间集序》，转引自金启华等编《唐宋词集序跋汇编》，江苏教育出版社 1990 年版。

宋人更加注重词与乐的配合，在度音用字方面也较晚唐五代更为精审。

北宋时期，歌词创作主要是为了应歌，因此歌词协律与否至关重要，而大多数词人对于伎乐也都相当熟悉和喜爱。《四库全书总目提要》卷二〇〇《宋名家词》条说：

> 词萌于唐而盛于宋。当时伎乐，惟以是为歌曲，而士大夫亦多知音律，如今日之南北曲也。

这是比较符合北宋实情的。如钱惟演留守西京洛阳时，"每宴客，命厅籍（官妓）分行刬袜，步于莎上，传唱《踏莎行》"①，寇准"所临镇燕会，常至三十盏，必盛张乐，尤喜《柘枝舞》，用二十四人，每舞连数盏方毕"。② 又"因早春宴客，自撰乐府词，俾工歌之"③。晏殊"未尝一日不燕饮"，每宴"必以歌乐相佐"。秦观"善为乐府，语工而入律，知乐者谓之作家歌"，等等。④ 至于市井民间的歌词创作，更是以"务合于管色"为第一要义，沈义父《乐府指迷》曰：

> 如秦楼楚馆所歌之词，多是教坊乐工及市井做赚人所作，只缘音律不差，故多唱之。求其下语用字，全不可读。甚至咏月却说雨，咏春却说秋。如花心动一词，人目之为一

---

① 吴曾：《能改斋漫录》卷一一，上海古籍出版社1979年版。
② 叶梦得：《石林燕语》卷四，转引自《宋元笔记小说大观》，上海古籍出版社2001年版。
③ 文莹：《湘山野录》卷下，中华书局1984年版，第44页。
④ 叶梦得：《避暑录话》卷二，转引自《宋元笔记小说大观》，上海古籍出版社2001年版。

年景。又一词之中，颠倒重复，如曲游春云："脸薄难藏泪。"过云："哭得浑无气力。"结又云："满袖啼红。"如此甚多，乃大病也。

可见在歌词合乐的时代，可歌性对于歌曲流行的决定性作用。对于歌词合乐的情景，当时的诗词中也有诸多感性的描述：

> 要索新词，嫌人含笑立尊前。按新声，珠喉渐稳。
>
> （柳永《玉蝴蝶》）
>
> 杨柳阴中驻彩旌。芰荷香里劝金觥。小词流入管弦声。
>
> （晏殊《浣溪沙》）
>
> 浅斟杯酒红生颊，细琢歌词稳称声。
>
> （苏轼《和致仕张郎中春昼》）
>
> 尊前翠眉环唱，道新腔字稳。
>
> （傅大询《锦堂春》）
>
> 坐客联挥玉尘，歌词细琢琼章。
>
> （谢逸《西江月》）
>
> 别院新翻，曲成初按，词清声脆。
>
> （赵长卿《鼓笛慢》）
>
> 惭愧何郎，呜呜衮衮，翻入腭、唇、齿、舌、喉。
>
> （冯取洽《沁园春》）

这些都是乐曲与歌词完美结合的例子。

而对于歌词创作中一些"不协音律"的现象，时人也多有批评和指摘。如李清照《词论》云：

> 至晏元献、欧阳永叔、苏子瞻，学际天人，作为小歌

词，直如酌蠡水于大海，然皆句读不葺之诗尔，又往往不协音律者。

陈师道《后山诗话》批评苏轼词云：

> 子瞻以诗为词，如教坊雷大使之舞，虽极天下之工，要非本色。

吴曾《能改斋漫录》卷十六引苏轼门人晁补之语曰：

> 东坡词，人谓多不谐音律。然居士词横放杰出，自是曲子中缚不住者。

晁又评黄庭坚词曰：

> 黄鲁直间作小词，固高妙，然不是当家语，自是著腔子唱好诗。

有时候，歌词合乐协律还需要歌者从中调节。杨慎《词品》卷一曰：

> 填词平仄及断句皆定数，而词人语意所到，时有参差。……然句法虽不同，而字数不少，妙在歌者上下纵横取协尔。

沈括《梦溪笔谈》卷五《乐律》一曰：

古之善歌者有语，谓"当使声中无字，字中有声"。凡曲止是一声清浊高下如萦缕耳，字则有喉、唇、齿、舌等音不同。当使字字举本清圆，悉融入声中，令转换处无磊块，此谓"声中无字"，古人谓之"如贯珠"，今谓之"善过度"是也。如宫声字而曲合用商声，则能转宫为商歌之，此"字中有声"也。善歌者谓之"肉里声"，不善歌者声无抑扬，谓之"念曲"；声无含韫，谓之"叫曲"。

由此可见，只有各方面相互协调，才能取得良好的歌唱效果。

南宋时期，由于种种原因，许多曲调"旧谱零落，不能倚声而歌也"①，但唱词之风依然在一定范围内流行。据宋毛开《樵隐笔录》载：

绍兴初，都下盛行周清真咏柳《兰陵王慢》，西楼南瓦皆歌之，谓之渭城三叠。

又周密《癸辛杂识》（续集下）载：

张于湖知京口，王子宣代之多景楼落成，于湖为大书楼匾，公库送银二百两为润笔，于湖却之，但需红罗百匹。于是大宴，合乐酒酣，于湖赋词，命妓合唱甚欢，遂以红罗百匹犒之。

又王灼《碧鸡漫志》序曰：

---

① 张炎：《西子妆慢》，转引自唐圭璋编《全宋词》，中华书局 1999 年版。

乙丑（1205 年）冬，予客寄成都之碧鸡坊妙胜院，自夏涉秋，与王和光、张齐望所居甚近，皆有声妓，日置酒相乐，予亦往来两家不厌也。……予每饮归，不敢径卧，客舍无与语，因旁缘是日歌曲，出所闻见。

虽然如此，对于大多数南宋词人来说，知音协律仍然是十分困难的事情，张炎《词源》说："今词人才说音律，便以为难。"沈义父《乐府指迷》说："近世作词者不晓音律。"不晓音律，就只能转而注重词律，《乐府指迷》又说：

腔律岂必人人皆能按箫填谱，但看句中用去声字最为紧要。然后更将古知音人曲，一腔三两只参订，如都用去声，亦必用去声。其次如平声，却用得入声字替。上声字最不可用去声字替。不可以上去入，尽道是侧声，便用得，更须调停参订用之。古曲亦有拗音，盖被句法中字面所拘牵，今歌者亦以为碍。如尾犯之用"金玉珠珍博"，金字当用去声字。如绛都春之用"游人月下归来"，游字合用去声字之类是也。

元虞集《叶宋英自度曲谱序》云：

近世士大夫号称能乐府者，皆依约旧谱，仿其平仄，缀辑成章。

罗宗信《中原音韵序》亦云：

学宋词者，止依其字数而填之耳。

随着音乐的疏离，南宋词人对词律的要求愈发严苛，杨守斋为周密订正《木兰花慢》，竟然"阅数月而后定"，张枢为使《惜花春》一词"协律"，不惜牺牲词意，将"琐窗幽"改为"琐窗深"，再改为"琐窗明"，这种变音律为桎梏的做法，就完全失去唐宋词为歌唱而协律合乐的初衷了。

第三节　凡有井水饮处,皆能歌"小词"

一　创作主体阵营的扩容与创作者身份的多元化

关于北宋词曲流行的盛况，吴熊和先生总结说：

同唐五代仅二百左右小令相比，北宋时"其急、慢诸曲几千数"。不仅数量远远超轶前代，而令、引、近、慢，兼有众体，词调于是称得大备。这是在仁宗至徽宗一个世纪左右的时间内完成的。除了教坊乐，北宋市井新声的竞起，是词调获得新增与扩充的重要原因。当时上至宫廷下至瓦子勾栏，都是这种新声的领地。而且，北宋词人知音识曲者多，能自制调，因此在作词与制调这两方面都出现了极盛的局面。①

这种热闹繁盛的局面，在当时的笔记小说和诗词中都多有体现。如孟元老《东京梦华录序》言汴京"举目则青楼画阁，绣户珠帘。……新声巧笑于柳陌花衢，按管调弦于茶坊酒肆。……

---

① 吴熊和：《唐宋词通论》，浙江古籍出版社 1989 年版，第 142 页。

化光满路，何限春游，箫鼓喧空，几家夜宴。"而柳永词中则如此描述：

> 帝城当日，兰堂夜烛，百万呼卢，画阁春风，十千沽酒，未省，宴处能忘管弦，醉里不寻花柳。
>
> （《笛家弄》）
>
> 帝里风光好，当年少日，暮宴朝欢。况有狂朋怪侣，遇当歌、对酒竞留连。
>
> （《戚氏》）
>
> 玉城金阶舞舜干。朝野多欢。九衢三市风光丽，正万家、急管繁弦。
>
> （《看花回》）
>
> 风暖繁弦脆管，万家竞奏新声。
>
> （《木兰花慢》）
>
> 是处楼台，朱门院落，弦管新声沸腾。
>
> （《安公子》）
>
> 坐觉久，疏弦脆管，时换新音。
>
> （《夏云峰》）

曲子词不仅在中原地区达到了"脱于芒端而四方传唱，敏若风雨，人人歆艳，咀味于朋游尊俎之间，以是为相乐也"① 的繁盛场面，而且远播于少数民族地区和国外。如柳永词曾盛传契丹、西夏、金，据说金主完颜亮读柳永《望海潮》（东南形胜）词，"遂起投鞭渡江，立马吴山之志"② 叶梦得在《避暑录话》

---

① 鲷阳居士：《复雅歌词序》，转引自金启华等编《唐宋词集序跋汇编》，江苏教育出版社 1990 年版。

② 罗大经：《鹤林玉露》卷一，中华书局 1997 年版。

卷三中也转述一位西夏归朝官语，云："凡有井水处，即能歌柳词。"又据郑麟趾《高丽史·乐志》载，宋徽宗曾将大晟乐府习唱的几十首词曲赐予高丽，而在苏轼《论高丽买书利害札子三首》中，亦有关于"高丽使抄写曲谱"的记载。

到了南宋，民间的词曲传播依然兴盛。据周密《武林旧事》记载，都城临安的各种公共娱乐场所都有歌妓演出，其"歌馆"条曰：

> 平康诸坊，如上下抱剑营、漆器墙、沙皮巷、清河坊、融和坊、新街、太平坊、巾子巷、狮子巷、后市街、荐桥，皆群花所聚之地。外此诸处茶肆，清乐茶坊、八仙茶坊、珠子茶坊、潘家茶坊、连三茶坊、连二茶坊，及金波桥等两河以至瓦市，各有等差，莫不靓妆迎门，争妍卖笑，朝歌暮弦，摇荡心目。

"酒楼"条曰：

> （大酒楼）每处各有私名妓数十辈，皆时妆衒服，巧笑争妍。……又有小鬟，不呼自至，歌吟强聒，以求支分。……歌管欢笑之声，每夕达旦，往往与朝天车马相接。虽风雨暑雪，不少减也。

南宋词人刘过也曾有《酒楼》诗描写在酒楼听歌的情景，曰：

> 夜上青楼去，如迷洞府深。妓歌千调曲，客杂五方音。藕白玲珑玉，柑黄磊落金。酣歌恣萧散，无复越中吟。

从上述描绘中，可以明显地看出唐宋词在两宋社会广泛流播的情形。事实上，从整体而言，作为当时的流行歌曲，唐宋词不但创作主体阵营较之传统文学有了大幅度的扩容，创作者身份也呈现出多元化的趋势。

王兆鹏先生根据词人现存词作篇数，现存宋词别集的版本种数，词人在历代词话中被品评的次数，词人在本世纪被研究、评论的论著篇数，历代词选中词人入选的词作篇数，本世纪词选中词人入选的词作篇数六项数据统计，对宋代词人的历史地位和影响进行了综合排名，名列前三十位的分别为辛弃疾、苏轼、周邦彦、姜夔、秦观、柳永、欧阳修、吴文英、李清照、晏几道、贺铸、张炎、陆游、黄庭坚、张先、王沂孙、周密、史达祖、晏殊、刘克庄、张孝祥、高观国、朱敦儒、蒋捷、晁补之、刘过、张元幹、王安石、陈与义、叶梦得。[①] 这些词人不仅对后世产生了巨大影响，在当时也都名动四方。如柳永词"传播四方"[②]，"不知书者尤好之"[③]，"流俗之人尤好道之"[④]；欧阳修词盛传汝阴且被汝阴人过目成诵[⑤]；东坡词"哄传徐州城"[⑥]；秦观词传入长沙而被长沙人"酷爱"[⑦]，"清真词盛传都下"[⑧]，等等。

一些词人还受到了"明星"般的追捧。最著名的当属柳

---

① 王兆鹏：《唐宋词史论》，人民文学出版社 2000 年版，第 81—108 页。

② 吴曾：《能改斋漫录》卷一六，上海古籍出版社 1979 年版。

③ 王灼：《碧鸡漫志》，转引自唐圭璋《词话丛编》，中华书局 2005 年版。

④ 徐度：《却扫篇》，文渊阁四库全书。

⑤ 赵令畤：《侯鲭录》，转引自《宋元笔记小说大观》，上海古籍出版社 2001 年版。

⑥ 叶梦得《避暑录话》卷三，转引自《宋元笔记小说大观》，上海古籍出版社 2001 年版。

⑦ 洪迈：《夷坚志补》卷一，中华书局 1981 年版。

⑧ 毛开：《樵隐笔录》，文渊阁四库全书。

永，其词在北宋流传甚广，社会各阶层都有他的"追星族"。比如宋仁宗颇好柳永词，"每对酒，必使侍从歌之再三。"① 哲宗朝宰相韩维和北宋最后一位宰相何㮚也是柳永的超级"粉丝"：韩维"每酒后好讴柳三变一曲"②；何㮚则在金兵围攻汴京、都城即将陷落的危急时刻，"日于都堂饮醇酒，谈笑自若。时一复讴柳词"③。另有邢州开元寺和尚法明酷爱柳词，"每饮至大醉，惟唱柳永词"。"酒酣乃讴柳词数阕而后已，日以为常，如是者十余年"。临终前歌柳永"今宵酒醒何处，杨柳岸晓风残月"即"趺跏而逝"④。柳永在歌妓中声名尤盛，据罗烨《醉翁谈录》丙集卷二载："柳陌花街、歌姬舞女，凡吟咏讴歌，莫不以柳七官人为美谈。"又如秦观，《绿窗新话》卷上引《古今词话》：

> 秦少游在扬州，刘太尉家出姬侑觞，中有一姝善箜篌。……姝又倾慕少游之才名，偏属意。少游借箜篌观之。继而主人入宅更衣，适值狂风灭烛，姝来且相亲，有仓促之欢。且云："今日为学士瘦了一半。"少游因作《御街行》以道一时之景。

《铁围山丛谈》卷四：

> （范）温预贵人家，会贵人有侍儿善歌秦少游长短句，

① 陈师道：《后山诗话》，中华书局1981年版，第311页。
② 张耒：《明道杂志》，《说郛三种》第5册，上海古籍出版社1998年版，第1995页。
③ 徐梦莘：《三朝北盟会编》卷六八，光绪三十四年许涵度校刊本。
④ 江少虞：《宋朝事实类苑》卷四四，上海古籍出版社1981年版，第584页。

坐间略不顾温，温亦谨不敢吐一语。及酒酣欢洽，侍儿者始问："此郎何人耶？"温遽起叉手而对曰："某乃'山抹微云'女婿也。"闻者多绝倒。

又如叶梦得，宋洪迈《夷坚志·丁志》卷一二：

> 叶少蕴左丞初登第，调润州丹徒尉，郡守器重之，俾检察征税之出入。务亭在西津上，叶尝以休日往，与监官并栏干立，望江中有彩舫。傃亭而南，满载皆妇女，嬉笑自若，谓为贵富家人。方趋避之，舫已泊岸，十许辈袨服而登，径诣亭上，问小吏曰："叶学士安在，幸为入白。"叶不得已出见之，皆再拜致词曰："学士隽声满江表，妾辈乃真州妓也，常愿一侍尊俎，惬平生心，而身隶乐籍，仪真过客如云，无时不开宴，望顷刻之适不可得，今日太守私忌，郡官皆不会集，故相约绝江此来，殆天与其幸也。"叶慰谢，命之坐，同官谋取酒与饮，则又起言："不度鄙贱，辄草具肴酝自随，敢以一杯为公寿，愿得公妙语持归，夸示淮人，为无穷光荣，志愿足矣。"顾从奴挈榼而上，馔品皆精洁，迭起歌舞，酒数行，其魁奉花笺以请，叶命笔立成，不加点窜，即今所传《贺新郎》（睡起闻莺语）词也。

除了这些著名的词人外，唐宋词的作者还包括许多名不见经传的小人物甚至无名氏，因此，王兆鹏先生在统计排列了宋代前三十位最有影响力的大词人以后，进而指出：

> 波澜壮阔的宋词作者队伍，除了一群明星大词人的开拓创造、冲锋陷阵，还有赖于众多作者的参与和摇旗呐喊。正

是由于一群群、一代代的大词人、小词人、"专业作者"和
"业余作者"的合力作用，才形成了宋词的繁荣局面。在宋
代，帝王将相、贩夫走卒、文坛墨客、家庭妇女、方外僧
人、风尘歌妓、江湖好汉、民族英雄，无不参与词的创作。
宋词的创作队伍几乎涵盖了各种社会阶层，包括了各种社会
角色身份。[①]

其中，帝王如宋徽宗赵佶、宋高宗赵构，宰辅之臣如文彦
博、司马光、寇准，武将如岳飞、韩世忠，太学生如任昉、俞国
宝，歌妓如乐婉、聂胜琼、赵才卿、严蕊、谭意哥，又有惠洪、
仲殊、宝月、圆禅师、则禅师这样的和尚，朱熹、真德秀这样的
道学先生，宋江这样的江湖好汉，何蓑衣道人、南山居士这样的
隐士，还有阮逸女、蒋氏女、花仲胤妻、杜大中妾这样的闺中
人……《大宋宣和遗事》载：

> 宣和间，上元张灯，许士女纵观，各赐酒一杯。一女子
> 窃所饮金杯，卫士见之，押至御前，女诵《鹧鸪天》词云：
> "月满蓬壶灿灿灯，与郎携手至端门。贪看鹤阵笙歌举，不
> 觉鸳鸯失却群。天渐晓，感皇恩，传宣赐酒饮杯巡。归家恐
> 被翁姑责，窃取金杯作照凭。"徽宗大喜，以金杯赐之，卫
> 士送归。

这也从侧面说明当时歌词创作队伍的庞大，以及歌词创作在
群众中的普及。

---

①   王兆鹏：《唐宋词史论》，人民文学出版社 2000 年版，第 109 页。

二　"平民"氛围的营造与受众主导地位的确立

鲁迅先生在《致姚克信》中说："歌、诗、词、曲，我以为原是民间物，文人取为己有，越做越难懂，弄得变成僵石，他们就又去取一样，又来慢慢地绞死它。"这就概括了某种特定的文学形式，它从大众文学到经典文学的发展过程。

曲子词本源自民间，它的孕育和发展都是在平民文化的背景下发生的，因此，广大民众从一开始就在词曲消费中占据着主导地位，词也由此具有了浓重的平民化的色彩。

从内容上看，早期曲子词题材十分广泛。"有边客游子之呻吟，忠臣义士之壮语，隐君子之怡情悦志，少年学子之热望和失望，以及佛子之赞颂，医生之歌诀"①，但就在此时的词作中，已经出现了"眼如刀割"（《内家娇》）的坊间歌女形象和"把人尤泥"（《洞仙歌》）的歌妓情态，更有妓女们发出的"莫攀我，攀我太心偏"（《望江南》）的痛苦决绝之语，这些将伎艺或身体作为商品出卖的女性形象在民间词中的频繁出现，正暗示着曲子词由农村向城市的快速转变。

宋代城市经济与前代相比有了极大的发展，城市人口也不断膨胀，这就带动了包括曲子词在内的城市文艺的蓬勃兴起。正如美国著名史学家费正清先生在论及宋代城市经济的特点时所言：

> 新社会的另一特点是其不断的城市化……可是中国文化真正的城市化不在于城市的数目，而是从这时起城市和城市居民在社会中起主导作用。与旧贵族不同，新的士绅很大程度上在城镇生活，他们与其说是乡村地主不如说更像在外地

---

① 王重民：《敦煌曲子词集叙录》，商务印书馆1950年版。

主。因为所有的官员和富商都在城镇生活，所以领导集团中
大部分人都集中在城市地区。因而高层次文化自然也就高度
城市化，发展出来的兴趣和态度看来更具有城市居民而不是
农村居民的特征……在城市环境中，高层次文化比以前更复
杂多样，更多的居民参与到文化活动之中……宋代的城市生
活是自由奢华的。城市不再是由皇宫或其他一些行政权力中
心加上城墙周围的乡村，相反，现在娱乐区成了社会生活的
中心。①

一方面，市民文艺必须具有尖新动人的视听效果，能够给予
观众新鲜刺激的感官享受。比如两宋市井间存在着种类繁多、内
容丰富的表演伎艺，据孟元老《东京梦华录》卷六载：

> 正月十五日元宵，大内前自岁前冬至后，开封府绞缚山
> 棚，立木正对宣德楼，游人已集御街两廊下。奇术异能，歌
> 舞百戏，鳞鳞相切，乐声嘈杂十余里，击丸蹴踘，踏索上
> 竿。赵野人，倒吃冷淘。张九哥，吞铁剑。李外宁，药法傀
> 儡。小健儿，吐五色水、旋烧泥丸子。大特落，灰药。榾柮
> 儿，杂剧。温大头、小曹，稽琴。党千，箫管。孙四，烧炼
> 药方。五十二，作剧术。邹遇、田地广，杂扮。苏十、孟
> 宣，筑球。尹常卖，《五代史》。刘百禽，虫蚁。杨文秀，
> 鼓笛。更有猴呈百戏，鱼跳刀门，使唤蜂蝶，追呼蝼蚁。其
> 余卖药，卖卦、沙书地谜，奇巧百端，日新耳目。

---

① 费正清、赖肖尔：《中国：传统与变革》，江苏人民出版社 1996 年版，第
141—142 页。

又据周密《武林旧事》卷六载，南宋临安的"诸色伎艺"也有：御前应制、御前画院、棋待诏、书会、演史、说经、小说影戏、唱赚、小唱、嘌唱赚色、鼓板、杂剧、杂扮、弹唱因缘、唱京词、诸宫调、唱耍令、唱《拨不断》、说诨话、商谜、覆射、学乡谈、舞绾百戏、神鬼、撮弄杂艺、泥丸、头钱、踢弄、傀儡、顶橦踏索、清乐、角觝、乔相扑、女颩、使棒、打硬、举重、打弹、蹴球、射弩儿、散耍、装秀才、吟叫、合笙、沙书、教走兽、教飞禽虫蚁、弄水、放风筝、烟火、说药、捕蛇、七圣法、消息，等等。①

这些丰富多彩、令人目不暇接的"诸色伎艺"，正是迎合了市民阶层求新求异的心理，通过直接诉诸耳目的娱乐形式，来缓解生活的重压带给人们的艰辛和苦难。而各种形式的唱词表演，其以年轻貌美的歌妓为主角，伴之以轻歌曼舞，造成"委有娉婷秀媚，桃脸樱唇，玉指纤纤，秋波滴溜，歌喉宛转，道得字真韵正，令人侧耳听之不厌"②的演出效果，由此，听词唱曲也就成了宋代普通市民日常精神消费活动中的"重头戏"。

另一方面，市民文艺又必须反映市民的生活，符合他们的审美趣味和人生理想。

世界上任何一个国家和民族，其文化知识结构均是由低到高呈金字塔形状，并且中低层占大多数。庸庸碌碌，整日为生计奔波的市民阶层，其文化水平普遍较低，审美趣味也偏于浅俗直露。以宋代流行于市井间的一首民间词为例：

脸儿端正。心儿峭俊。眉儿长、眼儿入鬓。鼻儿隆隆，

---

① 周密：《武林旧事》卷六，中国商业出版社1982年版。
② 吴自牧：《梦粱录》卷二〇"妓乐"，中国商业出版社1982年版。

口儿小、舌儿香软。耳朵儿、就中红润。

　项如琼玉，发如云鬓。眉如削、手如春笋。奶儿甘甜，
腰儿细、脚儿去紧。那些儿、更休要问。

（无名氏《解佩令》）

按照民间的审美观念，从头到脚逐一赞美女性的体态，言辞
浅俗，备足无余，迎合了市民阶层猎奇、猎艳的庸俗心态。其虽
并无任何的审美价值和社会意义可言，却盛传一时，甚至流入宫
廷和海外（此词见郑麟趾《高丽史·乐志》），这也从侧面反映
了两宋时期市民文化对主流文化的巨大冲击力。

这种"以俗为美"的审美趣味还影响到文人词的创作，惯
为俚词俗语的柳永、黄庭坚等人自不必说，就连"指出向上一
路"、"新天下人耳目"的苏轼也未能免俗。宋翔凤《乐府余
论》云：

　东坡才情极大，不为时曲束缚。然《漫录》亦载东坡
送潘邠老词："别酒送君君一醉。清润潘郎，更是何郎婿。
记取钗头新利市。莫将分付东邻子。回首长安佳丽地。三十
年前，我是风流帅。为向东楼寻旧事。花枝缺处馀名字。"
其词恣亵，何减耆卿。是东坡偶作，以付侁席。使大雅，则
歌者不易习，亦风会使然也。

"风会使然"正指出了以普通市民为主的广大受众，其浅
俗、俚俗的审美趣味对于当时整个流行歌坛的渗透和影响。

作为当时的流行歌曲，许多唐宋词又与市民自身的生活紧密
相连，适应着他们的人生理想。歌词的内容，有为人祝寿，有贺
人娶妾生子，有吃白水泡饭的经过，有参考举子的窘态、有卖假

酒的不良商贩、有遭遇火灾的妓家……这些日常生活中的琐屑小事，以及市井中形形色色的小人物，正是市民所熟悉的，因此听来备感亲切。

"在现代文艺市场条件下，价值评价的主体由权威向消费者倾斜，而消费者的评价是以购买量表现出来的，至于消费者的身份、地位、学识、修养等个人因素则不被看重。"[①] 市民阶层是伴随着商业经济的发展而壮大起来的一支新兴力量，对于他们而言，曲子词的创作和传播已经完全融入商业活动之中。在市场竞争机制的作用下，以市民为主的消费者——也即受众群体，逐渐确立了其对词曲生产的传播的主导地位，这也为后来市民文学的发展开启了先河。

冯雪峰说：

> 宋以后这个时期，在文学上，特别是南宋和元及其以后，有一个比过去非常显著的不同，即文学已不是只为皇帝官僚和士大夫阶级服务，并且也为平民服务（其实发轫于唐代），即为商人、差吏和兵士、城市手工业者和平民服务，市民文学和平民文学开始发展起来（农民文学不在内，他们另有民歌和传说等等，以后还有地方戏）。这时期中，中国文学的中心移到词、散曲、说书（说话）、鼓词、弹词、小说和戏曲等。[②]

文学艺术的平民化虽自唐代萌芽，但其蓬勃发展并形成一定

---

① ［美］斯蒂芬·葛林伯雷：《通向一种文化诗学》，载张京媛主编《新历史主义与文学批评》，北京大学出版社 1996 年版，第 14 页。

② 冯雪峰：《中国文学中从古典现实主义到无产阶级现实主义发展的一个轮廓》，载《文艺报》1952 年第 14 期。

气候，却与宋词的兴盛密切相关。

三　传播手段的大众化和多样性

宋人已充分认识到传播对于词的作用，他们往往将流行与否作为衡量词人词作的重要标准，有关传播的一些语汇也已成为词论和词评中的经常用语。比如柳永俗词"声传一时"①，黄庭坚"诗词一出，人争传之"②，吴感《折红梅》（喜冰澌初泮）"其词传播人口"③，周邦彦名作《兰陵王》（柳阴直）"都下盛行"④，等等。

歌舞传播是唐宋词最主要的传播手段。如前所述，唐宋词歌舞传播的主体是包括官妓、家妓和市井妓在内的女性歌妓，这些年轻美貌的歌妓，其绚丽的妆容，婀娜的体态，配以清脆娇软的歌喉，宛转婆娑的舞姿，能够提供给观众以新鲜、刺激的感官享受，从而受到全社会的一致追捧。"传播者不仅决定着传播活动的存在与发展，而且决定着信息内容的质量与数量、流量与流向，还决定着对人类社会的作用与影响"，"传播者如果容貌漂亮，对受众具有悦目性，那么她本人及其所传信息则易为受众所接受"。⑤ 正如赵伯陶在《市井文化与市民心态》一书所指出的那样："在宋代，词并不以案头欣赏为主，而是要在演唱中博得听众的喝彩。"⑥ 事实上，"听词"作为一种大众化的娱乐方式，

---

① 叶梦得：《避暑录话》，转引自《宋元笔记小说大观》，上海古籍出版社2001年版。

② 李昌龄：《乐善录》，影印文渊阁四库全书本。

③ 龚明之《中吴纪闻》卷一，转引自《宋元笔记小说大观》，上海古籍出版社2001年版。

④ 毛开：《樵隐笔录》，文渊阁四库全书。

⑤ 邵培仁：《传播学》，高等教育出版社2000年版。

⑥ 赵伯陶：《市井文化与市民心态》，湖北教育出版社1996年版，第102页。

已经深入到宋代社会的各个阶层。

歌舞传播的空间和场合多种多样，既有皇宫禁院的宫廷宴会，贵族府第的公私燕集，也有秦楼楚馆、酒肆茶楼以及瓦肆等大众娱乐场所的常规表演。

宋代宫廷的歌舞活动很多，比如嘉祐时，苏辙举贤良对策时云："陛下宫中贵姬，至以千数，歌舞饮酒，欢乐失节。"① 又南宋赵昇《朝野类要》云："本朝增为东西两教坊，又别有化成殿均容班，中兴以来亦有之。"② 另据周密《武林旧事》载：

> 淳熙八年正月初二日，进早膳讫，遣皇太子到宫……又移至明远楼，张灯进酒，节使吴琚进喜雪《水龙吟》词云（略）。太上大喜，赐镀金酒器二百两、细色段匹、复古殿香、羔儿酒等。太后命本宫歌板色，歌此曲进酒，太上尽醉。
>
> 宋陈世崇《随隐漫录》卷二：
>
> 庚申（理宗景定元年）八月，太子请两殿幸本宫清霁亭赏芙蓉、木樨。韶部陈盼儿捧牙板，歌"寻寻觅觅"一句，上曰："愁闷之辞，非所宜听"顾太子曰："可令陈藏一撰一即景，撰《快活声声慢》。"先臣（陈世崇父陈郁）再拜受命，二进酒而成，五进酒数十人已群讴矣。

最高统治者的喜好无疑是听词唱曲活动日益兴盛的重要动力。

---

① 王辟之：《渑水燕谈录》卷六，转引自《宋元笔记小说大观》，上海古籍出版社 2001 年版，第 1270 页。

② 赵昇：《朝野类要》卷一，引自《宋代词学资料汇编》，汕头大学出版社 1993 年版，第 133 页。

宋代士大夫文人的公私燕集，也都有歌妓奏乐唱词以侑觞佐
欢。如宋初魏野《王知府李殿院十韵》诗说："每因公宴乐，方
遣妓祗承。"尹洙则表明其为官乃"朝夕勤事，非公宴不迩声
妓"①。又叶梦得《石林燕语》卷五载："公燕合乐，每酒行一
终，伶人必唱'曦酒'，然后乐作。"② 这些都从侧面说明了当时
官员于公宴中用歌妓奏乐唱词的惯例。

至于家中私宴，则更少不了歌妓的唱词助兴。宾主当筵填
词，歌妓随即歌以佐觞，这是宋代士大夫文人私生活中司空见惯
的情景。如宋初寇准"因早春宴客，自撰乐府词，俾工歌之"③，
又如欧阳修谪滁州时，为一同年饯行，"即席为一曲，歌以为
赠"。④ 有时候，主人为了表现待客的热情与诚意，专门让歌妓
演唱客人的作品。如晏殊与张先同为京官时，两人关系密切，张
先每次造访，晏殊"即令侍儿出侑觞，往往歌子野所为之词"。
又李汉老郧少年时作《汉宫春》词，脍炙人口。政和间，宰相
王黼宴请汉老，"出其家姬数十人，皆绝色也。汉老惘然莫晓。
酒半，群唱是词（即《汉宫春》）以侑觞，……（汉老）喜甚，
大醉而归"。⑤

除了官妓和家妓在皇宫大内、官府私宅等场所的经常性演出
之外，还有市井歌妓在各种公共服务场所和娱乐场所的常规性演
出。如《东京梦华录》记载：

---

① 尹洙：《与四路招讨司幕府李讽田裴元积中书二首》，载《河南先生文集》
卷九，四部丛刊本。

② 叶梦得：《石林燕语》卷五，中华书局1984年版，第68页。

③ 文莹：《湘山野录》，中华书局1984年版。

④ 王暐：《道山清话》，《文渊阁四库全书》本。

⑤ 王明清：《玉照新志》卷三，上海古籍出版社1991年版，第45页。

　　凡京师酒店，门首皆缚彩楼欢门，唯任店入其门，一直主廊约百余步，南北天井两廊皆小漢子，向晚灯烛荧煌，上下相照，浓妆妓女数百，聚于主廊槏面上，以待酒客呼唤，望之宛若神仙。……大抵诸酒肆瓦市，不以风雨寒暑，白昼通夜，骈阗如此。

茶肆中还有人专门习学曲词：

　　大凡茶楼多有富室子弟、诸司下直等人会聚，习学乐器、上教曲赚之类，谓之"挂牌儿"。

（《梦粱录》卷六）

　　对于南宋市井间歌舞演出的情形，《都城纪事》、《西湖老人繁胜录》、《梦粱录》、《武林旧事》等反映宋代都市生活的风俗志中皆有感性的描绘，前文已有援引，此不赘述。

　　唐宋词的演唱方式有多种，如陶宗仪《南村辍耕录》就记载了"小唱、寸唱、慢唱、坛唱、步虚、道情、撒炼、带烦、瓢叫"等九种唱法。[1] 此外，唱词又与其他艺术相结合，演变成说唱、戏曲等综合类的艺术形式。

　　唐宋词另一种重要的传播手段是文本传播。

　　在应歌时代，词人往往当场填词，随即付诸管弦，其目的不过是"持酒听之，为一笑乐而已"。因此，大量词篇散佚，如毛晋《淮海词跋》即指出："少游性不耐聚稿，间有淫章醉句，辄散落青帘红袖间。虽流播舌眼，从无的本。"[2] 张绖亦云："此在

---

　　① 陶宗仪：《南村辍耕录》，辽宁教育出版社 1998 年版，第 320 页。
　　② 毛晋：《淮海词跋》，转引自金启华等编《唐宋词集序跋汇编》，江苏教育出版社 1990 年版。

诸公非其至，多出一时之兴，不自甚惜，故散落者多。其风怀绮丽者，流播人口，独见传录，盖亦泰山微芒耳。"① 然而，对于以歌唱为职业的歌妓而言，能唱新词，尤其是名家之词，则是决定她们"声价"的关键。为了应对各种歌唱场合，歌妓们需要熟习大量歌词，于是，供歌妓歌唱的"脚本"也就应时而生了。

从唐五代至北宋中后期，已有不少词集行世，总集如《云谣集》、《花间集》、《遏云集》、《麟角》、《家宴集》、《尊前集》、《金奁集》、《兰畹集》等，它们在当时都是作为歌本流传的。宋陈振孙《直斋书录解题》卷二一《家宴集解题》云："所集皆唐末五代人乐府，视《花间》不及也。为其可以侑觞，故名'家宴'也。"明毛晋直承其说，云："雍、熙间，有集唐末、五代诸家词，命名'家宴'，为其可以侑觞也。又有名《尊前集》者，殆亦类此，惜其本皆不传。"② 近人吴昌绶《松邻遗集》卷二《金奁集跋》云："盖宋人杂取《花间集》中温韦诸家词，各分宫调，以供歌唱。"陈匪石《声执》卷下也明言："名之《尊前》，且就词注调，殆专供嘌唱之用者。"③ 这些歌曲"脚本"不仅在乐工歌妓中流传，在市井间也颇有市场，元好问《新轩乐府引》曰："《麟角》、《兰畹》、《尊前》、《花间》诸集，传布里巷。子母妇女交口教授，淫言蝶语，深入骨髓，牢不可去，久而与之俱化。"其流行程度可见一斑。

北宋流行的别集大多也是作为歌本行世的，吴熊和先生在

① 张綖：《淮海长短句跋》：转引自金启华等编《唐宋词集序跋汇编》，江苏教育出版社 1990 年版。

② 毛晋：《尊前集跋》，转引自金启华等编《唐宋词集序跋汇编》，江苏教育出版社 1990 年版，第 350 页。

③ 吴昌绶：《松邻遗集》卷二，转引自唐圭璋《词话丛编》，中华书局 1986 年版，第 4954 页。

《唐宋词通论》中即指出：

> 北宋词集，《子野词》、《乐章集》、《金奁集》按宫调
> 编排，《片玉集》注有宫调，说明它们原来都作为唱本
> 行世。

龙榆生先生《选词标准论》亦云：

> 南宋以前词，既以"应歌"为主，故其批评选录标准，
> 一以"声情并茂"为归，而尤侧重音律。①

当然，随着唐宋词文本传播形式的增多，其文字的技巧、表情达意的水平等文学因素逐渐引起了文人的注意，他们对于歌词曲调的兴趣也慢慢朝着文学方面转移了。

南宋时的词集，以《草堂诗余》最重应歌。其分类编选，前集分"春景"、"夏景"、"秋景"、"冬景"四类，后集分节序、天文、地理、人物、人事、饮馔器用、花禽七类。清宋翔凤《乐府余论》云：

> 《草堂》一集，盖以征歌而设，故别题春景、夏景等
> 名，使随时即景，歌以娱客。题吉席庆寿，更是此意。其中
> 词语，间与集本不同，其不同者恒平俗，亦以便歌。以文人
> 观之，适当一笑，而当时歌伎，则必需此也。

近人赵万里《校辑宋金人词·引用书目》《草堂诗余》条下

---

① 龙榆生：《龙榆生词学论文集》，上海古籍出版社 1997 年版，第 61—65 页。

注云：

> 分类本以时令、天文、地理、人物等类标目，与周邦彦
> 《片玉词》、赵长卿《惜香乐府》略同，盖所以取便歌者。

龙榆生先生也指出：

> 以《清真集》编纂体例相比与勘，此虽不注宫调，而
> 以时序景物分题，且出自书坊，必为当世比较流行之歌曲。
> 书贾牟利，类录以为传习之资……吾人但以为当日之类编歌
> 本可也。①

可见它属于典型的按题材内容分类编歌的歌本。

其实，从传播的整体效果而言，歌舞传播与文本传播是互相
补充，互相促进的。一方面，那些因歌妓传唱而流行的曲词，必
然会被传抄、刻印，从而以文本的方式继续传播。另一方面，以
文本方式传播的词，反过来又为更多的歌妓提供了歌唱脚本，这
也使得曲词歌舞传播的范围更广，历时更久。

除了歌舞传播和文本传播以外，唐宋词尚有吟诵传播、题壁
传播、石刻传播等形式。在词作为单纯的案头文本成为文人的专
利之前，这些传播手段都曾流行于市井民间，为唐宋词流播人口
起到了重要的作用。

---

① 毛晋：《尊前集跋》，转引自金启华等编《唐宋词集序跋汇编》，江苏教育出
版社1990年版，第350页。

第二章

唐宋词的"另类"社会功能和文体特性

作为当时的"流行歌曲",唐宋词以娱乐大众、表现日常生活为创作旨归,借助于商品流通的渠道广泛流播于民间。这是对以"传道"、"言志"为核心的传统文学观的反叛。曲子词包括商业功能、娱乐功能和社交功能在内的各种"另类"社会功能,以及包括通俗性、艳情性和时尚性在内的各种"另类"文体特性,不但丰富了当时人们的精神文化生活,也为后代"流行歌曲"的蓬勃发展树立了成功的典范。并且,从某种意义上说,唐宋词赖以繁荣的动力,也正来自于这些"另类"社会功能和文体特性的不断发展与强化。

第一节 唐宋词的"另类"社会功能

一 填词唱曲,卖艺邀利

作为当时的流行歌曲,唐宋词表现出诸多异于传统诗文的社会功能,其中,由于频繁地介入商业活动从而形成的商业功能,便是唐宋词所具有的特殊社会功能之一。

(一)流行歌曲属性对唐宋词商业功能的促成

唐宋词商业功能的形成和实现离不开特定的社会环境。

首先,词的兴盛与城市经济的迅猛发展密切相关。宋代是我国封建社会的鼎盛时期之一，也是我国古代城市经济十分繁盛的时期。以北宋汴京和南宋临安为例，汴京是北宋最大的城市，其人烟之稠密和物事之卓盛正如孟元老在《东京梦华录》中所载：

> 举目则青楼画阁，绣户珠帘。雕车竞争驻于天街，宝马争驰于御路，金翠耀目，罗绮飘香。新声巧笑于柳陌花衢，按管调弦于茶坊酒肆。八荒争凑，万国咸通。集四海之珍奇，皆归市易，会寰区之异味，悉在庖厨。花光满路，何限春游，箫鼓喧空，几家夜宴。伎巧则惊人耳目，侈奢则长人精神。
>
> （见序言）
>
> 其阔略大量，天下无之也。以其人烟浩穰，添十数万众不加多，减之不觉少。所谓花阵酒地，香山药海。别有幽坊小巷，燕馆歌楼，举之万数，不欲繁碎。（见卷五）

在东京的带动之下，各地城镇如雨后春笋般纷纷涌现。北宋熙宁年间，全国的镇市近两千个，这些新兴的商业镇市一改旧的州郡规格和性质，由区域的单一政治中心变为政治、经济双重中心。南宋虽偏安一隅，其都市的繁盛较之北宋亦毫不逊色。周密撰的《武林旧事》为后人记载了西湖当日胜景：

> 西湖天下景，朝昏晴雨，四序总宜。杭人亦无时而不游，而春游特盛焉。承平时，头船如大绿、间绿、十样锦、百花、宝胜、明玉之类，何啻百余？其次则不计其数，皆华丽雅靓，夸奇竞好。而都人凡缔姻、赛社、会亲、送葬、经会、献神、仕宦、恩赏之经营，禁省台府之嘱托，贵珰要地，大贾嫁民，买笑千金，呼卢百万，以至痴儿騃子，密约幽期，无不在焉。日麇金钱，靡有纪极。故杭谚有"销金

锅儿"之号，此语不为过也。

临安周边亦城镇林立，其四郊 15 里范围内就有 10 多个规模不等的市镇。① 繁荣的城市经济促进了商品消费，而能够满足人们声色之娱的曲子词成为商品，也就是很自然的事情了。

其次，市民阶层已成为当时文化消费活动的新生力量。城镇的兴起导致了市民队伍的扩大，据统计，北宋 10 万户以上的大城市约有 40 多个，到了宋徽宗崇宁年间更上升到 50 多个。② 另据鲁亦冬先生考证，北宋时期的城镇户口有数百万户，人口超过 1000 万，约占当时总人口的 10%，而在南方经济较发达的地区，城镇人口所占的比重更高，有的地方超过 20%。③ 这样的城镇人口比例在当时是十分惊人的。这支勃兴的市民队伍，他们的嗜尚必定左右着都市的文化生活。正如日本学者加藤繁在《中国经济史考证》中所说：

> 当时（宋代）都市制度上的种种限制已经除掉，居民的生活已经颇为自由、放纵，过着享乐的日子。不用说这种变化，是由于都市人口的增加，它的交通商业的繁盛，它的财富的增大，居民的种种欲望强烈起来的缘故。④

市民阶层"颇为自由、放纵"的生活和种种强烈的欲望，主要表现在他们对于文化娱乐活动的沉醉和迷狂。以消费为主导的市民文化需要令人耳目一新的文艺载体，时髦新奇的曲子词于

---

① 《咸淳临安志》卷 19《疆域·市》。
② 朱瑞熙：《宋代社会研究》，中州书画社 1983 年版，第 14 页。
③ 鲁亦冬：《中国宋辽金夏经济史》，人民出版社 1994 年版，第 49 页。
④ 加藤繁：《中国经济史考证》，台北华世出版社 1981 年版，第 159 页。

是成为当时文化消费市场的"宁馨儿"。

再次，商品意识对文化消费领域的渗透，对于宋代文化市场的形成起到一种导向作用。两宋经商之风冲击了社会的各个阶层，从高官到小吏再到市井小民，无不热衷于经商赢利。据史料记载，当时官僚贵族"纡朱怀金，专为商旅之业者有之，兴贩禁物、茶盐、香药之类，动以舟车，贸迁往来，日取富足"。① "官大者往往交赂遗，营赀产，以负贪污之毁，官小者贩鬻乞丐，无所不为。"② 而读书人亦未能免俗，如江淮地区"衣冠士人，狃于厚利，或以贩盐为事"。③ 又如蜀地的士子，在赴京赶考途中亦不忘获利："蜀士嗜利，多引商货押船，致留滞关津。"④ 受商业利益的驱使，农民背本趋末的现象也屡见不鲜。王柏《鲁斋集》载："（农户）秋成之时，百逋从身，解偿之余，储积无几，往往负贩佣以谋朝夕之赢者，比比皆是。"⑤ 夏竦在进策中概括当时"全民皆商"的社会风气，指出："贱稼穑，贵游食，皆欲货末耜而买舟车，弃南亩而趋九市。""人人争欲采山煮海，执技列肆，以邀美利。"⑥ 这种浓厚的商业文化氛围就使得原来基本不具有交换性质的作词唱曲活动也进入商业领域，具备了商业化社会功能。

从流行歌曲视角而言，唐宋词商业功能的形成和不断强化，又与其配乐可歌、流传面广等特点有着密不可分的关系。现从它"流行"与"可歌"的特性出发，分述其必然具有商业功能的

---

① 蔡襄：《蔡忠惠公文集》卷一五，四部丛刊本。
② 王安石：《临川集》卷三九一，《上仁宗皇帝言事书》四部丛刊本。
③ 脱脱等：《宋史·选举志》卷一三，中华书局 1977 年版。
④ 王柏：《鲁斋集》卷七，影印文渊阁四库全书本。
⑤ 夏竦：《文庄集》卷一三，《进策》，影印文渊阁四库全书本。
⑥ 耿文婷：《论新时期流行歌曲的文化属性》，载《辽宁师范大学学报》1999年第 1 期。

原因。

现代学者指出："'流行歌曲'的审美价值在很大程度上就表现在它的'流行'上。一个歌曲作品在其产生之后，能够真正在大众之中流行起来，说明了它至少在某个方面表现了时代情绪，满足了人们的审美趣味，产生了很强的艺术感染力。"②唐宋词在当时能够深入到社会的各个阶层，正是因为它体现了时代情绪，符合大众的审美趣味，满足了人们对于精神消费的需求。

词曲消费活动是宋人社会生活的一部分，从消费主体来看，宋代社会无论尊卑、老幼、男女，都对听词赏曲表现出一种由衷的喜爱。"新声巧笑于柳陌花衢，按管调弦于茶坊酒肆。""五陵年少，满路行歌，万户千门，笙簧未彻"① 即描绘了当时社会传唱曲子词的热闹场面。不过，这种"全民消费"的状况又因参与者消费水平的不同而有所差异：市井民众的词曲消费往往在公共娱乐场所进行，消费行为与接受行为同时发生，属于较为纯粹意义上的商业活动；而士大夫文人的词曲消费状况虽然与普通市民有所不同——他们喜欢在较为私人化的空间内听官妓或家妓唱词，并经常亲自参与词曲创作，商业色彩较为淡薄，但统治阶级的喜好无疑会对曲子词的进一步流行起到推波助澜的作用。大众对词曲消费客观上的大量的需求，加速了唐宋词商品化的进程，为它持续稳定地发展提供了买方市场的保证。

流行歌曲的另一个属性是"可歌性"，音乐是词的媒介，它赋予词以不同于其他文体的体性特征和审美感受。正如康德论述音乐时所指出的那样："它固然没有语言而是通过感觉来诉说，从而不像诗留给我们某些从事思想的东西，但它却更丰富多样地

---

① 见孟元老《东京梦华录》卷一，中国商业出版社 1982 年版。

激动我们的心情。"① 音乐与文学结合后所产生的特殊艺术效果，恰好迎合了当时社会追求享乐的消费心理。曲子词以歌妓演唱为主的传播方式，在给人以听觉享受的同时，又给人以视觉的愉悦，因而成为当时"全民化"的娱乐性文艺。宋太祖赵匡胤就曾以听歌赏舞的享乐生活做诱饵，鼓励大臣"歌儿舞女以终天年"②。宋代士大夫的酒筵华席上，也断然少不了"风流妙舞，樱桃清唱"③、"好妓好歌喉，不醉难休"④ 之类征歌选舞的场面。浅斟低唱的方式更受到市民阶层的普遍欢迎，宋人话本《金明池吴清逢爱爱》讲述了市井间的唱曲情景："无移时酒到痛饮。那女儿所事熟滑，唱一个娇滴滴的曲儿，舞一个妖媚媚的破儿，挡一个紧飕飕的筝儿，道一个甜甜嫩嫩的千岁儿。"由此可见，风流妩媚的小词经由女艺人语娇声颤，字正腔圆的演唱，能产生特殊的美感效果。市民们在听词和唱词的过程中，舒缓了压力，宣泄了情绪，获得快感和满足感。

此外，由于曲子词具有广阔的市场空间，它的商业功能的实现还带动了诸如勾栏瓦肆的扩建，茶馆酒肆的消费，词集曲谱的印刷，歌妓队伍的培训等相关产业的蓬勃发展。

（二）唐宋词商业功能的表现形态

创作、传播和接受是流行歌曲实现其社会功能的三个必要环节，因而，唐宋词的商业性功能也就主要表现在作词、唱词和听词的过程中。

首先是词的创作呈现商品化趋势。所谓商品化趋势，包含两层意思：一是指某些词人以作词谋生；二是指词的创作在一定程

---

① 康德：《判断力批判》，上海商务印书馆 1964 年版，第 175 页。
② 脱脱等：《宋史》，中华书局 1977 年版。
③ 晏殊：《少年游》，转引自唐圭璋编《全宋词》，中华书局 1999 年版。
④ 欧阳修：《浪淘沙》，转引自唐圭璋编《全宋词》，中华书局 1999 年版。

度上遵循商品生产的法则，消费者的好恶已经成为决定作品内容的重要力量。

以作词为谋生手段的一般是流落市井的下层文人。王灼《碧鸡漫志》卷二载：

> 长短句中，作滑稽无赖语，起于至和，嘉祐之前犹未盛也。熙、丰、元祐间，兖州张山人以诙谐独步京师，时出一两解。①

这位张山人就是以谐谑词作为商品来"鬻钱以糊口"的。又如南宋罗烨的《醉翁谈录》丙集卷二记载：

> 耆卿居京华，暇日遍游妓馆。所至，妓者爱其有词名，能移商换羽，一经品题，声价十倍。妓者多以金、物资给之。②

由此可知，一些词在柳永手中，也是用来交换"金"和"物资"的商品。还有一些不能或不愿走上仕途的文人，因生活需要而加入都市通俗文学创作的行业组织——书会，如宋人话本《简帖和尚》有"当日推出这个和尚来，一个书会先生看见，就法场做了一只曲儿，唤作《南乡子》"。书会先生以文学创作为职业，通过向艺人提供脚本或刻印脚本来取得相应的报酬，从而保证了文学作品商业价值的实现。周密的《武林旧事》卷六就明确记载了李霜涯、李大官人、叶庚、周竹窗、平江周二郎（彻孙）、贾廿二郎等六位书会先生的姓名。其中李霜涯擅长作

---

① 王灼：《碧鸡漫志》，转引自唐圭璋《词话丛编》，中华书局2005年版，第84页。
② 罗烨：《醉翁谈录》，古典文学出版社1957年版，第118页。

赚词，李大官人擅长作谭词①。当然，也有市井乐工或"做赚人"参与填词，但"求其下语用字，全不可读"②，难以达到书会中专业词作家的水平。

　　词既然作为一种商业化的精神产品进入市场流通，它就必须在一定程度上遵循商品生产的规则。市场竞争机制决定了它从语言到题材、从形式到内容都必须迎合消费者的审美趣味和欣赏水平。晚唐文人赵璘所撰《因话录》中的一段文字颇能说明问题：

> 　　有文淑僧者，公为聚众谭说，假托经论所言，无非淫秽鄙亵之事。不逞之徒，转相鼓扇扶树。愚夫冶妇，乐闻其说，听者填咽。寺舍瞻礼崇奉，呼为"和尚"。教坊效其声调，以为歌曲。

　　这里为"愚夫冶妇"所"乐闻"的"淫秽鄙亵之事"，其实就是男女情爱、性爱之事。更值得注意的是，由于此类题材大受欢迎，教坊已"效其声调，以为歌曲"。对于这种现象，元好问《新轩乐府引》亦云："《麟角》、《兰畹》、《尊前》、《花间》等集，传播里巷……谣言喋语，深入骨髓。"由此可见，欣赏者的喜好从一开始就自觉或不自觉地暗示和引导着词的发展方向，从而导致词创作呈现出较强的趋同性和目的性。唐宋词中之所以出现大量抒写男女情思、春愁秋怨、离愁别恨，享乐今生的作品，一方面不能排除作者"从俗"（词为艳科的定法）的创作心态，另一方面却也是日益壮大的市民阶层，其高度膨胀的情欲和

---

①　周密：《武林旧事》，中国商业出版社 1982 年版，第 130 页。

②　沈义父：《乐府指迷》，转引自唐圭璋《词话丛编》，中华书局 2005 年版，第 281 页。

物欲在作品中的体现。南宋后期，词朝着"诗化"和"雅化"的方向发展，多用来抒发士大夫文人的"修齐治平"之志和骚雅之情，严重脱离了普通市民。由于违背了市场供求关系的基本法则，词的大众消费市场急速萎缩，唐宋词由此走向衰落。

其次是唱词目的的商业化取向。这主要表现在以下两种情况中，一种是歌妓将唱词活动直接作为文化产品出售，以获取生活之资；另一种是商家以唱词为商业手段，通过唱词来扩大商业影响，从而间接获利。

在曲子词的初起阶段，部分唱词活动已初具商业功能。如崔令钦《教坊记》记唐教坊事，中有一则云：

> 苏五奴妻张四娘善歌舞，有邀迓者。五奴辄随之前。人欲得其速醉，多劝酒。五奴曰；但多与我钱，吃槌子（按即饼食）亦醉，不须酒也。[1]

这便是艺人应邀到私宅卖艺的实录。王建又有《观蛮妓》诗："欲说昭君敛翠蛾，清声委曲怨于歌。谁家年少春风里，抛与金钱唱好多。"记述了女艺人以卖唱来博取钱物的情形。宋代艺人以唱词为生的情况十分普遍，从业者遍布于都市的大街小巷、茶坊酒楼和勾栏瓦肆，酒楼卖唱者如"有小鬟，不呼自至，歌吟强聒，以求分支"[2]，又如《金鳗记》载歌妓庆奴"出去诸处酒店内卖唱，趁百十文把来使用"。《南宋志传》第14回更详细地描述了大雪小雪在南京御勾栏演唱场面："大雪先唱一曲名

---

① 崔令钦：《教坊记》，转引自《唐五代笔记小说大观》，上海古籍出版社1990年版，第125页。

② 周密：《武林旧事》卷二〇，中国商业出版社1982年版。

《浪淘沙》……小雪继唱一曲名《蝶恋花》……小雪持过红盘子，下台遍问众人索缠头钱。豪客、官家各争赏赐。"① 由此可见唱词行为与货币直接交换的商品化过程。当时，民间著名的歌妓就有"苏州钱三姐、文字季惜惜、鼓板彭一姐、吕双双、一丈白杨三妈、旧司马二娘、普安安、徐双双、彭新"，等等。她们伎艺精湛，"后辈虽有歌者，比之前辈，终不如也"。②

《宦门子弟错立身》第十一出末白："不将辛苦艺，难赚世间财"一语道破市场竞争机制在民间伎艺表演商品化进程中的重要作用。宋庄绰《鸡肋篇》卷上就记载："成都自上元至四月十八日，游赏几无虚辰。使宅后圃名西园，春时纵人行乐。初开园日，酒坊两户各求优人之善者，较艺于府会。"③ 由于民间曲子词的演唱已成为商业性的文化服务行业，其收入必然与服务质量密切相关。例如，东京普通酒店里"有下等妓女，不呼自来，筵前歌唱"，所获不过是"临时以些小钱物赠之而去"。而在较为高级的表演场所，情形就大不相同："必有厅院，廊庑掩映，排列小阁子，吊窗花竹。各垂帘幕，命妓歌笑，各得稳便。"④ 在这样的环境中消费，价格自然不菲。

严苛的市场竞争环境要求唱词艺人必须综合考虑多方面因素，才能保持在市场竞争中的优势。演员的自身素质，如姿容、妆扮、音色、唱腔等固然是衡量她们竞争力的重要指标，而词篇和乐曲的选择也相当关键。作为流行歌曲，词篇的时尚与否是演出竞争中一个获胜的因素，乐曲是否流行也决定了竞争的优劣，

①　侯忠义主编：《明代小说辑刊》第 2 辑，巴蜀书社 1995 年版，第 785 页。

②　吴自牧：《梦粱录》卷六，中国商业出版社 1982 年版。

③　庄绰：《鸡肋篇》，转引自《宋元笔记小说大观》，上海古籍出版社 2001 年版，第 3993 页。

④　孟元老：《东京梦华录》卷二，中国商业出版社 1982 年版。

从唐宋词的描绘中，就可见艺人们对"新词"、"新声"的重视和追捧，比如：

> 要索新词，嫌人含笑立尊前。
>
> （柳永《玉蝴蝶》）
>
> 画堂花入新声别，红蕊调高弹未彻。
>
> （张先《木兰花》）
>
> 新曲词丝管，新声更飐霓裳。
>
> （晏殊《望仙门》）
>
> 歌阕斗清新，檀板初匀。
>
> （葛胜仲《浪淘沙》）
>
> 说道觅新词，把酒来相就。
>
> （吕本中《生查子》）
>
> 笑捧玉觞频劝客，浣溪沙里转新声。
>
> （王灼《浣溪沙》）

　　为了满足多层次、多口味观众的文化消费需求，民间艺人们还不断创新，如北宋勾栏艺人孔三传创立了大型说唱音乐诸宫调，南宋杭州勾栏艺人张五牛根据"鼓板"中的《太平令》，创造了一种散板和定板混合运用的歌曲形式——赚，这些都在很大程度上丰富了唐宋词的内容和表现形式，使其更具市场竞争力。

　　曲子词的广泛流传也引起了商家的普遍关注。例如，当时的艺人应商贩之求，根据他们各不相同的叫声，配合乐章，创作歌曲，以增加商品的知名度，被称为"吟叫"①；又据《都城纪胜》载，当时瓦舍的一种伎艺"叫声"是"自京师起撰，因市

---

① 高承：《事物纪原》，上海科学技术出版社1993年版，第393页。

井诸色歌吟卖物之声，采合宫调而成也"①。此外，一些酒肆也经常请艺人在门前奏乐歌唱以招徕顾客。《梦粱录》卷六就记载了临安"卖梅花酒之肆，以鼓乐吹《梅花引》曲破卖之"。茶肆中"敲打响盏歌卖"的情形。临安城里还有一些商贩边唱歌曲边卖糖果，如"洪进唱曲儿卖糖"，等等。②鉴于曲子词"声色兼备"的表演效果，甚至连官府卖酒时都要"于官妓及私名妓女数内，拣择上中甲者"来演唱。及至南宋，几乎所有的官营酒肆"皆彩旗红旆，妓女数十，设法卖酒，笙歌之声，彻乎昼夜"。③歌妓们"玉指纤纤，秋波滴滴，歌喉宛转，道得字真韵正，令人侧耳听之不厌"④，自然能够汇聚大量"人气"，扩大商品影响，从而取得良好的市场收益。

再次，唱词场所的商业化和专业化。在宋代以前，民间伎艺的表演往往是"街谈巷语，道听途说"，演出场地和演出时间都具有很大的随意性。宋代包括唱词在内的民间伎艺表演，则主要是在从事商品交易的场所，即以"瓦市"为主的商业性场所中进行。"瓦市"又称"瓦肆"，"为士庶放荡不羁之所，亦为子弟流连破坏之门"⑤，这里"融赏、饮、赌、嫖、玩等感官享乐为一体，集视、听、味、嗅、触生理快感于一身"，实即当时专门的文化娱乐市场。瓦舍勾栏演出向观众实行收费入场制度。杜仁杰《庄家不识勾栏》云："见一人撑着椽做的门""要了二百钱放过咱"。为了扩大商业影响，增加经济效益，它还使用具有商

　　①　灌园耐得翁：《都城纪胜》，中国商业出版社1982年版，第10页。
　　②　吴自牧：《梦粱录》卷六、卷二〇，中国商业出版社1982年版。
　　③　周煇：《清波杂志》，转引自《宋元笔记小说大观》，上海古籍出版社2001年版，第5042页。
　　④　吴晟：《瓦舍文化与宋元戏剧》，中国社会科学出版社2001年版，第160页。
　　⑤　乌丙安：《中国民俗学》，辽宁大学出版社1985年版，第77页。

业广告性质的"招子"来进行宣传。"招子"类似于今天的海报,而且"事实上已有商业广告的性质"。由于瓦舍里有若干勾栏同时演出,观众选择看什么节目,在哪座勾栏看,都得看"招子"。瓦市的发展也离不开官府的管理,据《咸淳临安志》卷一九的记载,南宋时,临安城外的瓦市"多隶殿前司",城内瓦市"隶修内司",这就为其稳定有序发展提供了官方保障。

有了固定的市场,唐宋词日常化的、有规律的表演才成为可能,才有可能形成规模以至于繁荣壮大。在瓦市的演出中,听众首先是精神产品的消费者,是商业活动中的买方,而商品的生产销售方,则包括唱词艺人、书会先生以及其他参与演出的劳务者,在买卖双方的交互过程中,曲子词的商业功能得以实现。

除瓦市之外,茶肆酒楼也是宋代艺人从事商业性表演的场所,如"诸处茶肆,清乐茶坊、八仙茶坊、珠子茶坊……莫不靓妆迎门,外妍卖笑,朝歌暮弦,摇荡心目"①。宋代民间还有许多"路歧人",指那些没有固定演出场所在各地流动演出的艺人,也称"路歧"或"歧路"。《武林旧事》卷二〇云:"或有路歧,不入勾栏,只在要闹宽阔之处做场者,谓之打野呵。"尽管它们的演出规模和伎艺种类无法与专业性的演出场所相提并论,但在商业性特征的表现上,则与瓦市是完全相同的。

(三)唐宋词商业功能的价值解析

随着商业性唱词活动在民间的发展,它所带来的社会效应也日益显著。这主要表现在三个方面:

其一,满足了广大市民的文化消费需求,并又提高了大众的文化修养和审美水平。

唐宋词商业功能的强化,为普通大众提供了更多文化消费的

---

① 周密:《武林旧事》卷二〇,中国商业出版社1982年版。

机会。商业性文化消费是一种艺术活动，但首先是一种商业活动。唱词行为一旦进入商品市场，艺人与消费者之间就变成了受市场经济规律制约的经济关系，而联结这种关系的纽带是金钱。这种较为纯粹意义上的商业行为，使得大众由原来文化娱乐中的边缘地位，一跃而成为商业性文化消费的主导者。不走商业化道路，市井平民要想在文化消费中取得这样的地位，难度是相当大的。

商业性唱词活动以文学作品为脚本，通过艺术表演的形态为广大民众所欣赏和接受，而脚本的创作者往往是落魄的文人，这就使得文人和民众间有了可以沟通的桥梁，潜移默化地提高了大众的文化素质和审美水平。虽然这种文化消费只是浅层次的审美感受——以浅俗的语言和生动的形象，描绘世俗生活，表达市民的生活理想，让市民在娱乐中受到熏陶。但对于广大民众而言，却也在一定程度上接受了文化知识，获得了精神享受的权利，这与统治阶级的文化垄断相比是一种进步。而且，群众频繁参与必然会使他们的审美能力逐步提高，从而推动词向更高的审美层次发展。

其二，词的商业功能促进艺人唱词伎艺水平的提高。

刘水平先生在《精英艺术与大众文化》一文中指出：

> 以前的文化接受阶层变成了文艺市场定位之中的一个分类市场。这和传统社会中生活在一元的封闭文化阶层中的人的文化生活形成鲜明对照。这样就为各种文艺样式的平等竞争提供了文化条件，同时也施加了现实的生存和发展的压力。①

---

① 刘水平：《文化变迁：精英艺术与大众文化》，载《文艺评论》2004 年第 1 期。

　　商业性唱词行为在市场竞争中求得生存和发展，这就在一定程度上刺激了艺人们的创作和演出热情，有利于他们伎艺水平的提高。

　　商业性演出产生之前的古代表演艺术，或者只供上层社会享用，或者只是民间自发业余演出。前者虽为专业艺人表演，但因艺人人身自由受限，生活面狭窄，难以在艺术上有所创新；后者源于大众生活，充满活力和创造力，但表演者未经专业系统训练，也很难达到较高的艺术水平。商业性唱词表演就显示出优越于以上两者的条件。一方面，艺人与社会的接触面较为广泛，可以博采众长，自由选取具有竞争力、吸引力的表演形式和表现内容；另一方面，从事商业性表演的艺人大多是专业人员，有较高的伎艺水平，有能力对现有伎艺进行不断的创新和完善。而且，为了保证商业性唱词的专业化和规范化，唱词艺人还必须遵守一定的表演规范。例如，南宋陈元靓编的《事林广记续集》卷七内就保存有遏云社的社规社条：

　　　　夫唱赚一家，古谓之道赚。腔必真，字必正。欲有敷元掣拽之殊，字有唇喉齿舌之异，抑分轻清重浊之声，必别合口半口之字……假如未唱之初，执板当胸，不可高过鼻。须假鼓板撺掇，三拍起引子，唱头一句。①

　　对唱赚的渊源、唱法、配乐、演唱姿态，演出禁忌等都有明确规定，为唱词艺术有组织、有规模的发展奠定了良好的基础。

---

①　陈元靓：《事林广记》，中华书局1999年版，第556页。

其三，商业功能为曲子词的传播提供了广阔的空间，并使词的创作呈现出多元化的发展趋势。

众所周知，宋代民间的大部分词曲消费都属于一种客观性的商业活动，它由市场规律自发调节，消费者享有平等购买和自由选择的机会。曲子词庞大的消费群体必然带来可观的经济收益，这就迫使生产者必须加快词曲更新速度以适应市场需求，而不断花样翻新的词曲又必然吸引更多的消费者，诱发并激励着下一轮消费。由此，词的传播和消费走上良性循环的轨道。

同时，商业功能又促进了曲子词创作的多元化发展。词曲巨大的消费市场吸引了越来越多的作者加入其创作队伍，一方面，在商业利益的驱使下，"从俗"之风曾一度盛行于词坛，不少文人也难以免俗；另一方面，为了同时迎合雅俗两个消费群体，一部分文人雅士又以"雅"来浸润、改造词风，从而提升了词的文化品位和艺术水准。

茅盾说："真正的市民文学……代表了市民阶级的思想意识，并为市民阶级所享用欣赏，其文字是通俗的，其形式是全新的、创造的，其传播的方法则为口述。"① 用于商业性演出的词作，其服务对象就主要是市民大众。因此，满足市民情感活动和感官刺激的文化消费指向，必然对传统文化中的固有观念有所触动，从而导致人们（主要是文人）原有的价值观和审美观发生明显的变化。以柳永为例。据说柳永少年时非常喜欢一首市井间的流行歌曲——《眉峰碧》（蹙破眉峰碧），并将它写在墙壁上，反复玩索，"后悟作词章法"②。由揣摩一首词而悟"作词章法"

---

① 茅盾：《茅盾文艺杂论集》，上海文艺出版社 1981 年版，第 381 页。
② 沈雄：《古今词话》，转引自唐圭璋《词话丛编》，中华书局 2005 年版，第 911 页。

的说法显然并不可信，然而从历代评论家对其"骫骳从俗"①、"浅近卑俗"②、"辞语尘下"③ 等评语中，不难看出市民的审美趣味和人生理想对柳词的直接影响。

另外，对于那些地位较高，无需考虑词作商业效益的文人雅士而言，民众高涨的词曲消费热情和作品被广泛传唱的成就感也具有相当大的诱惑力。例如，在北宋人的一些著述中，论及某位词人的地位及影响时，总要列举其词作的传播情况；而在论述某篇名作时，也往往要提及民众对它的喜爱程度。因此，曲子词商业功能的实现也就间接成为他们希望作品面世、供人消费的动力来源。文人雅士的积极参与，加重了唐宋词的"雅化"色彩，为词品、词风、词艺的改造和提升创造了条件，既确定了唐宋词在文学史上雅俗共赏的重要地位，也促成了大量经典作品的诞生。

作为当时的流行歌曲，唐宋词借助于商品流通的渠道广泛流播于民间，在市场竞争机制的调节下不断壮大，这是对儒家先祖们"谋道不谋食，忧道不忧贫"、"正其谊不谋其利，明其道不计其功"的传统观念的反叛。其迥异于诗文的文体特征，如"词为艳科"的创作传统，轻灵小巧、句式参差的体貌特征以及以柔为美、以悲为美、以艳为美的审美心理定式，为后代流行歌曲的蓬勃发展确立了成功的典范。当然，与现代流行歌曲一样，为了追求商业利益，唐宋词中也有部分迎合市民阶层低级趣味的

---

① 陈师道：《后山诗话》，转引自何文焕《历代诗话》，中华书局2004年版，第311页。

② 王灼：《碧鸡漫志》，转引自唐圭璋《词话丛编》，中华书局2005年版，第84页。

③ 李清照：《词论》，转引自胡仔《苕溪渔隐丛话》，人民文学出版社1984年版，第254页。

作品，它们也造成了一定的消极影响，但从整体来看，商业功能对唐宋词的积极作用还是值得肯定的。

二　歌以佐欢，娱宾遣兴

现代社会中，歌舞影视等演艺界往往被称为"娱乐圈"，可见人们对其娱乐功能的重视程度。与现代流行歌曲一样，唐宋词也是当时社会流行的一种娱乐消闲性工具。士大夫文人填词，多为应酒宴间歌儿舞女之请，是逢场作戏，是随意性的应酬；市井细民作词听曲儿，也不过是业余的娱乐消遣，为了消愁解闷。从现存的诸多相关资料中，我们可以大体勾勒出唐宋词娱乐功能的突出表现及其特点，并进而探究其生成动因及价值所在。

（一）唐宋词娱乐功能的表现及特点

不可否认，以文学来娱乐游戏的现象在上古社会就已存在。《吕氏春秋》卷五《仲夏季第五·古乐》载：

> 昔葛天氏之乐，三人操牛尾，投足以歌八阕：一曰"载民"，二曰"玄鸟"，三曰"遂草木"，四曰"奋五谷"，五曰"敬天常"，六曰"建帝功"，七曰"依地德"，八曰"总禽兽之极"。

可见当时文学和歌舞相伴而行，祭祀活动与游戏共在，娱神与娱人共存的演出场面。秦汉以来，文学的娱乐功能依然不废。例如，西汉著名辞赋家枚乘自言其"为赋乃俳，见视如倡"[1]，扬雄将文学创作视作"壮夫不为"的"雕虫篆刻"[2]，司马迁也

---

①　班固：《汉书》，中华书局 1962 年版，第 2387—2860 页。

②　扬雄：《法言》，四部丛刊本。

认为"文史星历，近乎卜祝之间，固主上所戏弄，倡优畜之"[1]，而即使是力倡"文以明道"的韩愈，也提出了"以文为戏"[2]的观点。这就可知传统文学观在某种程度上对文学娱乐功能的认可。然而，随着封建正统观念的不断强化，在文学的诸多功能中，娱乐功能因与传统儒学的教化功能相冲突而逐渐趋于僵化和萎缩，往往处于支流和潜伏的地位。

当然，文学的娱乐功能也曾在某一时期之特定文体的创作中，得到过普遍的推崇和公然的彰显，唐宋词便是其中的特例之一。王昆吾在《唐代酒令艺术》一书中这样描述唐代的词人："唐代词人并不只是案头吟咏的人，而在更大程度上，是游戏的人、娱乐的人、交际的人，纵歌狂舞于'尊前'、'花间'的人。"[3] 这就点出了词与诗，词人与诗人的显著不同。而这种差异很大程度上即来自于词体创作和欣赏过程中，"娱乐至上"观念的广泛流播。

关于社会各阶层以词娱乐的情景，前人多有记述。以花间词的主要肇源地西蜀来说，欧阳炯之友景焕在《野人闲话》中记述：

> 后主时，（成都）城内人生三十岁，有不识米麦之苗者。每春三月、夏四月，多有游花院及锦浦者，歌乐掀天，珠翠填咽。贵门公子，华轩彩舫，共赏百花潭上。至诸王、功臣以下，皆各置园林。

---

① 班固：《汉书》，中华书局 1962 年版，第 2387—2860 页。
② 马其昶：《韩昌黎文集校注》，上海古籍出版社 1986 年版，第 136 页。
③ 王昆吾：《唐代酒令艺术》，东方出版中心 1996 年版，第 5 页。

欧阳炯也在《花间集序》中描绘了时人"家家之香径春风，宁寻越艳；处处之红楼夜月，自锁嫦娥"的歌词盛况。而这种现象不但存在于晚唐五代，更盛行于号称"词山曲海"的两宋。对此，前文已有零星引述，以下再录几条：

《东京梦华录》卷五：

> 十六日车驾不出，自进早讫，登门乐作……诸幕次中，家妓竞奏新声，与山棚露台上下，乐声鼎沸……诸门皆有官中乐棚。万街千巷，尽皆繁盛浩闹……另有深坊小巷，绣额珠帘，巧制新妆，竞夸华丽，春情荡飏，酒兴融怡，雅会幽欢，寸阴可惜，景色浩闹，不觉更阑。宝骑骎骎，香轮辘辘，五陵年少，满路行歌，万户千门，笙簧朱彻。

《梦粱录》卷二〇：

> 街市有乐人三五为队，擎一二女童舞旋，唱小词，专沿街赶趁。元夕放灯、三春园馆赏玩，及游湖看潮之时，或于酒楼，或花衢柳巷妓馆家只应。

《武林旧事》卷二、卷三：

> 翠帘销幕，绛烛笼纱，遍呈舞队，密拥歌姬。脆管清吭，新声交奏，戏具粉缨，鬻歌售艺者，纷然而集。
>
> 内珰贵客，赏犒无算。都人士女，两堤骈集，几于无置足地。水面画楫，栉比如鱼鳞，亦无行舟之路。歌欢箫鼓之声，振动远近，其盛可以想见。……既而小泊断桥，千舫骈聚，歌管喧奏，粉黛罗列，最为繁盛。

其中，勾栏瓦舍、酒肆茶楼是当时民间较为固定的娱乐场所，在这些地方，唱词表演往往通宵达旦，"终夕不绝"。不仅如此，甚至就连南宋一些军队也把词曲消费作为闲暇时的重要娱乐内容。如《咸淳临安志》载，南宋都城临安的部分瓦舍便专为军营创建，"招集伎乐，以为暇日娱戏之地"。《梦粱录》卷一九"瓦舍"条则载："杭城绍兴间踔驻于此，殿岩杨和王因军士多西北人，是以城外创立瓦舍，招集伎乐，以为军卒暇日娱戏之地。"由此而知，听词赏曲已经成为时人文化娱乐生活中不可或缺的一部分。

唐宋的大量词论也曾将词体遣兴佐欢的特点表述无遗。如欧阳炯的《花间集序》即公开宣称，结此集目的乃为"绣幌佳人"，"用助妖娆之态"；"西园英哲"，"用资羽盖之欢"的。[①] 又如冯延巳的外孙陈世修在《阳春集序》中说冯："以金陵盛时，内外无事，朋僚亲旧，或当燕集，多运藻思为乐府新词，俾歌者倚丝竹而歌之，所以娱宾而遣兴也。"[②] 可见冯氏填词的娱宾遣兴之效。而文坛宗师欧阳修填词时，亦是一副闲暇之余为求一时欢乐的悠闲之态："良辰美景，固多于高会；而清风明月，幸属于闲人。""因翻旧阕之辞，写以新声之调，敢陈薄伎，聊佐清欢"（《采桑子·西湖念语》），即连当时台阁重臣晏殊也持此观点。宋叶梦得《避暑录话》云："晏元献公……惟喜宾客，未尝一日不宴饮，而盘馔皆不预办，客至旋营之，顷有苏丞相子容硕尝在公幕府，见每有嘉客必留，但人设一空案一杯。既命

①　欧阳炯：《花间集序》，转引自金启华等编《唐宋词集序跋汇编》，江苏教育出版社1990年版，第339页。

②　陈世修：《阳春集序》，转引自金启华等编《唐宋词集序跋汇编》，江苏教育出版社1990年版，第8页。

酒，果实蔬茄渐至。亦必以歌乐相佐，谈笑杂出。数行之后，案上已灿然矣，稍阑即罢。遣歌伎曰：‘汝曹呈艺已遍，吾当呈艺。’乃具笔札相与赋诗，率以为常。"① 将填词视为"呈艺"，且每宴"亦必以歌乐相佐"，由此即知"娱宾"、"佐欢"乃晏公作词的主要目的。其子晏小山于《小山词序》中的亦道："叔原往者沉浮酒中，病世之歌词不足以析醒解愠，试续南部诸贤诸余，作五七字语，期以自娱……始时，沈十二廉叔、陈十君龙，家有莲、鸿、蘋、云，品清讴娱客，每得一解，即以草授诸儿，吾三人持酒听之，为一笑乐而已。"② 同样亦明确自示其歌词娱人自娱的娱乐动机。而铜阳居士《复雅歌词序》所云："吾宋之兴，宗工巨儒，文力妙天下者，犹祖其（指唐五代词人）遗风，荡而不知所止，脱于芒端，而四方传唱，敏若风雨，人人歆艳，咀味于朋游尊俎之间，以是为相乐也。"③ 更可作为北宋士大夫文人以词娱乐的最好注脚。

南宋的歌词之风虽然与北宋不可同日而语，但将词视为"娱宾遣兴"之具的词人也不在少数。胡寅《酒边集序》所云："文章豪放之士，鲜不寄意于此者，随亦自扫其迹，曰谑浪游戏而已也。"即言此意。岳珂《桯史》载"稼轩以词名，每宴必命侍妓歌其所作"，得意之处则"使妓迭歌，益自击节"。④ 范开《稼轩词序》谈及辛弃疾作词的情景说："公之于词亦然：苟不

---

① 叶梦得：《避暑录话》，转引自《宋元笔记小说大观》，上海古籍出版社2001年版，第2615页。

② 晏几道：《小山词序》，转引自金启华等编《唐宋词集序跋汇编》，江苏教育出版社1990年版，第5页。

③ 铜阳居士：《复雅歌词序》，转引自金启华等编《唐宋词集序跋汇编》，江苏教育出版社1990年版，第364页。

④ 岳珂：《桯史》，转引自《宋元笔记小说大观》，上海古籍出版社2001年版，第4358页。

得之于嬉笑，则得之于行乐；不得之于行乐，则得之于醉墨淋漓之际。"叶梦得《石林燕语》亦载稼轩"公燕合乐，每酒行一终，伶人必唱催酒，然后乐作"①。黄大舆《梅苑序》言作词之乐，云："莫不抽毫遣滞，襞彩舒聚，召楚云以兴歌，命燕玉以按节。"② 黄昇也认为，词可以在"花前月底，举杯清唱，合以紫萧，节以红牙，飘飘然作骑鹤扬州之想，信可乐也!"③ 由此可见，以歌词佐欢之风在南宋士人中也相当盛行。当然，这种"合以紫箫"、"节以红牙"一类"雅唱"，因曲高和寡，往往仅限于士大夫文人的自娱自乐或在小范围内流行。

唐宋词的娱乐功能主要有两个特点。

一是娱乐的全民化特征。曲子词是宋代士大夫文人与市井细民共同享受的娱乐性文艺，无论是曲子词创作，还是曲子词的欣赏，都呈现出普及性及普泛化的特点，这与以前特权阶级垄断文化消费市场的局面截然不同。

以统治阶级而言，则唐宋人的史书及笔记杂书中便有许多关于帝王和士大夫文人偏好用曲词娱乐的记载。如前蜀建国者王建，其棺椁下的石座即刻有盛大的伎乐场面；后蜀后主孟昶之子、皇太子玄喆在行军打仗时亦"携乐器、伶人数十以从"④。又如宋徽宗曾微服幸汴京著名小唱艺人李师师家；宋理宗晚年耽于逸乐，多次召民间歌妓唐安安入宫演唱。至于曲子词对于宋代士大夫日常生活浸润之深，则可从以下几则轶事中窥见一斑。张

---

① 叶梦得：《石林燕语》，转引自《宋元笔记小说大观》，上海古籍出版社2001年版，第2514页。

② 黄大舆：《梅苑序》，转引自金启华等编《唐宋词集序跋汇编》，江苏教育出版社1990年版，第355页。

③ 黄昇：《花庵绝妙词选序》，转引自金启华等编《唐宋词集序跋汇编》，江苏教育出版社1990年版，第359页。

④ 欧阳修：《新五代史》，中华书局1974年版，第245页。

舜民《画墁录》载：

> 丞相（晏殊）领京兆，辟张先都官通判。一日，张议事府中，再三未答。晏公作色，操楚语曰："本为辟贤会，贤会道'无物似情浓'，今日却来此事公事。"①

情急之下，晏公竟然于严肃的官方场合引用张先本人的旖旎词句对其发难，可见他对张词的熟知程度。再如《苕溪渔隐丛话》所载：

《遁斋闲览》云：

> 张子野郎中，以乐章擅名一时。宋子京尚书奇其才，先往见之，遣将命者，谓曰："尚书欲见云破月来花弄影郎中乎？"子野屏后呼曰："得非红杏枝头春意闹尚书邪？"遂出，置酒尽欢。

《古今诗话》云：

> 子野尝作《天仙子》词云："云破月来花弄影"，士大夫多称之。张初谒见欧公，迎谓曰："好！云破月来花弄影。恨相见之晚也。"二说未知孰是。②

因久闻对方名词佳句而为之心折，并以此互相称许，由此而

---

① 张舜民：《画墁录》，转引自《宋元笔记小说大观》，上海古籍出版社2001年版，第1555页。

② 胡仔：《苕溪渔隐丛话》前集卷三七，人民文学出版社1984年版，第252页。

知曲子词与宋代士人生活水乳交融的关系。流风之下，"汴都三岁小儿，在母怀饮乳，闻曲皆捻手指作拍，应之不差"①。因此，说宋代社会全民上下都"视唱曲为风流才调的时尚"②。应该也是毫不过分的。

二是强调感官享受的特征。康德认为：

> 快适的艺术是单纯以享受做它的目的。例如人们在筵席间享受到一切的刺激，有趣地谈说着故事，诱使座客们活泼自由地高谈阔论，用谐谑和欢笑造成快乐气氛。在这场合，正如人们所说的，随便说些醉话，不负任何责任，不留在一个固定题目的思考与倡和里，只为着当前的欢娱消遣。……这些游戏没有别的企图，只是叫人忘怀时间的流逝。③

这里所说的"快适的艺术"，便是指由单纯追求感官刺激所引发的偏重于物质层面的较为低级的娱乐形态。"找乐子"是人们参与娱乐活动时的普遍心态，而听唱曲词所带来的声色之娱无疑在很大程度上满足了欣赏者这种浅层次的"求乐"的心理期待。于是，词的曲调是否"尖新"、演出效果能否"惊人耳目"，"长人精神"④ 往往成了大众娱乐消费时关注的焦点，而对审美层面的关注倒还在其次。所以吴自牧《梦粱录》云"但唱令曲小词，须是声音软美"，而"诸酒库设法卖酒"，也要拣择那些"娉婷秀媚，桃脸樱唇，玉指纤纤，秋波滴滴，歌喉宛转，道得

---

① 王灼：《碧鸡漫志》，转引自唐圭璋《词话丛编》，中华书局 2005 年版。
② 韩经太：《宋词与宋世风流》，载《社会科学》1994 年第 6 期。
③ 康德：《判断力批判》，商务印书馆 1964 年版，第 268 页。
④ 孟元老：《东京梦华录》卷一，中国商业出版社 1982 年版。

字真韵正，令人侧耳听之不厌"① 者演唱。这就明确道出了感官享乐对于曲子词的重要性。另如沈义府《乐府指迷》所云："如秦楼楚馆所歌之词，多是教坊乐工及市中做赚人作，只缘音律不差，故多唱之。求其下语用字，全不可读"② 也说明了曲子词在"娱人"过程中强调声色之娱有过于心灵愉悦的特征。从一定意义上说，这与一些现代流行歌曲只强调配乐和演唱方式的新奇却忽视作品本身质量，刻意以夸张怪异的风格吸引观众眼球的做法不谋而合。

当然，除了感官上的快适，一些曲子词也能带给人们较为深层次的、心灵的陶醉和精神上的愉悦。如汪莘《方壶诗余自序》即云：

> 余平昔好作诗，未尝作词，今五十四岁，自中秋之日，至孟冬之月，随所寓赋之，得三十篇，乃知作词之乐，过于作诗，岂亦昔人中年丝竹之意耶，每水阁闲吟，山亭静唱，甚自适也。③

此中的"作词之乐"便偏重于因填词唱曲而获得的精神享受，而"甚自适也"则是由此而产生的艺术效果。这类以"娱心"为主的词作，更重视其言志抒情的功能，与传统诗作无实质性区别，也不是曲子词娱乐功能的主要指向。

---

① 吴自牧：《梦粱录》卷六，中国商业出版社 1982 年版。
② 沈义府：《乐府指迷》，转引自唐圭璋《词话丛编》，中华书局 2005 年版，第 281 页。
③ 汪莘：《方壶诗余自序》，转引自金启华等《唐宋词集序跋汇编》，江苏教育出版社 1990 年版，第 227 页。

（二）唐宋词娱乐功能的生成和发展

唐宋词娱乐功能的生成和发展，既源于词人以"游戏"态度填写歌词的主观故意，也源于大众对于词曲娱乐的客观需要及享乐世风的催化。

曲子词本源自民间，原为"胡夷里巷之曲"。由于它"没有显赫的家世和高贵的血统"，不必承担"传道"、"言志"的"责任与使命"①，所以当时文人多以"小道"、"末技"一类娱乐工具视之。如钱惟演就曾明确表述其文体分等的观念，曰："平生惟好读书，坐则读经史，卧则读小说，上厕则阅小辞。"②"小辞"只配上厕所时读，可见词体地位低下。当然，钱惟演将词作为"厕所文学"，这也从另一个角度说明词的消遣功能。另宋人魏泰《东轩笔录》卷五载："王荆公初为参知政事，闲日因阅晏元献公小词而笑曰：'为宰相而作小词，可乎？'"这也说明，在当时的正统文人眼中，"小词"根本上不了台盘。再如，毛晋跋黄庭坚《山谷词》谓："鲁直少时，使酒玩世，喜造纤淫之句，法秀道人诫曰：'笔墨劝淫，应堕犁舌地狱。'鲁直答曰：'空中语耳'。"此亦道出山谷词游戏玩笑的特征。

"游戏"、"佐欢"的创作观使词人能够"放下包袱，轻装上阵"，将"为娱乐"作为填词的既定目标，这就更加纯粹和强化了词的娱乐功能。以谐谑词为例，王灼《碧鸡漫志》载：

> 长短句中，作滑稽无赖语，起于至和。嘉祐之前，犹未盛也。熙丰、元祐间，兖州张山人以诙谐独步京师，时出一

---

① 杨海明：《唐宋词纵横谈》，苏州大学出版社1994年版，第95页。
② 欧阳修：《归田录》，转引自《宋元笔记小说大观》，上海古籍出版社2001年版，第620页。

两解。泽州孔三传者，首创诸宫调古传，士大夫皆能诵之。元祐间，王齐叟彦龄，政和间，曹组元宠，皆能文，每出长短句，脍炙人口。彦龄以滑稽语诨（噪）河朔。组潦倒无成，作红窗迥及杂曲数百解，闻者绝倒，滑稽无赖之魁也。……其后祖述者益众，嫚戏汙贱，古所未有。

谐谑词在北宋由"犹未盛也"，发展至"士大夫皆能诵之"，再到"脍炙人口"，这便从侧面反映出曲子词娱乐功能的逐渐强化。《碧鸡漫志》又载：

> 王齐叟彦龄，元副枢岩叟之弟，任俊得声。初官太原，作《望江南》数十曲嘲府县同僚，遂并及帅。帅怒甚，因众入谒，面责彦龄："何敢尔，岂恃兄贵，谓吾不能劾治耶？"彦龄执手板顿首帅前曰："居下位，只恐被人捘。昨日只吟《青玉案》，几时曾做《望江南》？试问马都监。"帅不觉失笑，众亦匿笑云。

此类插科打诨的词作，委实已近杂剧，调笑戏谑的目的十分明显。

同时，曲子词的游戏功能又被用于自嘲或朋友间的调侃玩笑，如辛弃疾的《沁园春》（杯汝来前），题曰"将止酒，戒使酒杯勿近"，便是一首令人解颐的新奇滑稽之作；又如《冷斋夜话》载："东坡守钱塘，无日不在西湖。尝携妓谒大通禅师，大通愠形于色。东坡作长短句，令妓歌之。"词云：

> 师唱谁家曲，宗风嗣阿谁。借君拍板与门槌。我也逢场作戏，莫相疑。　溪女方偷眼，山僧莫眨眉。却愁弥勒下

生迟。不见老婆三五，少年时。

（《南歌子》）

也完全是调侃之意。再如陈瓘与友人邹浩在贬谪期间也"以长短句相谐乐"①。此外，唐宋词中叠字体、嵌药名、嵌曲名、谜语、回文、集句等各类形式，也都是词人游戏笔墨的产物。

"需要是人生中最现实的问题"，"它是我们现实生活中所存在的一切现象的动因和根由"②。大众对娱乐生活的客观需要，也是曲子词迅速流行的重要原因。

关于娱乐的重要作用，亚里士多德在《政治学》中写道："游戏作为工作的调剂，能使紧张的生活得到弛懈之感。"③ 这种"弛懈之感"对于"人生不如意，十事长八九"的普通大众而言，更显得弥足珍贵。因此，胡祗遹《赠宋氏序》即云：

> 百物之中，莫灵莫贵于人，然莫愁苦于人。鸡鸣而兴，夜分而寐，十二时中，纷纷扰扰，役筋骸，劳志虑，口体之外，仰事俯畜。吉凶庆吊乎乡党闾里，输税应役于官府边戍。十室而九不足，眉蹙心结，抑郁而不得舒，七情之发，不中节而乖戾者，又十常八九。得一二时安身于枕席，而梦寐惊惶，亦不少安朝夕。昼夜起居，痗痗一心，百骸常不得其和平。所以无疾而呻吟，未半百而衰。于斯时也，不有解尘网，消世虑，熙熙杲杲，畅然怡然，少导欢适者，一去其苦，则亦难乎其为人矣。此圣人所以作乐以宣其抑郁，乐工

---

① 胡仔：《苕溪渔隐丛话》，人民文学出版社 1984 年版。
② 吴灿华、詹万生：《人生哲学》，北京师范大学出版社 1987 年版，第 79 页。
③ 亚里士多德：《政治学》，吴寿彭译，上海商务印书馆 1996 年版，第 410 页。

伶人之亦可爱也。①

可见，消遣娱乐是"解尘网，消世虑"的良方，它能够使人们在苦难生活的夹缝中获得"畅然怡然，少导欢适"的暂时缓解与释放。

作为当时的流行歌曲，唐宋词提供给听众的不仅仅是欣赏词曲表演时的愉悦，还有亲自参与演唱时的快感。这与现代人闲来无事习惯随口哼唱熟悉的流行歌曲，空闲时喜欢呼朋引伴去卡拉OK"秀"一下歌喉是同样的道理。一方面，流行歌曲感性化的音乐和文学语码容易激发人们的想象和联想，让人不知不觉间陶醉于一种忘我的境界；另一方面，正如现代学者所指出的那样：

> 流行音乐的歌星是这个社会供人崇拜的偶像，他的出场总是伴随着人如潮涌，万众瞩目，他把美和感情演绎到极致，唤起千万人的共鸣，这无疑是一种非常奇妙且奢侈的感觉。但卡拉OK为满足平庸之辈这种出场的欲望提供了现实的机会和可能。……演唱者在满足自己的表演欲望的同时，也实现了自己甚至可与歌星同日而语的可能性。……虽然每一个出场表演的人多半会产生一种"这是我的声音吗"这样的疑问，但对自己表演效果的自恋却远远压倒了上述疑问。②

在自娱娱人的过程中，"平庸之辈"通过歌唱展示才艺，从

---

　　① 胡祗遹：《赠宋氏序》，转引自《全元文》，江苏古籍出版社1997年版，第260页。

　　② 刘水平：《文化变迁：精英艺术与大众文化》，载《文艺评论》2004年第1期。

家人朋友或自身的反观中认识自我，从而得到了被认同后的自我价值肯定和自我超越的满足感。

当然，宋代商业经济的高度发展，社会财富的急剧增加，以及由此而造成的整个社会自上而下的个人私欲的扩张，亦是促成曲子词娱乐功能强化的必要条件。有学者指出，在宋代以前，凡论及奢华生活，其对象主要是皇室、贵戚与达官显宦，而在宋代，却总是士庶并提。① 以饮食来说，欧阳修《送慧勤归余杭》这样描写越地乡野富人："越俗僭宫室，顷赀事雕墙……南方精饮食，菌笋比羔羊。饭以玉粒粳，调之甘露浆。一馔费百金，百品罗成行"②；以衣饰来说，则"自淳祐年（1241）来，衣冠更易，有一等晚年后生，不体旧规，裹奇巾异服，三五为群，斗美夸丽，殊令人厌见，非复旧时淳朴矣"③。普通的官僚富豪们固然极尽奢欲，比如徽宗宣和年间，洛阳一官僚"家富声乐……两都人家，伎妾以百数，名倡千人，莫能出其右"。④ 而贫者也"或借债筹得钱，首先充饰门户，飘带金银钗钏"。⑤ 正所谓"辇毂之下，奔竞侈靡"、"比比纷纷，日益滋甚"、"自贵近至众庶莫不以奢侈为荣"，"毕华靡而不实矣"。⑥ 侈靡享乐的社会风气，推动了曲子词娱乐功能的发展，而曲子词娱乐功能的不断强化，则又对这种社会风气起到了推波助澜的作用。因此，说词是宋代"最为成功"的"艺术部门"，"时代心理终于找到了它最合适的归宿"⑦，这也是有一定道理的。

---

① 方行：《中国封建地租与商品经济》，载《中国经济史研究》2002 年第 2 期。
② 欧阳修：《欧阳修全集》，中华书局 1992 年版，第 262 页。
③ 吴自牧：《梦粱录》卷六，中国商业出版社 1982 年版。
④ 洪迈：《夷坚志》，中华书局 1981 年版，第 1783 页。
⑤ 《说郛》卷二五，宛委山堂本，上海古籍出版社 1988 年版。
⑥ 脱脱等：《宋史》，中华书局 1977 年版，第 1977 页。
⑦ 李泽厚：《美的历程》，文物出版社 1982 年版，第 156 页。

（三）唐宋词娱乐功能的价值解析

中国的传统文化强调文学和音乐的社会政治功能。孔子《论语·阳货》说："诗可以兴，可以观，可以群，可以怨。迩之事父，远之事君。"《毛诗大序》进一步说："正得失，动天地，感鬼神，莫近于诗。先王以是经夫妇，成孝敬，厚人伦，美教化，移风俗。"《礼记·乐记》则提出了乐与政通的观点："治世之音安以乐，其政和，乱世之音怨以怒，其政乖；亡国之音哀以思，其民困。声音之道，与政通矣。"在这样的文化体系中，文学和音乐很难具有独立性，而往往只是被视为维护封建伦理纲常的工具，并受到传统批评话语系统的种种约束。因此，它们的艺术性和抒情功能也经常被当做教化和"道"的对立面而受到质疑。到了宋代，这种文艺观依然存在，如石介严厉谴责宋初的雕琢文风，曰：

今夫文者，以风云为之体，花木为之象，辞华为之质，韵句为之数，声律为之本，雕镂为之饰，组绣为之美，浮浅为之容，华丹为之明，对偶为之纲，郑、卫为之声，浮薄相扇，风流忘返，遗两仪三纲五常九畴而为之文也，弃礼乐孝悌功业教化刑政号令而为之文也。①

这就形成了"道"对于"文"的强烈排斥。程颐则更进而提出了"作文害道"的观点，他在《伊川语录》中说：

某素不作诗，亦非是禁止不作，但不欲为此闲言语。且如今言能诗无如杜甫，如云："穿花蛱蝶深深见，点水蜻蜓

---

① 石介：《徂徕石先生文集》，中华书局1984年版，第235页。

款款飞。"如此闲言语道出作甚？

这就几乎完全否定了文学独立存在的价值与意义。而音乐的娱乐功能也受到一些正统文人批判，如天圣（1023—1031）中，仁宗尝问宰臣王曾以古今乐之异同，王曾对曰："古乐祀天地、宗庙、社稷、山川、鬼神，而听者莫不和悦。今乐则不然，徒娱人耳目而荡人心志。自昔人君流连荒亡者，一莫不繇此。"① 竟然将国家的灭亡归咎于"娱人耳目而荡人心志"之乐，实在失之偏颇。

传统的诗教和文艺观严重束缚了艺术创作的自主性和创造力，导致了艺术作品的僵化。而以娱乐为主要功能的曲子词的出现，则在一定程度上打破了这个僵局。

一方面，词体娱乐功能的实现体现了宋人对文艺本质特征的重新认识和再发掘，因为"从原初的文化创造力看，诗是在游戏中并作为游戏而产生出来的……它也总是倾向于放肆、戏谑与快乐"。② 只不过长期以来，文学的这种功能始终被传统文论"言志"、"载道"的重重迷雾所遮掩而已。如南唐后主李煜早年的一首词作《玉楼春》：

> 晚妆初了明肌雪，春殿嫔娥鱼贯列。凤箫吹断水云闲，重按霓裳歌遍彻。临风谁更飘香屑，醉拍阑干情味切。归时休放烛花红，待踏马蹄清夜月。

就现实而言，这种沉溺于歌舞逸乐的作品并无太大的意义。

---

① 脱脱等：《宋史》，中华书局1977年版，第2013页。
② 胡伊青加：《人：游戏者》，成穷译，贵州人民出版社1998年版，第154页。

然而，叶嘉莹女士在《唐宋词十七讲》中对于这首词的评价却给我们以新的提示："如果从伦理道德方面来衡量的话，我们认为它是空泛的、淫靡的，是无足取的。可是，从本质上来看，我们就可以看到他那样锐敏的深沉的真挚的一份心灵和感情的投注。"而且，它又为后世文学的发展拓宽了道路。宋代以后，戏曲、小说等文学样式后来居上，逐步取代了传统诗文在文坛上的主导地位，这便与它们娱乐大众的功能定位有着密不可分的关系。

另一方面，也是更为重要的意义在于，宋人对曲子词娱乐功能的重视，又体现出个人主体价值的提升和自我独立意识的觉醒。它意味着宋人已觉悟到人的生存权利和享乐权利，并有用文学来表现这种权利的自由，这实际上也是人本主义的一种外现。席勒说："只有当人在充分意义上是人的时候。他才游戏；只有当人游戏的时候。他才是完整的人。"① 他把"游戏"的冲动当成人性解放的前提，这就指出了艺术的娱乐功能与人的自由和全面发展的密切关系。

当然，由于"只有观众才实现了游戏作为游戏的东西"②。而观众所追求的，往往偏重于参与娱乐活动时所获得的感官刺激和直接的心理冲击，因此，"在这场文化消费的盛宴中，文化生产者和消费者之间形成了一种关系暧昧的互动，说不清是谁主动，说不清谁为谁提供了放纵的理由。""消遣、释放、宣泄、排解，感观的刺激、游戏和娱乐不仅是文化消费行为的出发点，也是其最终的落脚点。"③ 这就必然会导致一部分"唯娱乐"、"唯煽情"等粗制滥造作品的出现。但从总体上来看，作为流行

---

① 席勒：《美育书简》，徐恒醇译，中国文联出版公司1984年版，第90页。

② 伽达默尔：《真理与方法》，洪汉鼎译，上海译文出版社1999年版，第141页。

③ 吴锡平：《消费真实背后》，载《文艺报》2004年第1期。

歌曲的唐宋词，娱乐功能凸显而教化功能潜隐，这无论从文学而言还是从文化而言，都有着相当重要的社会价值和时代意义。

三 应歌应社，交游为尚

关于文学的社会功能，孔子说："诗可以兴，可以观，可以群，可以怨。"① "群"，即是指文学作品具有交流和沟通思想感情，协调人际关系的作用。在教育儿子孔鲤时，孔子又说："不学诗，无以言。"② 这也强调了社交功能的重要性。实际上，传统文学的社交功能是多种多样的。

首先，传统诗文可用于外交场合。早在春秋战国时期，颂诗活动就经常出现在外交礼仪中，《诗经》也常被引做外交辞令。比如《左传·襄公二十七年》载：

> 郑伯享赵孟于垂陇，子展、伯有、子西、子产、子太叔、二子石从。赵孟曰："七子从君，以宠武也。请皆赋，以卒君祝。武亦以观七子之志。"

于是，子展赋《草虫》，伯有赋《鹑之贲贲》，子西赋《黍苗》之四章，子产赋《隰桑》等云云。另外，《左传》的其他篇目和《战国策》等史书中对此亦多有记载。

其次，吟咏唱和是历代文人交游往来的基础，也是社团活动的纽带。例如，建安时代的邺下文人集团，就有所谓"南皮之游"。曹丕在《与吴质书》中曾动情地回忆道：

---

① 孔子：《论语》，中国社会科学出版社 2003 年版，第 484—501 页。
② 左丘明：《左传》，中华书局 2002 年版，第 547 页。

> 每念昔日南皮之游，诚不可忘。既妙思六经，逍遥百氏，弹棋间设，终以博弈，高谈娱心，哀筝顺耳。驰骛北场，旅食南馆，浮甘瓜于清泉，沈朱李于寒水。……昔日游处，行则接舆，止则接席，何曾须臾相失！每至觞酌流行，丝竹并奏，酒酣耳热，仰而赋诗。

西晋时著名的金谷诗会，东晋时流传千古的兰亭集会，其情形亦大略如此。唐代李白春夜宴从弟于桃李园，作序云："不有佳咏，何伸雅怀？如诗不成，罚依金谷酒数。"① 也正是继承了前代文人以诗文会友的风尚。

再次，中国古代社会普遍存在着文人用诗文拜谒投刺以求荐举的现象。以唐代为例，举子们在科举之前要进行一项重要的社交活动——觅举。他们通过行卷、拜谒等形式，寻觅能够在科举中赞誉荐引自己的人。如："韩愈引致后进，为求科第，多有投书请益者，时人谓之韩门弟子。"② 柳宗元"在京都时，好以文宠后辈，后辈由进文知名者，亦为不少焉"。③ 刘禹锡在连州时，"诸生以进士书刺者，浩不可纪"④。唐代诗人朱庆馀那首著名的《近试呈张水部》，便是一首典型的投献行卷之作。凡上种种，都是传统诗文社交功能的显著表现。

唐宋词的社交功能一方面继承和发扬了前代士大夫文人"膏腴贵游，咸以文学相尚"⑤ 这样以文交游结社的风气，如南

① 李白：《李太白全集》，中华书局1977年版，第1292页。
② 李肇：《唐国史补》，上海古籍出版社1979年版，第88页。
③ 柳宗元：《柳河东集》，上海人民出版社1974年版，第538页。
④ 刘禹锡：《刘禹锡集》，中华书局1990年版，第573页。
⑤ 李延寿：《南史·王承传》，中华书局1975年版。

宋大量用以"应社"的"无谓"之词即属此类①，另一方面，作为当时的"流行歌曲"，曲子词的社交功能又呈现出诸多迥异于传统诗文的"另类"特质，而这些特质的形成，离不开城市商品经济蓬勃发展的大背景下，朝野宴游之风的盛行，以及曲子词消费的大众化趋势。

晚唐五代时期，由于政治的动荡和城市经济的畸形繁荣，宴饮游冶几乎成为当时士大夫文人私生活中的主要内容。以前蜀君主王衍为例，他筑宣华苑成，"土木之功穷极奢巧，衍数于其中作长夜之饮。嫔御杂坐，舃履交错"；又好私行，"往往宿于娼家，饮于酒楼"②至于另一位身处江南一隅的南唐小皇帝李后主，他在亡国前的淫靡生活也与蜀国君臣相差无几。他的宫中以销金红罗罩壁，以大宝珠照明③，亦喜微行娼家④，过的也是"落花狼籍酒阑珊，笙歌醉梦间"⑤的生活。在他们的影响之下，西蜀和南唐的士民嬉游成风，"一片揭天歌吹，满目绮罗珠翠"⑥的景象在都市生活中比比皆是。

宋代宴游之风更盛，宋太祖赵匡胤在"杯酒释兵权"时劝石守信等功臣们"多集金帛田宅以遗子孙，歌儿舞女以终天年"。这就为宋代士大夫文人日日欢饮，夜夜笙歌的宴游生活提供了合理的借口。周辉《清波杂志》卷一〇载："韩黄门持国典藩饎客，早食则凛然谈经史节义及政事设施，晚集则命妓劝饮，尽饮而罢。

① 周济：《介存斋论词杂著》，转引自唐圭璋《词话丛编》，中华书局2005年版，第1629页。
② 张唐英：《蜀梼杌》，丛书集成本。
③ 王铚：《默记》，转引自佚名《十国故事》，影明刻本历代小史本卷二九。
④ 陆游：《避暑漫抄》，转引自佚名《十国故事》，影明刻本历代小史本卷二二。
⑤ 李煜：《阮郎归》，转引自曾昭岷等编《全唐五代词》，中华书局1999年版。
⑥ 尹鹗：《金浮图》，转引自曾昭岷等编《全唐五代词》，中华书局1999年版。

虽薄尉小官，悉令登车上马而去。"① 沈括《梦溪笔谈》载："时天下无事，许臣僚择宴饮，当时侍从文馆士大夫各为燕集，以致市楼酒肆，往往皆供帐为游息之地……馆阁臣僚，无不嬉游燕赏，弥日继夕。"由于商业经济发达，人们生活水平相对提高，各种各样的宴饮聚会还频繁出现在普通百姓的日常生活中。例如，汴京元宵，民众张灯宴游"春情荡飏，酒兴融怡，雅会幽欢，寸阴可惜，景色浩闹，不觉更阑"。② 清明时节，士民郊游野宴，"四野如市，往往就芳树下，或园囿之间，罗列杯盘，互相劝酬"。③ 杭城中秋，"王孙公子，富家巨室，莫不登危楼，临轩玩月，或开广榭，玳筵罗列，琴瑟铿锵，酌酒高歌，以卜竟夕之欢。至如铺席之家，亦登小小月台，安排家宴，团圆子女，以酬佳节。虽虽陋巷贫窭之人，解衣市酒，勉强迎欢，不肯虚度"。在这样"四时奢侈，赏玩殆无虚日"的宴赏冶游之风的推动下，曲子词的社交功能必然呈现出不同于传统诗文的世俗化、娱乐化倾向。

广泛的传播面和巨大的影响力又促使曲子词的社交功能趋于日常化和生活化。

弗·梅林《马克思传》在记述恩格斯学诗经过时曾引用歌德的一段话，他说："德国语言已经发展到这样的程度，以致每一个人都可以轻松愉快地用诗歌来表达自己，因此，任何人都不应该把这种才能看得了不起。"这也可以借用来描述唐宋词。在宋代，虽然未必"每一个人都可以轻松愉快地用诗歌（宋词）来表达自己"，但曲子词具有其他文艺样式所无法企及的广泛传播面和巨大影响力，这却是不争的事实。对此，王灼《碧鸡漫志》即云：

---

① 周煇：《清波杂志》，转引自《唐五代笔记小说大观》，上海古籍出版社 1990 年版，第 5123 页。

② 孟元老：《东京梦华录》卷六、卷七，中国商业出版社 1982 年版。

③ 吴自牧：《梦粱录》卷六，中国商业出版社 1982 年版。

> 盖隋以来，今之所谓曲子者渐兴。至唐稍盛，今则繁声淫奏，殆不可数。

近人王易进一步指出：

> 宋承周祚，结五季纷扰之局，制礼作乐，自属固然。其时区宇甫靖，文事渐兴。内则教坊云韶，皆备宴飨；外则公私酬酢，动有声歌。故旧曲绵传，新腔竞出。名臣硕彦，抒忠爱之忱；才士文雄，逞敷张之技。或当筵命赋，立被歌喉；或载酒行吟，遂相传写。引商刻羽，妃白抽黄，慢犯日增，情致斯畅。①

"繁声淫奏，殆不可数"与"旧曲绵传，新腔竞出"就形象描述了宋代词曲消费的繁盛局面。由于流行，人们耳濡目染，对曲子词的熟识程度不断加深，由此爱听爱唱，更加乐于和习惯于把它当做日常的娱乐交际工具。正如现代学者分析青年学生以流行歌曲为"共同语言"的原因时所指出：

> 由于他们的感情或晴或雨，乍暖还寒，这时流行歌曲成了他们的"精神词典"。他们翻阅着词典，阅读青春，阅读生活，阅读内心感受。②

流行歌曲"似曾相识"的旋律和熟悉的歌词容易使人们产生熟

---

① 王易：《词曲史》，东方出版社 1996 年版，第 89 页。
② 曹勇军：《与流行歌曲共舞》，载《中国青年研究》1999 年第 4 期。

稳感和亲切感，有利于在人与人之间架起"语言共识"和"情感共识"的桥梁，从而促成了曲子词社交功能的平民化和生活化特征。这在社交场合、社交方式和社交对象等方面都有所体现。

（一）词为社交工具的优越性

曲子词以口头传播方式为主，歌妓是曲子词最重要的传播者。这些"从事曲子词演唱工作的女艺人"①，不但要年轻貌美，能歌善舞，还要精通音乐，略懂文墨，先天素质和后天素养都颇高。"音韵窈窕，极于哀思"② 的燕乐，配合娇美的新词，由如花似玉的歌妓款款唱出，其情形正如欧阳修《减字木兰花》词中所云："歌檀敛袂，缭绕雕梁尘暗起。柔润清圆，百琲明珠一线穿。樱唇玉齿，天上仙音心下事。留往行云，满坐迷魂酒半醺。"这种"声色并重"的传播方式不但具有"案头文学"所无法比拟的独特魅力，较之以往文士"清谈"、"清唱"一类以文会友的社交方式也更具世俗诱惑力。因此，即使是最高统治者，也对这种社交方式情有独钟，比如在诸多重要的宫廷宴会上，都安排有唱词表演，而兴致高涨时，有的帝王甚至亲自"披挂上阵"，在以词社交的同时，体会演唱的乐趣。

《词苑丛谈》卷六有一条记载：

> 澹庵老人胡铨《玉音问答》云：隆兴元年五月三日晚，侍上于后殿之内阁。时方欲易金人书稿。蒙赐金凤笺，就所御玉管笔并龙脑墨、凤珠砚，又赐以花藤席。命某视草毕，唤内侍厨司满头花办酒。上御玉荷杯，某用金鸭杯。初盏，上令潘妃唱《贺新郎》令，兰香执上所饮玉荷杯，上注酒，

---

① 刘扬忠：《唐宋词流派史》，福建人民出版社 1999 年版，第 149 页。

② 魏徵寿：《隋书》，中华书局 1973 年版。

顾某口："《贺新郎》者，朕自贺得卿也；酌以玉荷杯者，示朕饮食与卿同器也。"某再拜谢。《贺新郎》有所谓"相见了，又重午"句。上曰："不数日矣。"又有所谓"荆江旧俗今如故"句。上曰："卿流落海岛二十余年，得不为屈原之葬鱼腹者，赖天地祖宗留卿以辅朕也。"某流涕，上亦黯然。俄而迁坐，进八宝羹，洗盏再酌。上令潘妃执玉荷杯，唱《万年欢》。此词乃仁宗亲制。上饮讫，亲唱一曲名《喜迁莺》以酌酒；且谓某曰："朕昨苦嗽，声音稍涩。朕每在宫，不妄作此，只是侍太上宴间，被上旨令唱。今夕与卿相会，朕意甚欢，故作此乐，卿意勿嫌。"某答曰："方今太上退闲，陛下御宇，正当勉志恢复，然此乐亦当时有。"

君臣相聚，以词侑觞，且通过作词、唱词交流感情，可见这种社交方式在当时是相当普遍的。

此外，与传统诗文个体化的创作与欣赏过程不同，词曲消费往往在三五好友之间或是在大庭广众之下进行。

瑞士学者雅格布·布克哈特总结意大利文艺复兴时期上流社会的社交方式时指出：

> 在中世纪的最繁荣时期，西欧的贵族曾设法为社交和诗歌建立一种"宫廷"的语言。在 13 世纪里，我们在方言互异的意大利也发现一种宫廷和诗人们通常使用的所谓"宫廷语"。认真地和有意识地试图使语言变为一种文学的和社交的语言，对意大利来说是极端重要的。[①]

[①]　雅格布·布克哈特：《意大利文艺复兴时期的文化》，何新译，商务印书馆1991 年版，第 377—392 页。

而这些具有"更为高雅的性质"的"宫廷语",大部分便是在罗马名妓"演奏乐器、歌唱和朗诵诗篇"的过程中产生的。这种特殊的文学和社交的语言与唐宋词十分相似。唐宋时期,士大夫文人的词曲消费多属于小团体性质,他们兼有创作者和欣赏者的双重身份,词人创作甫就,歌妓即应声而歌,从而形成了具有社交功能和固定模式的应歌词。而由此产生的效果便是:"清歌皓齿,急管繁弦,形成一种热烈的感情气氛,有利于作者诗情激荡,歌者酣畅淋漓地一展歌喉,并出现传受同乐的境界。"①市井民众的词曲消费多在公共娱乐场所进行,参与人数众多。他们在词曲消费中基本上处于欣赏者的地位,但可以通过于演唱精彩处报之以热烈掌声或随之哼唱等行为实现传播者与欣赏者或是欣赏者与欣赏者之间的互动。

(二) 词为各种社交场合的"新宠"

作为流行歌曲,曲子词口头传唱的传播方式和"集体消费"的特性使其成为各种社交场合的"新宠"。

沈松勤先生说:"词人应歌填词,歌妓歌以佐觞,是唐宋两代士大夫社会司空见惯的风俗行为,也成了中唐以来约定俗成的、具有时代特征的一种社交仪式。"②"社交仪式"一语正道出了大部分词人以词社交娱乐的创作思维定式。在朋友小酌,同僚聚首,欢度节日,祝寿庆生等社交场合中,曲子词都起到了助兴添趣,增进情感的重要作用。

早在唐代,词就是酒筵歌席上的重要交际工具,白居易

---

① 邵培仁:《传播学》,高等教育出版社2000年版,第88页。
② 沈松勤:《唐宋词体的文化功能与运行系统》,载《文学评论》,2001年第4期。

《代书诗一百韵寄微之》："密坐随欢促，华尊逐胜移。香飘歌袂动，翠落舞钗遗。筹插红螺碗，觞飞白玉卮。打嫌《调笑》易，饮讶《卷波》迟。"（自注："抛打曲有《调笑令》，饮酒曲有《卷白波》"）即描绘了上层社会歌舞送酒的热闹场面。酒令在民间也十分流行，敦煌词中的《思越人》便是一首典型的酒令词："一枝花，一盏酒，小争不去□□，□□□□终不醉，无花对酒难□。一枝□□□□，□枝慕我心迷，几度拟拌拌不得，思量且坐□□。"另外，《内家娇》所云："善别宫商，能调丝竹，歌令尖新"。《苏莫遮》所云："善能歌，打难令。"《浣溪沙》中有关"纤手行令匀翠柳，素咽歌发绕雕梁"的描写，都可为实证。词调《倾杯乐》、《回波乐》、《三台令》、《杨柳枝》、《醉花间》、《醉公子》等也都源自唐代酒令。[1]

宋代以词行令之风依然盛行，陈元靓《事林广记》癸集卷一二就记载了一些酒令词和描绘了行令场景。如《卜算子令》，其序言行令规则："先取花一枝，然后行令，唱其词，逐句指点，举动稍误，即行罚酒，后词准此。"其词则记述了整个行令过程，云：

　　我有一枝花（指自身，复指花），斟我些儿酒（指自，令斟酒）。唯愿花心似我心（指花，指自心头），几岁长相守（放下花枝叉手）。

　　满满泛金杯（指酒盏），重把花来嗅（把花以鼻嗅）。不愿花枝在我旁（把花向下座人），付与他人手（把花付下座接去）。

---

①　王昆吾：《唐代酒令艺术》，东方出版中心 1996 年版，第 76—82 页。

又如《花酒令》：

> 花酒（左手把花，右指酒）。是我平生结底亲朋友（指
> 自身及众宾）。十朵五枝花（以手伸五指反覆，应十朵；又
> 舒五指，应五枝，仍指花），三杯两盏酒（伸三指、又伸两
> 指，应三杯两盏数，指酒）。
> 休问南辰共北斗（伸手作休问状，指南北）。任从他乌
> 飞兔走（以手发退，作任从状，又作飞走状）。酒满金卮花
> 在手。（指酒尊，指酒盏，指花）且带花饮酒（左手插花，
> 右手持酒饮）。

这种传花行令的方式还明显地保留着唐代酒令艺术中"灼
灼传花枝，纷纷度画旗"的歌舞化痕迹。

又如曹冠《霜天晓角》，其序云：

> 荷花令用欧阳公故事，歌霜天晓角词，擘荷花，遍分席
> 上，各人一片，最后者饮。

明确指出，此词即是一首酒令词。

除了作词行令外，歌妓唱词劝酒也是宋人社交娱乐的时髦
"节目"。如北宋宰相晏殊，接待其女婿杨隐甫来访，即"坐堂
上置酒，从容出姬侍奏管弦按歌舞以相娱乐"①。

还如罗烨《醉翁谈录》载：

> 王上舍勉仲，邀崔木游春出郊，特呼角妓张赛赛侑尊。

---

① 高晦叟：《席珍放谈》，丛书集成本。

酒已数行，崔木酣醉。王上舍谓赛赛曰："崔上舍，今之望人也，尔乃京城之角妓也。以望人而遇角妓，可谓一时之佳遇，适今之时，正值仲春，风暖日和，花红柳绿，景物如此，岂可无一词歌咏乎？尔可请崔上舍赋一词，于席前歌之，庶不负今日之景也。"

宾主作词行令，歌妓唱词劝酒，既能避免枯燥乏味，又能得到艺术享受，其乐融融，其情欢洽，有力地推动了人际间的交往和交流。

应歌填词的活动还出现在欢度节日，祝寿庆生等社交场合中。

《孔子家语·观乡》曰："百日之劳，一日之乐。"这就指出了节日对于百姓日常生活的重要调节作用。在节日里，人们举行各种庆祝仪式，进行各种社交娱乐活动，而即兴填词，按谱唱歌，就是宋代节日活动的重要内容之一。

宋代大多数节日在词中都有体现，而其中一些重要节日，如立春、元宵、清明、端午、七夕、重阳、除夕等，存词量更是可观。据统计，《全宋词》中仅元宵词就有495首，有关寒食、清明的节序词也有453首。一方面，节日活动扩大了曲子词的创作领域，各种时序活动（例如，元宵观灯、清明踏青、七夕乞巧、中秋赏月、重阳登高等）都是节日词表现的重要内容；另一方面，填词唱词又是宋人欢度节日时的"调味品"和"催化剂"。宋代流行的大部分节序词都充满了"好时代，朝野多欢。遍九陌，太平箫鼓"[1] 的承平气象和"杯盘楚楚，歌舞喧喧"[2] 的行

---

[1]　万俟咏：《三台令》，转引自唐圭璋编《全宋词》，中华书局1999年版。

[2]　郭应祥：《朝中指》，转引自唐圭璋编《全宋词》，中华书局1999年版。

乐情怀。如柳永《倾杯乐》："会乐府两籍神仙，梨园四部弦管。向晓色、都人未散。盈万井、山呼鳌抃。愿岁岁，天仗里，常瞻凤辇。"赵仲御《瑶台第一层》："未央宫漏永，散异香、龙阙崔嵬。翠舆回。奏仙歌韶吹，宝殿尊罍。"毛开《水调歌头·上元郡集》："春意满南国，花动雪明楼。千坊万井，此时灯火隘追游。"李光《汉宫春·琼台元夕次太守韵》："邦侯盛集佳宾。有香风缥缈，和气氤氲。华灯耀添绮席，笑语烘春。"此类词不但烘托了节日气氛，更在无形中增强了人际间的交流和往来，这与现代社会不少唱片公司在年末岁时推出喜庆色彩浓郁的"贺岁专辑"，春节期间人们喜欢用《新年好》、《恭喜发财》、《万事如意》、《四季花开》、《招财进宝》等一类喜悦欢快的歌曲渲染节日气氛是同样的道理。

以诗祝寿之举由来已久，如《诗经》中就有"君子万年，宜其遐福"这样祝寿祈福的诗句，后代也有文人作诗为人为己祝寿，但都只是偶尔为之，并不常见。宋代则不但唱词祝寿活动成为人们祝寿庆生风俗的一部分，由此产生的大量寿词也在宋词中占有相当大的比重。据《全宋词》统计，两宋寿词近2000首，约占总数的十分之一，这不能不说是一种特殊的词学现象。寿词中有用于"自寿"的，如孙惟信"岁为一词自寿"[1] 李曾伯《八声甘州·辛酉自寿》，无名氏《鹧鸪天·自寿》（云外青山是我家），等等。然多用于为他人祝寿。如曹勋《赏松菊·寿圣诞辰》为帝王寿；方岳《酹江月·寿老父》为父亲寿；李石《临江仙》为母亲寿，其序云："老母太恭人三月二十一日生，是日仍遇己卯本命，作千岁会祝寿，子孙三十八人"；吴益《玉楼春·寿尊长》、卢祖皋《江城子·寿外姑外舅》为长辈寿；朱

---

① 刘克庄：《后村诗话》，中华书局1983年版，第75页。

涣《百岁令·寿丁大监》为同僚寿；向子諲《浣溪沙》为妻子寿，其序云："堂前岩桂犯雪开数枝，色如杏花，适当老妻生朝，作此以侑觞。"另外，还有无名氏《鹊桥仙·夫寿妻》（日长槐下）、《减字木兰花·寿外公》（祥呈香襏）、《鹊桥仙·寿丈人》（才临夏日）、《鹧鸪天·寿弟生日》（新月光寒昨夜霜）等。虽然寿词创作往往带有较为明显的指向性，题曰"为某某寿"，但因大多数寿词都只是重复着长寿富贵的主题，具有着普泛化的情感特征，因此，不少有专指的寿词也同样可以被广泛应用于其他人的祝寿场合。

除了酒筵歌席、欢度节日，祝寿庆生等社交场合，曲子词还出现在"贺新楼落成"、"贺人开酒店药铺"、"贺人新娶"、"贺人入赘"、"贺人生子"等多种喜庆场合，它们无疑也都起到了表达歌颂、祝福之意，烘托喜庆气氛的作用。

（三）词之社交功能更趋日常化与生活化

作为人们日常生活中一种特殊而又通常使用的社交语言，曲子词的社交范围和社交对象也较传统诗文更为广泛。

歌妓是曲子词最主要的传播者，她们与词人的交流往往以词为纽带，在索词与赠词过程中不知不觉地展开。唱词乃歌妓的立身之本，她们必须不断创新，以新曲新词吸引客人或抬高身价，但大多数歌妓本身并不具备创曲填词的能力，因而"索词"现象时有发生。关于这一点，两宋词人在词中多有提及。如柳永《玉蝴蝶》："珊瑚席上，亲持犀管，旋叠香纸，要索新词。"康与之《瑞鹤仙》："索新词、犹自怨别。"朱敦儒《鹧鸪天》："曾为梅花醉不归，佳人挽袖乞新词。"又如毛滂《虞美人》序云："官妓有名小者，坐中乞词。"辛弃疾《一落索》序云："醉中有索四时歌者，为赋。"刘过《唐多令》序云："安远楼小集，侑觞歌板之姬黄其姓者，乞词于龙洲道人，为赋此《唐多令》。"

在索词与"应邀"填词的交往中，索词者、填词者双方构成了一种特定的社交关系。除了歌妓"要索新词"，词人也主动向歌妓赠词。如晏殊《山亭柳》题为"赠歌者"；舒亶《木兰花》题为"次韵赠歌妓"；黄庭坚《忆帝京》题为："赠弹琵琶妓"；晁补之《永遇乐》题为"赠雍宅璨奴"，《紫玉箫》题为"过尧民金部四叔位见韩相家姬轻盈所留题"，《斗百花》两首分赠"汶妓阎丽"和"汶妓褚延娘"；袁去华《思佳客》序云："王宰席上赠歌姬"；刘镇《踏莎行》序云："赠周节推宠姬"；张炎《惜红衣》序云："赠妓双波"，等等。很多情况下，填词和唱词成了词人和歌妓之间互相取悦，互传爱慕之情的重要手段。如陈师道《后山谈丛》载：

　　文元贾公守北都，欧阳永叔使北还。公预戒官妓办词以劝酒，妓唯唯。复使都厅召而喻之，妓亦唯唯。公怪叹，以为山野。既燕，妓奉觞以为寿，永叔把盏侧听，每为引满。公复怪之，召问所歌，皆其词也。

官宴成了欧阳修词的专场演唱会，这自然易得词人欢心，难怪欧公"每为引满"。

又据宋杨湜《古今词话》载：

　　涪翁（黄庭坚）过泸南，泸帅留府。会有官妓盼盼性颇聪慧，帅尝宠之，涪翁赠《浣溪沙》曰："脚上鞋儿四寸罗，唇边朱麝一樱多。见人无语但回波。料得有心怜宋玉，只因无奈楚襄何。今生有分向伊么。"盼盼拜谢涪翁，泸帅令唱词侑觞，盼盼唱《惜春容》词曰："少年看花双鬓绿，走马章台管弦逐。而今老更惜花深，终日看花看不足。坐中美女颜如玉，为我一歌金缕曲。归时压得帽檐敧，头上春风红簌簌。"涪翁大喜。翌日出城游山寺，盼盼乞词。涪翁作《蓦山溪》以见意，曰："朝来春日，陡觉春衫便。……"

由于盼盼的唱词表演令涪翁"大喜"，故当其向词人乞词时，词人欣然命笔。而实际上，无论是歌妓索词，还是词人赠词，都说明了词体创作及其功能生成过程中词人与歌妓之间的良性互动。

曲子词又被用于朋僚亲旧间的酬唱赠答，或者与他人争强斗胜。如宋人邵浩所辑《坡门酬唱集》，即为苏轼与苏门四学士之间的唱和之作，秦观的《满庭芳》所云："雅燕飞觞，清谈挥麈，使君高会群贤。密云双凤，初破缕金圆。窗外炉烟似动，开瓶试，一品香泉。"就描绘了这种群贤高会、品茗清谈、以词酬唱的场面。又如周密作《木兰花慢》西湖十景词，其序曰：

> 张成子尝赋《应天长》十阕夸余曰："是古今词家未能道者。"余时年少气锐，谓此人间景，余与子皆人间人，子能道，余顾不能道耶？冥搜六日而词成。成子惊赏敏妙，许放出一头地。

（《木兰花慢·序》）

也有友人间以词代书来传情达意，这在很多词序中都有交待。如向子諲《虞美人》序曰："与赵正之宛丘执别，俯仰十有余年。匆匆相逢，又尔语别，作是词以送之。"张铭《汉宫春》序曰："稼轩帅浙东，作秋风亭成，以长短句寄余，欲和久之。偶霜晴，小楼登眺，因次来韵，代书奉酬。"辛弃疾

《贺新郎》序曰："陈同父自东阳来过余，留十日，与之同游鹅湖……既别之明日，余意中殊恋恋，复欲追路……夜半，投宿泉湖吴氏四望楼，闻笛声甚悲，为赋《贺新郎》以见意。"此类志同道合的朋友间的唱酬赠答，与传统诗文的社交功能有相似之处，但表现内容却更加私人化和生活化，交流氛围也更加轻松活跃。

此外，又有人以词调侃戏谑，将词当做交际中的润滑剂，或者是调节社交氛围的重要道具。比如《唐语林校证》卷七载：

> 方干貌陋唇缺，味嗜鱼酢，性多讥戏。萧中垂典杭，军卒吴杰患眸子赤。会宴于城楼饮，促召杰，杰至，目为风掠，不堪其苦，宪笑命近座女伶裂红巾方雨帖脸，以障风。干时在席。因为令戏杰曰："一盏酒，一撮盐。止见门前悬箔，何处眼上垂帘。"杰还之曰："一盏酒，一脔酢。止见半臂著襕，何处口唇开袴。"一席绝倒。①

另沈作喆《寓简》卷一〇载：

> 汴京时，有戚里子邢俊臣者，涉猎文史，诵唐律五言数千首，多俚俗语。性滑稽，喜嘲讽，常出入禁中。善作《临江仙》词，末章必用唐律两句为谑，以调时人之一笑。徽皇朝，置花石纲，取江淮奇卉石竹，虽远必致。石之大者曰神运石，大舟排联数十尾，仅能胜载。既至，上皇大喜，置之艮岳万岁山下，命俊臣为《临江仙》词，以"高"字为韵。再拜词已成，末句云："巍峨万丈与天高。物轻人意

---

① 周勋初校：《唐语林校证》卷七，中华书局1987年版，第687页。

重，千里送鹅毛。"又令赋陈朝桧，以"陈"字为韵。桧亦高五六丈，围九尺余，枝柯覆地几百步。词末云："远来犹自忆梁陈。江南无好物，聊赠一枝春。"其规讽似可喜，上皇忍之不怒也。内侍梁师成，位两府，甚尊显用事，以文学自命，尤自矜为诗。因进诗，上皇称善，顾谓俊臣曰："汝可为好词，以咏师成诗句之美。"且命押"诗"字韵。俊臣口占，末云："用心勤苦是新诗。吟安一个字，捻断数根髭。"

正因"其规讽似可喜"，即便他偶尔词涉冒犯，"上皇忍之不怒也"。看来，以词谐谑在社交中有时能够取得意想不到的喜剧效果。

在与上司或位高权重者交往的过程中，曲子词还被当做致感恩殷勤之意的载体。据《湘山野录》卷中载，吕公著曾向宋仁宗举荐陈尧佐，陈上任后，"极怀荐引之德，无以形其意，因撰《燕词》一阕，携觞相馆，使人歌之"。词云：

> 二社良辰，千家庭院。翩翩又见新来燕。凤凰巢稳许为邻，潇湘烟暝来何晚。乱入红楼，低飞绿岸。画梁时拂歌尘散。为谁归去为谁来，主人恩重珠帘卷。

吕公听歌醉笑曰："自恨卷帘人已老。"陈应曰："莫愁调鼎事无功。"可见二者之风流蕴藉。

又《岁时广记》卷三一引《古今词话》云：

> 柳耆卿与孙相何为布衣交。孙知杭，门禁甚严，耆卿欲见之不得，作《望海潮》词，往诣名妓楚楚，曰："欲见孙

相，恨无门路。若因府会，愿朱唇歌之，若问谁为此词，但
说柳七。"中秋夜会，楚宛转歌之，孙即席迎着卿预坐。

感恩之情和殷勤之意借由当时看来不太严肃的词体款款传
递，含蓄委婉而又不失风度，且更容易被人接受。

孔子在讲到《诗》的功用时说："诵《诗》三百，授之以
政，不达，使于四方，不能专对，虽多，亦奚以为？"这就指出
了社交功能的重要作用。但是，传统诗文的社交功能主要以政治
教化为核心，功利性强且社交范围一般局限于上层社会。与之相
较，为当时社会各阶层所喜闻乐见的曲子词，则因浸润和积淀了
多层位的文化观念和价值取向，在所谓"思想性"、"艺术性"
上有所消减，从而在社交功能上显示出更加平民化和生活化的
特征。

从文化角度而言，曲子词包括社交功能在内的各种实用功能
的平民化和世俗化倾向，虽然有时以损害作品的崇高性和思想价
值为代价，但无论从现实层面还是从历史层面，它们都具有重要
意义和深远影响。这些实用功能不但丰富和完善了当时人们的精
神文化生活，也在中国文化发展史上留下了浓墨重彩的一笔。而
且，从某种意义上说，唐宋词赖以繁荣的动力，也正来自这种实
用功能不断发展和强化。

第二节　唐宋词的"另类"文体特性

一　"词之初起，事不出于闺帏"

刘勰《文心雕龙》云："人禀七情，应物斯感。感物吟志，
莫非自然。"作为人类本能地怀有的天性之一，男女恋情在中国
古代文学作品中并不罕见。孔子删选《诗经》，仍然保留了大量

反映爱情生活的情歌，"凡《诗》之所谓'风'者，多处于里巷歌谣之作，所谓男女相与咏歌，各言其情者也"。① 屈原的《九歌》中，"有神与神、人与神相爱的描写，这是原始宗教人神杂糅的一种遗留，如《湘君》、《湘夫人》、《山鬼》三篇都是十分优秀的恋歌"②。此后的乐府民歌大半都是"艳歌婉娈，怨志佚绝，淫辞在曲"③ 之作。而即便在封建文人的诗赋里，爱情意识也在一定程度上得以凸显。魏晋南北朝以来，陆机所谓"诗缘情而绮靡"④ 之说一度广为流传，嵇康更提出"六经以抑引为主，人性以纵欲从欲为欢"⑤ 的观念。在这种纵欲之风的鼓舞下，晋代士大夫文人"重门第，好容止……肤清神朗，玉色令颜。……士大夫手执粉白，口习清言，绰约嫣然，动相夸许"。⑥表现出对女性美的特别偏嗜。到了南朝的宫体诗中，物化了的，甚至倾向于色情的女性美就更有了近乎变态的、不太健康的表现。可以说，中国古代文学从一开始就有抒写情爱的冲动和需要，虽然这种合理的情感表达在封建礼教的压制下始终处于"边缘化"的尴尬境地。

　　爱情也是唐诗中的一个重要主题。如：

得成比目何辞死，愿作鸳鸯不羡仙。

(卢照邻《长安古意》)

---

① 朱熹：《诗集传序》，载朱熹《诗集传》，上海古籍出版社1980年版。
② 中国社会科学院文学研究所：《中国文学史》，人民文学出版社1985年版，第277页。
③ 刘勰：《文心雕龙》，北京燕山出版社2001年版，第75—105页。
④ 陆机：《文赋》，据胡刻《文选》卷一七。
⑤ 嵇康：《难自然好学论》，载戴明扬校注《嵇康集》，人民文学出版社1962年版。
⑥ 屠隆：《鸿苞》，明万历刻本。

　　美人卷珠帘，深坐蹙蛾眉。但见泪痕湿，不知心恨谁？

（李白《怨情》）

　　海上生明月，天涯共此时。情人怨遥夜，竟夕起相思。

（张九龄《望月怀远》）

　　红豆生南国，春来发几枝？愿君多采撷，此物最相思。

（王维《相思》）

　　从初唐到盛唐，人们对爱情的咏唱一直都没有消歇。时至中晚唐，伴随着爱情意识的勃发，以爱情为题材的诗歌创作更加繁盛。白居易的《长恨歌》一出，几乎风靡了整个中国①，元稹的艳情诗、李商隐的无题诗、韩偓的香奁诗，皆以"小小情事"②动人，广为流播。"时代精神已不在马上，而在闺房；不在世间，而在心境。"③随着社会环境和审美风尚的变迁，晚唐五代文人对于个人情爱的抒写更是倾注了极大的热情。

　　不过，即便是"礼崩乐坏"的晚唐五代，爱情意识在诗文中的表露还是有所节制或是受到约束的，而只有到了唐宋词中，爱情意识才得以淋漓酣畅的抒发，才终于得到了最佳的表现。"宋代五、七言诗讲'性理'或'道学'的多得惹厌，而写爱情的少得可怜。宋人在恋爱生活里的悲欢离合不反映在他们的诗里，而常常出现在他们的词里……据唐宋两代的诗词看来，也许可以说，爱情，尤其是在封建礼教眼开眼闭的监视之下那种公然走私的爱情，从古体诗里差不多全部撤退到近体诗里，又从近体诗里大部分迁移到词里。"④造成这种"集体大撤退"的主要原

---

①　白居易：《与元九书》，见《全唐文》卷六七五。

②　洪迈：《唐人说荟·凡例》。

③　李泽厚：《美的历程》，文物出版社1981年版，第155页。

④　钱锺书：《宋诗选注·序》，人民文学出版社1958年版。

因大致有二。

首先，从词体本身而言，唐宋词在抒写儿女之情方面与传统诗文相比有其特具的某些优势。

词是一种配乐的抒情韵文，其风格和体式的形成都受到音乐的影响。而词所配合的音乐以燕乐为主，燕乐"高至紧五夹清，低至上一姑洗，卑则过节，高则流荡，甚至佚出均外，此所以为靡靡之乐也"①。管弦冶荡之音特宜于传递缠绵悱恻之情，曲子词之所以将吟咏艳情绮思作为其主要内容，并形成了哀感顽艳、柔靡妩媚的总体风格，在很大程度上便都与燕乐的基调有关。此外，燕乐纷繁复杂的旋律和节奏决定了曲子词体式的多变，这也更适合于表现微妙幽曲的内心变化。对此，朱彝尊说：

> （词）盖有诗所难言者，委曲倚之于声。
>
> （朱彝尊《红盐词序》）

田同之说：

> 词间有四声、五音、清浊、重轻之别，较诗律倍难，且有诗所难言者，委曲倚之于声，其旨愈远。
>
> （田同之《西圃词说》）

刘永济先生也说：

> 诗自五言倡于汉代，七言成于魏世，一句之中杂有单偶之辞，气脉舒荡，已较四言平整者为优，然错综之妙，变而

---

① 《续通典》卷九○《乐六·清乐》附注。

未极。填词远承乐府杂言之体，故能一调之中长短互节，数
句之内奇偶相生，调各有宜，杂而能理，若整若雁阵，或变
若游龙，或碎若明珠之走盘，或畅若流泉之赴谷，莫不因情
以吐字，准气以位辞，可谓极织综之能事者矣。

（《词论·名谊》）

由此可见，曲子词以长短句为主的体式，相较于传统齐言诗
而言，别具宛曲错落的"织综"之美。而词体在句式、平仄、
用韵、择调等方面的变化组合，能够表达不同的情感内容，从而
产生打动人心的声情效果。

曲子词的艳情化倾向又与其特殊的创作和传播环境有关。夏
承焘先生说：

案词之初体，出于民间，本与诗无别；文士之作，若刘
禹锡、白居易之《浪淘沙》、《杨柳枝》、《竹枝》以及张志
和、颜正卿之《渔父词》，亦近唐绝，非必以婉丽为主。至
晚唐温庭筠能逐弦吹之音，为侧艳之词，始一以梁陈宫体、
《桃叶》、《团扇》之辞当之。若寻源溯流，词之别格，实是
温而非苏；《提要》之论，适得其反。惟后来《花间》、《尊
前》之作，专为应歌而设。歌词者多女妓，故词体十九是
风情调笑。因此反以苏词为别格、变调，比为"教坊雷大
使之舞"，"虽工而非本色"，此宋以来论词之偏见也。①

这就指出了女性化的创作和传播环境对于"词为艳科"的

---

① 夏承焘：《唐宋词论丛·四库全书词籍提要校议》，上海古典文学出版社
1956 年版，第 216 页。

重要影响。一方面，在那种花间月下、"浅斟低唱"的场合，面对如花似玉的歌妓，男性词人心中难免春情萌动，艳情绮思也就自然从笔端奔涌而出。"在由严厉取缔不义行为的儒教所构筑的家庭生活中，夫妇关系，往往既非爱情也非友情，仅仅是合法永续的性结合，及由此养育子孙、维持家族。而且越是社会地位高的家庭，妻子就越必须用儒家道德来美化，而性本身所暗示的隐微魅力也就荡然无存了。这样，男性所心向往之的就是青楼。他们对未受儒教制约的市井情事有难以遏止的憧憬。那里有与日常规定相对立的绚烂的梦。"① 另一方面，为了使"丽词堪与雪儿歌"，词人们的创作风格也会相应地契合于歌妓们那种妍丽柔媚的风情，由此，则曲子词当然不可避免地沾染了香艳的色彩。

除上述原因之外，人们对于词体的轻视，也是词人敢于在词中肆无忌惮地"言情"的又一原因。如前所述，曲子词本源自民间，由于不必承担"传道"、"言志"的责任与使命，所以当时文人普遍以"小道"、"末技"视之。然而，也正是因为躲在"词为小道"的"保护伞"下，词人才能够避开封建礼教和儒家诗论的监视和束缚，无所顾忌地在情天孽海中翻滚，尽情地抒写他们抑郁于心的情感和欲望。

其次，从外部条件而言，唐宋词的艳情化倾向又与当时的社会环境以及人们的时代心理（爱情意识的勃发）有关。

中唐以后，随着城市经济的繁荣和人们物质生活水平的提高，欢宴冶游成了当时的风尚。伴随着这种情况，男女之间的交往，例如游春踏青时的巧遇，一见钟情后的"盯梢"，② 酒筵歌

---

① 今道友信：《关于爱》，三联书店 1987 年版，第 133 页。
② 张泌《浣溪沙》被鲁迅先生称为"唐朝的盯梢"，后收入《二心集》。

席间的眉目传情……就有了更多的机会，人们的私生活中也多了一层旖旎香艳的色彩。

在这样相对开放的社会风气之下，人们的恋情意识也逐渐复苏并迅速膨胀。如晚唐诗人李商隐就曾发表过这样大胆的言论：

> 今人娶妇入门，母姑必祝之曰："善相宜！"则祝曰："蕃息！"后日生女子，贮之幽房密寝，四邻不得识，兄弟以时见。欲其好，不顾性命。即一日可嫁去，是宜择如何男子属之耶？今山东大姓家，非能违摘天性，而不如此。
>
> （《别令狐拾遗书》）

认为将女子"贮之幽房密寝"、不得与异性交往乃是"违摘天性"之举。到了五代后期，徐铉更进一步指出："人之所以灵者，情也"① 的论调。宋代是一个思想和言论都较为自由的时代。太宗时，定下了不杀上书言事者的"祖宗家法"，宋真宗"异论相搅"的言论政策更激发了言论自由的风气，以至于"人持私见，家为异说"。② 在这种兼容并蓄、多元共存的思想空间里，历史与现实、宇宙与个体、公与私、雅与俗、理与情等各种观念既相互对立，又奇妙融合。正统的士大夫文人一方面以德自矜、以道自律，另一方面又充分肯定情色欲念的现实合理性。比如欧阳修就曾提出"圣人之言，在人情不远"③ 的观点，认为儒家经典中的"道"，无非是要解决好老百姓最实际最根本的日常需要和情感问题。理学家邵雍也不完全排斥自然情感的流露，认

---

① 徐铉：《肖庶子诗序》，载《徐公文集》，四部丛刊本。
② 程颢：《河南程氏文集》卷一。
③ 欧阳修：《又答宋咸书》，四部丛刊本。

为理学"何曾累于性情"。① 又如罗泌《六一词跋》云："情动于中，而行于言，人之常也。诗三百篇，如俟城隅、望复关、摽梅实、赠芍药之类，圣人未尝删焉。陶渊明《闲情》一赋，岂害其为达。"黄庭坚《小山词序》云："若乃妙年美士，近知酒色之娱，苦节臞儒，晚悟裙裾之乐，鼓之舞之，使宴安鸩毒而不悔"，承认情爱是人性的自然流露。

丰裕的物质生活加上开放的社会风气，这正是爱情意识复苏和勃兴的丰厚土壤。以女色、情爱为中心内容的曲子词，恰好充分地适应和满足了人们勃兴的恋情心理。创作者——都市各阶层文人需要通过描写女色来宣泄内心的艳情绮思；而受众——广大市民更需要"极怒极伤极淫而后已"的文艺形式来满足自己对爱情的幻想和渴望。于是，"词为艳科"局面的出现也就不足为奇了！

从语义学的角度来看，所谓"艳"，主要与女子的美色有关。《说文解字》云："艳，好而长也。从丰。丰，大也。盍声。春秋传曰：美而艳。②《诗·小雅·十月》"小序正义"亦云："美色曰艳。"由此引申，也用以指男女情爱之事，如以表现男女情爱为主题的文学作品被称之为"艳诗"、"艳歌"，等等。"艳"又有辞藻华美之义，《穀梁传注疏序》"左氏富而艳"疏云："艳者，文辞可美之称也。"由此观之，则所谓"词为艳科"，大致包含两层意思：一是词的题材内容以表现女性生活和男女情爱为主；二是在词的艺术风格上，呈现出一种与其题材内容相协调的香艳色调。

先说其第一方面的情况。沈义父《乐府指迷》云："作词与

---

① 邵雍：《伊川击壤集》，学林出版社 2003 年版，第 253 页。
② 许慎：《说文解字》，中华书局 1983 年版，第 103 页。

诗不同，纵是花卉之类，亦需略用情意，或要入闺房之意。"①
王世贞《艺苑卮言》云："词须宛转绵丽，浅至儇俏，挟春月烟
花于闺幨内奏之。"清刘熙载《艺概·词曲概》论"五代小词"
云："虽小却好，虽好却小，盖所谓'儿女情多，风云气少'
也。"先著《词洁》卷二亦云："词之初起，事不出于闺帏。"他
们都指出了词好写女性生活和男女情爱的文体特征。

　　以敦煌词来说，在王重民所辑《敦煌曲子词集》的 160 多
首词中，"言闺情及花柳者"约占 40% 左右；"忠臣义士之壮
语"约占 25%；"边客游子之呻吟"约占 12%；"佛子之赞颂"
约占 7%；"隐君子之怡情悦志"约占 5%；"少年学子之热望与
失望"约占 4%；"医生之歌诀"约占 2%；其他内容，约占
5%。② 由此可见，虽然敦煌词相对于后代文人词而言，题材较
为广泛，但"言闺情及花柳者"在各类题材中已占绝对优势。
"词在从民间转入晚唐五代文人之手成为一种时代性的流行文艺
之后，更加重了艳情的成分。"③《花间集》所收的 500 首词中，
与男女情爱有关的作品占总数的 80% 以上；而南唐君臣的词作
也大抵以相思恨别、男欢女爱为其主要内容：李璟仅存的 3 首词
全部抒写恋情；李煜传世的 34 首词中，至少有一半是批风抹月
的艳情之作；在冯延巳现存的 110 首词中，充满着花柳情思的词
作也有 100 首以上。

　　在宋代，几乎每一位染指于词的文人，都或多或少地写过表

---

　　① 沈义父：《乐府指迷》，转引自唐圭璋《词话丛编》，中华书局 2005 年版，第 281 页。

　　② 杨海明：《论唐五代词》，载《唐宋词论稿》，浙江古籍出版社 1988 年版，第 86 页。

　　③ 刘扬中：《北宋时期的文化冲突与词人的审美选择》，载《湖北大学学报》1998 年第 3 期。

现女性生活或男女情爱的"艳词"。柳永、张先、晏几道、秦观、黄庭坚、周邦彦、贺铸、姜夔、吴文英等以写艳情词而闻名的"词坛高手"自不必论，就连孤高自许、几乎不食人间烟火的林和靖，亦以一曲《长相思》将旖旎缠绵的心曲款款道来；一代名相司马温公，也曾写出过《锦堂春》（红日迟迟）这样的香软之作，陈霆《渚山堂词话》卷三评曰："《锦堂春》长阕，乃司马温公感旧之作。……公端劲有守，所赋妩媚凄婉，殆不能忘情，岂其少年所作耶？古贤者未能免俗，正谓此耳"；而理学家程颐，"闻诵晏叔原'梦魂惯得无拘检，又踏杨花过谢桥'长短句，笑曰：'鬼语也！'意亦赏之"。① 因此朱彝尊《红盐词序》说："词虽小技，昔之通儒巨公，往往为之。"在这股香艳词风的吹拂下，即便是以"豪放"著称的苏轼和辛弃疾，也都未能"免俗"。所谓的"豪放"词在现存300多首苏轼词中所占不到1/10，而描写"绮罗香泽之态"和"绸缪宛转之度"的词作倒是占了大半，有人更具体指出："'枝上柳棉'，恐屯田缘情绮靡，未必能过。孰谓坡但解作'大江东去'耶？"② "苏子瞻有铜琶铁板之讥。然其《浣溪沙·春闺》曰：'彩索身轻常趁燕，红窗睡重不闻莺'。如此风调，令十七八女郎歌之，岂在'晓风残月'之下"。③ "秾纤绵密"、"清而丽，婉而妩媚"的艳词，在辛弃疾词中也不在少数：刘克庄在《辛稼轩集序》中说道："公所作大声鞺鞳，小声铿鍧，横绝六合，扫空万古，自有苍生以来所无。其秾纤绵密者亦不在小晏、秦郎之下。"范开在《稼轩词序》中也说："其间固有清而丽，婉而妩媚，此又坡词

---

①　邵博：《邵氏闻见后录》，中华书局1983年版，第151页。

②　王士禛：《花草蒙拾》，转引自唐圭璋《词话丛编》，中华书局2005年版。

③　贺裳：《皱水轩词荃》，转引自唐圭璋《词话丛编》，中华书局2005年版。

之所无，而公词之所独也。"为了契合曲子词"曲尽人情，惟婉转妩媚为善"的文体特征，有些词人甚至不惜"为文造情"，"为赋新词强说愁"地杜撰艳情艳事入词。如王炎在《双溪诗余自序》中曾自况云："三十有二始得一第，未及升米之粟而慈亲下世，以故家贫清苦，终身家无丝竹，室无姬侍。"① 但就是这样一位词人，其词中却也不乏"纤手行杯红玉润"、"缃桃花树下，记罗袜、昔经行"② 一类缱绻情事。由此可见，就其题材选择而言，唐宋词已经表现出十分明显的艳情化倾向。

对于词的言情"特长"，历代词论也多有揭示和阐发。宋尹觉《题坦庵词》云："吟咏性情，莫工于词。"张炎《词源》卷下云："簸弄风月，陶写性情，词婉于诗。"明陈子龙《王介人诗余序》云："宋人亦不免于有情也，故凡其欢愉愁怨之致，动于中而不能抑者，类发于诗余，故其所造独工，非后世所及。"何良俊《草堂诗余序》云："柔情曼声，摹写殆尽，正词家所谓当行，所谓本色者也。"清陈廷焯《白雨斋词话》云："后人之感，感于文不若感于诗，感于诗不若感于词。"查礼《铜鼓堂词话》云："情有文不能达，诗不能道者，而独于长短句中可以委宛形容之。"词缘情而作，缘情而发，故其所抒之情就比传统诗文表现得更普泛、更纯粹、更细腻，也更幽深。

黑格尔在《美学》中曾这样论说："只表现作歌者本人个性的歌毕竟比不上具有普遍意义的歌，因为后者的听众较广，打动的人较多，引起同情共鸣者也较容易，会由众口流传下

---

① 王炎：《双溪诗余自序》，转引自金启华等编《唐宋词集序跋汇编》，江苏教育出版社1990年版，第170页。

② 出自王炎《蝶恋花》和《木兰花慢》，转引自唐圭璋编《全宋词》，中华书局1999年版。

去。"① 作为当时的流行歌曲，唐宋词中的男女情爱往往并非现实生活中个体情爱的具体反映，而是将个性化的情感消融于普泛化的情感之中，以间接的方式传达具有共性特征的生活意绪，从而引发欣赏者强烈的情感共鸣。因此日本学者村上哲见指出：

> 尽管（艳情词）主题如此庸俗，而且语汇陈腐，但是词中所展开的境界却洋溢着娇艳之美，具有诱人的不可思议的魅力。这大约是因为表面上看起来始终是优雅艳丽的，然而却托寓着超乎传统"闺怨"这一概念的、对于人生和对于时代的深切的绝望感与孤独感的缘故。②

唐宋词对于艳情题材的"非我"化处理，能够生发出深广的人类情感内蕴，故能感人至深而传世极广。

由于题材狭窄，始终在男欢女爱的小圈子里面打转转，唐宋词对于情感的抒写也必然越掘越深，愈写愈细。故而，词中抒发的虽然大多是普泛化的情感，但却呈现出幽婉深细的特征。对此，王国维有一段颇为著名的论述，他说：

> 词之为体，要眇宜修，能言诗之所不能言，而不能尽言诗之所能言。诗之境阔，词之言长。③

缪钺先生也说：

---

① 黑格尔：《美学》，商务印书馆1995年版，第224页。
② 村上哲见：《唐五代北宋词研究》，杨铁婴译，陕西人民出版社1987年版，第105页。
③ 王国维：《人间词话》，藤咸惠校注，齐鲁书社1986年版。

　　人有情思，发诸楮墨，是为文章。然情思之精者，其深曲要眇，文章之格调词句不足以尽达之也，于是有诗焉……诗之所言，故人生情思之精者矣，然精之中复有更细美幽约者焉，诗体又不足以达，或勉强达之，而不能曲尽其妙，于是不得不别创新体，词遂肇兴。

　　若夫词人，率皆灵心善感，酒边花下，一往情深，其感触于中者，往往凄迷怅惘，哀乐交融，于是借此要眇宜修之体，发其幽约难言之思。①

由此可见，词最乐于抒写和最擅长描摹的，就是这一类"要眇宜修"、"细美幽约"的情感。例如：

　　画堂照帘残烛，梦余更漏促。谢娘无限心曲，晓屏山断续。

（温庭筠《归国谣》）

　　烛烬香残帘未卷，梦初惊。花欲谢，深夜，月胧明。何处按歌声，轻轻。舞衣尘暗生，负春情。

（韦庄《诉衷情》）

　　伤怀离抱，天若有情天亦老。此意如何，细似轻丝渺似波。

（欧阳修《减字木兰花》）

　　自在飞花轻似梦，无边丝雨细如愁，宝帘闲挂小银钩。

（秦观《浣溪沙》）

　　春慵恰似春塘水，一片縠纹愁。溶溶泄泄，东风无力，

---

① 缪钺：《诗词散论·论词》，上海古籍出版社1982年版，第56—60页。

欲皱还休。

（范成大《眼儿媚》）

萦绕于词中的，大抵是一抹浅浅的情思，一缕淡淡的愁绪，而此类幽微缠绵的心绪，在词人笔下变得极为动荡迷离、惝恍难言。

值得注意的是，由于唐宋词不断朝着抒情的深度发掘，其情感表达在幽婉深细之外又呈现出真挚和真实的特征。在艳情词中，这种"真"即表现为对爱情的诚挚悃忱和强烈追求。试读唐宋词中此类抒写爱情的千古名句：

妾拟将身嫁与，一生休。纵被无情弃，不能羞。

（韦庄《思帝乡》）

换你心，为我心，始知相忆深。

（顾夐《诉衷情》）

衣带渐宽终不悔，为伊消得人憔悴。

（柳永《凤栖梧》）

只愿君心似我心，定不负相思意。

（李之仪《卜算子》）

两情若是久长时，又岂在朝朝暮暮。

（秦观《鹊桥仙》）

这些词句之所以历久不衰，至今仍为恋爱中的男女所钟爱，很大程度上就因为它们表现了人类对于爱情的无比珍视和无比执著，这种至真至美的爱情甚至可以穿越时空，生死不渝。

再说其第二方面的情况。

与艳情化的题材内容相适应，唐宋词在艺术表现上也不可避免地呈现出"蹙金结绣"①、"熏香掬艳"②的香艳之美。这种美感特征不但几乎是所有唐宋词（主要是婉约词）之创作者和欣赏者的共识，也成为一些词论家评判词体"本色"与否的重要标准。如沈义父就指出："作词与诗不同……不着些艳语，又不似词家体例。"③王世贞认为词要"一语之艳，令人魂绝；一字之功，令人色飞，乃为贵耳"。④彭孙遹亦云："词以艳丽为本色，要是体制使然。"⑤由此可见香艳之美所具有的独特的艺术表现力和强烈的美感力量。

唐宋词人喜欢表现女性生活和女性之美，善于"男子而作闺音"⑥，这就使得词中充满了浓重的脂粉气息和浓郁的女性化情调。

首先，很多艳情词选取大量与女性生活有关的语汇和意象，女子的体貌服饰，一颦一笑都成为词人着力刻画的对象。写容貌如：

粉融红腻莲房绽，脸动双波慢。

（阎选《虞美人》）

黛眉长，檀口小。

（张先《更漏子》）

倾城巧笑如花面，恣雅态，明眸回美盼。

（柳永《洞仙歌》）

---

①　王士禛：《花草蒙拾》，转引自唐圭璋《词话丛编》，中华书局 2005 年版。
②　况周颐：《历代词人考略》卷五，载孙克强校注《广蕙风词话》，中州古籍出版社 2003 年版。
③　沈义父：《乐府指迷》，转引自唐圭璋《词话丛编》，中华书局 2005 年版。
④　王世贞：《艺苑卮言》，转引自唐圭璋《词话丛编》，中华书局 2005 年版。
⑤　彭孙遹：《金粟词话》，转引自唐圭璋《词话丛编》，中华书局 2005 年版。
⑥　田同之：《西圃词说》，转引自唐圭璋《词话丛编》，中华书局 2005 年版。

体态如：

> 酥娘一搦腰肢袅。
>
> （柳永《木兰花》）
>
> 细看诸好处，人人道，柳腰身。
>
> （张先《醉垂鞭》）
>
> 玉貌冰姿人窈窕。
>
> （蔡伸《定风波》）

服饰则如：

> 翠钗金做股，钗上蝶双舞。
>
> （温庭筠《菩萨蛮》）
>
> 窄罗衫子薄罗裙，小腰身，晚妆新。
>
> （张泌《江城子》）
>
> 记得小蘋初见，两重心字罗衣。
>
> （晏几道《临江仙》）

而与女性闺阁生活相关联的众多"景语"和"情语"也都经过精心选择，被精描细刻。据"《全宋词》电子计算机检索系统"①统计，"风、花、春、云、月、水、雨、秋、夜、梦、愁、情、烟、小、楼、翠、柳、芳"等具有明显女性化的倾向的语汇，皆属于排名前100位的高频字。富有女性情韵的意象语汇，织造出婉约香艳、缱绻缠绵的闺阁氛围，激发人们的无穷遐思，给人

---

① 南京师范大学张成、曹济平研制，1991 年 9 月通过鉴定。

以独特的审美感受和情感暗示。例如，冯延巳的《鹊踏枝》：

> 六曲阑干偎碧树，杨柳风轻，展尽黄金缕。谁把钿筝移玉柱，穿帘海燕惊飞去。
>
> 满眼游丝兼落絮，红杏开时，一霎清明雨。浓睡觉来慵不语，惊残好梦无寻处。

唐圭璋先生《唐宋词简释》评论此词说：

> 此首，情绪亦寓于景中。"六曲"三句，阑外景；"谁把"两句，帘内景。阑外杨柳如丝，帘内海燕双栖，是一极富丽极幽静之金屋。而钿筝一声，骤惊双燕，又是静中极微妙之兴象。下片，"满眼"三句，因雨而引起惜花情绪，"浓睡"两句，因梦而引起恼莺情绪。镇日凄清，原无欢意，方期睡浓梦好，一晌贪欢，偏是莺语又惊残梦，其惆怅为何如耶。谭复堂评此词如"金山碧水，一片空濛"，可谓善会消息矣。

这就强调了唐宋词香艳之美，以及它由此而具有的令人"目迷神夺"、"深深陶醉"的艺术魅力。

其次，唐宋词中普遍存在的香艳气息和色调，又与其无处不在的"佳人"形象有关。

翻开唐宋词，就仿佛走进了一个"女性化"的世界，佳人们的身影随处可见，一股股浓郁的脂香粉气也随之迎面扑来。在反映女性生活和男女恋情的词作中，这些明眸善睐、长袖善舞的红粉佳人自然是发散香风艳色的主要"热源"，而在其他题材的作品中，词人们也不忘用"佳人"来点缀，以此"添香增色"。比如，周济《宋四家词选》评秦观等人的词"将身世之感打并入艳情"，而在刻画英雄形象时，词人也喜欢用"佳人"形象来装点和衬托，如苏轼《念奴娇》"遥想公谨当年，小乔初嫁了"，辛弃疾《水龙吟》"倩何人，唤取红巾翠袖，揾英雄泪"。还有词人对山川景色的描写，也融入了女性的柔美与娇艳，如王观《卜算子·送鲍浩然之浙东》一词，即以"水是眼波横，山是眉峰聚"来比拟江南的水和山。不仅如此，即便是在一些重大题材中，也氤氲着女性的艳光和粉气。比如，抒发兴亡之感，词人慨叹的是美人的身世："倾国倾城恨有余，几多红泪泣姑苏。倚风凝睇雪肌肤。"① "燕子楼空，佳人何在，空锁楼中燕。"② 抒写思乡之情，词人脑海中浮现的是佳人的倩影和柔情："想佳人，妆楼长望，误几回天际识归舟。"③ "何日归家洗客袍？银字笙调，心字香烧。"④ 甚至在国破家亡以后，最让词人梦萦魂牵的，依然是那软语温存的闺中人"深阁绣帘垂，记家人，软语灯边，笑涡红透"。⑤ "记凝妆倚扇，笑眼窥帘，曾款芳尊。步履交枝径，引生香不断，流水中分。忘了牡丹名字，和露拨花根。甚杜牧重来，买栽无地，都是销魂。"⑥唐宋词对女性美的集中表现，对女性形象的成功塑造，既体现了香艳美与柔性美的强大号召力和感染力，也最终成就了唐宋词的"艳科"格局和绮丽风貌。

当然，在对女性香艳之美的描写中，有一部分男性作者将女性以玩物视之，以猎艳为主要目的，作品充满了色情趣味。如

---

① 薛昭蕴：《浣溪沙》，转引自曾昭岷等编《全唐五代词》，中华书局1999年版。

② 苏轼：《永遇乐》，转引自唐圭璋编《全宋词》，中华书局1999年版。

③ 柳永：《八声甘州》，转引自唐圭璋编《全宋词》，中华书局1999年版。

④ 蒋捷：《一剪梅》，转引自唐圭璋编《全宋词》，中华书局1999年版。

⑤ 蒋捷：《贺新郎·兵后寓吴》，转引自唐圭璋编《全宋词》，中华书局1999年版。

⑥ 张炎：《长亭怨·旧居有感》，转引自唐圭璋编《全宋词》，中华书局1999年版。

"玉楼冰簟鸳鸯锦，粉融香汗流山枕"①、"脱罗裳，恣情无限。留取帐前灯，时时待，看伊娇面"②。此类作品虽香极艳极，却内容苍白，品位低下。

不可否认，"词为艳科"作为一种题材限制，它确实使唐宋词严重脱离社会生活，其消极影响不可小觑。但在批判之余，我们也可看到，词人对于女性生活情感和男女恋情的深度发掘以及由此形成的特殊审美感受，毕竟具有着一定的思想意义和美学价值，未可忽视。

首先，作为当时的流行歌曲，唐宋词突出的艳情化倾向不但与当时社会勃兴的爱情意识"相适应"，而且真实地展现了人们对于美好生活的追求和对于不合理制度的抗争，在一定程度上体现了人性的觉醒和社会的进步。

毋庸讳言，中国文学带有着极强的功利主义色彩。传统诗文历来就和封建礼教联系在一起，表现为重礼义而轻情欲的特征，压抑男女情爱的正常表露。孔子《论语·为政》说："诗三百，一言以蔽之，曰：思无邪。"把《诗经》中的所有情感都归纳为符合仁义礼教的"无邪"之情。《礼记》说："温柔敦厚，诗教也。"要求文学抒情应符合温柔敦厚的原则。《毛诗·大序》所谓"发乎情，止乎礼义"则更明确地把情限制在礼义的范围内。然而，符合人类正常天性的爱情意识是压抑不住的，它必然会在适当的时机勃发和张扬。正是因为词体在当时"遭到普遍的轻视"，也正是"因为有了'词为艳科'的挡箭牌"，"人类的本真情感才有了'安身立命'之所，有了一个可以卸去虚饰、宣

---

① 牛峤：《菩萨蛮》，转引自曾昭岷等编《全唐五代词》，中华书局1999年版。

② 柳永：《菊花新》，转引自唐圭璋编《全宋词》，中华书局1999年版。

泄情欲的舞台"。① 恋情词中对于情爱专注而放肆的抒写，表现出不为传统礼教和伦理所束缚的蓬勃生命力，展现出某些"人性觉醒"和"人性解放"的熠熠光彩。

其次，从美学层面看，"词为艳科"又是对柔性美的集中展现和再发掘。

在唐宋词以前，中国传统文学一直是士大夫文人一统天下的格局，他们牢牢地把持着文学空间的话语权，始终占据着文学表现的焦点。唐宋艳情词则把女性提升为文学的主要表现对象，集中大量笔墨描写女性的容貌美、形体美和内心世界，从而突出表现为以柔为美的女性化审美倾向。这就不但拓宽了文学表现领域，突破了中国文学"以刚为美"的单一格局，而且为后代文学提供了多样化的审美选择。

再次，从文学史发展的角度看，唐宋词的艳情化倾向不但使得宋代"香艳文学"蔚为大观，并且直接影响和沾溉了后代"香艳文学"的发展。如《红楼梦》中宝黛共读《西厢记》，"自觉辞藻警人，余香满口"；《牡丹亭》的芳词艳曲，也使得林黛玉"心动神摇"、"如醉如痴"；而在大观园这片乐土上，也处处充满着女性世界所特有的艳丽与芬芳。由此可见，就整个中国文学发展史而言，唐宋艳情词也有其独特的价值。

二　青春才子有新词，厌听笙歌旧曲章

流行，就社会学的角度而言是："一种普遍的社会心理现象，指社会上新近出现的或某权威性人物倡导的事物、观念、行为方式等被人们接受、采用、进而迅速推广以致消失的过程，又称时

---

① 高锋：《花间词研究》，江苏古籍出版社 2001 年版，第 255 页。

尚。"① 从这个意义上讲，则"流行"与"时尚"的内涵有着相当大的交叉和重合的空间。因此，作为当时流行歌曲的唐宋词，理应属于唐宋社会流行文化的一部分，也当然具有着突出的时尚性特征。

（一）流行歌曲与时尚

关于"时尚"，有人说：

> 时尚是在大众内部产生的一种非常规的行为方式的流行现象。具体地说，时尚是指一个时期内相当多的人对特定的趣味、语言、思想和行为等各种模型或标本的随从和追求。……时尚不是一种单一的社会现象，它有不同的层次，具体的表现形态也有多种多样。②

也有人说：

> 时尚是现实生活中广为流行的某种行为习惯、某种物品或某种观念。③

还有人说：

> 时尚不仅是某种思潮、行为方式渗透于社会的过程，而且，通过各种渗透过程，时尚队伍的扩大，还包括不断地改换人们的价值判断过程。④

---

① 《中国大百科全书》，中国大百科全书出版社1991年版，第170页。
② 周晓虹：《现代社会心理学》，上海人民出版社1997年版，第412页。
③ 《心理学百科全书》，浙江教育出版社1995年版，第1884页。
④ 藤竹晓：《废弃与采用的理论》，转引自周晓虹《现代社会心理学》，上海人民出版社1997年版，第413页。

可见，时尚涉及实用、观念、审美等多方面内容，而其生成动因也是多种多样的。

"一个歌曲作品在其产生之后，能够真正在大众之中流行起来，说明它至少在某个方面表现了时代情绪，体现了社会心理，满足了人们的审美情趣，产生了很强的艺术感染力。"[①] 流行歌曲之所以能够成为时尚，究其原因大致有三。

首先，流行歌曲成为时尚源于消费型的社会经济结构。尤卡·格罗瑙在分析消费与时尚的关系时指出：

> 我们可以初步认为，时尚的强化，即它向新领域的延伸和在旧领域作用增大，是消费者社会的最典型的特征。这样一来，一个消费者社会——或富足社会，就是一个时尚社会，尤其是一个大众时尚的社会。[②]

这就说明，消费型的社会经济结构是各种时尚得以不断强化和扩大化的必要前提。

以唐宋词来说，则以市场消费为主导的城市经济体系为曲子词迅速流行"走红"和花样翻新提供了丰饶的土壤和广阔的空间。这里且以宋代为例。宋代是封建社会的最为鼎盛的时期之一，商业经济的消费型特征十分明显。北宋时，废除了唐以来的坊市制和传统的"宵禁"法令，进一步刺激了城市商品经济和各种消费活动的发展。东京开封是全国最大的城市，商品经济尤

---

① 耿文婷：《论新时期流行歌曲的文化属性》，载《辽宁师范大学学报》1999年第1期。

② 尤卡·格罗瑙：《趣味社会学》，南京大学出版社2002年版，第96页。

其活跃，正所谓"八荒争凑，万国咸通。集四海之珍奇，皆归市易，会寰区之异味，悉在庖厨"①。比如店铺云集的"东角楼街巷"，"最是铺席要闹"，这里不但商品种类繁多，有"真珠匹帛香药铺席"、"金银彩帛交易之所"和"买卖衣物书画珍玩犀玉"的市场，交易额也相当惊人——"每一交易，动即千万，骇人闻见"。夜市也普遍出现："夜市直至三更尽，才五更又复开张。如要闹去处，通晓不绝。""夜市北州桥又盛百倍，车马阗拥，不可驻足。"② 缘此，周宝珠先生即指出："无论从东京的主要经济行业上看，或是从上层社会的奢侈生活来观察，都可以看出它是一个典型的封建消费型城市。纯消费性的人口远远大于生产性人口，城市的主要财富是靠从全国掠取而来，而且主要用于消费。"③ 南宋虽偏安一隅，其都市经济的繁盛较之北宋却毫不逊色。"杭城大街，买卖昼夜不绝，夜交三四鼓，游人始稀；五鼓钟鸣，卖早市者又开店矣"。"杭城之外城，南西东北各数十里，人烟生聚，民物阜蕃，市井坊陌，铺席骈盛，数日经行不尽。"④ 显然，这也是一个"典型的封建消费型城市"。

　　"一个文化的每一个优点和特点，都会以某种方式反映在城市之中。"⑤ 在消费型的城市经济结构中，由于包括流行歌曲在内的"形形色色的流行文化活动可以给人以感觉的刺激，给人以种种梦想，给人以交流的机会，给人以逃遁之处"⑥，它必然

---

① 孟元老：《东京梦华录序》，中国商业出版社 1982 年版。
② 孟元老：《东京梦华录》卷二，中国商业出版社 1982 年版。
③ 周宝珠：《宋代东京研究》，河南大学出版社 1992 年版，第 369 页。
④ 吴自牧：《梦粱录》，中国商业出版社 1982 年版。
⑤ H. J. 德伯里：《人文地理——文化、社会与空间》，王民等译，北京师范大学出版社 1988 年版，第 196 页。
⑥ 高小康：《大众的梦——当代趣味与流行文化》，东方出版社 1993 年版，第 193 页。

成为时尚消费的首选。　一方面,"推动消费主义的核心动力与求新欲望密切相关"①,流行歌曲凭借不断推陈出新来引导消费,成为消费时代的风向标和推进器;另一方面,流行歌曲又直接地受到社会消费水平的影响和制约,必须在合理消费的框架下运行。

其次,流行歌曲之所以能够成为时尚,又与人类社会所具有的等级性的社会心理有密切关联。具体来讲,即与"社会较高阶层"的审美心理有关。谈到时尚的动态发展过程,西美尔说:"社会较高阶层的时尚把他们自己和较低阶层区分开来,而当较低阶层开始模仿较高阶层的时尚时,较高阶层就会抛弃这种时尚,重新制造另外的时尚。"② 由此可知,时尚不但与社会消费关系密切,而且包含着具有等级特征的社会心理因素,这既影响到人们对于时尚的形式和内容的选择,也导致了人们对于特定的审美时尚的偏嗜。唐宋词中"以富为美"的趣尚便可为明证。

曲子词源自民间,早期作品内容既庞杂,美学风格亦多种多样。然而,自从进入士大夫文人的创作视野以后,词便与金屋玉堂、绮窗绣户等富贵环境联系起来,呈现出"以富为美"的总趋势。如晁补之评小晏词"风调闲雅","自可知此人不生在三家村中也"。③ 如李清照指责秦观词"譬如贫家美女,虽极妍丽丰逸而终乏富贵态"。④ 如王灼将柳永词比做"都下富儿",等等。清人朱彝尊《紫云词序》云:"词宜于宴嬉逸乐,以歌咏太平。"实际

---

① 柯林·坎贝尔:《求新的渴望》,转引自罗钢、王中忱《消费文化读本》,中国社会科学出版社 2003 年版,第 266 页。

② 齐奥尔格·西美尔:《时尚的哲学》,文化艺术出版社 2001 年版,第 72 页。

③ 吴曾:《能改斋漫录》卷一六,转引自唐圭璋《词话丛编》,中华书局 2005 年版。

④ 胡仔:《苕溪渔隐丛话》后集卷三三,人民文学出版社 1984 年版。

上，唐宋词中所体现的上流社会这种狂欢滥饮，依红偎翠的奢靡生活，正是普通市民所艳羡和梦寐以求的。因此，即使是贫寒的词人，也总爱在词中渲染一种镂金错彩，富贵逼人的氛围，这正是"社会每一阶层都将上一阶层流行的生活模式当做自己最理想、最体面的生活方式，不遗余力地向它靠拢"①的结果。

当然，士大夫文人与市民阶层的"以富为美"有着不同的格调。前者往往以文人化的语言描绘富贵生活，以富贵为基础，却又忌讳直言富贵，所谓"不言金玉锦绣，而唯说其气象"，②从而显示出"富贵而不俗"的气度。比如，宋真宗对王钦若"龙带晚烟离洞府，雁拖秋声入衡阳"的诗句十分欣赏，赞曰："此语落落有贵气。"③又据吴处厚《青箱杂记》载：

> 晏元献公虽起田里，而文章富贵，出于天然。尝览李庆孙《富贵曲》云："轴装曲谱金书字，树记花名玉篆牌。"公曰："此乃乞儿相，未尝谙富贵者。"故公每吟咏富贵，不言金玉锦绣，而唯说其气象，若"楼台侧畔杨花过，帘幕中间燕子飞"、"梨花院落溶溶月，柳絮池塘淡淡风"之类是也。故公以此语语人曰："穷人家有这景致也无？"

而后者则以世俗的富贵享乐生活为终极表现对象，尽力凸显物质生活的富足和肉体的欢乐。这种差异的形成除了文化层次和生活水平的原因之外，也正源于"社会较高阶层"意图通过制

---

① 索尔斯坦·维布伦：《夸示性消费》，转引自罗钢、王中忱：《消费文化读本》，中国社会科学出版社 2003 年版，第 14 页。
② 吴处厚：《青箱杂记》，转引自《宋元笔记小说大观》，上海古籍出版社 2001 年版，第 1658 页。
③ 胡仔：《苕溪渔隐丛话》前集卷廿五，人民文学出版社 1984 年版。

造"时尚","把他们自己和较低阶层区分开来"的主观故意。

再次，流行歌曲成为时尚还与其自身常换常新的特点有关。"时尚决非是现存恒定的，而是总是生成变化"① 感官的快适需要不断被刷新，流行歌曲更迭速度快，"流行"周期短的特点迎合了大众追寻当下的快乐，追逐时尚的消费心理。以唐宋词的曲调汰换为例，唐代旧曲至北宋后期已大抵久废不存。蔡居厚的《蔡宽夫诗话》说："近时乐家，多为新声，其音谱转移，类以新奇相胜，故古曲多不存。"② 就指出了这样的事实。实际上，不但唐曲至北宋后期而少得存者，即使是北宋末年的曲调，至南宋初年也已失传大半。故论及音律，张炎《词源》说："今词人才说词律，便以为难。"沈义父《乐府指迷》也说："近世作词者不晓音律。"③ 可见曲调更新速度之快。另如吴文英的自度曲《西子妆慢》，到张炎时却"旧谱零落，不能倚声而歌"④ 了，而此时距离吴文英生活的年代，不过三四十年而已。流行歌曲这种一夜蹿红，又迅速消歇的现象，正是由大众文化"求新"、"求异"的属性所决定的。

（二）唐宋词中的时尚

作为当时社会流行文化的重要组成部分，唐宋词的时尚特征主要表现在以下三个方面。

1. 择新声

吴熊和先生在论述唐宋词中的"新声"时指出：

---

① 齐奥尔格·西美尔：《时尚心理的社会学研究》，转引自刘小枫译《金钱、性别、现代生活风格》，学林出版社 2000 年版，第 96 页。

② 蔡居厚：《蔡宽夫诗话》，载郭绍虞《宋代诗话辑佚》，中华书局 1980 年版，第 382 页。

③ 沈义父：《乐府指迷》，转引自唐圭璋《词话丛编》，中华书局 2005 年版，第 281 页。

④ 张炎《西子妆慢》序，转引自唐圭璋编《全宋词》，中华书局 1999 年版。

乐曲的流传，全凭其音声谐美，悦耳动听。因此选择词调，也必须重视调声，曲待词传，词借曲行。选择声律流美的调作词，常是词人们所乐意和追求的。尤其是时调新声，熟腔易唱。佳词而得新腔，既合时尚，又动听闻，容易流传人口，不胫而走。①

这说明，"新声"不但是词人填词的首选，也是人们唱词和听词的时尚。唐宋词中对此也多有描述。如白居易《杨柳枝》："六幺水调家家唱，白雪梅花处处吹。古歌旧曲君休听，听取新翻《杨柳枝》。"刘禹锡《杨柳枝》（其一）："请君莫奏前朝曲，听唱新翻《杨柳枝》。"晏殊《望仙门》："新曲词丝管，新声更飐霓裳。"李之仪《蓦山溪》："泛新声，催金盏，别有留心处。"王安中《一落索》："清游却到凤皇池，听檀板，新声妙。"李光《临江仙》："佳节喜逢今夕月，后房重按新声。"向子諲《点绛唇》："新声玉振。更觉花清润。"黄机《沁园春》："莺娇欲啭，曲度新腔。"赵以夫《探春慢》（四明次黄玉泉）："且听新腔，红牙玉纤低拍。"可见"新声"在当时广泛流播的盛况。

柳永和周邦彦的词在北宋流传最广，受到万众追捧，原因之一就是他们洞晓音律，善择"新声"。据叶梦得《避暑录话》卷下载："柳永字耆卿，为举子时，多游狭邪，善为歌辞。教坊乐工每得新腔，必求永为辞，始行于世，于是声传一时。"王灼《碧鸡漫志》也说柳词"间出佳语，又能择声律谐美者用之"。由是观之，则柳永词能够"声传一时"，在很大程度上即是得益于时尚动听的"新腔"和美声。《碧鸡漫志》又载："江南某氏

---

① 吴熊和：《唐宋词通论》，浙江古籍出版社 1999 年版，第 131 页。

者，解音律，时时度曲。周美成与有瓜葛，每得一解，即为制词，故周集中多新声。"王国维《清真先生遗事》论周邦彦词曰："先生之词，文字之外，须兼味其音律。"也都说明了新调新腔对周词的裨益。

随着"新声"日繁，唐宋词的词调也越积越多。《宋史·乐志》言北宋时"急慢曲子几千数"，元燕南芝庵《唱论》则云："（北宋时）词山曲海，千生万熟；三千小令，四十大曲。"可见当日曲词之盛，其用调既繁多，创调也相当丰富。从个人用调情况而言，晚唐五代用调最多的词人是冯延巳，共用 36 调；其次是孙光宪，用 25 调；此外，毛文锡用 22 调，韦庄 20 调，温庭筠 18 调。而在宋代词人中，吴文英用调最多，达 146 调；其次是柳永用 133 调，又周邦彦用 112 调，辛弃疾用 104 调，张先用 100 调，姜夔存词仅 87 首，用调已达 56 种之多。就创调情况而言，晚唐五代有词调 147 个，两宋则多达 700 多调，按一调有三体计算，宋词至少有 2000 多种体式。[①] 不断更迭、花样翻新的"新声"为词人和广大听众提供了多种选择，也使他们趋之若鹜，为之迷狂。郑樵《通志》卷四九云："今都邑有新声，巷陌竞歌之，岂为其辞之美哉？直为其声新耳！"直接点出了"新声"在曲词流行过程中的重要作用。"快于耳"、动人心的"新声"，不但是曲子词时尚特征的主要标志，也是这种时尚得以迅速和大范围流行的重要保证。

2. 尚新词

"新声"愈炽，曲调愈流行，就愈需要时尚的歌词与之相配合。一首时调新声的歌词，总是不断翻新和不厌其多的。白居易《残酌晚餐》诗云："舞看新翻曲，歌听自作词。"刘禹锡《纥那

---

①　王兆鹏：《唐宋词史论》，人民文学出版社 2000 年版，第 106—107 页。

曲》："踏曲兴无穷，调同词不同。"欧阳修《玉楼春》："青春才子有新词，红粉佳人重劝酒。"陈师道《渔家傲》："拟作新词酬帝力，轻落笔，黄秦去后无强敌。"米友仁《醉春风》："满引唱新词，春意看看，又到梅梢上。"韩元吉《西江月》（闰重阳）："兴来相与共清狂，频把新词细唱。"王之望《好事近》（和荣大监）："红绫小砑写新词，佳句丽星日。"辛弃疾《鹊桥仙》（为人庆八十席间戏作）："今朝盛事，一杯深劝，更把新词齐唱。"都反映了唐宋时期竞唱"新词"的趋势和时尚，而这种趋势和时尚必然与时代背景有密切关联。

著名音乐评论人金兆钧说："流行音乐每一步发展都跟中国的改革开放，跟它的经济发展、文化发展密切相关。你要是懂了这20年的流行音乐，实际上你就懂了这20年的中国。"可见，流行歌曲与社会的发展息息相关，它代表了时代的声音，承载了某一段历史时期的社会集体记忆，具有鲜明的时代特征。作为流行歌曲的文学载体，唐宋"新词"中嵌入大量的"时尚"元素，突出地反映了当时社会的时尚生活景观。如论及柳永词，黄裳《演山集》卷三五云：

> 予观柳氏乐章，喜其能道嘉祐中太平气象……是时予方为儿，犹想见其风俗，欢声和气，洋溢道路之间，动植咸若。令人歌柳词，闻其事，听其词，如丁斯时，使人慨然所感。呜呼，太平气象，柳能一写于乐章，所谓词人盛世之黼藻，岂可废也？

就准确地点出了柳词的时代性和时尚特征。柳永描写都市风光的词篇，如《倾杯乐》：

禁漏花深，绣工日永，蕙风布暖。变韶景，都门十二，元宵三五，银蟾光满。连云复道凌飞观，耸皇居丽，嘉气瑞烟葱倩。翠华宵幸，是处层城阗苑。龙凤烛，交光星汉。对咫尺鳌山开羽扇。会乐府两籍神仙，梨园四部弦管。向晓色，都人未散。盈万井，山呼鳌抃。愿岁岁，天仗里，常瞻凤辇。

用浓墨重彩描绘了繁华满眼的汴京元宵之夜，其情形正可与《东京梦华录》"元宵"条："内设乐棚，差衙前乐人作乐杂戏，并左右军百戏，在其中驾坐一时呈拽。……楼下用枋木垒成露台一所，彩结栏槛，两边皆禁卫排立，锦袍，幞头簪赐花，执骨朵子，面此乐棚。教坊钧容直、露台弟子，更互杂剧。近门亦有内等子班直排立。万姓皆在露台下观看，乐人时引万姓山呼"的记述互证。柳词对当时都市繁荣景象多角度、全方位的描写，有时连史官都自叹不如。范镇曾叹曰："仁庙四十二年太平，吾身为史宦二十年，不能赞述，而耆卿能尽形容之。"[1] 真可谓"形容盛明，千载如逢当日"[2] 也。

林林总总的"新词"以文字作为载体，满载了时人共同的社会心理。比如透过大量充斥着宴饮歌舞，流连光景的词篇，我们可以真切地感受到滋生于"太平日久，人物繁阜，垂髫之童，但习鼓舞，斑白之老，不识干戈，时节相次，各有观赏"[3] 这样的社会大环境下，宋代朝野上下共有的从容舒徐的享乐心态。又比如"词为艳科"等艳情化创作范式在唐宋词领域的确立，正昭示着爱情意识的觉醒和人们"嗜艳"心理的勃兴。再比如

---

① 谢维新：《古今合璧事类备要》，上海古籍出版社 1992 年版。

② 李之仪：《跋吴思道小词》，转引自金启华等编《唐宋词集序跋汇编》，江苏教育出版社 1990 年版。

③ 孟元老：《东京梦华录序》，中国商业出版社 1982 年版。

"男子而作闺音"① 现象的流行，也凸显了宋人"以柔为美"的审美嗜尚。西美尔说："时尚是既定模式的模仿，它满足了社会调适的需要；它把个人引向每个人都在行进的道路，它提供一种把个人行为变成样板的普遍性规则。但同时它又满足了对差异性、变化、个性化的要求。"② 如果用这段话来概括唐宋词的时尚性和时代特征，应该也是十分恰当的。

3. 裹挟以声色的传播方式

传统诗文主要依靠书面传播，这种传播方式着眼于受众对作品本身的思想内容、艺术风格、审美趣味、构思布局、语言体式等问题的领悟和揣摩，需要欣赏者具有一定的文化素养，因而很难在大范围内流行。而且，这种传播方式较为单调乏味，缺乏对大众的吸引力，又往往强调深层次的、精神上的理解和愉悦，故其虽经典却不时尚，虽具历时性和耐久性却较少生活化的时代特征。

传播是流行的前提，恰当的传播方式是时尚形成和迅速流行的关键。唐宋词声色并重的传播方式是其成为时尚消费的重要原因，也是其作为消费时尚的重要表现。

如前所述，词是音乐文学，所配之乐乃"杂胡夷里巷之曲"的燕乐，它以"尖新"为特征，给人以强烈的感官刺激，极具挑动人心的诱惑力，因而受到朝野士庶各阶层的普遍喜爱。歌妓是曲子词最主要的传播者。"惊人耳目，长人精神"的管弦新声，配合美貌歌妓的"风流妙舞，樱桃清唱"③，这种"活色生香"的传播方式当然比案头阅读生动活泼得多，因此，"美女唱

---

① 田同之：《西圃词话》，转引自唐圭璋《词话丛编》，中华书局 2005 年版，第 1449 页。

② 齐奥尔格·西美尔：《时尚的哲学》，文化艺术出版社 2001 年版，第 72 页。

③ 晏殊：《少年游》，转引自唐圭璋编《全宋词》，中华书局 1999 年版。

新词"埋所应当地成为流行于宋代朝野上下的时尚潮流。

而且口头传唱又加快了歌曲流行和更新的速度。《四库全书总目提要》说："词萌于唐,而大盛于宋。然唐宋两代皆无词谱。盖当日之词,犹今日里巷之歌,人人解其音律,能自制腔,无需于谱。"[1] 这就指出了唐宋词口头传播方式所具有的传播速度快、范围广的巨大优势。当然,也是由于过分依赖短暂易逝口头传播,唐宋词的曲谱早已失传,至今存谱者仅数首而已。

4. 形式多变

当代学者指出:"特定的美学范畴乃至范畴体系一旦在特定历史时期产生,便具有相对的稳定性,能够在一定的时空范围内具有存在的合理性。但是随着时代社会的变迁,文化背景的转换和审美实践活动的日趋丰富和深化,特定的美学范畴乃至范畴体系也必定会在历史演进的动态流程中或隐或显地表现出变易性"[2] 作为宋代的流行歌曲,曲子词从属于当时社会流行文化的范畴,"具有相对的稳定性"。然而,随着社会的发展和人们审美趣尚的变化,它本身也"必定会在历史演进的动态流程中或隐或显地表现出变易性"。词体形式的多变就在一定程度上说明了这种时尚的变迁。

据《都城纪胜》记载,"小唱"、"嘌唱"、"叫声"等短小灵活的杂曲小唱是宋代最主要的唱词表演形式。它们或截取大曲中的慢曲、曲破等部分执板清唱,如"小唱","谓执板唱慢曲、曲破,大率重起轻杀,故曰浅斟低唱";或以令曲小词入唱,以鼓声伴奏,如"嘌唱","谓鼓面上唱令曲小词,驱驾虚声,纵

---

① 纪昀:《四库全书总目》,中华书局2003年版,第1828页。
② 徐放鸣:《论美学范畴的学科特性》,载《学术月刊》1993年第7期。

弄宫调，与叫果子、耍曲儿为一体"；又或以歌吟卖物之声配合宫调演唱，如"叫声"，"自京师起撰，因市井诸色歌吟卖物之声，采合宫调而成也"。还有唱赚，吴自牧《梦粱录》载："绍兴年间，有张五牛大夫，因听动鼓板中有《太平令》或赚鼓板，即今拍板大节抑扬处是也，遂撰为'赚'。赚者，误赚之义，正堪美听中，不觉已至尾声，是不宜为片序也。又有覆赚，其中变花前月下之情，及铁骑之类。"此外，又有"下影带"、"散叫"、"拍打"等多种演唱形式。

　　唱词又与其他艺术相结合，演变成歌舞、说唱等艺术形式。比如鼓子词就是宋代流行的说唱伎艺，其特征是用同一曲调演唱一组内容相近或相关的词，所谓"重叠此曲，以咏一事"①，并且主要用鼓伴奏。又比如诸宫调，其乐曲由多种宫调构成，音乐形式变化多端，演唱与讲说往往穿插进行。现存鼓子词有赵令畤《商调蝶恋花》12 首，洪适《生查子》12 首，张抡《道情鼓子词》10 首，等等。南宋时期，以说唱诸宫调闻名的民间艺人就有"高郎妇、黄淑清、王双莲、袁太道"等人。②

　　词体形式的多变，一方面满足了受众多元化的欣赏口味，迎合了大众求新求异的时尚消费心理，另一方面这又与词和乐关系的发展变化密切相关。王世贞《艺苑卮言》云："词不快北耳，而后有北曲。"又云："曲者词之变，自金元入主中国，所用胡乐，嘈杂凄紧缓急之间，词不能按，乃更为新声以媚之。"这就揭示了文学与音乐之间不断磨合调适，以期达到最完美、最时尚组合形式的总体发展趋势，这种趋势对后代音乐文学的发展也具有着深远的影响。

---

① 王国维：《宋元戏曲史》，东方出版社 1996 年版，第 33 页。
② 周密：《武林旧事》卷二〇，中国商业出版社 1982 年版。

（三）唐宋词时尚特征的价值解析

唐宋词的时尚特征既代表了都市化消费社会对于文化消费需求的合理表达，也展示了特定历史阶段社会流行文化发展的新动向，这无论在当时社会，还是对于后代社会，都具有重要意义。

美国社会心理学家威廉·麦独孤说："新的时尚容易流行并快速传播，这表明一个民族的文化是流动的、可塑的，它的习俗、信仰和制度准备着、并可能会包容新的特征，所以它可能经受变化。"① 在唐宋词求新、求异的时尚特征背后，折射出一个欣欣向荣的物质丰裕的社会，以及这个社会兼容并蓄的、有着多元化建构的文化体系。常换常新的审美时尚不但满足了大众多层面的文化需求，在潜移默化中提升了大众的文化水平，还给文学的发展带来了活力和动力，也为社会文化的丰富和创新奠定了良好的基础。此外，"时尚不仅是某种思潮、行为方式渗透于社会的过程，并且通过各种渗透的过程，时尚队伍的扩大，还包括不断地改换人们的价值判断过程"。② 时尚在促使人们不断更新审美观念的同时，又促进了不同社会群体之间的文化交流，这也在一定程度上推动社会文化朝着更为平等、更为自由的方向迈进。

作为社会流行文化的重要组成部分，流行歌曲的发展又必然要受到其所处社会文化环境的影响，其内容也必然反映时代生活和社会心态，是一定历史阶段社会文化的写照。缘此，则富有时代气息的唐宋词，其必然能够敏锐地捕捉社会时尚，显现出鲜活的时尚姿态，作出对当时都市时尚生活最真实、最直观的描述。

---

① 威廉·麦独孤：《社会心理学导论》，浙江教育出版社1997年版，第256页。
② 藤竹晓：《废弃与采用的理论》，转引自周晓虹《现代社会心理学》，上海人民出版社1997年版，第413—414页。

这便为后人了解宋代风土人情和都市风光提供了感性画面。而且，以世俗化和时尚化为特征的唐宋词的勃兴，不仅为后代文学的发展开拓了多样格局和发展空间，更成为中国文学发展史上由时尚文学向经典文学成功转型的典范。

当然，流行歌曲的时尚化也带来一些负面效应。比如其以片面地追求轰动效应和商业卖点为目的的创作指向，其对感官享受的过分强调和对文学审美高度的放弃，其由于刻意求新求异所导致的浮躁和盲从心态，等等。这些弊端既阻碍了唐宋词的健康发展，也尤其应当引起现代流行歌曲创作者和欣赏者的警觉。

三　不妨随俗自婵娟

作为当时的流行歌曲，唐宋词具有鲜明的通俗性特征。这不仅表现在其音乐性质的世俗化，更表现在其歌词所反映的审美情趣和生活理想乃至人生价值定位都与以雅文化为核心的正统文化有着明显的差异。这些差异一方面导致了雅俗文化的冲突和对峙，另一方面它们又促成了这两种文化的渗透与融合，从而使宋代文化在一定程度上呈现出雅俗交融共存的发展态势。

从流行歌曲视角而言，唐宋词的通俗性特征主要表现在以下三个方面。

（一）俗曲俗调

中国古代音乐有雅乐和俗乐之分。《史记·乐书》谓："郑声好滥淫志，宋音燕女溺志，卫音趣数烦志，齐音骜辟骄志，四声皆淫于色而害于德，是以祭礼祀不用也。""郑、卫、宋、齐"四声皆被划入淫于色而害于德的"俗乐"之列，可见正统文化对"俗乐"的排斥。然而，俗乐却有着雅乐所无法比拟的听觉效果。《礼记·乐记》载："（魏）文侯问于子夏曰：'吾冠冕而听古乐，则唯恐卧；听郑、卫之音，则不知倦。'"梁惠王说自己喜好音乐，但马上声明："寡人非能好先王之乐也，直好世俗之乐耳。"这些都说明了令人昏昏欲睡的"先王之乐"无力与新奇美听的"世俗之乐"争胜，不得不逐渐沦亡的事实。

从流行歌曲视角而言，词要获得听众认可，就必须追求尖新动人的音乐效果。唐宋词配合的音乐主要是燕乐，燕乐乃隋唐时期的新乐，是在"胡夷里巷之曲"的基础上发展形成的俗乐体系。其动人心弦的演奏效果正如《文献通考·乐二》所描述的那样："铿锵镗鎝，洪心骇耳""感其声者，莫不奢淫躁竞，举止轻飙，或踊或跃，乍动乍息，蹻脚弹指，撼头弄目，情发于中，不能自止。"这就与从容啴缓的雅乐面貌迥异。正因如此，它赢得了朝野士庶各阶层的普遍喜爱，也成为词调的首选。

唐玄宗是燕乐的爱好者，他创设内外教坊和梨园，使宫廷成为当时俗乐发展的中心。据欧阳修《新唐书》载，"开元以来，太常乐尚胡曲""唐之盛时，凡乐人、音声人、太常杂户子弟隶太常及鼓吹署，皆番上，总号音声人，至数万人。"① 崔令钦《教坊记》录教坊曲曲名计 324 个，皆为开元、天宝时期的流行曲，其中演变为唐五代词调的，就有 79 曲，另外有 40 余曲，入宋后转为词调。②

宋代俗乐的发展势头依然强劲，音乐的中心也由宫廷转移到民间，出现了以民间为主，宫廷与民间双向交流的态势。《宋史·乐志》中，有一段关于宋代宫廷音乐演出实况的记载：

> 每春秋圣节散大宴：其一皇帝升坐，宰相进酒，廷中吹

---

① 欧阳修：《新唐书》，中华书局 1975 年版，第 349 页。
② 吴熊和：《唐宋词通论》，浙江古籍出版社 1989 年版，第 17—18 页。

觞馔，以众乐合之，赐群臣酒，皆就座，宰相饮，作《倾杯乐》百官饮，作《三台》。第二，皇帝再举酒，群臣于席后，乐已歌起。第三，皇帝举酒，如第二之制，以次进食。第四，百戏皆作。第五，皇帝举酒，如第二之制。第六，乐工致词，继以诗一章，谓之"口号"。皆述德美及中外蹈咏之情。初致辞，群臣皆起，听辞毕，再拜。第七，合奏大曲。第八，皇帝举酒，殿上独弹琵琶。第九，小儿队舞，亦致词以述德美。第十，杂剧罢，皇帝起更衣。第十一，皇帝再起，举酒，殿上独吹笙。第十二，蹴鞠。第十三，皇帝举酒，殿上独弹筝。第十四，女弟子队舞，亦致词如小儿队。第十五，杂剧。第十六，皇帝举酒，如第二之制。第十七，奏鼓吹曲，或用法曲，或用《龟兹》。第十八，皇帝举酒，如第二之制，食罢。第十九，用角抵，宴毕。

从这份资料可知，在宋代的宫廷音乐中，已经更多地融入了诸如散乐、说唱、杂剧等市井音乐的内容和表演形式。而且，宋代宫廷的很多音乐演出，也是由民间艺人来完成的。张方平曾批评朝廷的这种做法，《乐全集》卷一一《雅乐》云：

> 臣伏见太常乐工率皆市井闾阎屠贩末类，猬晋汗浊，杂居里巷，国有大事则召而教之，礼毕随散，则其艺安得而详，业安得而精？

正是这些混迹于市井的乐工歌妓，将市井新声带入上流社会，从而实现了宫廷与民间、精英文化与世俗文化的交流。同时，又有民间艺人对文人词曲加以改造，使之符合大众的审美趣味。据杨湜《古今词话》载：

> 政和间，京师妓之姥曾嫁伶官。常入内教舞，传禁中
> 《撷芳》词以教其妓……人皆爱其声，又爱其词，类唐人作
> 也。张尚书帅成都，蜀中传此词竞唱之。却于前段下添
> "忆忆忆"三字，后段添"得得得"三字，又名"摘红
> 英"。其所添字又皆鄙俚，岂传之者误耶？

　　民间艺人将宫廷词曲传出禁中，在传播过程中，又根据城市平民的喜好进行再创作，这正是俗文化向雅文化渗透并与之融合的结果。

　　在全社会"嗜俗"的音乐审美风尚的作用下，大量民间曲调走入文人的视野。如宋张世南《游宦纪闻》卷三载："宣和间，市井竞唱《韵令》。"程大昌之《韵令》词即按此曲。如黄庭坚《促拍满路花序》云："往时有人书此词于州东酒肆壁间，爱其词，不能歌也。一十年前，有醉道士歌于广陵市中。群小儿随歌得之，乃知其为《促拍满路花》也。"又如宋曾敏行《独醒杂志》卷五云："先君尝言，宣和间客京师时，街巷鄙人多歌蕃曲，名曰《异国朝》、《四国朝》、《六国朝》、《蛮牌序》、《蓬蓬花》等，其言至俚，一时士大夫亦皆歌之。"此类来源广泛、形式多样的市井曲调，大多偏俗侧艳，极具动摇人心的世俗魅力和诱惑力，词之所以具有"极怒、极伤、极淫而后已"[1] 的特点，也与词乐浓郁的世俗气息有着密切的关系。

　　（二）俚言俗语

　　当代著名词作家乔羽说："音乐这种诉诸听觉的时间艺术严

----

　　①　沈雄：《古今词话》，转引自唐圭璋《词话丛编》，中华书局2005年版，第826页。

格地制约着它的歌词，使歌词这种文学题材区别于任何其他文学体裁，即它不是看的而是听的，不是读的而是唱的，因此它必须寓深刻于浅显，寓隐约于明朗，寓曲折于直白，寓文于野，寓雅于俗。"① 这段话对于唐宋词同样适用。

曲子词本源自民间，早期作品质朴俚俗、直露透辟，采用对话、问答、独白、叙事等民众喜闻乐见的表现形式，喜用俚言俗语。如敦煌曲子词中《鹊踏枝》一首：

> 叵耐灵鹊多漫语，送喜何曾有凭据？几度飞来活捉取，锁上金笼休共语。比拟好心来送喜，谁知锁我在金笼里。欲她征夫早归来，腾身却放我向青云里。

人鹊对话基本使用白话，十分接近民间语言的自然状态。俚言俗语不仅在当时的民间词中普遍存在，中唐一些取法于民歌文人词也浅近直露、明白易懂。如戴叔伦的《转应曲》，韦应物的《调笑令》等都属此类。晚唐五代，荒淫无度的前蜀君主王衍固然写出了诸如"这边走，那边走，只是寻花柳。那边走，这边走，莫厌金杯酒"这样率露无遗的《醉妆词》，而就连以"文雅"② 著称的南唐君臣，也有被胡适称为"活文学"样本的李煜《长相思》之作③，冯延巳也写出了民歌风味浓郁的《长命女》。

宋代以俚言俗语入词之风更盛，现存不多的民间词中既多市语、土语、俗语、俳语，文人词的创作也深受其影响。朱翌《猗觉寮杂记》卷上谈到当时的风尚说："淫声日盛，间巷猥亵

---

① 乔羽：《歌词创作美学》，首都师范大学出版社 2000 年版，第 1 页。
② 李清照：《词论》，转引自胡仔《苕溪渔隐丛话》，人民文学出版社 1984 年版，第 254 页。
③ 胡适：《胡适作品集》，台北远流出版公司 1986 年版，第 269 页。

之谈，肆言于内，集公燕（宴）之上，士大夫不以为非。"张炎《词源》说："付之歌喉者，类是率俗。"鲷阳居士《复雅歌词序》说："其温雅之趣者，仅一二而已。"后代词论家亦发现了宋词中多俚言俗语的特点，如陈廷焯《白雨斋词话》称："北宋有俚词，南宋多游词。"陶篁村《词学集成》卷五慨叹说："倚声之作，莫盛于宋，亦莫衰于宋……使郑卫之音氾滥于六七百年，而雅奏几乎绝矣。"夏承焘先生在《手批山谷词》中也指出："以市井语入词，始于柳耆卿。少游、山谷各有数篇，山谷特甚之又甚，至不可句读。若此类者，学者不必步趋耳。"

拿柳永来说，其词之所以被人讥评为"浅近卑俗"①、"骫骳从俗"②，很大程度上就源于他惯用日常口语和俚语入词。徐度在《却扫编》卷五中谓柳词："虽极工致，然多杂以鄙语，故流俗人尤喜道之。"严有翼《艺苑雌黄》说柳词"所以传名者，直以言多近俗，俗子易悦故也"。宋翔凤《乐府余论》也说："耆卿失意无聊，流连坊曲，遂尽收俚俗语编入词中，以便伎人传唱。"由此可见，俚言俗语正是柳词通俗化、世俗化的重要表征。像副词"恁"、"怎"、"争"等，代词"我"、"你"、"伊"、"自家"、"伊家"等，动词"看承"、"都来"、"抵死"、"消得"等，都在柳词中反复出现。此类通俗的语言加重了柳词的市井化气息，也是柳词区别于其他文人词的重要特征之一。

为了便于市井歌妓应歌，秦观等人词中也不乏"有意为之"的俚俗之作。徐培均先生指出：

　　秦观早期的词作大都为应歌而作，往往流播于青帘红袖

---

① 王灼：《碧鸡漫志》，转引自唐圭璋《词话丛编》，中华书局 2005 年版。
② 陈师道：《后山诗话》，转引自唐圭璋《词话丛编》，中华书局 2005 年版。

之间。到了汴京之后，他进一步受到歌唱艺术特别是瓦子艺人的影响，常常撰写一些唱词。《调笑令》十首和《忆秦娥》四首，便是这类作品。还有一些俚词，如《促拍满路花》、《满园花》、《河传》（其二）、《浣溪沙》（其四）、《桃园忆故人》以及《品令》二首，语言俚俗，风格粗犷，显然是有意向民间文学学习的。①

梁启超也说：

> 词的进化到了北宋欧阳修、柳永、秦观、黄庭坚的"俚语词"差不多可说是纯粹的白话文了。②

除了使用俗语，民间词还采用叠字、叠句、拆字、截句，甚至是改句等修辞造句的方式来增强作品的感情色彩和谐趣。以无名氏的一首《醉太平》为例，词曰：

> 厌厌闷着。厌厌闷着。奴儿近日听人咬，把心儿忘却。教人病深谩摧拙。凭谁与我分说破，仔细思量怎奈何，见了伏些弱。

篇首叠字、叠句的使用，将女主人公无聊、落寞的心境刻画得活灵活现。

又如无名氏《千秋岁令》：

---

① 徐培均校注：《淮海居士长短句·前言》，上海古籍出版社 1985 年版。
② 《晨报·副刊》，1922 年 12 月第 1 期。

　　想风流态，种种般般媚。恨别离时太容易。香笺欲写相思意。相思泪滴香笺字。画堂深，银烛暗，重门闭。

　　似当日、欢娱何日遂。愿早早相逢重设誓。美景良辰莫轻拌，鸳鸯帐里鸳鸯被。鸳鸯枕上鸳鸯睡。似恁地，长恁地，千秋岁。

通篇俚言俗语，并大量使用叠字叠句，风格率露直白，突出表现了市民阶层对爱情的大胆追求和强烈渴望。

再如无名氏《青玉案》：

　　钉鞋踏破祥符路。似白鹭、纷纷去。试盝幞头谁与度。八厢儿事，两员直殿，怀挟无藏处。时辰报尽天将暮，把笔填备员句。试问闲愁知几许？两条脂烛，半盂馊饭，一阵黄昏雨。

此词改作贺铸《青玉案》（凌波不过横塘路），个别句子如"试问闲愁知几许"等截用贺铸词成句。它用漫画的夸张手法描绘出举子赴试的可怜相，与原作的凄美意境形成鲜明对比，形象生动、浅俗易懂，造成了强烈的喜剧效果。

黄庭坚的词中也多运用这些方式。如叠字有《更漏子》中"休休休，莫莫莫"，"了了了，玄玄玄"等；叠句有"看不足，惜不足"，"千不足，万不足"（《江城子》），"怨你又恋你。恨你惜你"，"忆我又唤我，见我嗔我"（《归田乐引》二首）等；《两同心》中"你共人女边著子、争知我门里挑心"二句，暗藏"好"、"闷"二字，近乎拆字游戏。由于过分追求新奇和逗趣，黄词中这类近似于文字游戏的俗词易犯语言生硬、句意难明、拙涩凑逗等弊病，优秀的作品并不多。《四库全书总目提要》批评黄庭坚词"亵浑不可名状"，李调元《雨村词话》批评"黄山谷词多用徘语，杂以俗谚，多可笑之句"，刘熙载《词概》言山谷词"以生字、俚语侮弄世俗"都指出了此类问题。

当然，俚俗之语在一些词人笔下也能化俗为雅，收到意想不到的艺术效果。孙麟趾《词径》云："座中多市井之夫，语言面目，接之欲呕，以其欠雅也。街谈巷语，入文人之笔，便成绝妙文章。"① 即言此意。像苏东坡诗词对"街谈市语"，"全不拣择，入手便用"。"街谈巷说，鄙俚之言，一经坡手，似神仙点瓦砾为黄金，自有妙处。"② 李清照词能"用浅俗之语，发清新之思"③，这些都是雅俗交融的成功之例。

（三）俗意俗情

唐宋词题材的生活化和情感的世俗化，也是其通俗特征的重要表现。

"从接受美学角度看，一首歌曲是'死'是'活'，是'流芳百世'还是'胎死腹中'，并不决定于歌曲作者和歌曲本身，而是最终决定于处在三角关系中的接受主体——人民大众。流行歌曲之所以能够'流行'，关键在于最广大的欣赏者的欣然接受以及在审美趣味方面的认同。"④ 作为当时的流行歌曲，唐宋词以娱乐消遣为目的，题材大多选取日常生活中平庸、琐碎的细节，而对于忠君爱国、反映民瘼等主流文学的传统题材则采取回避的态度。反映市井生活的作品在民间词中比比皆是，如无名氏的这首《浪淘沙》：

水饭恶冤家，些小姜瓜。尊前正欲饮流霞，却被伊来刚

---

① 杨明照：《抱朴子外篇校笺》，中华书局1991年版，第374页。
② 朱弁：《风月堂诗话》，中华书局1988年版，第84页。
③ 邹祗谟：《远志斋词衷》，转引自唐圭璋《词话丛编》，中华书局2005年版。
④ 耿文婷：《论新时期流行歌曲的文化属性》，载《辽宁师范大学学报》1999年第1期。

打住，好闷人那。不免着匙爬，一似吞沙。主人若也要人夸，莫惜更换三五盏，锦上添花。

所言不过是吃白水泡饭的过程，但因生活情趣盎然，却也可以成为人们生活中聊博一笑的调味品。

又如一首反映宋代节序风俗的词：

> 及妆时结薄衫儿，蒙金艾虎儿。画罗领抹撷裙儿，盆莲小景儿。香袋子，撺钱儿，胸前一对儿。绣帘妆罢出来时，问人宜不宜？
>
> （《阮郎归》）

词作描绘了一个身着节日盛装的民间少女的形象，用笔琐细，活灵活现，具有鲜明的时代特征和地域风情。

再如有人以词讥讽市井中卖假酒的不良商贩：

> 浙右华亭，物廉价平。一道会（货币单位）买个三升。打开瓶后，滑辣光馨。教君霎时饮，霎时醉，霎时醒。听得渊明，说与刘伶：这一瓶，约迭三斤。君还不信，把称来称，有一斤酒，一斤水，一斤瓶。
>
> （无名氏《行香子》）

将奸商的嘴脸刻画得入木三分，令人忍俊不禁。

曲子词也是士大夫文人用来表现私生活的重要工具。欧阳修在其《采桑子·西湖念语》中云："鸣蛙暂听，安问属官而属私？曲水临流，自可一觞而一咏。"这里所谓的"私"，即与功名事业全然无关的私人生活、私人情感和私人情趣等内容。词人对此类内容的表现十分细腻，词中不但记录了诸如朋友小酌、送别感怀、为人祝寿、庆祝节日、贺人娶妾生子之类琐屑小事，所写的景物也多为家居之景和日常生活中的细小之物。

与主要抒发家国之思和身世之感的传统诗文不同，为应歌流行而作的唐宋词更注重世俗化的人生愿望和生活理想的张扬，词中充满了俗世情怀。如无名氏《雨中花》：

> 我有五重深深愿：第一愿，且图久远。二愿恰如雕梁双燕。岁岁后、长相见。三愿薄情相顾恋。第四愿，永不分散。五愿奴哥收因结果，做个大宅院。

物质充裕、爱情美满的平凡生活，不仅是词中女主人公的最大愿望，也是大多数普通人的心愿。这种琐碎甜蜜的生活理想，正因其带有鲜明的平民化色彩，符合市民口味，从而受到了大众的普遍欢迎。

又如曹组《相思会》：

> 人无百年人，刚作千年调。待把门关铁铸，鬼见失笑。多愁早老。惹尽闲烦恼。我醒也，枉劳心，谩计较。
>
> 粗衣淡饭，赢取暖和饱。住个宅儿，只要不大不小。常教洁净，不种闲花草。据见定、乐平生，便是神仙了。

但求平安，但求温饱，这正是平凡而务实的世俗生活理想。

当然，市民文学中也有一部分作品，由于沾染了市侩习气，非常典型地表现了小市民的庸俗思想。如北宋时有"杂扮"，"即杂剧之后散段也"，"顷在汴京时，村落野夫，罕得入城，遂撰此端。多是借装为山东、河北村叟，以资笑端"①。这反映了都市经济发展之后，市井平民对于社会地位比他们低下的人群所具有的自欺欺人的优越感。

受时风世风的影响，宋代士大夫文人的词中也不乏对世俗的人生愿望和生活理想的表现。如：

> 遇良辰，当美景，追欢买笑。
>
> （柳永《传花枝》）
>
> 休辞醉，明月好花，莫漫轻掷。
>
> （聂冠卿《多丽》）
>
> 仔细思量，好追欢及早。遇酒追朋笑傲，任玉山摧倒。沉醉且沉醉，人生似、露垂芳草。
>
> （王观《红芍药》）
>
> 一瞬光阴何足道，但思行乐常不早。待春来携酒殢东风，眠芳草。
>
> （张昇《满江红》）

这类以"把酒听歌，量欢买笑"②为主题的词作，充满了市民情趣和都市生活的内容，充溢着世俗欢快冶荡的心音，体现了唐宋词世俗化的基本特色。

然而，同样是抒发俗世的行乐情怀，抒情方式的不同却又造成了唐宋词在审美趣味上的雅俗之别。现代学者常引用下面一则故事来说明唐宋词中雅俗两种趣味的对立。据张舜民《画墁录》载：

---

① 吴自牧：《梦粱录》卷六，中国商业出版社 1982 年版。
② 柳永：《古倾杯》，转引自唐圭璋编《全宋词》，中华书局 1999 年版。

> 柳三变既以词忤仁庙，吏部不放改官。三变不能堪，诣
> 政府。晏公曰："贤俊作曲子么？"三变曰："只如相公，亦
> 作曲子。"公曰："殊虽作曲子，不曾道彩线慵拈伴伊坐。"
> 柳遂退。

平心而论，晏词中的大部分作品与柳词一样，表现感官的愉悦和物质的满足，都是以世俗的享乐为底蕴的。但是，文人雅词往往采用典雅含蓄的抒情方式，追求"温柔敦厚"、"乐而不淫，哀而不伤"的抒情效果，这就与袒露直白的民间词和一部分文人俗词判然有别。比如同样表现恋情，晏殊《鹊踏枝》：

> 槛菊愁烟兰泣露。罗幕轻寒，燕子双飞去。明月不谙离
> 恨苦。斜光到晓穿朱户。昨夜西风凋碧树。独上高楼，望尽
> 天涯路。欲寄彩笺兼尺素。山长水阔知何处。

可谓风流蕴藉、怨而不怒，充满了诗意化的柔美情调。而被晏殊指责的柳永词《定风波》：

> 自春来、惨绿愁红，芳心是事可可。日上花梢，莺穿柳
> 带，犹压香衾卧。暖酥消，腻云嚲，终日厌厌倦梳裹。无
> 那。恨薄情一去，音书无个。
> 早知恁么。悔当初，不把雕鞍锁。向鸡窗，只与蛮笺象
> 管，拘束教吟课。镇相随，莫抛躲。针线闲拈伴伊坐。和
> 我，免使年少光阴虚过。

把思妇的相思之情写得发露放肆、备足无余。这种带有市民作风的抒情方式和抒情风格，自然遭致传统文人的反感，柳永因

创作此类俗词而受到统治集团的排挤也就情有可原了。

除柳永外，黄庭坚、周邦彦等人也曾因创作此类俗词而备受当代和后代文人的指责。道人法秀认为黄庭坚"以笔墨劝淫"，"于我法中，当下犁舌之狱"①，张炎批评清真词"浑厚日变成浇风"②，刘熙载指清真词"只是当不得一个'贞'字"③，王国维比较欧阳修、秦观和周邦彦说："便有淑女与娼妓之别"④，凡此种种，都表现出对文人词之艳冶发露词风的不满。

唐宋词通俗特征的凸显，与当时特定的社会背景密切相关。具体来说，主要有以下两个方面：

首先，城市经济的繁荣导致物质生活的改善以及市民文化的勃兴，这就使得士人的生活态度和社会价值取向发生变异，呈现出世俗化的倾向。

在儒家正统思想中，义与利，礼与欲向来是不可调和的矛盾。如孔子就曾直言："君子喻于义，小人喻于利。"⑤ 而传统文化中"一箪食一瓢饮，居陋巷"，以及"饭蔬食、饮水，曲肱而枕，乐亦在其中矣"⑥ 之类固守清贫的价值观念也在相当长的时间里深入人心。

但是，这种情况在中唐以后却逐渐发生了变化。一方面，隋唐以来，商业经济不断发展，全国出现了许多商业发达、高楼林立的大城市，这就为世俗的享乐生活提供了充裕的物质保障。另一方面，唐宋之际，随着市民文化的勃兴，追求享受和及时行乐

---

① 黄庭坚：《小山集序》，转引自金启华等编《唐宋词集序跋汇编》，江苏教育出版社1990年版。

② 张炎：《词源》卷下，转引自唐圭璋《词话丛编》，中华书局2005年版。

③ 刘熙载：《艺概》卷四，上海古籍出版社1978年版。

④ 王国维：《人间词话》，滕咸惠校注，齐鲁书社1986年版。

⑤ 孔子：《论语·里仁》，中国社会科学出版社2003年版。

⑥ 孔子：《论语·述而》，中国社会科学出版社2003年版。

的思想甚嚣尘上，这也对士人阶层的人生观和价值取向产生了巨大的影响。比如大诗人白居易，他既是"有阙必规，有违必谏"①、胸怀"兼济天下"之志的传统封建士大夫，同时，也是一位懂得享受和追求享受，提倡"兹又以重吾乐也"的"俗人"。其"志在兼济"的讽喻诗与表现"皆寄怀于酒，或取意于琴，闲适有余"②的闲适诗同样为他所看重。

晚唐五代和两宋，享乐今生的世俗观念继续在士人阶层蔓延。五代文人孙光宪在《生查子》词中自述道："春病与春愁，何事年年有？半为枕前人，半为花间酒。"这两个"半为"也将当时士大夫文人及时行乐、沉迷酒色的生活状况揭示得明白无遗。

宋代统治者推行鼓励享乐和优待士人的政策，宋太祖实行"杯酒释兵权"的政治举措，又"有誓约，藏之太庙，誓不杀大臣及言事官"③。优厚的待遇加之较为宽松的思想文化政策，所产生的结果就是：宋代士大夫的物质生活水平普遍提高，相当一部分人过着阔绰的日子。随之而来的，及时行乐的思想也进一步得到肯定和张扬。如皇都风月主人《绿窗新话》引《湘江近事》载：

> 陶穀学士，尝买党太尉家故妓。过定陶，取雪水烹团茶，谓妓曰："党太尉家应不识此。"妓曰："彼粗人也，安有此景，但能销金帐下，浅斟低唱，饮羊羔美酒耳。"穀愧其言。

① 白居易：《初授拾遗献书》，见《全唐文》。
② 白居易：《序洛诗》，见《全唐文》。
③ 李心传：《建炎以来系年要录》卷四，丛书集成本。

文人引以为傲的取雪烹茶的雅事，与"销金帐下，浅斟低唱，饮羊羔美酒"的世俗享乐相比自惭形秽，这说明，宋代社会文化价值的改变，已经使得社会成员的生活方式和价值思维发生了相当大的变异。

又如《钱氏私志》，《说郛》宛委山堂本载：

> 宋庠居政府，上元夜至书院读《周易》，闻其弟学士祁点华灯拥歌妓醉饮达旦。翌日谕所亲令诮让云："相公寄语学士：闻昨夜烧灯夜宴，穷极奢侈，不知记得某年上元同在某州州学内吃齑煮饭时否？"学士笑曰："却须寄语相公：不知某年同在某处州学吃齑煮饭是为甚底？"

大小宋之争实际上体现了新旧价值体系的碰撞，而在宋代，宋祁这种享乐今生的新型价值观显然更能代表当时的社会风尚和时代精神。

再如据无名氏《翰府名谈》卷下载：

> 寇准有爱妾名唤倩桃。某次歌宴毕，寇以一束绫罗赠倩桃，她即作诗谏曰："一曲清歌一束绫，美人犹自意嫌轻。不知织女寒窗下，几度抛梭织得成？"寇准对曰："将相功名终若何，不堪急景似奔梭。人间万事何须问，且向尊前听艳歌。"

也是寇准，澶渊之役随宋真宗赵恒亲征，获胜后真宗派人问候他，说："相公饮酒矣，唱曲子矣，掷骰子矣，鼾睡矣。"[1] 由

---

① 陈师道：《后山谈丛》卷一，影印文渊阁四库全书本。

此可见，人生苦短、何不及时行乐，这正是宋代士大夫文人的普遍心态。

高克勤在《宋代文学研究的突破》一文中指出：

> 宋代士大夫雅俗观念的核心是忌俗尚雅，但已与前辈士人那种远离现实社会的高蹈绝尘的心境不同，其审美追求不仅停留在精神上的理想人格的崇高和内心世界的探索上，而同时进入世俗生活的体验和官能感受的追求、提高上。①

而在流行歌曲中表现这种"世俗生活的体验和官能感受"，则是宋代社会文化价值观念转变，从而引起文学创作观念向抒发个人情感及表现世俗欲望方向倾斜的必然结果。

其次，社会关系的变化，社会制度的变革，促进了上层文化和下层文化的交流，使世俗化的审美标准得以向上层社会渗透。

晚唐五代是一个乱世，社会的动荡将旧有制度的约束冲击殆尽，传统的儒家伦理道德也暂时地失去了往日维系人心的强大力量，于是，向来为统治阶级所不齿的市井文化，便以其旺盛鲜活的生命力向上流社会蔓延。如前蜀君主王衍就对俗世文化情有独钟，他曾与臣下"为艳歌相唱和，谈嘲谑浪，鄙俚亵慢，以是为常"，又"命大内造村坊市肆，令宫嫔著青衫，悬帘鬻食，男女杂沓交易而退。帝与妃嫔辄为笑乐"②，且好私行，"往往宿于娼家，饮于酒楼"③，俗世风情对于西蜀的士大夫文人也有着巨大的吸引力，他们的词中，就多有对市井间听歌赏舞、饮酒狎妓

---

① 高克勤：《宋代文学研究的突破》，载《复旦学报》1998 年第 4 期。
② 吴任臣：《十国春秋》，中华书局 1983 年版，第 539 页。
③ 张唐英：《蜀梼杌》卷上，丛书集成本。

之类生活的描写。在上流社会"与民同乐"的过程中，上层文化和下层文化无形中得到了交流。

宋代社会制度的变革，社会各阶层之间等级界限的松动也加速了社会文化的平民化进程。

唐宋以来，中国古代的社会制度出现了较大的变革，原有的门阀世族逐渐瓦解，社会各阶层之间的关系也不像原来那样等级森严。宋代科举制度的改革，更使得大批寒门出身的知识分子进入上流社会，如太宗淳化三年，朝廷下诏规定："国家开贡举之门，广搜罗之路……如工商、杂类人内有奇才异行，卓然不群者，亦许解送。"① 这就为下层的知识分子进入仕途敞开了大门。正如宋人所说："今天子三年一造士，虽山野贫贱之家，子弟苟有文学，必赐科名。"② "今世之取人，诵文书，习课程，未有不可为吏者也。其求之不难，而得之甚乐，是以群起而趋向之。凡今农工商贾之家，未有不舍其旧而为士者也。"③ 大量下层士人进入官僚队伍，不仅使统治阶级的出身成分发生了显著的变化，而且潜移默化地改变了上流社会原有的价值观和审美情趣，使其由单一转而多元化。比如作为最高统治者，宋徽宗有着很深厚的艺术修养和很高雅的艺术品位，但是他也不排斥俚俗谑浪、靡丽侧艳的世俗情调。得宠于徽宗的蔡攸，曾"与王黼得预宫中秘戏。或侍曲宴，则短袖窄裤，涂抹青红，杂倡优侏儒中，多道市井淫媟谑浪语，以献笑取悦"④。而颇得徽宗欢心的另一位宰相李邦彦，"本银工子也，俊爽美风姿，为文敏而工。然生长闾阎，习猥鄙事，应对便捷，善讴谑，能蹴鞠。每缀街市俚语为词

---

① 　徐松：《宋会要辑稿》，中华书局1957年版。
② 　《嘉定赤城志》，中华书局1990年版。
③ 　《峦城集》，上海古籍出版社1987年版。
④ 　毕沅编著：《续资治通鉴》卷九二，中华书局1957年版。

曲，人争传之，自号'李浪子'"①。由此可见，相对频繁的社会地位和社会等级的变动在很大程度上促进了雅俗文化的交融。

有学者指出："社会流动消融等级阻隔，促进各阶层的融会，使各阶层的价值取向趋近"，因此，在宋代，大部分文艺形式"都出现了上层文化与下层文化交融的趋势，走向大众化和世俗化"。② 这基本是符合实情的。

关于"雅"与"俗"的分野，当代学者赵士林在《心学与美学》一书中指出：

> 在漫长的中古封建社会，"雅"一直被用来指代庙堂—贵族—"劳心者"的审美追求，"俗"则一直被用来指代市井—平民—"劳力者"的审美追求。"雅"与"俗"的分野从审美趣味的角度表现了社会上层与社会底层文化生态的歧异。③

关于俗文学，郑振铎则说：

> 俗文学就是通俗的文学，就是民间文学，也就是大众文学。换一句话，所谓俗文学就是不登大雅之堂，不为士大夫所重视而流行于民间成为大众所嗜好、所喜悦的东西。④

而作为当时流行歌曲的唐宋词，则不但具有俗文学的特征，且为上层社会所喜爱，呈现出雅俗共赏的整体态势，表现出鲜活

---

① 脱脱等：《宋史》卷三五二《李邦彦传》，中华书局 1977 年版。
② 龙登高：《南宋临安的娱乐市场》，载《历史研究》2002 年第 5 期。
③ 赵士林：《心学与美学》，中国社会科学出版社 1992 年版，第 177 页。
④ 郑振铎：《中国俗文学史》，商务印书馆 1938 年版。

的生命力和巨大的影响力。

首先，唐宋词通俗特性的彰显，体现了特定社会条件下市民意识的空前高涨。在它"世俗化的过程中，凸显出大众对于生活幸福本身的强烈欲求，凸显出文化活动解神圣化以后的多元化、商品化、消费化的趋势以及相关的消遣娱乐功能的强化，文化成为对于人的世俗欲望的肯定"。① 这种"对于人的世俗欲望的肯定"的思想内涵，不但在一定程度上提升了普通人的个体价值，催生了人性的觉醒，也为后代俗文学的发展拓宽了道路。因此，梁启超特别肯定了词曲作为俗文学，其在中国文学发展史上的重要地位。他说："文学革命至元代而登峰造极。其时，词也，曲也，小说也，剧本也，皆第一流之文学，而皆以俚语为之。"其时吾国真可谓有一种"活文学"出世。② 他所列举的"活文学"样本，第一便是词，有李煜《长相思》、苏轼《点绛唇》、黄庭坚《望江东》、辛弃疾《寻芳草》、向镐《如梦令》、吕本中《采桑子》和柳永《昼夜乐》等7首近于口语的词。

其次，曲子词"从俗"与"崇雅"之风的更替消长，正体现了中国古代雅文化与俗文化碰撞与交融。众所周知，曲子词最初流行于民间市井，自然带有"胡夷里巷"的"俗气"，在经过文人的改造后，才逐渐变得典雅和精细。但是，词"本管弦冶荡之音"，是宴饮游冶过程中用来佐欢的工具，因此，在相当长的时间内，它仍然是雅俗共赏的全民性文艺。到了南宋末年，文人词崇雅黜俗，力求雅化，而民间词更加俚俗，最终走上了"曲化"的道路。唐宋词的雅俗之辩一方面反映了精英文化意图对话语权

---

① 陶东风：《世俗化时代文艺的消遣娱乐性》，载《文艺争鸣》1996年第3期。
② 胡适：《胡适作品集》第36册，台北远流出版公司1986年版，第269页。

进行垄断的文化心理，另一方面在雅俗相互对峙、传统文化尚雅抑俗的同时，雅俗共存的事实又从某种意义上说明人们对"俗"存在的合理性及其审美价值的一致肯定。

　　需要注意的是，通俗不等于"媚俗"、"低俗"，"适俗"并因势利导，这既是唐宋词调和雅俗矛盾的经验之谈，也是当代流行歌曲发展过程中值得思考的问题。

第三章

从音乐附庸到独立新诗

　　萧涤非《汉魏六朝乐府文学史》说："夫一代有一代之音乐，斯一代有一代之文学。"[1] 胡云翼《宋词研究》序言也说："中国文学的发达、变迁，并不是文学自身形成一个独立的关系，而与音乐有密切的关联……中国文学的活动，以音乐为皈依的那种文体的活动，只能活动于所依附产生的那种音乐的时代，在那一个时代内兴盛发达，达于最活动的境界。若是音乐亡了，那么随着那种音乐而活动的文学也自然停止一活动了。"[2] 以上二家之论虽稍嫌偏激，却都说明了这样一个事实：音乐是一代文学形成和发展演变过程中的重要因素。

　　词与乐的结合是中国音乐文学史上最典型的形态之一。一方面，词受制于乐，词的体制特性和声律特点都受到燕乐的深远影响，词与乐一度关系密切，水乳交融；另一方面，由于"诗歌与音乐，各有各的特殊情形，要想把诗歌竭力去融合音乐，反映音乐，无论如何是做不到的"[3]。在"主音"与"主文"的矛盾冲突中，词与乐的关系不断发展变化，音乐性从强势到逐渐淡

---

① 萧涤非：《汉魏六朝乐府文学史》，人民文学出版社 1984 年版，第 50 页。
② 胡云翼：《宋词研究》，巴蜀书社 1989 年重印本，第 5 页。
③ 刘尧民：《词与音乐》，云南人民出版社 1982 年版，第 79 页。

化，而文学功能则不断增强，词体由原来的音乐附庸，最终演变成为独立的新型抒情诗体。

第一节　应歌合乐，乐主词从

唐五代时期，歌词创作主要是为了应歌合乐，乐主而词从，倚声填词成了公认的法则。从敦煌民间词到唐五代文人词，词与乐的关系日益紧密，其间演进之迹十分明显，二者缘情、叙事的范围和表情方式也显示出相当大的差异。

一　敦煌曲子词

"词之初体，出于民间"。[①] 因此要考察词与乐关系的发展变化，就必须考察初始状态的词——唐五代民间词，而就现存的唐五代民间词而言，其基本都包括在敦煌歌辞之中。

1900 年敦煌藏经洞被打开，从中发现了唐代民间配乐的歌词，这给词学研究带来了深远的影响。由于各家选取标准不同，到目前为止，已整理的敦煌歌辞集，主要有朱祖谋《云谣集杂曲子》[②]、王重民《敦煌曲子词集》[③]、饶宗颐《敦煌曲》、任二北《敦煌曲校录》[④] 和《敦煌歌辞总编》[⑤]，等等。其中，任二北先生的《敦煌歌辞总编》收录作品 1200 余篇，是迄今最完备的一部敦煌歌辞总集。因此书从广义和总体视角出发来整理和研

---

① 夏承焘：《唐宋词论丛·四库全书词籍指要校议》，上海古典文学出版社1956 年版。

② 朱祖谋：《云谣集杂曲子》，彊村丛书本。

③ 王重民：《敦煌曲子词集》，商务印书馆 1950 年版。

④ 任二北：《敦煌曲校录》，上海文艺联合出版社 1955 年版。

⑤ 任二北：《敦煌歌辞总编》，上海古籍出版社 1987 年版。

究作品，能够更全面地展示词体发生阶段的原生态，又因其所收作品大抵属于当时的流行歌曲（在现存可考的 70 个敦煌歌辞所用曲调中，有 46 个见于《教坊记》，可见大部分敦煌曲辞应为开元、天宝时期的流行歌曲）①，故本节所据文本，以《敦煌歌辞总编》为主。

　　相对于成熟的词体而言，敦煌歌辞还保留着词体草创时期的"原生态"面貌，在体制、格调以及风格等各方面都尚未定型，词与乐的结合也相对松散。唐圭璋先生《敦煌唐词校释》曾将敦煌歌辞所表现的词体初期状态的特点归纳为七条，曰："有衬字，有和声，有双调，字数不定，平仄不拘，叶韵不定，咏题名。"其中，"咏题名"是指词的内容与其词调名称大致相符，如《临江仙》言仙事，《女冠子》述道情，《河渎神》咏祠庙，等等，"大概不失本题之意"②。这应当属于词体初创时期的常见现象。而除此之外的六条，则基本都论及原始形态下的词体在体制方面的不稳定性，以及词与乐结合的随意性和自由性。举例来看："有衬字"条，如《鹊踏枝》（叵耐灵鹊多谩语）一首，就有"在"、"却"、"向"等多个衬字，这就为入唱歌词与音乐的结合留下了一定的回旋余地；"字数不定"条，如《云谣集》中的两首《竹枝子》，一首（罗幌尘生）为 57 字，另一首《高卷朱帘垂玉牖》则为 63 字，字法和句法变化颇大；"平仄不拘"条，不少敦煌歌辞平仄不拘或平仄多误，某些作品甚至"声病满纸，谈不上什么平仄调谐"③，这也在一定程度上表现出民间文学的粗糙性；"叶韵不定"条，如敦煌词中的《鱼（虞）美

①　见任二北《敦煌曲初探》，上海文艺联合出版社 1954 年版，第 455 页。
②　黄昇：《花庵词选》，中华书局 1958 年版，第 32 页。
③　吴熊和：《唐宋词通论》，浙江古籍出版社 1989 年版，第 169 页。

人》（东风吹绽海棠开），通首一韵到底，而在《花间集》中，则四转其韵已成定体。而且，正如吴熊和先生所指出的那样："敦煌词用韵甚宽，多叶方音，间出韵，不避重韵，这也是民间词在叶韵上常见的现象。"上述情况表明，敦煌歌辞尚处于以辞配乐的尝试和摸索阶段，词与乐的结合还相当随意，不如后来的精密与严谨，但这却是词体发展的必经之途。朱孝臧称其为"倚声中椎轮大辂"，原因正在于此。此外，敦煌歌辞的曲体曲式复杂多样，在《敦煌歌辞总编》中，有令词，有慢曲，有单曲，有联章，有简单的杂曲小唱，也有结构庞杂的大曲，这也可见词体由初创阶段向定型阶段过渡的痕迹。

敦煌歌辞主要流行于民间，民间词人置身于胡夷里巷之曲一类自然自在的音乐环境之中，感于哀乐，娱人娱己，所谓"穷者欲达其言，劳者须歌其事"①，创作题材相当广泛。

最早对敦煌歌辞之题材内容进行概括和揭示者为王重民先生，他在《敦煌曲子词集叙录》中说："今兹所获，有边客游子之呻吟，忠臣义士之壮语，隐君子之怡情悦志，少年学子之热望与失望，以及佛子之赞颂，医生之歌诀，莫不入调。"此后，任二北先生编著的《敦煌曲校录》及《敦煌曲初探》，其所收作品数量既多于王集，内容分类亦更趋细致，共分20类，曰："疾苦"、"怨思"、"别离"、"旅客、"感慨"、"隐逸"、"爱情"、"伎情"、"闲情"、"志愿"、"豪侠"、"勇武"、"颂扬"、"医"、"道"、"佛"、"人生"、"劝学"、"劝孝"、"杂俎"，等等。任先生嗣后编成的《敦煌歌辞总编》，卷二、卷三也按分类编排，其分类较之前两书又有改易和调整。有"怨思"、"恋情"、"行

---

① 庾信：《哀江南赋序》，转引自王闿运注《哀江南赋注》，影印南京图书馆藏稿本。

旅"、"进取"、"隐逸"、"力作"、"颓废"、"史迹"、"颂谈"、"故事"、"咏物"、"俳体"、"佛家"、"道家"、"民间疾苦"、"民间生活"、"民间故事"、"仕进"、"贵族生活"、"儒家",等等,大致仍为20类。由上可知,敦煌歌辞之内容既丰富庞杂,作者也兼包当时社会的各色人等,正如任氏所指出的那样"社会职业'三百六十行'之多,几乎皆可自有其曲"。[①]

对于民间词人而言,敦煌歌辞只是他们传达对生活最直接、最深切、最强烈感受的一种工具,其"信口信手,出于自然"[②],呈现出拙朴自然的面貌,表现出一种清新质朴、率真淳厚的天籁之美。然而不可忽视的是,由于敦煌歌辞以应歌为主要目的,大多数作品"不在文字上求工",而是"务合于管色"[③],歌词创作在一定程度上受到音乐特性的制约,再加之中晚唐社会环境和审美风尚的影响,其娱乐化和艳情化的倾向已初露端倪。

先看其娱乐化倾向。任二北先生在《敦煌曲初探》一书中指出:"敦煌曲,乃唐代一种配合乐舞之歌辞也,配合乐舞之歌辞,所以刺激人之灵感或官能者,首在其所寄托之声乐与舞容。"配合着"刺激人之灵感或官能"的音乐,敦煌歌辞表现出以娱乐为主的特殊社会功能。而且,由于"敦煌曲词……反映的社会面非常广阔,特别是商业城市的生活面貌,反映得更为鲜明"[④]。其娱乐功能的实现又往往以商业经济发达的城市为背景,呈现出与前代民歌特异的商业化色彩。如下面这首《浣溪沙》:"髻绾湘云淡淡妆,早春花向脸边芳。玉腕慢从罗袖出,捧杯

---

① 任二北:《敦煌曲初探》,上海文艺联合出版社1954年版,第285页。

② 阴法鲁:《敦煌曲子词集序》,出自王重民《敦煌曲子词集》,商务印书馆1950年版。

③ 赵尊岳:《云谣集杂曲子跋》,载《同声》月刊一卷十号。

④ 刘大杰:《中国文学发展史》,上海古籍出版社1997年版,第167页。

筋。纤手行令匀翠柳，素咽歌发绕雕梁。但是五陵争忍得，不疏狂。"通过描写歌妓劝酒、行令、唱词的一系列活动，真实地再现了当时民间以曲词娱乐的场面。其中的"五陵"，有学者认为是五陵原，"为游女与王孙辈互相追逐之情场，甚至于市场"。①可见曲词娱乐已经出现向商业发达的城市集中的趋向。再如《破阵子》（日暖风轻佳景）一首，任先生认为此词"或系歌场应歌，随手拈凑成拍"，而民间词中此类为应歌娱乐而作的歌辞并不在少数。

再说其艳情化倾向。从整体而言，敦煌歌辞还保留着古代民歌"感于哀乐，缘事而发"的叙事传统，比如《长相思》3首叙写作客江西，流落难归的惨况，《捣练子》6首记述孟姜女寻夫哭长城的故事，等等。但是，敦煌歌辞中的不少作品，却又已呈现出明显的艳情化倾向。如《云谣集》所收33首杂曲子，其中有30首是以女性的情感生活为题材的，而在王重民所辑《敦煌曲子词集》的160多首词中，"言闺情及花柳者"约占40%左右；在各类题材中已占绝对优势。任二北先生曾借用《内家娇》中"歌令尖新"一语来概括敦煌歌辞的特点，事实上，歌词中"极怒极伤极淫而后已"的情绪体现往往是由尖新动人的曲调决定的。同时，随着艳情化题材的增多和文人作者的介入，一部分敦煌歌辞的语言也有了由质到文，由粗到细的转变。如《怨春闺》一首："好天良夜月，碧宵高挂。羞对文鸾，泪湿红罗帕。时敛愁眉，恨君颠阆，夜夜归来，红烛长流云榭。夜久更深，罗帐薰兰麝。频频出户，迎取嘶嘶马。含笑觑，轻轻骂。把衣拘揸，叵耐金枝，扶入水晶帘下。"此词无论从辞藻的浓丽，还是从抒情的婉曲，都已颇近唐五代文人词的风格。

---

① 任二北：《敦煌歌辞总编》卷一，上海古籍出版社1987年版。

就词与乐的关系而言，敦煌曲子词经历了一个由混沌松散，到不断琢磨整合的漫长过程，在这个过程中，词的体制逐渐完善，各种特性也渐趋明显，但词体的最终定型，却是在唐五代文人手中完成。

二 唐五代文人的"代言"词

在以词应歌合乐的过程中，文人词曾不断向民间词学习和借鉴，比如刘禹锡著名的《竹枝辞》，就是学习和模仿巴蜀民歌的成果。《新唐书·刘禹锡传》载，刘禹锡为朗州司马，朗州风俗，每祠必歌《竹枝》，其声伧儜。禹锡"乃倚其声，作《竹枝辞》十余篇。"据胡震亨考："《竹枝》本出巴渝，其音协黄钟羽，末如吴声。有和声，七字为句。破四字，和云'竹枝'；破三字，又和云'女儿'。后元和中，刘禹锡谪其地，为新词，更盛行焉。"① 由此也可见早期文人词与民间词之间的有效互动。

当听词唱曲逐渐成为上流社会享乐生活的时尚，而不少士大夫文人也开始沉迷于歌词创作以后，他们便以本阶层的审美标准来改造合乐歌词，词与乐的配合越臻严格和精密，词体特性的日益专门化，正是他们努力改造的结果。

温庭筠堪称文人中开始大量填词，由偶然之作而为有意写作的第一人。相对于尝试阶段的早期文人词而言，温词更注重词体的音乐文学性质，强调词体特性的凸显，也更加重视词与乐的融合以及词体的"应歌"效果。"逐弦吹之音，为侧艳之词"②，正是其倚声填词的典型特征。据《北梦琐言》卷二〇载："吴兴沈徽，乃温庭筠诸甥也。尝言其舅善鼓琴吹笛，亦云有弦即弹，

---

① 胡震亨：《唐音癸签》卷一三，上海古籍出版社1981年版。
② 刘昫等：《旧唐书·温庭筠本传》，中华书局1974年版。

有孔即吹，不独柯亭、爨桐也。"由于其诗、乐两擅场，他不但能够严守音律，而且开始将不规范的词调进一步规范化和整严化，这就为词体格律的定型奠定了基础。夏承焘先生说："词之初起，若刘、白之《竹枝》、《望江南》，王建之《三台》、《调笑》，本蜕自唐绝，与诗同科。至飞卿以侧艳之体，逐管弦之音，始多为拗句，严于依声。往往有同调数首者，字字从同；凡在诗句中可不拘平仄者，温词一律谨守不渝。凡其拗处坚守不渝者，当皆有关于管弦音度。飞卿托迹狭邪，雅精此事，或非漫为诘屈。"① 这就指出了温词的定调、定体之功。

温庭筠词既是唐宋词史上第一部文人词集《花间集》的"开卷之作"，也是其他花间词人学习、效仿的创作蓝本。宋人黄昇说："（温庭筠）词极流丽，宜为《花间集》之冠。"② 清人王士禛说："温为《花间》鼻祖。"③ 可见其不可动摇的"花间宗主"地位。杨海明师指出："（温庭筠）他的主要贡献就在于完成了从《香奁体》诗向《花间》式词的过渡，为《花间》词的'类型风格'奠定了基石。"④ 对于这种"类型风格"，花间词人欧阳炯在《花间集序》中作了系统化的理论总结，原文如下："镂玉雕琼，拟化工而迥巧；裁花剪叶，夺春艳以争鲜。是以唱云谣则金母词清，挹霞醴则穆王心醉。名高白雪，声声而自合鸾歌；响遏行云，字字而偏谐凤律。杨柳大堤之句，乐府相传；芙蓉曲渚之篇，豪家自制。莫不争高门下，三千玳瑁之簪；竞富尊前，数十珊瑚之树。则有绮筵公子，绣幌佳人，递叶叶之

---

① 夏承焘：《唐宋词字声之演变》，转引自《夏承焘集·唐宋词论丛》，浙江古籍出版社 1997 年版，第 31 页。
② 黄昇：《花庵词选》，中华书局 1958 年版。
③ 王士禛：《花草蒙拾》，转引自唐圭璋《词话丛编》，中华书局 2005 年版。
④ 杨海明：《唐宋词史》，天津古籍出版社 1998 年版，第 119 页。

化笺，文抽丽锦；举纤纤之玉指，拍按香檀。不无清绝之词，用助妖娆之态。自南朝之宫体，扇北里之娼风。何止言之不文，所谓秀而不实。有唐以降，率土之滨。家家之香径春风，宁寻越艳；处处之红楼夜月，自锁嫦娥。在明皇朝，则有李太白应制清平乐词4首。近代温飞卿复有金筌集。迩来作者，无愧前人。今卫尉少卿字弘基，以拾翠洲边，自得羽毛之异；织绡泉底，独抒机杼之功。广会众宾，时延佳论。因集近来诗客曲子词500首，分为10卷。以炯粗预知音，辱请命题，仍为叙引。昔郢人有歌阳春者，号为绝唱，乃命之为花间集。庶使西园英哲，用资羽盖之欢；南国婵娟，休唱莲舟之引。时大蜀广政三年夏四月日叙。"这是中国文学史上的第一篇词论，也是表明花间词人群体创作观与审美观的宣言。花间词人以为，曲子词既然属于"乐府相传"的音乐文学作品，是用来使"绮筵公子"、"西园英哲"，"用资羽盖之欢"；"绣幌佳人"，"用助妖娆之态"的娱乐工具，那么词的题材内容、表达方式、艺术风格等方面就应该与音乐格调、传播者身份、传播环境以及受众的文化素养和审美期待相协调。由此，"序言"对于歌词创作提出了明确的艺术标准和审美规范。

首先，入唱歌词须"声声而自合鸾歌"、"字字而偏谐凤律"，即歌词的创作必须依据曲谱，依从于燕乐的律调，所谓"由乐以定词，非选调以配乐"[①]，从而使词乐相谐，婉转合度。这就使一词多体现象相对减少，词与乐的结合也逐渐紧密和规范。以《菩萨蛮》词为例，敦煌词中的《菩萨蛮》："自从远涉为游客，乡关迢递千山隔。求官宦一无成，操劳不暂停。路逢寒食节，处处樱花发。携酒步金堤，望乡关双泪垂。"从歌词合乐

---

① 元稹：《乐府古题序》。

的角度而言，这只是对于既有曲调的大致填词歌唱，其中，上阕
的"一"字和下阕的"双"字都是随意添加的衬字。而到了花
间词人手中，则这些可有可无的衬字已经逐渐被去掉。如《花
间集》所收九家共41首《菩萨蛮》，其衬字就消失殆尽，为整
齐定型的44字调。

　　此外，由于出自"诗客"之手，花间词在注重音乐美的同
时，又十分器重文辞之艳丽。所谓"镂玉雕琼，拟化工而迥巧；
裁花剪叶，夺春艳以争鲜"。这与质朴少文的民间词相比，显然
已有粗细、文野的巨大差异。

　　其次，为了配合"绣幌佳人""举纤纤之玉指，拍按香檀"
的演唱需要和适应"尊前"、"花间"浅斟低唱的享乐氛围，文
人才士纷纷放下"身段"为歌女代言，"男子而作闺音"① 即成
为十分普遍的现象。

　　王世贞《艺苑卮言》云："词须宛转绵丽，浅至儇俏，挟春
月烟花于闺幨内奏之。"先著《词洁》卷二亦云："词之初起，
事不出于闺帷。"他们都指出了合乐歌词"作闺音"、尚婉媚的
文体特征。如《花间集》所收的66首温庭筠词中，有61首的
主人公为女性，只有5首是行人、王孙、荡子、五陵年少等，而
《花间集》其余17位作者的434首词，以女性为主人公者为350
首②，可见花间词人在女性化题材选择方面的共同指向。

　　由于花间词多为应歌所作，多为代言体，故多客观叙写女性
的美艳形态和情感世界，而绝少抒写作者的个人情志。对此，叶
嘉莹先生指出："（文人）词在初起时，原来只不过是供人在歌
筵酒席之间演唱的乐曲而已，用一些华美的词藻，写成香艳的歌

---

① 田同之：《西圃词说》，转引自唐圭璋《词话丛编》，中华书局2005年版。
② 木斋：《论应制应歌对飞卿体的促成》，载《东方论坛》2004年第6期。

曲，交给娇娆的歌妓酒女们去吟唱，根本谈不上个人一己的情志之抒写。……至于就飞卿词本身而言，则其外表所予人的直觉印象却依然只不过是弦吹之音所写的一些侧艳的曲词而已，既无明显的怀抱志意可见，甚至连个人一己之情感也使读者难于感受得到。"① 叶先生以为，温庭筠词"多为客观之作"，而所谓客观，她引台湾郑骞先生的话说："飞卿词正像画屏上的金鹧鸪，精美华丽，具有普天之下鹧鸪所共有的美丽，而没有任何一只鹧鸪所独有的生命。"她认为温词乃"古埃及之雕刻"，"近于抽象化，而无明显之特性及个别之生命"。当然，这也是大多数花间词的共同特征。"代言体"歌词是以乐主词从的地位而存在的，由于音乐的作用，词特宜于表现类型化和普泛化的情感，故抒写男女情爱和种种感伤意绪成为"代言"词的主要内容，这种情感表现一方面容易引发人们的兴趣，引起大多数人的心理共鸣，另一方面也导致了词体创作虚泛化、媚俗化、狭窄化和缺乏个性等弊病。

值得一提的是，较花间词稍晚的南唐词，可以说是由花间词到北宋词的中介。从总体而言，南唐词还处于花间词所形成的艺术范式的笼罩之下，是士大夫文人燕集欢会、佐欢遣兴的产物。冯延巳外孙陈世修在其《阳春集》的序言中称："公（冯延巳）以金陵盛时，内外无事，朋僚亲旧，或当燕集，多运藻思为乐府新词，俾歌者倚丝竹而歌之，所以娱宾而遣兴也。"李璟词和李煜前期词也大致属于此类。但是，南唐词的艺术风格与花间词相比已经有了较为明显的变化。"（南唐词）文人士大夫的气息增长，歌容舞态、酒色情欲的成分下降。……这就使他们在吟风月、醉花柳的时候，没有'花间'词人那么沉迷，而且常常生

---

① 叶嘉莹：《迦陵论词丛稿》，上海古籍出版社 1980 年版，第 70 页。

出迷惘惆怅的情绪，有某种节制和反省。"① 可见南唐词在"代言"之外，也有了作者个人情志的渗入。王国维说："冯正中堂庑特大，与中、后二主词，皆在《花间》范围之外。"又说，"词至李后主而眼界始大，感慨遂深，遂变伶工之词而为士大夫之词。"② 即言此意。

从民间词的"感于哀乐，缘事而发"，到文人词的应歌代言，词之体制特征发生了巨大的转变。这既是时代迁换、享乐之风盛行所催生的必然结果，也是作者对词与乐的关系处理采取不同态度，词与乐关系发生变化所引起的。

第二节　北宋词的多元化发展

北宋时期，随着政治的稳定和城市经济的繁荣，以"娱宾遣兴"为主要目的的乐曲、歌词的创作也日新日富，愈加繁盛。同唐五代现存的几百个曲调相比③，北宋时"其急、慢诸曲几千数"④。作为最高统治者的太宗、仁宗都擅长制曲，《宋史·乐志》载："太宗洞晓音律，前后亲制大、小曲及因旧曲创新声者，总三百九十。"又载，"仁宗洞晓音律，每禁中度曲，以赐教坊；或命教坊使撰进，凡五十四曲，朝廷多用之"。徽宗时期的大晟乐府也创制了不少曲调，如《词源》卷下载："迄于崇宁，立大晟府，命周美成诸人讨论古音，审定古调。……而美成

① 余恕诚：《南唐词人的创作及其在词史演进中的地位》，载《安徽师范大学学报》，2000 年第 8 期。
② 王国维：《人间词话》（删稿），滕咸惠校注，齐鲁书社 1986 年版。
③ 据胡震亨《唐音统签》统计，唐五代的流行乐曲共 523 首，但多只有曲名而无曲辞，见诸现存词调者尚不及半。
④ 脱脱等撰：《宋史·乐志》，中华书局 1977 年版。

诸人，又复增演慢曲、引、近，或移宫换羽，为三犯、四犯之曲，按月律为之，其曲遂繁。"其时，民间更是新声竞起，所谓"新声巧笑于柳陌花衢，按管调弦于茶坊酒肆"。"燕馆歌楼，举之万数，不欲繁碎"①。

　　乐曲流变日繁必然导致词调的常换常新，愈积愈多。据"《全宋词》电子计算机检索系统"② 统计，《全宋词》共用词调881 个，若计入同调异体者，总数当超过 1000 个，而其中沿袭唐五代者仅为一百多调。王兆鹏先生曾统计出宋代使用频率最高的 48 个词调，兹录如下：

　　　　浣溪沙　七百七十五首　　水调歌头　七百四十三首
鹧鸪天　六百五十七首

　　　　菩萨蛮　五百九十八首　　满江红　五百四十九首

　　　　念奴娇　五百三十五首　　（含《酹江月》一百零三首）

　　　　西江月　四百九十首　　临江仙　四百八十二首　　减字花木兰　四百二十六首

　　　　沁园春　四百二十三首　　蝶恋花　四百一十六首
点绛唇　三百九十首

　　　　贺新郎　三百六十一首　　清平乐　三百五十五首
满庭芳　三百三十首

　　　　虞美人　三百零四首　　好事近　二百九十六首　　水龙吟　二百九十五首

　　　　朝中措　二百五十九首　　渔家傲　二百五十七首
卜算子　二百四十首

---

① 孟元老：《东京梦华录》，中国商业出版社 1982 年版。
② 南京师范大学张成、曹济平研制，1991 年 9 月通过鉴定。

　　谒金门　二百三十一首　　玉楼春　二百一十一首　南乡子　二百零五首

　　踏莎行　二百零三首　　南歌子　二百首　　柳梢青一百八十八首

　　蓦山溪　一百八十五首　　望江南　一百八十三首　生查子　一百七十八首

　　鹊桥仙　一百七十七首　　浪淘沙　一百七十五首　如梦令　一百五十七首

　　木兰花慢　一百五十三首　　洞仙歌　一百五十二首　诉衷情　一百四十六首

　　青玉案　一百三十七首　　阮郎归　一百三十七首　醉落魄　一百二十九首

　　摸鱼儿　一百二十三首　　瑞鹤仙　一百二十首　　江城子　一百一十七首

　　感皇恩　一百零九首　　小重山　一百零九首　　八声甘州　一百零八首

　　采桑子　一百零八首　　长相思　一百零六首　　醉蓬莱　一百零六首①

　　在这 48 个词调中，既有教坊曲和文人自度曲，也有民间俗调；既有长调慢词，也有短调小令；既有《临江仙》、《蝶恋花》、《虞美人》、《诉衷情》、《长相思》之类宛转抽绎、哀怨缠绵之调，也有诸如《水调歌头》、《念奴娇》、《贺新郎》、《水龙吟》、《八声甘州》这样高亢奔放、激越悲凉之音。词至北宋而一改唐五代词单一的风格韵味，形成"茫茫九派流中国"的多

---

　　① 王兆鹏：《唐宋词史论》，人民文学出版社 2000 年版，第 107 页。

风格、多流派的局面，这与当时新调竞繁的背景有着直接的关联。

一　承五代余绪的宋初小令词坛

五代词风并没有因这一时代的结束而告终，北宋晏殊（991—1055）、欧阳修（1007—1072）、晏几道（1030—1106）等杰出词人或承其余绪，或在此基础上有所提高，使五代词风复盛于宋初。对此，后人多有论及。如刘攽《中山诗话》："晏元献尤喜江南冯延巳歌词。其顾自作，亦不减延巳。"郭麐《灵芬馆词话》卷一："风流华美，浑然天成，如美人临妆，却扇一顾，花间诸人是也。晏元献、欧阳永叔诸人继之。"周济《宋四家词选目录序论》："晏氏父子，仍步温、韦。"刘熙载《艺概》卷四："冯延巳词，晏同叔得其俊，欧阳永叔得其深。"冯煦《六十一家词选例言》："晏同叔去五代未远，馨烈所扇，得之最先，故左宫右徵，和婉而明丽，为北宋依声家初祖。"夏敬观《吷庵词评》："晏氏父子，嗣响南唐二主，才力相敌，盖不特辞胜，尤有过人之情"，等等。

五代和北宋前期文人的词作，往往多有混杂。比如既见于冯延巳《阳春集》，又见于欧阳修《欧阳文忠公近体乐府》的词作，就有 16 首之多。其中《蝶恋花》"庭院深深深几许"、"谁道闲情抛弃久"、"几日行云何处去"等三阕名作，其归属权一直为后世的词学研究者争论不休，至今悬而未决。又如《阮郎归》（南园春半踏青时）既见于冯延巳《阳春集》，又见于晏殊《珠玉词》，还见于欧阳修的《近体乐府》；《贺明朝》（忆昔花间初识面）既见于欧阳修《醉翁琴趣外篇》卷二，又见于《花间集》卷六的欧阳炯词。仅从风格上看，某些词的作者是很难确定的。

宋初小令词坛之承五代余绪，其具体表现大致有三。

首先，宋初小令词人创作合乐歌词的目的，仍然是为了满足宴饮间寻欢作乐的需要。北宋建国后，由于最高统治者的大力倡导，加之城市经济空前繁荣，上层社会宴饮享乐之风盛行。在当时的许多词作中，都随处可见酒筵上以歌舞佐欢的情形。例如：

晏殊《玉楼春》云："春葱指甲轻拢捻。五彩垂绦双袖卷。雪香浓透紫檀槽，胡语急随红玉腕。当头一曲情何限。入破铮琮金凤战。百分芳酒祝长春，再拜敛容抬粉面。"

又云："红绦约束琼肌稳。拍碎香檀催急衮。陇头呜咽水声繁，叶下间关莺语近。美人才子传芳信。明月清风伤别恨。未知何处有知音，常为此情留此恨。"①

欧阳修《减字木兰花》云："画堂雅宴。一抹朱弦初入遍。慢捻轻笼。玉指纤纤嫩剥葱。拨头䫄利。怨月愁花无限意。红粉轻盈。倚暖香檀曲未成。"

又云："歌檀敛袂。缭绕雕梁尘暗起。柔润清圆。百啭明珠一线穿。樱唇玉齿。天上仙音心下事。留往行云。满坐迷魂酒半醺。"

晏几道《鹧鸪天》云："小令尊前见玉箫，银灯一曲太妖娆。歌中醉倒谁能恨？唱罢归来酒未消。春悄悄，夜迢迢。碧云天共楚宫遥。梦魂惯得无拘检，又踏杨花过谢桥。"

从这些词中不难看出，以晏欧为代表的宋初文人词亦多"敢陈薄伎，聊佐清欢"的席间应歌之作，也即强调词体的音乐性和娱乐功能。晏几道《小山词自序》云："叔原往者浮沉酒中，病世之歌词，不足以析酲解愠，试续南部诸贤绪余，作五、七字语，期以自娱。"此即对《花间集序》中"庶使西园英哲，

---

① 此二首并见欧阳修《近体乐府》。

用资羽盖之欢；南国婵娟，休唱莲舟之引"之创作观念的别一种诠释。实际上，宋代文人词体观念的最初确立就表现为对唐五代传统词体观的确认和受容。一方面，他们沉醉于"画堂嘉会，组绣列芳筵"①"金花盏面红烟透。舞急香茵随步皱。青春才子有新词，红粉佳人重劝酒"②的世俗享乐生活，乐于以词佐欢；另一方面，他们又"自重身份"，在词体观念上表现出崇雅黜俗的取向。张舜民《画墁录》卷一载：

> 柳三变既以词忤仁庙，吏部不放改官，三变不能堪，诣政府。晏公曰："贤俊作曲子么？"三变曰："只如相公，亦作曲子。"公曰："殊虽作曲子，不曾道'彩线慵拈伴伊坐'。"柳遂退。

虽以词娱乐，却不忘其文人身份，这正是宋初文人继承唐五代"诗客曲子词"高雅词风的具体体现。

其次，宋初小令词的题材内容依旧沿袭唐五代的"花间"套路，多抒写男女恋慕、伤离念远之情，未曾有较大的超越与突破。

胡仔《苕溪渔隐丛话》前集卷二六载：

> 《诗眼》云：晏叔原见蒲传正曰："先公平日小词虽多，未尝作妇人语也。"传正曰："'绿杨芳草长亭路，年少抛人容易去。'岂非妇人语乎？"晏曰："公谓'年少'为何语？"传正曰："岂不谓其所欢乎？"晏曰："因公之言，遂

---

① 晏殊：《长生乐》，转引自唐圭璋编《全宋词》，中华书局1999年版。
② 欧阳修：《玉楼春》，转引自唐圭璋编《全宋词》，中华书局1999年版。

晓乐天诗两句云：'欲留年少待富贵，富贵不来年少去。'"
传正笑而悟。

晏殊原词《玉楼春》曰：

> 绿杨芳草长亭路，年少抛人容易去。楼头残梦五更钟，
> 花底离情二月雨。　无情不似多情苦，一寸还成千万缕。天
> 涯地角有穷时，只有相思无尽处。

虽然小晏竭力为其父辩解，但细心的读者只要稍加体味就会
明白，晏词中的"年少"乃指闺中人的少年情郎，非白诗中所
指的少年时光，这正是不折不扣的"妇人语"。而事实上，此类
香艳旖旎的词作在大晏词中还不在少数。

比起晏殊来，欧阳修的歌词创作态度更为开放。其部分词作
在表现人物情性方面，往往十分大胆、率露。例如，《盐角儿》
中"增之太长，减之太短，出群风格。施朱太赤，施粉太白，
倾城颜色"。《系裙腰》中"玉人共处双鸳枕，和娇困、睡朦胧。
起来意懒含羞态，汗香融，系裙腰，映酥胸"等词句，再现了
男性视角下歌妓的艳冶情态。又如《南乡子》"行笑行行连抱
得，相挨，一向娇痴不下怀"；《玉楼春》"金雀双鬟年纪小，学
画娥眉红淡扫。尽人言语尽人怜，不解此情惟解笑"等词句，
则形象生动地展现了情窦初开的少女情怀。再如《好女儿令》
"早是肌肤轻渺，抱着了，暖仍香"；《阮郎归》"玉肌花脸柳腰
肢，红妆浅黛眉。翠鬟斜弹语声低，娇羞云雨时"；《滴滴金》
"尊前一把横波溜，彼此心儿有。曲屏深幌解香罗，花灯微透"
等词句，更将男女床第之欢展露无疑。此类词作，即使与以俗艳
而著称的柳永词相比也毫不逊色，难怪一些正统词评家要为其

"辩诬"。宋陈振孙在《直斋书录解题》中说："欧公词多有与《花间》、《阳春》相混，亦有鄙亵之语厕其中，当是仇人无名子所为也。"蔡绦在《西清诗话》中也说"欧词之浅近者，多谓是刘辉伪作"（刘辉曾被欧阳修黜落），甚至在编纂词集时，他们也将欧氏之艳词排除在外。曾慥《乐府雅词序》云："欧公一代儒宗，风流自命，词章幼眇，世所矜式。当时小人或作艳曲，谬为公词，今悉删除。"其实，以"小词"来反映士大夫文人宴饮游赏的私生活，抒写他们心底的艳情绮思，这在当时是再正常不过的事情，刘大杰在《中国文学发展史》中说："（欧阳修）写有几首艳词，正好是他一点私人生活的显露。前人完全以卫道的精神来估价他，似乎近于迂腐了。"[1] 此言甚是。

小山词依然没有摆脱花间、南唐的藩篱。宋代王铚在《默记》中曾略带揶揄地说："叔原妙在得于妇人。"这正点出了其词的特征，受到传统词学观念的影响，小山词题材内容仍局限于"花间"、"尊前"的范畴，艺术风格也偏于阴柔一派，所谓："字字娉娉袅袅，如挽嫱、施之袂，恨不能起莲、鸿、苹、云，按红牙板唱和一过。"[2] 即言此意。

再次，宋初小令词，其对于词调的选取和词与乐关系的处理，也仍然是比较保守的。

北宋时期，新声迭起，为了满足宴饮间寻欢作乐的需要，士大夫文人十分偏爱时调新音。比如外来乐曲一度流行，士民皆趋之若鹜。洪迈《容斋四笔》卷一五载："近世风俗相尚，不以公私宴集，皆为耍曲耍舞，如'渤海乐'之类。"曾敏行《独醒杂

---

① 刘大杰：《中国文学发展史》，上海古籍出版社1997年版。
② 毛晋：《小山词跋》，转引自金启华等编《唐宋词集序跋汇编》，江苏教育出版社1990年版。

志》卷五亦载："先君尝言宣和间客京师时，街巷鄙人多歌蕃曲，名曰《异国朝》、《四国朝》、《六国朝》、《蛮牌序》、《蓬蓬花》等，其言至俚，一时士大夫亦皆歌之。"晏殊《玉楼春》也有"雪香浓透紫檀槽，胡语急随红玉腕"之句。宋初词人欣赏新曲、新声，这在他们的词中也多有体现，所谓"兰堂风软，金炉香暖，新曲动帘帷"①"新曲调丝管，新声更贴霓裳"②"羌管不须吹别怨，无肠更为新声断"③"画堂花入新声别，红蕊调高弹未彻"④等等，但就词调选择而言，他们仍以沿用五代旧音为主。

以晏殊所用词调来看，其《珠玉词》存词 137 首（1 首失调名），用 38 调，其中见于唐五代者为 17 调。在北宋始见的 21 个新调中，除了《渔家傲》（14 首）和《踏莎行》（5 首）多次填写外，其他词调均属偶一染指的尝试之作，五代旧调如《浣溪沙》（13 首）、《木兰花》（11 首）、《破阵子》（5 首）、《喜迁莺》（5 首）、《清平乐》（5 首）等倒是反复咏唱，以 16 个旧调填写的词有 85 首之多。

欧阳修选用的词调较晏殊为多，表现形式也更加多样。现存的 232 首（残篇 1 首）欧词共用 69 调，其中多为北宋"新声"。例如《渔家傲》、《踏莎行》、《千秋岁》、《系裙腰》、《摸鱼儿》、《一落索》等，在原有的本调之外，欧阳修还使用了变调异体，如《减字木兰花》、《踏莎行慢》等，而且，除了小令，他也尝试作长调若干。此外，欧阳修又作 12 首《采桑子》、十二月《渔家傲》二种共 24 首鼓子词，歌唱时用小鼓伴奏，后来发展

---

① 晏殊：《少年游》，转引自唐圭璋编《全宋词》，中华书局 1999 年版。
② 晏殊：《望仙门》，转引自唐圭璋编《全宋词》，中华书局 1999 年版。
③ 欧阳修：《蝶恋花》，转引自唐圭璋编《全宋词》，中华书局 1999 年版。
④ 张先：《木兰花》，转引自唐圭璋编《全宋词》，中华书局 1999 年版。

成为说唱结合的说唱鼓子词。但是，欧阳修对于《玉楼春》、《浣溪沙》、《采桑子》、《蝶恋花》等唐五代旧调仍然情有独钟，其词采用旧调18，填词133首，占全部词作的半数以上。

晏几道与苏轼、黄庭坚同时，其时，可谓新调竞繁，词体大备，然而他在歌词的创作上，却还是相当守旧的。小山词中，吟唱纯熟的几乎清一色是唐五代小令，如《蝶恋花》（15首）、《鹧鸪天（又名思越人）》（19首）、《清平乐》（18首）、《玉楼春》（13首）、《浣溪沙》（21首）、《采桑子》（25首）等，其人口流传的经典之作也大抵出于此，而对于时调新声，小山往往浅尝辄止，不作深入探究。

在词与乐关系的处理上，宋初小令词人谨守唐五代"声声而自合鸾歌"、"字字而偏谐凤律"的填词规范，不但严辨音律，且逐渐对歌词的字声格律提出要求。所谓"凡律其辞则谓之诗，声其辞则谓之歌。"① 夏承焘先生总结唐宋词声律的演变轨迹，说："大抵自民间词入士大夫手中之后，（温）飞卿已分平仄，晏（殊）、柳（永）渐辨上去。"这一方面是由于词与乐关系日益紧密，音律的高低清浊变化必然对声律有所要求；另一方面，唐宋词的格律化又使词脱离音乐成为可能，为词与乐的最终分离埋下了伏笔。

虽然宋初小令词坛的主导倾向是承唐五代之余绪，但其对唐宋词的发展也作出了贡献。晏欧等人以众多的艺术圆熟、意境浑成的典范之作，强化了唐五代文人开创、定型的创作范式，进一步确立了"情真而调逸，思深而言婉"② 的"本色"词的主流

① 郑樵：《通志》卷四九《乐略》。
② 晁谦之：《花间集跋》，转引自金启华等编《唐宋词集序跋汇编》，江苏教育出版社1990年版，第339页。

地位，为宋词鼎盛时期的到来，起到了"导夫先路"的作用。

二　"变旧声作新声"的柳永词

柳永（987？—1053？），字耆卿，初名三变，是宋代第一位专力作词的作者，也是北宋真宗、仁宗时期最著名的词人。他早年游学汴京，"暇日遍游妓馆。所至，妓者爱其有词名，能移宫换羽，一经品题，声价十倍"①。这种"浪子班头"和"词坛领袖"的身份受到了上层统治阶级的鄙视和不满，吴曾《能改斋漫录》记载，"仁宗留意儒雅，务本向道，深斥浮艳虚华之文。初，进士柳三变好为淫冶讴歌之曲，传播四方。尝有《鹤冲天》词云：'忍把浮名，换了浅斟低唱。'及临轩放榜，特落之曰：'且去填词，何要浮名！'"在遭到黜落后，柳永"由是不得志，日与儇子纵游娼楼酒馆间"②，走上了一条与民间歌妓乐工合作的创作道路。一方面，柳永久沉下僚，熟悉市井文化，善于向民间曲词学习。沈雄《古今词话》载，柳永"少读书时"，曾受无名氏《眉峰碧》（蹙破眉峰碧）词启发，"后悟作词章法"，"遂成屯田蹊径"。此虽道听途说，不足为信，但它至少说明了柳词与民间词有着极深的渊源。而且，"柳耆卿为举子时，多游狭邪，善为歌词。教坊乐工每得新腔，必求永为辞，始行于世，于是声传一时"③。另一方面，他本人也精通音律，能够应乐工之邀，缘歌妓所好，"变旧声作新声"或仿旧声创新曲。柳词之所以"大得声称于世"、"天下咏之"，其原因即在于此。

柳永是宋代创调、用调大家，在宋词880多个词调中，有一

---

①　罗烨：《醉翁谈录》丙集卷二，古典文学出版社1957年版。

②　严有翼：《艺苑雌黄》，转引自唐圭璋《词话丛编》，中华书局2005年版。

③　叶梦得：《避暑录话》，转引自《宋元笔记小说大观》，上海古籍出版社2001年版。

百多调是柳永首创或首次使用，另据现代学者统计，柳永现存词213首，分属十七宫调130词调，计入调名相同而宫调不同者，凡155曲。[①]尤其值得注意的是，在柳永的200多首词作中，80字以上的长调有123首，约占总数的78%，这就改变了唐五代以来小令一统词坛的格局，开启了慢词与小令齐头并进的宋词"新天地"。

慢词本发端于民间，非始自柳永。任二北先生说："须知唐代民间歌曲，早已为柳永之先声；柳永固有本而来，并非创获。"[②]敦煌歌辞中就收录有《内家娇》（104字）、《倾杯乐》（110字）、《凤归云》（80字）、《拜新月》（84字）等长调，而唐五代文人慢词也有杜牧的《八六子》（90字）、钟辐的《卜算子慢》（89字）、薛昭蕴的《离别难》（87字）、尹鹗的《金浮图》（94字）等，但整个儿唐五代慢词加在一起不过20余首，还不到柳永现存慢词总数的1/6。宋翔凤《乐府余论》曰："词至南唐以后，但有小令。其慢词盖起宋仁宗朝。中原息兵，汴京繁庶，歌台舞席，竞赌新声。耆卿失意无俚，流连坊曲，遂尽收俚俗言语编入词中，以便伎人传习，一时动听，散播四方。其后东坡、少游、山谷辈相继有作，慢词遂盛。"这段话虽有值得商榷之处，却也大抵揭示出柳永对于慢词的创调创体之功。陈匪石《声执》卷下所云"慢词于宋，蔚为大国。自有三变，格调始成"也言此意。

柳永变小令为慢词长调，不仅从音乐体制上改变和发展了词的声腔体式，而且引起了词体由外而内的革新，启迪和影响了一代词风。

---

① 田玉琪：《柳永用调究竟有多少》，载《中国韵文学刊》2003年第2期。

② 任二北：《敦煌曲初探》，上海文艺联合出版社1954年版，第347页。

　　首先，在柳永手中，慢词创作的艺术法则初步建立，这就为后来的慢词创作积累了宝贵的经验。

　　由小令到慢词，篇幅的扩大，体制的变化，需要与之相适应的表现手法。近人夏敬观《手评乐章集》评柳永慢词曰："用六朝小品文赋作法，层层铺叙，情景兼融，一笔到底，始终不懈。"这正指出了柳永词艺术创新之所在。所谓"赋"，刘勰《文心雕龙·诠赋》篇曰："赋者，铺也，铺采摛文，体物写志也。"就是以铺陈为能事，用细腻的描摹，层层的渲染，"敷陈其事而直言之"①，达到"写物图貌，蔚为雕画"② 的艺术效果。在柳永的长调慢词中，这种"铺采摛文"、"敷陈其事"的表现手法得到了淋漓尽致的发挥。比如同样写思妇情态，温庭筠词云：

　　　　南园满地堆轻絮，愁闻一霎清明雨。雨后却斜阳，杏花零落香。无言匀睡脸，枕上屏山掩。时节欲黄昏，无憀独倚门。

（《菩萨蛮》）

而柳永词则这样写：

　　　　绣帏睡起。残妆浅，无绪匀红补翠。藻井凝尘，金梯铺藓。寂寞凤楼十二。风絮纷纷，烟芜苒苒，永日画阑，沉吟独倚。望远行，南陌春残悄归骑。凝睇。消遣离愁无计。但暗掷、金钗买醉。对好景、空饮香醪，争奈转添珠泪。待伊游冶归来，故故解放翠羽，轻裙重系。见纤腰，图信人憔悴。

（《望远行》）

---

① 朱熹：《诗集传》，上海古籍出版社1980年版。
② 刘勰：《文心雕龙》，北京燕山出版社2001年版。

温氏小令中思妇的形象是朦胧的，情感是含蓄的，似有却无、欲说还休，具有"思深而言婉"的特性。张炎《词源》卷下云"词之难于令曲，如诗之难于绝句。不过数句，一句一字闲不得"，即指出短小的体制对于小令内容表达的制约。相比之下，柳氏慢词却能不紧不慢地将思妇的妆容、居住环境、行为举止乃至细腻的心理活动娓娓道来，极尽描摹渲染之能事。对此，前代论词评家亦多有论及，如李之仪《跋吴思道小词》谓其"铺叙展衍，备足无余"，王灼《碧鸡漫志》谓其"叙事闲暇，有首有尾"，周济《介存斋论词杂著》谓其"铺叙委宛，言近意远"，刘熙载《艺概》谓其"细密而妥溜，明白而家常，善于叙事，有过前人"，凡此种种，都说明柳永慢词长于铺叙形容的特征。

一般而言，小令篇幅短小，作者无法在词中展开腾挪跌宕、开合交换之致，因此，令词短调的结构都比较简单。而慢词长调既然要容纳更多的内容，又要运用铺叙形容的表现手法，那就必然要注意章法结构的安排。在这方面，柳永的经验虽未臻成熟，却也为后人提供了一些成功的范例。比如被人称赞为"《离骚》寂寞千年后，《戚氏》凄凉一曲终"的长调《戚氏》：

> 晚秋天，一霎微雨洒庭轩。槛菊萧疏，井梧零乱，惹残烟。凄然，望江关，飞云黯淡夕阳间。当时宋玉悲感，向此临水与登山。远道迢递，行人凄楚，倦听陇水潺湲。正蝉吟败叶，蛩响衰草，相应喧喧。
>
> 孤馆度日如年，风露渐变，悄悄至更阑。长天净，绛河清浅，皓月婵娟。思绵绵，夜永对景，那堪屈指，暗想从前。未名未禄，绮陌红楼，往往经岁迁延。 帝里风光好，当年少日，暮宴朝欢。况有狂朋怪侣，遇当歌对酒竟留连。

别来迅景如梭，旧游似梦，烟水程何限？念利名、憔悴长萦绊，追往事、空惨愁颜。漏箭移，稍觉轻寒，渐呜咽、画角数声残。对闲窗畔，停灯向晓，抱影无眠。

蔡嵩云《柯亭词论》评曰："'晚秋天'一首，写客馆秋怀，本无甚出奇，然用笔极有层次。初学慢词，细玩此章，可悟谋篇布局之法。"其词"第一遍，就庭轩所见，写到征夫前路。第二遍，就流连夜景，写到追怀昔游。第三遍，接写昔游经历，仍落到天涯孤客，竟夜无眠情况，章法一丝不乱。"从对悲秋愁绪的渲染，宕开一笔写到长夜的幽思，最后归结到厌倦追名逐利的官场生活这一主旨上来，篇幅虽然庞大，却有收有放，有合有开，脉络清晰，有条不紊。而且，"第二遍自'夜永对景'至'往往经岁迁延'，第三遍自'别来迅景如梭'至'追往事空惨愁颜'，均是数句一气贯注。屯田词，最长于行气，此等处甚难学"。由此更可见柳永对于慢词之结构布局的熟练驾驭能力。

为了使慢词铺叙"语气贯串，不冗不复，徘徊宛转，自然成文"①，柳永在词意起伏转接处常用提领笔墨。比如下面一首词：

望处雨收云断，凭阑悄悄，目送秋光。晚景萧疏，堪动宋玉悲凉。水风轻、蘋花渐老，月露冷、梧叶飘黄。遣情伤。故人何在，烟水茫茫。难忘，文期酒会，几孤风月，屡变星霜。海阔山遥，未知何处是潇汀！念双燕、难凭远信，指暮天、空识归航。黯相望，断鸿声里，立尽斜阳。

（《玉蝴蝶》）

---

① 彭孙遹：《金粟词话》，转引自唐圭璋《词话丛编》，中华书局 2005 年版。

"望处"二字统领全篇，言凭阑远望之意。对于晚秋萧疏之景的描绘，既是实写，又为下文离思渲染环境。"遣情伤"三句牵起怀人之感，俞陛云《唐五代两宋词选释》评曰："'情伤'以下至结句黯然销魂，可抵江淹《别赋》，令人增《蒹葭》怀友之思。"下片"难忘"二字陡接，极言年华易逝、故人难聚的感伤，而结尾，又与篇首相呼应，照应全文。周济《宋四家词选》曾云："柳词总以平叙见长。或发端，或结尾，或换头，以一二语勾勒提掇，有千钧之力。"此言诚是。

除了上述手法，柳词中还运用了"横插"、"逆入"、"倒绾"等写法，这些手法和技巧对后人影响很大。夏敬观《手评乐章集》说："（柳词慢词）章法大开大阖，为后起清真、梦窗诸家所取法。"还说："周词渊源，全自柳出。其写情用赋笔，纯是屯田家法。"可见柳永在这方面的开山之功。当然，由于尚属摸索尝试阶段，经验还不丰富，柳词的章法技巧远不如周邦彦词成熟老辣，对此，夏敬观先生《手评乐章集》又评论曰："耆卿多平铺直叙，清真特变其法，一篇之中，回环往复，一唱三叹。故慢词始盛于耆卿，大成于清真。"这就大抵指出了慢词的发展成熟轨迹。

其次，柳永词扩大和深化了词的内容和题材。

晚唐五代和宋初的文人小令词，由于体制短小，又局限于上层社会的"花间"、"尊前"，艺术视野较为狭窄，大多是表现爱情的悲欢离合或惜时悯生等普泛化的情感。此类词以"代言"为特征，强调对各种细微的情感震颤和官能感受的捕捉，蕴涵着一定的人生普遍性。如孙光宪《北梦琐言》卷四云："宣宗爱唱《菩萨蛮》词，令狐相国假其（温庭筠）新撰密进之。"此词言闺中思妇独处的情怀，所写的内容都是温氏拟想，与其本人几乎没有任何关涉，是典型的"男子而作闺音"之作。而柳永的词，却将抒情主人公由"佳人"转换到"自我"，变原来的"代言"为"实说"（项平斋云："学诗当学杜诗，学词当学柳词。""杜诗柳词皆无表德，只是实说。"）① 由此拓宽了词境，丰富了词的题材内容。

其一，柳词描绘了北宋社会的"太平气象"。黄裳《演山集》卷三五评柳词有云："予观柳氏乐章，喜其能道嘉祐中太平气象，如观杜甫诗，典雅文华，无所不有。……令人歌柳词，闻其事，听其词，如丁斯时，使人慨然所感。呜呼，太平气象，柳能一写于乐章，所谓词人盛世之黼藻，岂可废也？"虽然五代和宋初的其他词人也有歌咏太平的词，如毛文锡的《甘州遍》（春光好），晏殊的《望仙门》（玉池波浪碧如鳞）等，但柳永却第一次用词将一个时代的"承平气象""形容曲尽"②，甚至达到了"形容盛明，千载如逢当日"③ 的地步。以柳永的都市风光词为例，如其歌咏京城清明节的《木兰花慢》：

> 拆桐花烂漫，乍疏雨、洗清明。正艳杏烧林，缃桃绣野，芳景如屏。倾城。尽寻胜去，骤雕鞍绀幰出郊坰。风暖繁弦脆管，万家竞奏新声。盈盈。斗草踏青。人艳冶、递逢迎。向路傍往往，遗簪堕珥，珠翠纵横。欢情。对佳丽地，信金罍罄竭玉山倾。拼却明朝永日，画堂一枕春醒。

---

① 施蛰存：《宋元词话》，上海书店出版社 1999 年版，第 479 页。
② 陈振孙：《直斋书录解题》卷二一，转引自唐圭璋《词话丛编》，中华书局 2005 年版。
③ 李之仪：《跋吴思道小词》，转引自金启华等编《唐宋词集序跋汇编》，江苏教育出版社 1990 年版。

此词所记盛况可与《东京梦华录》中的"清明"条相互印证。其他如《一寸金》写成都："地胜异，锦里风流，蚕市繁华，簇族歌台舞榭。"《瑞鹧鸪》写苏州："万井千闾富庶，雄压十三州。触处青娥画舸，红粉朱楼。"《临江仙》写扬州："鸣珂碎撼都门晓，旌旗拥下天人。马摇金辔破香尘，壶浆盈路，欢动一城春。"《望海潮》写杭州："烟柳画桥，风帘翠幕，参差十万人家""市列珠玑，户盈罗绮、竞豪奢"。罗大经《鹤林玉露》卷一载金主完颜亮闻歌柳永这首《望海潮》，"欣然有慕于三秋桂子、十里荷花，遂起投鞭渡江之志"。

柳永这些颂扬"太平气象"的歌词，不但在当世具有着"轰动效应"，而且对后世产生了很大影响。擅长歌功颂德的大晟词人如沈唐、李甲、孔夷、孔榘、晁端礼、万俟咏等人，其"源流从柳氏来"[①] 自不必论，而罗大经在批评南宋的康与之时也说："伯可专应制为歌词，谀艳粉饰，于是声名扫地，而世但以比柳耆卿辈矣。"[②] 当然，与上述宫廷词人相比，柳永虽也有以词谀世之心，如其《玉楼春》《星闱上笏金章贵》《凤楼郁郁呈嘉瑞》三首就是为太子而作，但其大多数词的平民视角却从客观上为我们描绘了一幅幅北宋都市的社会风情画，再现了承平时期的繁盛场面。

其二，柳词"尤工于羁旅行役"。

柳永一生仕途坎坷，沉沦下僚。漂泊失意的宦游经历，使其对羁游生活深有感触，写下了许多表现"羁旅行役"之思的词篇。在现存的213首柳词中，与羁旅行役有关的词作就有73首，

---

① 王灼：《碧鸡漫志》卷二，转引自唐圭璋《词话丛编》，中华书局2005年版。

② 罗大经：《鹤林玉露》乙编卷四，中华书局1997年版。

占总数的 1/3 强。

与其歌咏"太平气象"的词作相比，柳永的羁旅行役词内涵较丰富，将封建社会落拓文人内心的郁郁不平、苦闷彷徨、凄凉落寞表现得淋漓尽致。如下面一首词：

> 远岸收残雨。雨残稍觉江天暮。拾翠汀州人寂静，立双双鸥鹭。望几点、渔灯隐映蒹葭浦。停画桡、两两舟人语。道去程今夜，遥指前村烟树。游宦成羁旅。短樯吟倚闲凝伫。万水千山迷远近，想乡关何处。自别后、风亭月榭孤欢聚。刚断肠、惹得离情苦。听杜宇声声，劝人不如归去。
>
> （《安公子》）

作为一个失意潦倒的下层文人，柳永有着深沉的内心悲哀。"游宦成羁旅"、"刚断肠、惹得离情苦"，以及"劝人不如归去"表明了词人对现实遭遇的绝望和无奈。在这里，词中寥廓萧疏的自然景致既不同于前述都市词中花团锦簇的芳景，词中的思想感情也相对有所深化。

柳永的游踪，一度远及西蜀和江浙，伴随其宦游的足迹，词的境界开阔了，江南的水村鱼市，淮楚的万里秋霜，西北的长河落日等自然山水空间，一一展现于词中；词的题材丰富、扩展到广阔的社会生活；词的抒情取向也由原来的单一化转而多元化，不但抒发艳情绮思，也侧重表达对个体生存苦闷、自我艰舛命运的沉思和体验。这就冲破了传统文人小令词局限。如其在睦州所作《满江红》：

> 暮雨初收，长川静、征帆夜落。临岛屿、蓼烟疏淡，苇风萧索。几许渔人飞短艇，尽载灯火归村落。遣行客、当此

念回程，伤漂泊。

　　桐江好，烟漠漠。波似染，山如削。绕严陵滩畔，鹭飞鱼跃。游宦区区成底事，平生况有云泉约。归去来、一曲仲宣吟，从军乐。

　　抒写了作者厌倦漂泊和怀乡思归的心情。由于此词生动地描绘了桐江的自然美景，当地人"会吴俗岁祀，里巫迎神，但歌《满江红》"①。

　　从总体而言，柳永的拓宽题材，开拓词境，更多的是对生活的直观感受和亲身体验的实录，亲切感人但缺乏对人生、社会的整体把握，充满了感伤自怜的情绪却难以达到哲理意味上的解脱与超越，而且，即便是在羁旅行役词中，柳永也多以风流多情的"才子词人"的形象出现，而真正以士大夫的身份面貌出现在词中，并且将自己的人生思考和思想境界完全融入词中的文人，当属苏轼。

　　其三，叙写男女恋情，反映歌妓生活。

　　除了形容"承平气象"和抒写羁旅之思外，柳词的主要内容更在于叙写男女恋情，表现歌妓生活。张端义《贵耳集》卷上曰："盖词本管弦冶荡之音，而永所作旖旎近情，故使人易入。"黄昇《唐宋以来绝妙词选》说柳永"长于纤艳之词"，毛晋《乐章集跋》说柳词"尤工于闺帏淫媟之语"，邓廷桢《双砚斋词话》说"《乐章集》中，冶游之作居其半，率皆轻浮猥媟"，刘熙载《艺概》说柳词"绮罗香泽之态，所在多有"，等等，与传统文人词中的爱情意识相比较，柳词中的爱情意识在一定程度

_____

　　① 文莹：《湘山野录》，中华书局 1984 年版。

上呈现出"爱情至上"的市民化色彩，"也更加带有着'平等'和'普遍'的意味"。①

前者以那首遭晏殊讥诮的《定风波》为例：

> 自春来、惨绿愁红，芳心是事可可。日上花梢，莺穿柳带，犹压香衾卧。暖酥消，腻云亸。终日厌厌倦梳裹。无那。恨薄情一去，音书无个。　早知恁么。悔当初、不把雕鞍锁。向鸡窗、只与蛮笺象管，拘束教吟课。镇相随，莫抛躲。针线闲拈伴伊坐。和我。免使年少，光阴虚过。

在女主人公看来，"镇相随，莫抛躲。针线闲拈伴伊坐"之类甜蜜而琐碎的爱情生活，才是人生最可宝贵的，而所谓的仕途经济、功名利禄与之相比都黯然失色。

基于这种思想，柳永的恋情词也就格外大胆、格外袒露。有些词直接描写男女相恋、相聚的欢愉之情，如《昼夜乐》："洞房饮散帘帏静。拥香衾，欢心称。金炉麝袅青烟，帐烛摇红影。无限狂心乘酒兴。这欢娱、渐入嘉景。"《燕归梁》："轻蹑罗鞋掩绛绡。传音耗、苦相招。语声犹颤不成娇。乍见得，两魂消。"此类艳词又往往用通俗的语言，表现市民的生活和感情，如《宣清》："至更阑、疏狂转甚，更相将、凤帏鸳寝。玉钗乱横，任散尽高阳，这欢娱，甚时重恁？"《菊花新》："须臾放了残针线，脱罗衫、恣情无限。留取帐前灯，时时待、看伊娇面。"《两同心》："锦帐里，低语偏浓；银烛下，细看俱好。那人人，昨夜分明，许伊偕老。"情趣、语言、格调都是世俗的，迎合了市民的审美情趣。也有些词着重表现词人宦游漂泊之际，

---

① 杨海明：《唐宋词史》，天津古籍出版社 1998 年版，第 299 页。

对往昔欢洽之情的追忆和对再度重逢的向往。如《昼夜乐》："一场寂寞凭谁诉？算前言、总轻负。早知恁地难拚，悔不当时留住。其奈风流端正外，更别有、系人心处。一日不思量，也攒眉千度。"《法曲献仙音》："追想秦楼心事，当年便约，于飞比翼。每恨临歧处。正携手、翻成云雨离拆。念倚玉偎香，前事顿轻掷。"作者更将此种感情层层积淀，进而发出了为后世读者所乐道的"痴情之语"：

> 伫倚危楼风细细。望极春愁，黯黯生天际。草色烟光残照里，无言谁会凭栏意？拟把疏狂图一醉。对酒当歌，强乐还无味。衣带渐宽终不悔，为伊消得人憔悴。
>
> （《凤栖梧》）

这种发自肺腑，一往情深的恋情词，尤其显得真挚和可贵。后者则主要表现在词人对待女性（尤其是歌妓）的态度上。柳永一生"多游狭邪"，长期混迹于歌坊勾栏之中，因此熟悉下层歌妓的生活。在柳词中，有相当一部分是描写这些女性的遭际和感情的。如：

> 已受君恩顾，好与花为主。万里丹霄，何妨携手同归云去。永弃却、烟花伴侣，免教人见妾，朝云暮雨。
>
> （《迷仙引》）
>
> 近来云雨忽西东。诮恼损情悰。纵然偷期暗会，长是匆匆。争似和鸣偕老，免教敛翠啼红。眼前时、暂疏欢宴，盟言在、更莫忡忡。待作真个宅院，方信有初终。
>
> （《集贤宾》）

揭示了她们对于正常家庭生活和爱情生活的渴望。

柳永还在词中真诚地表露自己对于歌妓的相思和相恋之情，而这种真挚的情感又是建立在尊重对方的思想基础之上的。如：

> 须信画堂绣阁，皓月清风，忍把光阴轻弃。自古及今，佳人才子，少得当年双美。且恁相偎倚，未消得怜我，多才多艺。愿奶奶、兰心蕙性，枕前言下，表余深意。为盟誓，今生断不孤鸳被。
>
> （《玉女摇仙佩》）
>
> 须知最有，风前月下，心事始终难得。但愿我、虫虫心下，把人看持。长似初相识。况渐逢春色，便是有、举场消息。待这回、好好怜伊，更不轻拆。
>
> （《征部乐》）
>
> 缱绻。洞房悄悄，绣被重重，夜永欢余。共有海约山盟，记得翠云偷剪。和鸣彩凤于飞燕，向柳径花阴携手遍。情春恋，问其间、密约轻怜事何限。忍聚散，况已结深深愿。愿人间天上，暮云朝雨长相见。
>
> （《洞仙歌》）

从这些山盟海誓的切切情语中，流露出词人对于恋人的关切和怜爱，较传统文学作品中"男尊女卑"的创作模式有所突破，也在一定程度上开启了后代文学中表现反封建爱情理想的先河。

当然，柳永的恋情词中也存在着一定数量的媚俗甚至庸俗之作，如其《西江月》：

> 师师生得艳冶，香香于我情多。安安那更久比和。四个打成一个。　幸自苍皇未款，新词写处多磨。几回扯了又重

挪。奸字中心著我。

此类充满着色欲情味的"狎妓"之作，无论从思想意义还是从美学意义而言，都没有太大的价值。

沈曾植《菌阁琐谈》曰："五代之词促数，北宋盛时啴缓，皆缘燕乐音节蜕变而然，即其词可想见其缠拍。《花间》之促碎，羯鼓之白雨点也，《乐章》之啴缓，玉笛之迟其声以媚之也。"由此可见，音乐的变化，引起了词在体制、格式上的演变，而这种演变，又在一定程度上影响了词的题材内容和表现手法，词体由小令到长调，正是经历了这样的发展过程。

三　"新天下耳目"的东坡词

王灼《碧鸡漫志》卷二云："长短句虽至本朝盛，而前人自立，与真情衰矣。东坡先生非心醉于音律者，偶尔作歌，指出向上一路，新天下耳目，弄笔者始知自振。"胡寅《题〈酒边词〉》亦称："词及眉山苏氏，一洗绮罗香泽之态，摆脱绸缪宛转之度，使人登高望远，举首高歌，而逸怀浩气，超然乎尘垢之外。"这些评论都指出了苏轼在歌词创作方面的革故鼎新之功。苏轼继柳永之后，对词体进行了较为全面的改革，他率先在理论上破除"诗尊词卑"的传统观念，提高了词的文学地位，突破了"词为艳科"的藩篱，从而为宋词开出一条宽广的革新之路。

苏轼对词体词风的变革，与他不以词意屈从声律，而是让形式服从于内容的创作主张和诗词一脉的词学观念有着密切关联。

首先，在形式上，苏轼冲破了声律的束缚，使词由原来的音乐附属品逐渐发展为一种相对独立的新型诗体。

东坡词不"协律"，这是宋代很多人的看法。如陈师道在《后山诗话》中说："退之以文为诗，子瞻以诗为词，如教坊雷大使之舞，虽极天下之工，要非本色。""非本色"就包含了对东坡词"不协律"的批评。苏门学士晁补之也指出："苏东坡词，人谓多不谐音律。"① 李清照在《论词》中说东坡词乃"句读不葺之诗耳，又往往不协音律。"宋人彭乘《墨客挥犀》还讥谑说："子瞻常自言平生三不如人，谓着棋、吃酒、唱曲也。然三者亦何用于人？子瞻之词虽工，而多不入腔，正以不能唱曲耳。"凡此种种表明，词至苏轼，文学对于音乐的依附关系已开始动摇，但是，这并不等于说，苏轼不懂音律，也不是说东坡词完全不"协律"、不"入腔"。

事实上，《东坡乐府》中的大部分篇章都入律可歌。比如为了应歌，苏轼经常在酒筵歌席上当场创作，随即付之歌妓的歌喉管弦。其《减字木兰花》中有四首标明："赠君猷家姬"和"赠徐君猷三侍人"（为妩卿、胜之、庆姬），其《南乡子》词序云："用前韵赠田叔通家舞鬟"，此类咏妓、赠妓词显然是"雪儿、啭春莺辈"可歌的。又据吴曾《能改斋漫录》载："东坡元祐末自礼部尚书帅定州日，官妓因宴，索公为《戚氏》词。公方与客坐论穆天子事，颇讶其虚诞，遂资以应之。随声随写，歌竟篇就，才点定五六字。坐中随声击节，终席不问它词，亦不容别进一语。""坐中随声击节，终席不问它词"，足见东坡词之合乐中节。另据《岁时广记》卷一八引《古今词话》载，熙宁九年上巳，作为徐州太守的苏轼作《满江红》（东武城南），"俾妓歌之，满坐欢甚"，可见其词不但可歌，而且产生了良好的音乐效果。

除了传统意义上的即席应歌之作外，苏轼的其他作品也有入乐记载。如陆游《老学庵笔记》引晁以道语："绍圣初，与东坡

---

① 吴曾：《能改斋漫录》，转引自唐圭璋《词话丛编》，中华书局 2005 年版。

别于汴上，东坡酒酣，自歌《阳关曲》。"苏轼三首《阳关曲》，一为《赠张继愿》，一为《答李公择》，一为《中秋月》，据俞樾《湖楼笔谈》卷六辨析，其四声平仄皆与王维原作《渭城曲》相符，故宜于唱。而且，苏轼在《记阳关第四声》中，对《阳关曲》的三叠歌法有甚为精到的论断。① 沈祖棻认为，这正可用来"作为苏轼通词乐、明音律的证明"。② 又如《水调歌头》（明月几时有）一出，"都下传唱此词"③《永遇乐》（明月如霜）"方具稿"，已"传于城中"。④《洞仙歌》（冰肌玉骨）乃"腔出近世，五代及国初皆未之有也"⑤，郑文焯《手批东坡乐府》赞此词乐调悠扬，"其声亦如空山鸣泉，琴筑并奏"。苏轼还能将不协律之作改为合乐之作。其《哨遍》（为米折腰）序云："陶渊明赋归去来，有其词而无其声。……乃取《归去来词》，稍加檃栝，使就声律……使家童歌之，时相从于东坡，释耒而和之，扣牛角而为之节，不亦乐乎？"由此看来，这首词的合乐效果也还不错。

上述种种材料表明，笼统地说苏轼词"不协律"、"非本色"非但失之偏颇，而且不合实际。

但是，苏轼词中也确实存在着某些不合律之处。以那首脍炙人口的《念奴娇·赤壁怀古》为例，丁绍仪《听秋声馆词话》批评说："东坡赤壁怀古《念奴娇》词，盛传千古而平仄句调都不合格。"陈栩、陈小蝶在《考正白香词谱》中也指出："东坡

---

① 见《东坡题跋》卷二，据《津逮秘书》本第十二集。

② 沈祖棻：《苏轼与词乐》，载《徐州师院学报》1978 年第 1 期。

③ 陈元靓：《岁时广记》卷三一引《复雅歌词》。

④ 曾敏行：《独醒杂志》卷三，转引自《宋元笔记小说大观》，上海古籍出版社 2001 年版。

⑤ 张邦基：《墨庄漫录》，转引自《宋元笔记小说大观》，上海古籍出版社 2001 年版。

词第二句作'浪淘尽，千古风流人物'，后阕第二三句，作'小乔初嫁了，雄姿英发'，句法皆有参差。盖坡公词，只尚才气，放意为之，初不沾沾于音律者也。"① 王又华《古今词论》引毛稚黄语进一步指出："东坡'大江东去'词，'故垒西边人道是三国周郎赤壁'，论调则当于'是'字读断，论意则当于'边'字读断。'小乔初嫁了雄姿英发'，论调则'了'字当属下句，论意则'了'字当属上句。'多情应笑我早生华发'，'我'字亦然。"再如苏轼的《水龙吟·次韵章质夫杨花词》，最后三句的点断就与词律不合。章质夫原词的断句是符合词律的："望章台路杳，金鞍游荡，有盈盈泪。"而苏轼却打破词律，点断成："细看来，不是杨花，点点是离人泪。"这样的修改，显然更加符合词意。

　　词本音乐文学，依曲定体、按谱填词的创作规范使其对音乐有着极强的依赖性。由于必须"协律"可歌，歌词在句数、句式、平仄、韵律等方面都有较为严格的要求，而精通音律也就成了作词的一个重要条件。如李清照《词论》即指出："盖诗文分平侧，而歌词分五音，又分五声，又分六律，又分清浊轻重。……本押仄声韵，如押上声则协；如押入声，则不可歌矣。"张炎《词源》亦云："词之作必须合律。"夏承焘先生《词源注》曰："指合于音律、乐谱。"精严的合乐要求在很大程度上影响了词体的独立性，制约了词体对于多种情志的抒写。东坡词的所谓"不协律"，一方面是由于他"才情极大，不为时曲束缚"，在对待歌词入乐的问题上，有时不甚经意从而导致了疏失；另一方面，东坡词的不合律，又往往是一种故意的行为。正

① 陈栩、陈小蝶：《考正白香词谱》卷三，上海古籍书店 1981 年据振始堂1918 年复印本。

如程千帆先生所说："东坡词乃是为了造成与柳永对峙的新词风，扩大词境，而有意在某种程度上摆脱音律对词的束缚的。"[①]苏轼主张写词当以词意为主，音乐不过是表情达意的工具。当词乐和谐，音乐有助于文词的传达时，其词当然协律；而当词乐不协，词受制于乐时，在一定程度上突破音律的制约也就显得十分必要了。

苏轼不僵守词律曲调的做法，虽然遭到不少持"本色论"的词论家的诟病，但更多人是肯定他的开拓创新的，如宋代赵令畤《侯鲭录》卷八引鲁直语云："东坡居士曲，世间所见者数百首，或谓于音律小不谐。居士词横放杰出，自是曲子缚不住者。"陆游认为："公非不能歌，但豪放，不喜剪裁以就声律耳。试取东坡诸词歌之，曲终，觉天风海雨逼人。"[②]刘辰翁也赞扬说："词至东坡，倾荡磊落，如诗，如文，如天地奇观，岂与群儿雌声学语较工拙。"[③]又如金元好问《遗山先生文集》卷三六《新轩乐府引》云："自东坡一出，性情之外，不知有文字，真有'一洗万古凡马空'气象。"清陈廷焯《词坛丛话》云："东坡词独树一帜，妙绝古今，虽非正声，然自是曲子内缚不住者。不独耆卿、少游不及，即求之美成、白石，亦难以绳尺律之也。"陈廷焯《白雨斋词话》卷一还指出："昔人谓东坡词非正声，此特拘于音调言之。而不究本原之所在。眼光如豆，不足与之辩也。"这些评论都切中肯綮，给诘难东坡词"不协律"者以有力的反击。刘大杰先生在《中国文学发展史》中对苏轼部分词不合音律的现象从词与乐关系发展的角度作出了这样的解释，

---

① 程千帆：《读苏札记》，载《光明日报》1956 年 12 月 23 日。

② 陆游：《老学庵笔记》，中华书局 1979 年点校本。

③ 刘辰翁：《辛稼轩词序》，转引自金启华等编《唐宋词集序跋汇编》，江苏教育出版社 1990 年版。

他说："词本由合乐而产生，因此词在最初的阶段，音乐的生命重于文学的生命。自五代至宋初，词必协律，而成为可唱的曲。到了苏轼的词，他并非完全废弃词的音乐性，但他并不重视词的音乐性……他并不是不懂音律。也不是不能作可歌的词，他的与人不同处，是为文学而作词，不完全是为歌唱而作词，这一个转变，是词的文学的生命重于音乐的生命。"① 歌词逐渐摆脱对音乐的依赖，演变发展成为相对独立的抒情诗，这不仅是唐宋词史上的一场重大革命，也是中国文学史上的一次创新。"苏轼突破格律的词作，乃是适应发展趋势的，其意义应予充分估计"②，虽然这种革新主张直到南宋才被普遍接受并被发扬光大。

其次，苏轼突破了"词为艳科"的藩篱，其词"无意不可入，无事不可言"③，能够像诗文一样反映广阔的社会和人生。

在词学观念上，苏轼认为诗词同源，一脉相承，词乃"诗之苗裔"。如论及张先一生的文学成就，其云："清诗绝俗，甚典而丽，搜研物情，刮发幽翳。微词婉转，盖诗之裔。"因此他常常将诗与词相提并论，如他称赞柳永《八声甘州》词中的名句："此语于诗句不减唐人高处。"④ 又如他在《与蔡景繁书》中说："颁示新词，此古人长短句诗也。"在《答陈季常书》中云："又惠新词，句句警拔，诗人之雄，非小词也。"正是由于有这样的词学观，苏轼的歌词创作也向诗歌靠拢，成为"以诗为词"的典范。

苏轼"以诗为词"的重要内涵之一，就是扩大词体的表现

---

① 刘大杰：《中国文学发展史》，上海古籍出版社1997年版，第676—677页。
② 王水照、朱刚：《苏轼评传》，南京大学出版社2004年版，第450页。
③ 刘熙载《艺概》，上海古籍出版社1978年版。
④ 赵令畤：《侯鲭录》卷七，转引自《宋元笔记小说大观》，上海古籍出版社2001年版。

功能，使词走出狭窄的"花间"、"尊前"，像诗一样可以充分表现作者的主体意识和性情怀抱。清人叶燮说："词之意之调之语之音，揆其所宜，当是闺中十五六岁柔妩婉娈好女，得之于秀幄雕阑，低鬟扶鬓、蹙黛微吟，调粉泽而书之，方称其意其调其语其音。若须眉男子而作此生活，试一设身处地，不亦赧然汗下耶？无已，则仍以须眉本色如苏如辛而为之，须眉之本色存，而词之本色亡矣。"① 撇开叶燮的本色论不谈，则其确乎准确地指出了苏辛"须眉本色"词与传统女性词之间的差异。近人龙沐勋也注意到了苏轼词的这个特点，他说："（苏轼词）悍然不顾一切，假斯体以表现自我之人格与性情抱负，乃与当时流行歌曲，或应乐工歌妓之要求，以为笑乐之资者，大异其趣。"②

苏轼的某些词，带有着较浓的政治色彩和较强的现实感受性。例如，苏轼在宋神宗熙宁七年（1074）由杭州赴密州途中所写的《沁园春》（词前有小序，曰："赴密州早行，马上寄子由。"）：

> 孤馆灯青，野店鸡号，旅枕梦残。渐月华收练，晨霜耿耿；云山摛锦，朝露溥溥。世路无穷，劳生有限，似此区区长鲜欢。微吟罢，凭征鞍无语，往事千端。当时共客长安。似二陆初来俱少年。有笔头千字，胸中万卷，致君尧舜，此事何难。用舍由时，行藏在我。袖手何妨闲处看。身长健，但优游卒岁，且斗尊前。

此词一改传统词体"花情柳思"和"浅斟低唱"的世俗风

① 叶燮：《己畦文集》卷八《小丹丘词序》。
② 龙沐勋：《两宋词风转变论》，载《词学季刊》第二卷第一号。

情，表现出士大夫忧国忧民的情怀。无论是年少时致君尧舜的雄心壮志，还是人到中年历经坎坷后的欷歔慨叹，都体现出词人强烈的社会责任感和事业心。其他如《江神子》"谩道帝城天样远，天易见，见君难"，《满庭芳》"老去君恩未报，空回首、弹铗悲歌"，《千秋岁》"道远谁云会，罪大天能盖。君命重，臣节在"等词句中，也无不涌动着词人忠君爱国的热情。所以有人说："苏轼让充满进取精神、胸怀远大理想、富有激情和生命力的仁人志士昂首走入词世界，改变了词作原有的柔软情调，开启了南宋辛派词人的先河。"①

在表现个人情志的同时，东坡词又揭示了自我内心的矛盾冲突。比如他在熙宁十年（1077 年）所作《水调歌头》：

> 安石在东海，从事鬓惊秋。中年亲友难别，丝竹缓离愁。一旦功成名遂，准拟东还海道，扶病入西州。雅志困轩冕，遗恨寄沧州。岁云暮，须早计，要褐裘。故乡归去千里，佳处辄迟留。我醉歌时君和，醉倒须君扶我，惟酒可忘忧。一任刘玄德，相对卧高楼。

据词序，此词乃为和其弟苏辙而作，因原作"其语过悲"，故"以退而相从之乐为慰云耳"。苏轼一生屡经宦海沉浮，心中充满了山林与轩冕、出与处、进与退、得与失、荣与辱、苦与乐等多重矛盾。这些矛盾投射、外化在他的词作中，不仅使抒情主体的形象分外饱满、厚重，而且加强了词的现实感和深度。

与诗文一样，苏轼词中还常常表现对于整个人生、整个人类，甚至整个宇宙之目的和意义的宏观思考。早在 28 岁时，他

---

① 袁行霈主编：《中国文学史》，高等教育出版社 1999 年版，第 78 页。

就写下了"身外傥来都似梦，醉里无何即是乡"（《十拍子》）这样大彻大悟的词句。而此后，仕途的坎坷和命运的多舛更使他深切地体会到人生的艰难和命运的短暂。在苏词中，诸如"万事到头都是梦"（《南乡子》）、"休言万事转头空，未转头时皆梦"（《西江月》）、"梦中了了醉中醒"（《江城子》）、"世事一场大梦，人生几度新凉"（《西江月》）"此生此夜不长好，明月明年何处看"（《阳关曲》）、"与君各记少年时，须信人生如寄"（《西江月》）、"人生如逆旅，我亦是行人"（《临江仙》）一类"看透"、"看穿"之语随处可见。这些感慨虽带有消沉悲观的情调，却概括了人类对于宇宙、人生以及社会进程的共同忧患，具有相当深广的哲理意蕴。

但是，无处不在的痛苦和忧患并没有压倒苏轼，相反，历经种种磨难后，他更懂得坦然面对惨淡的人生，努力保持顽强乐观的信念，从而达到超然自适的精神境界。

"乌台诗案"过后，苏轼被贬黄州，生活异常艰苦。而即使在这样的境况下，他依然写出充满旷达乐观之情的《浣溪沙》：

> 山下兰芽短浸溪。松间沙路净无泥。萧萧春雨子规啼。谁道人生无再少，门前流水尚能西。休将白发唱黄鸡。

大自然优美洁净的景物，为词人拨开了眼前的阴霾，使他敞开了超旷爽朗的心扉，高唱出执著生活、呼唤青春的人生之歌。"谁道人生无再少，门前流水尚能西。休将白发唱黄鸡"的爽健词句，不仅是苏轼的自我劝慰，也体现出大多数人对生活、对未来的向往和追求。

同样写于黄州的《定风波》，则更表现了苏轼超然物外、从容不迫的人生态度：

　　莫听穿林打叶声。何妨吟啸且徐行。竹杖芒鞋轻胜马。谁怕。一蓑烟雨任平生。　料峭春风吹酒醒。微冷。山头斜照却相迎。回首向来萧瑟处。归去。也无风雨也无晴。

　　词前有序，曰："三月七日沙湖道中遇雨。雨具先去，同行皆狼狈，余独不觉。已而遂晴，故作此。"途中遇雨不过是日常生活中极为寻常的小事，但苏轼却由此受到启发，进而总结出自己对于人生的深刻体会——当人生的风雨来临时，要随缘自适，"莫听穿林打叶声。何妨吟啸且徐行"，只要抱定"一蓑烟雨任平生"的超然态度，心中自然会平和宁静，达到"也无风雨也无晴"这样从容淡定的境界。此词所蕴涵的人生意蕴不但感染了千百年来的读者，即使在当代，它也定然具有着鼓舞人心的精神力量。

　　除了表现自我政治抱负和对宇宙人生的宏观思考外，词也被苏轼用来"言情"和记录日常生活中的点滴。

　　苏轼词中描写男女情爱的作品不少，其间有继承"花间"淫靡词风的一面，偶尔也会笔涉媟狎，但他更多的恋情词都体现了士大夫文人高雅的生活情趣和审美品位，从而别具风格、自有特色。如《蝶恋花》（花褪残红青杏小）一词，虽写情事，其中却渗透着"天涯何处无芳草"的人生哲理；又如《洞仙歌》中所写的花蕊夫人，她那冰姿玉容和深婉的情思固然令人心醉，然其对生命的灵慧感悟，对生活的敏锐洞察则更使人渊然以思，欣然而又怅然。

　　苏轼又把传统歌词中狭隘的男女"艳情"扩大到夫妻之情、手足之情、师友之情，甚至于他对天下一切之人的关爱之情，这与其宽厚的性格和博爱的胸怀有着直接的联系。贾似道《悦生随抄》就曾言："苏子瞻泛爱天下士，无贤不肖欢如也。尝言：

'上可陪玉皇大帝，下可陪卑田院乞儿。'"在苏词中，既有其为悼念亡妻而作的沉痛感人的《江城子》（十年生死两茫茫）；有中秋之夜怀念胞弟子由的千古绝唱《水调歌头》；也有对前辈师长的深切缅怀，如《木兰花·次欧公西湖韵》；还有赠别友人或是与友人共勉之作，如《南乡子·送述古》、《浣溪沙·赠陈海州》、《浣溪沙·彭门送梁左藏》、《八声甘州·寄参寥子》，等等。此外，苏轼还破天荒地以农村生活入词，比如他在担任徐州太守时，曾于谢雨途中作五首《浣溪沙》，其词不但抒写了词人对农村生活的热爱和向往，更体现了他"问言豆叶几时黄"之与民同忧乐的精神和那种"但令人饱我愁无"（《浣溪沙》）之爱民如己的博大胸怀。

不仅如此，苏轼此类敏于情、笃于情的"多情"心态还外射于天地间的众生万物，例如，面对即将凋零的梅花，词人虽不免感伤，却又惊喜地发现："离离，一点微酸已着枝"（《南乡子·梅花词和杨元素》）再比如，清新可喜的自然山水，也足以牵惹起词人的无端怜爱之情，"可惜一溪风月，莫教踏碎琼瑶。解鞍欹枕绿杨桥，杜宇一声春晓"。（《西江月》）为了不扰乱幽美、恬谧的月色，他宁愿解鞍下马，欹枕桥边，静静地欣赏感受。这种无边无际的"大爱"中所包蕴的，正是苏轼那颗热爱生活、热爱生命的赤子之心。

值得一提的是，为了使词体的抒情叙事更加自由，更能表现词人的真实生活状态，苏轼还大量使用词题、词序来交代词的创作原因和动机，使词中所表现的情感具体化。苏轼又尝试用典以扩大歌词容量，并采用联章组词的形式以保证词体抒情纪实的连贯性，这些创造性的做法，也都为宋词的发展开辟了更为广阔的天地。

正如杨海明师所指出的那样，苏轼词"全方位"地展示了"一位宋代士大夫文人的完整形象"。"他的政治生活，他的日常生活；他的情感生活，他的理智世界；他的'多情'、他的'多思'；他的灵魂的开阔性，他的思想的深刻性；他的理想与抱负，他的消沉与喟叹；他的悲欢离合，他的音容笑貌……所有这些，我们不但在'苏诗'中看得很清，而且也在'苏词'中见得分明。这就表明苏轼的词，确实有着'以诗为词'、'诗词合流'的特色。"① 这种"新天下耳目"之词风的形成，与苏轼突破声律束缚，使词独立于音乐而不完全离弃音乐的创新之举是有着密切关联的。而且，苏轼的"以诗为词"也加快了词体的格律化进程，为后来词与乐的完全脱离奠定了基础。

四　苏轼以后的北宋词坛

苏轼以后的北宋词坛仍以"本色"词为主流，所谓"本色"，《中国词学大辞典》解释说："此指本行，从词体特征来说，又指协律可歌的音乐性。"该辞典接着引用陈师道《后山诗话》中的一段话，云："退之以文为诗，子瞻以诗为词，如教坊雷大使之舞，虽极天下之工，要非本色。"并指出："所谓'非本色'者，指苏轼词'多不协音律'。其实苏轼通晓音律，妙悟此道，故词作并非不能歌唱，而是笔力雄健，往往曲子缚不住。"② 由此可见，"曲子缚不住"和"笔力雄健"是苏轼词"非本色"的重要原因。而格调婉约、具有协律可歌的音乐性，则是"本色"词创作的基本规范。

苏轼以其"无意不可入，无事不可言"③ 之词开创北宋词坛新风，"但苏轼对于词风改革的贡献和这种贡献的重大意义，显

① 杨海明：《唐宋词史》，天津古籍出版社 1998 年版，第 349 页。
② 马兴荣主编：《中国词学大辞典》，浙江教育出版社 1996 年版。
③ 刘熙载：《艺概》，上海古籍出版社 1978 年版。

然是经过一个相当长的时期以后，才逐渐被理解和承认的，在当时并不曾形成一个流派。人们称赞苏词的豪放之作，可又说他是别调、并非词的本色。社会上所醉心的，却仍然是柳词。"① 即便是出自他门下的黄庭坚、秦观等人，也依然在很大程度上受到柳永的影响，以"本色"词为创作主流。

黄庭坚是苏门弟子中的佼佼者，他不仅是"江西诗派"的领袖人物，而且在文学史上与苏轼并称"苏黄"。虽然王灼以为山谷词"学东坡，韵制得七八"（《碧鸡漫志》卷二），但事实上，在其现存的190首词中，仅《念奴娇》（断虹霁雨）、《水调歌头》（瑶草一何碧）、《定风波》（万里黔中一漏天）等极少数作品有"学苏"痕迹，其他均为风格柔靡的"本色"之作，对此，陈师道就指出："今代词手，惟秦七（观）、黄九（庭坚）耳，唐诸人不逮也。"② 认为黄乃"本色"词家。李清照《词论》也将黄庭坚纳入"本色"词人之列，曰："乃知（词）别是一家，知之者少。后晏叔原、贺方回、秦少游、黄鲁直出，始能知之。"黄庭坚《小山词序》所云："余少时间作乐府，以使酒玩世。道人法秀独罪余以笔墨劝淫，于我法中当下犁舌地狱。"即是对其绮靡词风的自况。

秦观词受柳永的影响远大于苏轼，对于此点，苏轼亦早有觉察。据黄昇《花庵词选》载："少游自会稽入京，见东坡，坡云：'久别当作文甚盛，都下盛唱公山抹微云之词。'秦逊谢。坡遽云：'不意别后，公却学柳七作词。'秦答曰：'某虽无识，亦不至是'。坡云：'销魂当此际，非柳词句法乎？'秦惭服。"又据叶梦得《避暑录话》卷三载："苏子瞻于四学士中最善少游，故他文未

① 程千帆、吴新雷：《两宋文学史》，上海古籍出版社1991年版，第189页。
② 胡仔：《苕溪渔隐丛话》后集卷三三，人民文学出版社1981年版。

尝不极口称善，岂特乐府？然犹以气格为病。故尝戏云：'山抹微云秦学士，露花倒影柳屯田。'"这些都说明秦观与苏轼走着截然不同的创作道路。秦观词因"语工而入律，知乐者谓之'作家歌'"，而被尊为"本色"词的代表作家，后人对其多有推崇。如明张綖《诗余图谱·凡例》云："按词体大约有二：一体婉约，一体豪放。婉约者欲其词情蕴藉，豪放者欲其气象恢宏。……如秦少游之作，多是婉约，苏子瞻之作，多是豪放。大抵词体以婉约为正。"何良俊《草堂诗余序》云："乐府以皦径扬厉为工，诗余以宛丽流畅为美。即《草堂诗余》所载，如周清真、张子野、秦少游、晏叔原诸人之作，柔情曼声，摹写殆尽，正词家所谓当行本色也。"清胡薇元《岁寒居词话》云："《淮海词》一卷，宋秦观少游作，词家正音也。故北宋惟少游乐府语工而入律，词中作家，允在苏黄之上。"陈廷焯《白雨斋词话》卷一云："秦少游自是作手，近开美成，导其先路，远祖温、韦，取其神而不失其正，遂令议者不病其变，而转觉有不得不变者"，等等。可见其词不但符合"本色"词的标准，而且堪称典范。

秦观虽然没有沿着苏轼开创出来的道路前进，但却或多或少地受到了他的一些影响。冯煦在《宋六十一家词选·例言》中评其词曰："少游以绝尘之才，早与胜流，不可一世，而一谪南荒，遽失灵宝，故所为词寄慨身世，闲雅有情思，酒边花下，一往而深，而怨悱不乱，悄乎得《小雅》之遗，后主而后，一人而已。"这种"将身世之感打并入艳情"① 的写法，就是接受了东坡以词"言志"的影响。夏敬观先生《映庵手校淮海词跋》说："少游学柳，岂用讳言？稍加以坡，便成少游之词。学者细玩，当不易吾言也。"此言甚有见地。

---

① 周济：《宋四家词选》，丛书集成本。

其他苏门学人如张耒、晁补之、李方叔、陈师道等人，其词均多为婉转协律的"本色"之作，有着明显的"学柳"痕迹。当然，他们也在一定程度上受到苏轼"雅化"词风的影响，逐渐摆脱柳词浅近鄙俗的一面，而向高雅的方向发展。

贺铸也是北宋后期的著名词人，他并非苏轼门人，但与苏轼有交往，并曾多次作诗表达对大苏的仰慕之情。贺铸词向来以风格多样、兼具多味而著称于世，正所谓"盛丽如游金张之堂，而妖冶如揽嫱施之袂，幽洁如屈宋，悲壮如苏李，览者自知之，盖有不可胜言者矣"。① 他部分地接受了苏词的影响，写出了一些高亢激越、苍凉悲壮之词，如《小梅花》（缚虎手）、《六州歌头》（少年侠气）等。但其所作"大抵倚声而为之，词皆可歌也"，并且，《东山词》中叙写女性容色体态、伤离怨别的艳情相思之作约占总数的 2/3 以上，这种以春愁秋怨和男欢女爱为主要内容的应歌之作，正深合"本色"词的创作规范。

宋徽宗崇宁四年（1105），官方设置音乐机构"大晟府"，网罗了一批懂音乐、善填词的作家，周邦彦便是其中影响力最大的一个。

周邦彦词以"本色"、"当行"盛行于世，历代推崇备至，誉为"词家之冠"②，有"集大成"③ 之号。就其题材内容而言，清真词仍以悲欢离合、羁旅行役为主，较之前人并没有太大的超越。他对词史的重大贡献，主要在于其词高度的艺术成就，这可从以下三方面看出。

第一，发展词乐，规范词调，加速词体的格律化进程。

---

① 张耒：《东山词序》，转引自金启华等编《唐宋词集序跋汇编》。
② 纪昀：《四库全书总目》，中华书局 2003 年版。
③ 周济：《宋四家词选》，丛书集成本。

　　周邦彦是一位"妙解音律"的词人，据潜说友《咸淳临安志》卷六六《人物传》载："邦彦能文章，妙解音律，名其堂曰'顾曲'，乐府盛行于世。"南宋陈郁《藏一话腴》内编卷下则赞周邦彦："二百年来，以乐府独步，贵人学士、市儇妓女知美成词为可爱。"周邦彦以音乐家的身份来从事词曲创作，必然有助于发展词乐，规范词调，并提高词体的格律化程度。

　　周邦彦于政和六年（1116）提举大晟府，"主要负责收集、审定前代以及当时社会流行的各种曲拍和腔调，并在这基础上创制'大晟新声'"①，虽然任职较短，却也取得了相当的成效。据张炎《词源》卷下载："迄于崇宁，立大晟府，命周美成诸人讨论古音，审定古调。沦落之后，少得存者。由此八十四调之声稍传。而美成诸人又复增演慢曲、引、近，或移宫换羽，为三犯、四犯之曲，按月律为之，其曲遂繁。"又明徐师曾《文章明辨序说》称："周待制（邦彦）领大晟府乐，比切声调，十二律各有篇目。"可见周邦彦对于词乐发展的贡献。

　　周邦彦又善于创制新声，并注重词调的规范化。据《宋史·文苑传》载："（周邦彦）好音乐，能自度曲，制乐府长短句，词韵清蔚。"又万树《词律·发凡》谓："周、柳、万俟等之制腔造谱，皆按宫调，故协于歌喉，播诸弦管。"他所创《兰陵王》、《花犯》、《意难忘》、《台城路》等名曲，直至南宋末年犹被传唱。如毛开《樵隐笔录》云："绍兴初，都下盛行清真咏'柳'（《兰陵王慢》），西楼南瓦皆歌之，谓'渭城三叠'。"又如吴文英《惜黄花慢》词序云："吴江夜泊惜别，邦人赵簿携妓侑尊，连歌数阕，皆清真词。"张炎《国香》词序云："沈梅娇，杭妓也，忽于京都见之，把酒相劳苦，犹能歌清真《意难忘》、

---

　　①　施议对：《词与音乐关系研究》，中国社会科学出版社 1985 年版，第 89 页。

《台城路》二曲。"其《意难忘》词序亦云："中吴乐氏号秀卿，乐部中之翘楚者，歌美成曲，得其音旨，余每听辄爱叹不能已，因赋此以赠。"由于用调规范，多为"正格"①，周邦彦所创词调很多已成为后世典型。

清真词不但谨守音律，而且严辨四声，注重以文字的声律去应和乐曲的乐律，这样，即使在词乐失传以后，词家依然能够按声律填词，遂加速了词体的格律化进程。《四库全书总目提要·片玉词提要》云："邦彦妙解音律，为词家之冠，所制诸调，非独音之平仄宜遵，即仄字中上、去、入三音，亦不容相混，所谓分刌节度，深契微芒。"王国维《清真先生遗事》也说："读先生（周邦彦）之词，于文字之外，须更味其音律。今其声虽亡，读其词者，犹觉拗怒之中，自扰和婉，曼声促节，繁会相宜，清浊抑扬，辘轳交往，两宋之间，一人而已。"这些都说明，在词与乐结合方面，周邦彦词已日臻完美成熟。

第二，改进和提高了慢词的章法结构，为慢词艺术形式的发展开辟了新的道路。

柳永和周邦彦都是慢词大家，但是，由于柳永的慢词创作尚属尝试和摸索阶段，章法技巧还未实现圆熟浑成和多样化，因此，所谓"屯田家法"尚需发展和完善。能够较为全面地集前人技艺之长，并极大地丰富和发展了慢词词法的词家，当非周邦彦莫属。

对于周词章法结构方面的高超技巧，后人多有褒誉。如陈廷焯《词坛丛话》云："美成乐府，开合动荡，独绝千古。"又云，"美成词，浑灏流转中，下字用意，皆有法度。"《云韶集》云：

---

① 查为仁为《宋七家词选》作补注，谓《花犯》、《瑞龙吟》、《塞垣春》诸调多为"正格"，见戈载《宋七家词选》卷一。

"美成词极顿挫之致，穷高妙之趣，前无古人，后无来者。"蒋兆兰《词说》云："其后清真崛起，功力既深，才调犹高，加以精通律吕，奄有众长……可谓极词中之圣。"陈洵《海绡说词》云："清真格调天成，离合顺逆，自然中度。"以那首著名的《瑞龙吟》为例，其词曰：

> 章台路。还见褪粉梅梢，试花桃树。愔愔坊陌人家，定巢燕子，归来旧处。黯凝伫。因念个人痴小，乍窥门户。侵晨浅约宫黄，障风映袖，盈盈笑语。前度刘郎重到，访邻寻里，同时歌舞。唯有旧家秋娘，声价如故。吟笺赋笔，犹记燕台句。知谁伴、名园露饮，东城闲步。事与孤鸿去。探春尽是，伤离意绪。官柳低金缕。归骑晚、纤纤池塘飞雨。断肠院落，一帘风絮。

周济《宋四家词选》评此词云："不过桃花人面，旧曲翻新耳。"但周邦彦却通过繁复细密的章法变化将滥熟的主题示以新的表现形式，使之仍不失为经典的传世之作，足见其铺排琢磨的功力之深。陈洵《海绡说词》分析此词的章法结构云：

> 第一段地，"还见"逆入，"旧处"平出。第二段人，"因念"逆入，"重到"平出；作第三段换头。以下抚今追昔，层层脱卸。"访邻寻里"，今；"同时歌舞"，昔；"唯有旧家秋娘，声价如故"，今犹昔。而秋娘已去，却不说出，乃吾所谓留字诀者。于是"吟笺赋笔"、"露饮"、"闲步"，与"窥户"、"约黄"、"障袖"、"笑语"，皆如在目前矣。又吾所谓能留，则离合顺逆，皆可随意指挥也。"事与孤鸿去"，咽住；"探春尽是，伤离意绪"，转出"官柳"以下，风景依

旧，与"梅梢"、"桃树"映照，词境浑融，大而化矣。

词人使用"离合顺逆"之笔，来表现时间与空间上的变换、转接、穿插和融合，从而使得词中情感愈翻愈妙，盘旋曲折。这种错综复杂的章法结构，自然较柳词的平铺直叙有了很大进步。

第三，语言风格典雅富丽，开南宋雅词一派先河。

周邦彦注重字句的锤炼，并善于使用"点铁成金、夺胎换骨"的手法融化前人诗句典故，从而使其词的语言醇雅典丽、富艳精工。南宋词风尚雅，周邦彦备受推崇，语言风格的雅化也是其中的重要原因。如陈振孙在《直斋书录解题》中称周词："多用唐人诗隐括入律，浑然天成。"张炎《词源》赞曰："美成负一代词名，所做之词，浑厚和雅，善融化唐人诗句。"又曰："采唐诗，融化如自已者，乃其所长。"沈义父《乐府指迷》曰："凡做词当以清真为主，……往往自唐宋诸贤诗句中来，而不用经史中生硬字面，此所以为冠绝也。"刘肃《片玉集》序亦云："周美成以旁搜远绍人才，寄情长短句，缜密典丽，流风可仰，其征词引类，推古夸今，或借字用意，言言皆有来历，真足冠冕词林"，等等。无论是借用他人的字面辞藻，还是化用前人诗歌的意境为己用，都对周词"典雅"、"富艳"词风的形成起到了至关重要的作用。论及周词之雅与柳词之俗，晚清陈锐有较为形象的比喻，其《襄碧斋词话》云："屯田词在院本中如《琵琶记》，清真词如《会真记》。屯田词在小说中如《金瓶梅》，清真词如《红楼梦》。"这种词风上的差异在很大程度上也是由于语言风貌的不同而造成的。

周邦彦是南北词风转变的关键人物。陈廷焯《白雨斋词话》卷一说："词至美成，乃有大宗。前收苏秦之终，后开姜史之始。自有词人以来，不得不推为巨擘。后之为词者，亦难出其范围。"此言甚是。一方面，周邦彦博采众家之长，于苏柳外别立一宗，是北宋词艺术水平的"集大成者"；另一方面，他又流风可仰，开南宋雅词一派先河，后来的"本色"词人，盖"难出其范围"。他在词史上的"枢纽"地位，与其精通音乐，在词与乐结合方面，做到"律最精审"、"无美不备"是分不开的。

第三节　南宋文人词诗化和雅化的进程

南宋以来，伴随着时代社会的变迁以及燕乐的变革，词与乐的关系逐渐呈现出相脱离的总体趋势。一方面，由于南宋偏安一隅，时时受到外族的武力威胁，歌词在一些人手中，就不仅仅是应歌之具，也用以作为抒写国恨家仇的有力武器，在这种情况下，新内容与旧有的形式和传统的艺术表现手法势必产生难以调和的矛盾。另一方面，乐曲的变动也使得词与乐的结合出现了诸多难以克服的困难。这些问题的产生，也是词作为合乐的抒情诗体，其自身不断发展变化的必然结果。

一　南宋词乐分离的趋势

词与乐的分离在南宋已经成为不可逆转的大趋势，其原因主要有二：

首先，南渡之后，大量乐谱散佚，南北宋音乐出现了断层。如姜夔《大乐议》即指出："绍兴大乐，多用大晟所造，有编钟、镈钟、景钟，有特磬、玉磬、编磬，三钟三磬未必相应。埙有大小，箫、篪有长短，笙、竽之簧有厚薄，未必能合度。琴、瑟弦有缓急燥湿，轸有旋复，柱有进退，未必能合调。"① 这种

---

① 脱脱等：《宋史》卷一三一《乐志》，中华书局1977年版。

没有标准可依的混乱情形就给音乐家和词作家的创作带来了极大的困扰，因此张炎《词源·杂论》说："今词人才说音律，便以为难。"沈义父《乐府指迷》说："腔律岂必人人皆能按箫添谱。"又说："近世作者不晓音律。"由于"不晓音律"，很多南宋词人只能依照前代歌词的文字声律填词，如元虞集《叶宋英自度曲谱序》即云："近世士大夫号称能乐府者，皆依约旧谱，仿其平仄，缀辑成章。"清方成培《香研居词麈》卷三云："宋人多先制腔而后填词，观其工尺，当用何字协律，方始填入，故谓之填词。及其调盛传，作者不过照前人词句添之。"赵戣甫《碎金词叙》也说："宋词以清真、白石、草窗、玉田四家为正宗。清真典裳大晟，白石自订词曲，草窗词名笛谱，玉田词源一书，所论律吕最精。凡此四家之词，无不可歌。其余则或可歌，或不可歌，不过按调填词于四声，不尽谐协，遑论九宫。"① 这种"按调填词于四声"的做法进一步凸显了词体的文学性，使它逐渐朝着与音乐相脱离的方向发展。

其次，南宋文人词主动疏离民间歌场，这也是词与乐日趋分离的重要原因。正如龙榆生先生所言："宋南渡后，大晟遗谱荡为飞灰，名妓才人，流离转徙，北曲（引注：实'南戏'也。）兴而南词渐为士大夫家所独赏，一时豪俊如范成大、张镃之属，并家蓄声妓，或别创新声，若姜夔之自度曲，其尤其著者也，嗣是歌词日趋典雅，乃渐与民间流行之乐曲背道而驰。"② 失去了鲜活的市井文化的滋养，失去了民间的广大受众，文人词难免愈走愈狭，曲高和寡。例如姜夔，他洞晓音律，能自制曲，"词极

---

① 江顺诒：《词学集成》卷一，转引自唐圭璋《词话丛编》，中华书局 2005 年版。

② 龙榆生：《近三百年名家词选·后记》，上海古籍出版社 1979 年版。

精妙"，"高处有周美成不能及者"①，可谓南宋最为知音协律的
词家。但他的作品也只是在豪门宴会上由歌妓演唱，或者在少数
文人雅士中传唱，却从未出现如柳词"天下咏之"或清真词
"都下传唱"的盛况。其著名的《暗香》、《疏影》词，序曰：

> 辛亥之冬，予载雪诣石湖。止既月，授简索句，且征新
> 声，作此两曲，石湖把玩不已，使工妓隶习之，音节谐婉，
> 乃名之曰"暗香"、"疏影"。

其词音韵清蔚，文辞典丽，与周柳的市井新声自然有雅俗之
别。这种专为士大夫文人酒后茶余"把玩"而作的"雅词"，虽
为后代文人所称赏，在民间却没有市场。

张炎也曾指出当时文人雅词之善听者"指不多屈"的现
象，云：

> 余谓有善歌而无善听，虽抑扬高下，声字相宣，倾耳者指
> 不多屈。曾不若春蚓秋蚕，争声响于篱烟砌间，绝无仅有。
>
> （《意难忘》词序）

可见南宋文人词与民间歌场相互脱节的现象已十分严重。

由于词与乐的关系日渐疏离，南宋词家在创调方面的成就也
远不如北宋，除个别词人如姜夔、吴文英、张炎等有少量自度
曲、自制曲外，歌词创作多沿用旧调。

以南宋一些主要词人的用调情况来看，据施议对先生统计，
辛弃疾现存词 629 首，用 93 调，除了《寻芳草》、《太常引》等

---

① 杨慎：《词品》卷四，转引自唐圭璋《词话丛编》，中华书局 2005 年版。

几个词调始见于南宋外，其余都是唐五代以来常用调，如《临江仙》、《浣溪沙》、《清平乐》、《西江月》、《鹧鸪天》、《菩萨蛮》以及《满江红》、《水调歌头》、《念奴娇》、《沁园春》等，都反复填写。吴文英现存词341首（包括残篇一首），用调150，其中《霜花腴》、《澡兰香》、《秋思耗》、《花上月令》、《江南春慢》、《梦芙蓉》、《西子妆慢》、《玉京谣》、《惜秋华》、《古香慢》等十余调为自度曲，《梦行云》、《风池吟》、《惜黄花慢》、《新雁过妆楼》、《东风第一枝》、《莺啼序》等十数调始自南宋，其他如《浣溪沙》、《浪淘沙》、《诉衷情》、《满江红》、《水龙吟》等，都是五代以来常用调。张炎存词191首，用调66，除《梅子黄时雨》、《珍珠令》等为自度曲，《绿意》、《红情》为姜夔《暗香》、《疏影》别名以及《真珠帘》、《大圣乐》等词调为南宋始见外，其余如《如梦令》、《浣溪沙》、《南乡子》、《蝶恋花》、《西江月》以及《满江红》、《水龙吟》等，也多为唐五代以来旧调。姜夔存词85首，用调56，其中自度曲、自制曲13调，创调比例为南宋诸家中最高。①

上述情况表明，时至南宋，词的文学性与音乐性已经出现不可调和的矛盾。是顺其自然，大幅度地拓展词的题材内容，将其作为新的抒情诗体，还是固守词之"本色"，在词体的艺术手法方面深加挖掘？南宋词呈现出两种不同的发展趋势。

二 辛弃疾与南宋爱国词

"靖康之难"以后，面对异族进犯、半壁山河沦丧、国事危殆的社会现实，各阶层的力量迅速集聚起来，汇成一股爱国主义

---

① 施议对：《词与音乐关系研究》，中国社会科学出版社1985年版，第123—124页。

的洪流。在这种风气下，南宋士人的责任感和使命感普遍高涨，一向与政治生活"绝缘"的词，也同国家民族的命运结合起来，唱出了时代的最强音。

代表这一创作主流的，最先是以英雄志士为主干的南渡词人群。清末王鹏运《四印斋所刻词》有《南宋四名臣词集》1卷，为李纲《梁溪词》、赵鼎《得全居士词》、胡铨《澹庵长短句》和李光的《庄简词》。这四人都是南渡初年遭受投降派打击迫害而不肯屈服的爱国士大夫，他们崇高的民族气节和誓死不屈的凛然正气在词中也有较为充分的体现。如李纲的《六幺令》（长江千里）、《永遇乐》（秋色方浓）；赵鼎的《满江红》（惨结秋阴）、《贺圣朝·道中闻子规》（征鞍南去天涯路）、《浪淘沙·九日会饮分得雁字》（霜露日凄凉）；胡铨的《好事近》；李光的《水调歌头》（兵气暗吴楚），以及抗金名将岳飞的《满江红》（怒发冲冠）和《小重山》（昨夜寒蛩不住鸣）等词篇，无论悲慨或是高亢，都传递出作者坚强不屈的斗争信念，贯注着词人强烈的爱国激情。

在南宋初期词坛上，著名的爱国词人还有并称"二张"的张元幹和张孝祥。张元幹（1091—1161），字仲宗，号芦川居士，曾为李纲行营幕僚，积极参与抗金斗争，李纲罢，他亦遭贬逐。其两首《贺新郎》，一为《贺新郎·送胡邦衡待制》，不顾秦桧等人的淫威，为流放新州的胡铨送行；一为《贺新郎·寄李伯纪丞相》，表达他对李纲抗金主张的支持，是《芦川词》的压卷之作。张元幹早年词作"极妩秀之致"，"堪与片玉、白石并垂不朽"[1]，而南渡后则多"慷慨悲凉"[2]之作，这种词风的

---

① 毛晋：《芦川词跋》，转引自金启华等编《唐宋词集序跋汇编》。
② 纪昀：《四库全书总目》卷一九八，中华书局2003年版。

变化与时代剧变是分不卦的。张孝祥（1132—1169），字安国，号于湖居士，历阳乌江人（今安徽和县）。他是一位胸怀大志而又才识过人的爱国者，谢尧仁《张于湖先生集序》言其："欲扫开河洛之氛祲，荡洙泗之膻腥者，未尝一日而忘胸中。"这种忠愤悲凉的爱国之情也广泛存在于他的词作中。刘熙载曾说："张孝祥与建康留守席上赋《六州歌头》，致感重臣罢席。然则词之兴、观、群、怨，岂下于诗哉？"①指出他此类感怀时事之词在抒写情志方面堪与诗歌比肩的特点。像这首《六州歌头》（长淮望断），还有《水调歌头·闻采石战胜》、《木兰花慢》（拥貔貅万骑）、《浣溪沙》（霜日明宵水蘸空）等词，都属于政治使命感极强的"眷怀君国之作"②。由于个性气质与苏轼较为接近，张孝祥又是南宋词人中自觉学苏并且词风与苏轼较为相似的一位。其门人汤衡序《紫微词》云："元祐诸公，嬉弄乐府，寓以诗人句法，无一毫浮靡之气，实自东坡发之也。于湖紫微张公之词，同一关键。"又云，"公平昔为词，未尝著稿，笔酣兴健，顷刻即成，初若不经意。反复究观，未有一字无来处。如《歌头》……诸曲，所谓骏发踔厉、寓以诗人句法者也"。可见苏轼对于张孝祥的影响。他常被看做上承苏轼，下启辛弃疾的重要词人。

陈廷焯《白雨斋词话》卷一说："辛稼轩，词中之龙也。"辛弃疾是南宋爱国词人群的主帅和灵魂，他继苏轼和南渡爱国词人之后，进一步拓展词体的艺术容量和抒情功能，在解决新内容与旧形式以及与传统表现手法之矛盾的实践中，作出了突出的贡献，代表着南宋爱国词的最高成就。

---

① 刘熙载：《艺概》卷四，上海古籍出版社 1978 年版。
② 冯煦：《蒿庵论词》，转引自唐圭璋《词话丛编》，中华书局 2005 年版。

　　辛弃疾是以英雄的身份进入词坛，载入词史的。义端和尚称他为"青兕"①，友人陈亮说他是"真虎"②，姜夔尊其为"前身诸葛"③，朱熹赞其能"股肱王室，经纶天下"④，陆游亦谓其与"管仲萧何实流亚"⑤。他 22 岁就劝说耿京以几十万人马"奉表归宋"；入宋后，又上书《美芹十论》、《九议》，为朝廷规划北伐复国大计，表现出远见卓识的战略眼光；在湖南，他创立令金人闻风丧胆的"飞虎军"，"雄镇一方，为江上诸军之冠"⑥；在江西地方官任上，他又以严刑治荒政，使一方百姓得以安居乐业……辛弃疾是一位文武兼备、具有雄才大略的栋梁之材，而不是传统意义上的文人。对此，辛的门生范开就深有感触，他在《稼轩词序》中说："公一世之豪，以气节自负，以功业自诩，方将敛藏其用以事清旷，果何意于歌词哉？直陶写之具耳。"清代另一位论者也指出："辛稼轩当弱宋末造，负管、乐之才，不能尽展其用。一腔忠愤，无处发泄，观其与陈同父抵掌谈论，是何等人物！故其悲歌慷慨、抑郁无聊之气，一寄于词。今乃欲与搔头傅粉者比，是岂知稼轩者！……予谓有稼轩之心胸，始可为稼轩之词。"⑦ 由此，则《稼轩词》的思想内容，就远非传统歌词中的男欢女爱、离愁别恨所能牢笼，而是全面深刻地展示出"弱宋末造"，这位"一世之雄"的英雄气概和悲剧情怀，所谓

---

　　① 脱脱等：《宋史》卷四○一，中华书局 1977 年版。

　　② 陈亮：《龙川集》卷一○《辛稼轩画像赞》。

　　③ 姜夔：《永遇乐·次稼轩北固楼词韵》，转引自唐圭璋编《全宋词》，中华书局 1999 年版。

　　④ 见谢枋得《祭辛稼轩先生墓记》。

　　⑤ 陆游：《剑南诗稿》卷五七《送辛幼安殿撰造朝》。

　　⑥ 脱脱：《宋史》卷四○一，中华书局 1977 年版。

　　⑦ 徐釚：《词苑丛谈》卷四引黄梨庄语，转引自唐圭璋《词话丛编》，中华书局 2005 年版。

"多抚时感事之作，磊落英多，绝不作妮子态"①。同时，辛词思想内容上的特殊性，也直接促成了它在形式上的解放和对传统歌词语言的突破。

先说辛弃疾词中的英雄气概和悲剧情怀。

作为英雄，辛弃疾具有"舍我其谁"的使命感和强烈的事业心。面对祖国南北分裂，当局者软弱无能的社会现实，他以国事为己任，把恢复中原、克复神州作为自己毕生的事业和追求。他在《美芹十论》中慷慨激昂地说："臣虽至愚至陋，何能有知？徒以忠愤所激，不能自己……惟陛下赦其狂僭而怜其愚忠，斧锧余生实不胜万幸万幸之至！"这种立志恢复的理想与气节，在辛词中随处可见。请读他为主战派人士韩元吉 67 寿辰而作的《水龙吟》：

> 渡江天马南来，几人真是经纶手。长安父老，新亭风景，可怜依旧。夷甫诸人，神州沈陆，几曾回首。算平戎万里，功名本是，真儒事、君知否。　况有文章山斗。对桐阴、满庭清昼。当年堕地，而今试看，风云奔走。绿野风烟，平泉草木，东山歌酒。待他年，整顿乾坤事了，为先生寿。

以平戎功业相许，以匡复壮志互勉，不落一般寿词的俗套，字里行间充溢着跳跃澎湃的生命激情。

再比如他与另一位爱国志士陈亮所唱和的《贺新郎》：

> 老大那堪说，似而今、元龙臭味，孟公瓜葛。我病君来

---

① 毛晋：《稼轩词跋》，转引自金启华等编《唐宋词集序跋汇编》，江苏教育出版社 1990 年版。

高歌饮，惊散楼头飞雪。笑富贵、千钧如发。硬语盘空谁来听？记当年、只有西窗月。重进酒，换鸣瑟。事无两样人心别。问渠侬：神州毕竟，几番离合？汗血盐车无人顾，千里空收骏骨。正目断、关河路绝。我最怜君中宵舞，道"男儿到死心如铁"。看试手，补天裂。

通过"男儿到死心如铁"和"看试手，补天裂"这样铿锵有力的语言，表达了词人与友人坚持抗战、志在统一的壮志豪情，其狂放的精神与傲岸的性格跃然纸上。

其他又如：

> 平生塞北江南，归来华发苍颜。布被秋宵梦觉，眼前万里江山。
>
> 　　　　　　　　　　（《清平乐·独宿博山王氏庵》）
>
> 要挽银河仙浪，西北洗胡沙。
>
> 　　　　　　　　　　（《水调歌头·寿赵漕介庵》）
>
> 男儿事业，看一日，须有致君时。
>
> 　　　　　　　　　　　　　　　（《婆罗门引》）
>
> 袖里珍奇光五色，他年要补天西北。
>
> 　　　　　　　　　　　　　　　（《满江红》）
>
> 莫信蓬莱风浪隔，垂天自有扶摇力。
>
> 　　　　　　　　　　　　　　　（《满江红》）
>
> 起望衣冠神州路，白日消残战骨。叹夷甫诸人清绝！夜半狂歌悲风起，听铮铮、阵马檐间铁。南共北，正分裂。
>
> 　　　　　　　　　　　　　　　（《贺新郎》）
>
> 少年横槊，气凭陵，酒圣诗豪余事。
>
> 　　　　　　　　　　　　　　　（《念奴娇》）

不念英雄江左老，用之可以尊中国。

（《满江红》）

　　抗金复国的理想时时萦绕于词人心头，无论是醒来还是梦里，无论是壮年还是老年。甚至在醉意朦胧之际，辛弃疾也不忘自己的事业功名，眼前幻化出这样的场景："千丈擎天手，万卷悬河口。黄金腰下印，大如斗。更千骑弓刀，挥霍遮前后。"[1]群山万壑，一草一木，在作者眼中也变成了可以御敌的千军万马："叠嶂西驰，万马回旋，众山欲东""老合投闲，天教多事，检校长身十万松。"[2] 陈廷焯《白雨斋词话》说："稼轩词仿佛魏武诗，自是有大本领大作用人语"正指出了稼轩词浓烈的英雄主义色彩。

　　然而，辛弃疾的人生理想越是崇高，舍身报国的信念越是坚定，其理想破灭、壮志难酬的情怀就愈发具有震撼人心的悲剧力量。因此，辛词中除了贯注着一如既往、永不言败的英雄气概之外，又常常流露着英雄失志的孤独和愤慨之情。如他在建康通判任上所作的《水龙吟·登建康赏心亭》：

　　　　楚天千里清秋，水随天去秋无际。遥岑远目，献愁供恨，玉簪螺髻。落日楼头，断鸿声里，江南游子。把吴钩看了，栏杆拍遍，无人会、登临意。　休说鲈鱼堪脍，尽西风，季鹰归未？求田问舍，怕应羞见，刘郎才气。可惜流年，忧愁风雨，树犹如此。倩何人唤取，红巾翠袖，揾英雄泪？

---

　　[1]　辛弃疾：《一枝花·醉中戏作》，转引自唐圭璋编《全宋词》，中华书局1999年版。

　　[2]　辛弃疾：《沁园春》，转引自唐圭璋编《全宋词》，中华书局1999年版。

登临远眺处，大好河山只剩下半壁，国事飘摇，时光流逝，而北伐遥遥无期，英雄的悲愤和苦闷，又有谁能领会呢？

有时，辛弃疾又借感慨今昔以咏怀：

> 壮岁旌旗拥万夫。锦襜突骑渡江初。燕兵夜娖银胡䩮，汉箭朝飞金仆姑。　追往事，叹今吾。春风不染白髭须。却将万字平戎策，换得东家种树书。
>
> （《鹧鸪天》）

他以文韬武略、出将入相之大才，欲挽扶大厦于将倾，挽狂澜于既倒，却三次落职，两度"闲居"，长期投闲置散，终老不过一个老从官。"却将万字平戎策，换得东家种树书"，以最典型、最鲜明的形象，突出了作者理想与现实的尖锐矛盾，也概括了他作为失意英雄的悲剧一生。刘辰翁在《辛稼轩词序》中说："斯人北来，喑呜鸷悍，欲何为者？而谗摈销沮，白发横生，亦如刘越石。隐绝失望，花时中酒，托之陶写，淋漓慷慨，此意何可复道？……为我楚舞，吾为若楚歌，英雄感怆，有在常情之外。"指出忧国忧民乃辛词悲剧情怀的根源，可谓知言。

再说辛弃疾词在形式上的解放和对传统歌词语言的突破。

纪昀《四库全书总目提要·稼轩词提要》曰："弃疾词慷慨纵横，有不可一世之概；于倚声家为变调，而异军特起，能于剪翠刻红之外，屹然别立一宗，迄今不废。"由于辛词题材内容方面的突破，其形式上和语言表达上自然也会产生相应的变化。

首先，辛词的表现形式多种多样，"不主故常"、不拘一格。

范开《稼轩词序》云："其词（稼轩词）之为体，如张乐洞庭之野，无首无尾，不主故常；又如春云浮空，卷舒起灭，随所变态，无非可观。无他，意不在词，而其气之所充，蓄之所发，词自不能不尔也。"这就说明，"以气入词"是稼轩词打破原有体制束缚，解放词体的重要原因。为了酣畅淋漓地抒发自己的"英雄之气"，辛弃疾不但打破词的传统写法，而且大胆地跨越了词与诗、文之间的某种界限，才力所至，无适不可。

"以文为词"是稼轩词的主要特点之一。对此，历代词评家多有论述。宋人陈模指出：《贺新郎》（绿树听鹈鴂）一词"尽集许多怨事，全与太白《拟恨赋》手段相似"。又说，止酒赋《沁园春》（杯汝来前）一首"如《答宾戏》、《解嘲》等作，乃是把古文手段寓之于词"。明杨慎《词品》卷四说："近日作词者⋯⋯以东坡为词诗，稼轩为词论。"清刘体仁《七颂堂词绎》云："稼轩词'杯汝来前'，《毛颖传》也；'谁共我，醉明月'，《恨赋》也。"俞陛云《唐五代两宋词选释》云："稼轩词使其豪迈之气，荡决无前，几于嬉笑怒骂，皆可入词。"⋯⋯就以前人论及的《沁园春》为例，其词曰：

> 杯汝来前，老子今朝，点检形骸。甚长年抱渴，咽如焦釜，于今喜睡，气似奔雷。汝说刘伶，古今达者，醉后何妨死便埋。浑如此，叹汝於知己，真少恩哉。更凭歌舞为媒。算合作平居鸩毒猜。况怨无大小，生於所爱，物无美恶，过则为灾。与汝成言，勿留亟退，吾力犹能肆汝杯。杯再拜，道麾之即去，招则须来。

全文以问答体的形式，成功地塑造了酒杯的喜剧形象，正合"将止酒，戒酒杯使勿近"词序。其特点在于：第一，突破原有调式规范，大量采用散文句法。如"杯汝来前"的上一下三节奏，就打破了《沁园春》词调中四字句惯用的二二结构，而

"汝说刘伶"三句则应一气读下。第二，多处用典和化用散文成句。如用刘伶典故，又如"醉后"句用《晋书》，"少恩"句用韩愈《毛颖传》，"吾力"句用《论语》，"麾之"二句用《史记》，等等。第三，词中还反复议论说理，具有鲜明的"为词论"倾向。凡此种种，都体现了稼轩词的个性特征，是前人歌词中所未见或少见的。

即便在辛弃疾的小令中，也可见其"以气入词"、"以文为词"的痕迹。如《南乡子·等京口北固亭有怀》：

> 何处望神州？满眼风光北固楼。千古兴亡多少事？悠悠。不尽长江滚滚流。年少万兜鍪。坐断东南战未休。天下英雄谁敌手？曹刘。生子当如孙仲谋。

全词一气贯注，意脉不断，三问三答，彼此呼应，突出了作者呼唤英雄横空出世，亦以英雄自许的阔大胸怀。在短短数十字的小碎篇章中，辛弃疾运用了杜甫《登高》诗句（不尽长江滚滚来），化用了《三国志》中的两个典故[1]，但却不觉繁冗，不嫌突兀，可见稼轩"以文为词"的纯熟手段。

除了"以文为词"的创举外，辛弃疾还博采众长，效仿其他文学体式为词，比如《水龙吟》（听兮清佩琼瑶些），其序云："用些语题瓢泉，歌以饮客，声韵甚谐，客为之酹"，楼俨《洗砚斋集·书辛弃疾〈水龙吟〉词后》曰："此仿《招魂》体也。"又比如，《木兰花慢》（可怜今夕月）"用天问体赋"；《卜

---

[1] 《三国志·蜀书·先主传》载：曹操曾对刘备说："今天下英雄，惟使君与操耳。"又《三国志·吴书·吴主传》载：曹操曾慨叹："生子当如孙仲谋，刘景升儿子如豚犬耳！"

算子》（一以我为牛）"用《庄》语"；《踏莎行》（进退存亡）"赋稼轩，集经句"；《声声慢》（停云霭霭）"隐括陶渊明停云诗"；《水龙吟》（昔时曾有佳人）"爱李延年歌，淳于髡语，合而为词，庶几高唐、神女、洛神赋之意云"……邹祗谟《远志斋词衷》所云："词至稼轩，经子百家，行间笔下，驱斥如意。"即言此意。

就歌词创作本身而言，辛弃疾受苏轼影响最深，两家一脉相承，并称"苏辛"。元好问《自题乐府引》云："乐府以来，东坡为第一，以后便道稼轩。"王世贞《艺苑卮言》云："词至稼轩而变，其源实自苏长公。"冯班《钝吟文稿·叙词源》云："词体琐碎，入宋而文格始昌。名人大手，集中皆有宫商之语。辛稼轩当宋之南，抱英雄之志，有席卷中原之略，厄于时运，势不得展，长短句涛涌雷发，坡公以后，一人而已。"但是，稼轩之词体词风并非东坡词的简单延续，两者之间仍然存在着较大的差异。如纳兰性德《渌水亭杂识》卷四说："词虽苏辛并称，而辛实胜苏。苏诗伤学，而词伤才。"周济《介存斋论词杂著》说："世以苏、辛并称。苏之自在处，辛偶能到之，辛之当行处，苏必不能到，二公之词，不可同日语也。"谢章铤《赌棋山庄词话》卷九说："苏风格自高，而性情颇歉。辛却缠绵悱恻，且辛之造语工于苏。"陈廷焯《白雨斋词话》卷一说："苏辛并称，然两人绝不相似。魄力之大，苏不如辛；气体之高，辛不逮苏远矣。"又卷五说："苏、辛千古并称。然东坡豪宕则有之，但多不合拍处。稼轩则于纵横驰骋中，而部伍极其整严，尤出东坡之上。"这些也从另一个侧面说明了辛氏取法前贤而又脱落故态、不拘常格的大家气度。

另外，辛弃疾还兼收前代和当代其他词家之长，效其体而为词，如《玉楼春》"效白乐天体"，《河渎神》"效花间体"，《丑奴儿近》"效易安体"，《归朝欢》"效朱希真体"，等等。

其次，辛词在选词用语方面旁征博引，融会百家，实现了对传统歌词语言的突破。

关于传统歌词的语言，缪钺先生在《诗词散论》中曾有过精辟的论述，他说："古人谓五言律诗四十字，譬如士大夫延客，着一个屠沽儿不得。余谓词如名姝淑女，雅集园亭，非但不能着屠沽儿，即处士山人，间厕其中，犹嫌粗疏。惟其如此，故能达人生芳馨要眇不能自言其情。"由于传统歌词多表现人生"芳馨要眇"之情，故其下语用字亦必求精美细致，才能与内容相适应。辛弃疾既然引英雄之气入词，其词在语言的运用上也必然有较大的突破。

辛词语言最显著的特点就是善于旁征博引，融会百家。刘辰翁《辛稼轩词序》说："词至东坡，清荡磊落，如诗如文，如天地奇观……然尤未至用经用史，牵雅颂入郑卫也。自辛稼轩前，用一语如此者必且掩口。及稼轩横竖烂熳，乃如禅宗棒喝，头头皆是；又如悲笳万鼓，平生不平事并厄酒，但觉宾主酣畅，谈不暇顾。"可见辛词在语言方面的革新之功。对此，后人亦多有褒扬，如吴衡照《莲子居词话》卷一说："辛稼轩别开天地，横绝古今，《论》、《孟》、《诗小序》、《左氏春秋》、《南华》、《离骚》、《史》、《汉》、《选》学、李杜诗，拉杂运用"，刘熙载《艺概》卷四说："稼轩词龙腾虎掷，任古书中理语、廋语，一经运用，便得风流，天姿是何复异"，陈廷焯《词则·放歌集》卷一说："稼轩词拉杂使事，而以浩气行之。如五都市中，百宝杂陈，又如淮阴将兵，多多益善，风雨杂飞，鱼龙百变，天地奇观也……"只有如此丰富的语言表达，才能承载辛词中沉重的家国之思和英雄之慨，也才能使得词体在辛弃疾手中成为与诗文一样"无意不可以入，无事不可以言"之抒情言志的工具。

为了反映血与火的现实，稼轩词中还较为频繁地使用与政治军事有关的语汇，如：

> 落日塞尘起，胡骑猎清秋。汉家组练十万，列舰耸层楼。谁道投鞭飞渡？忆昔鸣鹘血污，风雨佛狸愁。季子正年少，匹马黑貂裘。

（《水调歌头·舟次扬州和人韵》）

> 笳鼓归来，举鞭问、何如诸葛。人道是、匆匆五月，渡泸深入。白羽风生貔虎噪，青溪路断猩鼯泣。早红尘、一骑落平冈，捷书急。

（《满江红》）

> 汉水东流，都洗尽，髭胡膏血。人尽说，君家飞将，旧时英烈。破敌金城雷过耳，谈兵玉帐冰生颊。想玉郎、结发赋从戎，传遗业。

（《满江红》）

这样众多的军事用语以及残酷悲壮的战争场景在辛弃疾以前的歌词中是十分罕见的。

刘克庄说："公（辛弃疾）所作大声鞺鞳，小声铿锵，横绝六合，扫空万古，自有苍生以来所无，其秾丽绵密者亦不在小晏秦郎之下。"[1] 除了"大声鞺鞳，小声铿锵"的英雄词之外，辛弃疾也有风格婉丽之词，而且，此类"酒边游戏之作"，往往"词与音叶，好事者争传之"[2]，但是，真正确立稼轩在词史上地

---

① 刘克庄：《辛稼轩集序》，转引自金启华等编《唐宋词集序跋汇编》，江苏教育出版社 1990 年版。

② 周煇：《清波别志》，转引自《宋元笔记小说大观》，上海古籍出版社 2001 年版。

位的词作，却是前者。

辛弃疾对词体表现内容的拓展，对词体形式的解放和表现手法的丰富，一方面把词体改革推进了一大步，提高和强化了词的文学功能，另一方面，这类词也或多或少地存在着弊端，暴露了南宋词创作中的诸多矛盾。

论及稼轩词的影响，陈洵《海绡说词》云："南宋诸家鲜不为稼轩牢笼者。"的确，稼轩的词风词法"牢笼"了当时和后来的一大批词人。他们或作为辛弃疾的羽翼和同调，与其呼应于南宋前期词坛，或作为稼轩的后继者而嗣响不绝，这些词人的创作，既有对稼轩词的补充和发扬光大，同时也有对稼轩词的曲解甚至将其缺点进一步扩大化的倾向。

陆游（1125—1210），是南宋第一大诗人，其在诗歌方面的成就远高于他在歌词方面的成就，这与他轻视词体的保守词学观有直接的关联。然而，作为一代文学大师，陆游的歌词创作毕竟具有独特的风采和鲜明的南宋时代特色，堪称辛派爱国词人中的名家。

陆游是辛弃疾的朋友，由于爱国主战的思想基础相近，受投降派打压的现实遭遇也相似，颇有"稼轩风"的爱国壮词在陆游词中不在少数。例如《汉宫春·初自南郑来成都作》：

> 羽箭雕弓，忆呼鹰古垒，截虎平川。吹笳暮归野帐，雪压青毡。淋漓醉墨，看龙蛇飞落蛮笺。人误许，诗情将略，一时才气超然。何事又作南来，看重阳药市，元夕灯山。花时万人乐处，敧帽垂鞭。闻歌感旧，尚时时流涕尊前。君记取：封侯事在，功名不信由天。

俞陛云评此词云：

人当少年气满，视青紫如拾芥，几经挫折，便颓废自甘。放翁独老犹作健，当其上马打围，下马草檄，何等豪气！迨漫游蜀郡，人乐而我悲，怆然感旧，而封侯夙志，尚欲以人定胜天，可谓壮矣。此词奋笔挥洒，其才气与东坡、稼轩相似。汲古阁刻其词集，谓"超爽处更似稼轩耳"。

即指明了辛陆词的相似之处及其形成原因。放翁的其他爱国词如《水调歌头》（江左占形胜）、《秋波媚》（秋到边城角声哀）、《诉衷情》（当年万里觅封侯）、《谢池春》（壮岁从戎），也都不乏稼轩词的长枪大戟之风，可谓掷地有声。

但是，辛词中的流弊，陆游同样未能避免。如刘克庄就指出："放翁、稼轩，一扫纤艳，不事斧凿，但时时掉书袋，要是一弊。"[①] 而且，放翁词风格虽也多样，但"歌之者绝少"[②]，这就使得南宋词与乐的矛盾更加激化了。

陈亮（1143—1194），是辛弃疾的好友，"其人才相若，词亦相似。"[③] 陈亮与辛弃疾一样，有着充满战斗意志的、功利性的词学创作观，叶适《书〈龙川集〉后》言其："有长短句四卷，每一章就，辄自叹曰：'平生经济之怀，略已陈矣。'"他政治抒怀的代表作《水调歌头·送章德茂大卿使虏》（不见南师久），陈廷焯《白雨斋词话》卷一评曰："精警奇肆，几于握拳透爪，可作中兴露布读。"而另一名篇《念奴娇·登多景楼》（危楼还望），简直可以看做直陈攻守方略的策论，难怪陈廷焯

---

① 张思岩辑：《词林纪事》卷一一，成都古籍书店 1982 年版。
② 刘克庄：《后村大全集》卷一八〇《诗话续集》。
③ 刘熙载：《艺概·词曲概》，上海古籍出版社 1978 年版。

慨叹说："陈同甫豪气纵横，稼轩几为所挫。"不过，由于过分强调政治功利性，龙川词难免流于粗率，稼轩末流之所以堕入叫嚣魔道，陈亮恐怕是难辞其咎的。

刘过也是辛派重要词人。黄昇说他"词多壮语，盖学稼轩者也。"① 吴世昌先生谓："稼轩有二龙（龙洲、龙川）为之辅翼，故能成派。"② 刘过是辛弃疾的崇拜者和追随者，《呈稼轩》诗云："只欲稼轩一题品，春风侠骨死犹香"。他曾有意模仿稼轩词，"下笔便逼真"③，其《沁园春·寄辛承旨》、《念奴娇·留别辛稼轩》、《六州歌头·题岳鄂王庙》、《沁园春·寄辛稼轩》等词都明显可见"稼轩风"的影响。值得一提的是，刘过的文品和人品都与辛弃疾有着不小的差距，故他效辛体的词作往往失之粗豪而精品甚少。而且，常年流落江湖又使他沾染了较浓的"江湖习气"，咏美人足、咏美人指甲一类庸俗之作就是其词中败笔。

辛弃疾的后继者众多，有杨炎正、黄机、岳珂、刘克庄以及宋元交替之际的刘辰翁、文天祥等人。这里仅以刘克庄、刘辰翁词为例。

刘克庄（1187—1269），他所生活的南宋后期，国势较辛、陆时期更为危殆。其时，恢复中原的梦想已彻底破灭，随着蒙古铁骑挥师南下，国家正处于灭亡的边缘。在这种复杂的政治形势下，作为一位有爱国心和责任感的士大夫，刘克庄作词学辛便是十分自然和自觉的事情。冯煦说："后村词与放翁、稼轩，犹鼎三足。其生丁南渡，拳拳君国似放翁；志在有为，不

①　黄昇：《花庵词选·中兴以来绝妙词选》卷五，中华书局 1958 年版。
②　吴世昌：《罗音室词札》，载《罗音室学术论著》第二卷《词学论丛》。
③　岳珂：《桯史》，转引自《宋元笔记小说大观》，上海古籍出版社 2001 年版。

欲以词人自域似稼轩。"① 这就说明了刘克庄爱国词作产生的思想根源。

在他的词中，反映现实和"以词为论"的现象非常普遍。比如《贺新郎》中所写"尽说番和汉。这琵琶依稀似曲，蓦然弦断。作么一年来一度，欺得南人技短。叹几处城如累卵"，另一首《贺新郎》所写"国脉危如缕"，《水调歌头》所写"四方蹙蹙靡骋"等，都反映了大兵压境，南宋统治摇摇欲坠的实况。又比如其《贺新郎·送真州子华》："记得太行山百万，曾入宗爷驾驭。今把作握蛇骑虎。君去京东豪杰喜，想投戈下拜真吾父。谈笑里，定齐鲁"，《满江红·送宋惠父入江西幕》："帐下健儿休尽锐，草间赤子俱求活"，主张对农民起义军要采取宽厚的政策，甚至建议当政者联络他们共御外敌，这样的词，无疑都是可以当做政论来读的。当然，过多的"以词为论"也使得后村词过于议论化、散文化，以至于出现了"直致近俗，乃效稼轩而不及"② 的结果。

刘辰翁（1232—1297），他身处宋元易代之际，曾亲身参与抗元，兵败后不仕新朝，而将亡国的深哀巨痛一寄于词，表现出坚强不屈的民族气节。纪昀《四库全书总目提要》称其："于宗邦沦覆之后，睠怀麦秀，寄托遥深，忠爱之忱，往往形诸笔墨，其志亦多可取者"，这大体说出了刘辰翁为人为词的实情。刘辰翁的词展现了南宋灭亡的血泪史，比如1275年，权相贾似道率师抵抗元军，不战而溃。刘辰翁闻报，即赋《六州歌头》（向来人道），揭露和谴责贾似道的罪行。又如其《兰陵王·丙子送

---

① 冯煦：《宋六十一家词选例言》。
② 张思岩辑：《词林纪事》引《历代诗余》录张炎语，成都古籍书店1982年版。

春》和《兰陵王·丁丑感怀和彭明叔韵》，都是直接描写临安城破的亡国之变的。况周颐《餐樱庑词话》云："须溪词多真率语，满心而发，不假追琢，有掉臂游行之乐。其词笔多用中锋，风格遒上，略与稼轩旗鼓相当。"即指此类大胆而迅速地反映时事的词作。

总之，在南宋特定的历史条件下，以辛弃疾为领袖，其生前和身后出现了一个可称之为"辛派爱国词人"的作家群。在他们手中，歌词的表现内容由原来的闺阁情事扩展到家国大事、社会人生，其形式和表现手法也较原来有了较大的改变和突破。其中的优秀作品，无论是思想性还是艺术性都堪称经典，为词体的持续发展指明了新的发展方向。

但是，相当一部分以稼轩为宗的末流词人，本身并不具备应有的才学和胸襟，仅以粗豪叫嚣为能事却忽略词体独特的艺术个性和发展规律，这就将稼轩词的后继发展导入歧路。仇远《山中白云词序》说："陋邦腐儒，穷乡村叟，每以词为易事，酒边豪兴，引纸挥笔，动以东坡、稼轩、龙洲自况，极其至，四字《沁园春》，五字《水调歌》，七字《鹧鸪天》、《步蟾宫》，拊缶击缶，同声附和，如梵呗，如步虚，不知宫调为何物，令老伶俊倡，面称好而背窃笑，是岂足言词哉？"所指出的正是这种情况。

三 崇尚雅正和讲求词法的"雅词"营垒

就在爱国词人以"盘空硬语"唱响南宋词坛的同时，北宋晚期的典雅词风也在悄然回暖，"人家小语，一声声近清唱"①，

---

① 陈亮：《念奴娇·至金陵》，转引自唐圭璋编《全宋词》，中华书局1999年版。

并逐渐形成"稼轩风"以外的另一种潮流。这类软语清唱的雅词，既有对周邦彦等人词风的传承和发扬，又带上了南宋特有的审美新质和时代风貌。

姜夔（1155？—1221？）与辛弃疾的生活年代相仿，是南宋雅词派的代表人物。朱彝尊《黑蝶斋诗余序》说："词莫善于姜夔，宗之者张辑、卢祖皋、史达祖、吴文英、蒋捷、王沂孙、张炎、周密、陈允平、张翥、杨基，皆具夔之一体。"可见其流风沾溉之广。姜夔困踬场屋，终身未仕，始终以清客身份转徙于豪门之间。但他生性耿介清高，能以清贫自守，对诗、文、词无所不精，在音乐方面也有相当深厚的造诣，是一位难得的艺术全才。他的词所具有的高超的艺术成就，便与其多方面的艺术修养有着密切的联系。

姜夔词在题材内容方面仍旧沿周邦彦的老路，以摹写恋情和咏物为主，并没有太多新的拓展。他的主要贡献在于，一方面，将文人的幽情雅意援引入传统的婉约词（尤其是恋情词），"健笔写柔情"，确立了以"骚雅"为核心的审美规范；另一方面，讲求词法，进一步完善雅词的表现艺术，为后来的雅词创作提供了成功的范例。

先来看前者。

张炎《词源》卷下说："词要清空，不要质实。清空则古雅峭拔，质实则凝滞晦昧。姜白石词，如野云孤飞，去留无迹。"所谓清空，大致来说就是用冲淡的笔调，用雅致而隽永的手法，避实就虚、遗貌取神，从而达到超逸空灵的艺术境界。以清空之笔写柔情绮思，正是姜夔恋情词的别开生面之所在。

首先，与传统艳情词惯用浓墨重彩不同，姜夔善于用冷色调来为炽热的恋情"降温"，赋予艳情以高雅的情趣和超脱尘俗的韵味，从而形成清刚峭拔的"骚雅"。

他常用冷笔来处理恋情词和咏物词中的景与物，比如：

> 东风冷、香远茜裙归。
>
> 　　　　　　　　　　　　　　　　　（《小重山令·赋潭州红梅》）
>
> 冰魂寂寞无归处，独宿鸳鸯沙水寒。
>
> 　　　　　　　　　　　　　　　　　　　　　（《女郎山》）
>
> 十亩梅花作雪飞。冷香下，携手多时。
>
> 　　　　　　　　　　　　　　　　　　　（《莺声绕红楼》）
>
> 春点疏梅雨后枝，翦灯心事峭寒时。
>
> 　　　　　　　　　　　　　　　　　　　　　（《浣溪沙》）
>
> 西窗夜凉雨霁。叹幽欢未足，何事轻弃。
>
> 　　　　　　　　　　　　　　　　　　　　　（《解连环》）
>
> 千树压，西湖寒碧。
>
> 　　　　　　　　　　　　　　　　　　　　　　（《暗香》）
>
> 竹外疏花，香冷入瑶席。
>
> 　　　　　　　　　　　　　　　　　　　　　　（《疏影》）

　　缠绵、温馨的情感经过冷峭清幽之景的映衬和过滤，自然地呈现出一种清远空灵的色彩和情致，这种以冷清为美的"雅士"式审美趋向，就与传统恋情词的以艳为美大异其趣。

　　姜夔词又多选择淡而隽雅的意象。除了传统歌词中常用的水、云、月等淡雅意象外，他还特别偏爱梅、柳意象。在姜夔的84首词作中，咏梅或提及梅花者达28首之多，咏柳或提及柳者也有25首。含"梅"意象者如《小重山令》、《江梅引》、《鬲溪梅令》、《暗香》、《疏影》、《一萼红》等；含"柳"意象者如《点绛唇》、《杏花天影》、《琵琶仙》、《浣溪沙》、《淡黄柳》、

《长亭怨慢》、《解连环》等。夏承焘先生《姜白石编年笺校》说，白石词集中怀念合肥情人之作，"多托兴梅柳"用这些淡雅隽秀的意象写情，也在一定程度上摆脱了以往恋词的"艳"，托意隐微，情深调雅，"读之使人神观飞越"①。

其次，与传统艳情词的密丽质实不同，姜夔又常用虚笔写情，避实就虚，遗貌取神。

用实笔写恋情，往往失之软媚或浮艳，正所谓"志之所之，一为情役，则失其雅正之音"②，而即便是周邦彦，有时也在所难免。姜夔的恋情词，则往往过滤省略掉旖旎缠绵的爱恋细节，只表现离别后精神上的追求苦恋，从而将恋情进一步升华和净化。如：

> 肥水东流无尽期。当初不合种相思。梦中未比丹青见，暗里忽惊山鸟啼。
>
> 春未绿，鬓先丝。人间别久不成悲。谁教岁岁红莲夜，两处沉吟各自知。
>
> （《鹧鸪天·元夕有所梦》）

此词虽是怀念合肥恋人，但却丝毫不提及这段情缘的具体情事，而只有梦萦魂牵、刻骨铭心的忆恋。寓实于虚，寄深悲于平淡的写法，使词篇别具清峭拗健、空灵蕴藉的情韵。

姜夔又善于利用艺术的通感将不同的生理感觉连缀起来，表现某种特定的心理感受。如下面一首词：

---

① 张炎：《词源》卷下，转引自唐圭璋《词话丛编》，中华书局 2005 年版。
② 同上。

> 金谷人归，绿杨低扫吹笙道。数声啼鸟。也学相思调。
>
> 月落潮生，掇送刘郎老。淮南好。甚时重到。陌上生春草。

（《点绛唇》）

词人从侧面着笔，通过写景，将自己的感情外射于物，使读者产生优美的想象。上片追忆，绿杨啼鸟，实际上正表现了作者对吹笙人的无尽眷恋；下片写别后思念，"陌上生春草"五字截断众流，相思之遥深，伤心之无限的心绪不尽于言外，令人回味悠长。

姜夔恋情词反俗为雅，"健笔写柔情"，这不仅创造了一种亦真亦幻的空灵境界，提高了艳情词的格调品位，也迎合了贵族雅士阶层弃俗尚雅的审美情趣，为后世文人词创作提供了无限法门。

再来看后者。

姜夔在处理词与乐的矛盾以及增强词的艺术表现力方面都作出了突出的贡献。

与北宋周邦彦一样，姜夔也精通乐理，是南宋著名的音乐家。他"长于音律，尝著《大乐议》，欲正庙乐"[1]，又向朝廷上《琴瑟考古图》、《圣宋铙歌鼓吹》，并创作《白石道人歌曲》，对歌词合乐问题进行了多方面探索。

关于姜夔词与乐结合的特点，历代词学家已多有论及。如沈义父《乐府指迷》云："姜白石清劲知音。"郭麐《灵芬馆词话》云："（白石词）如瘦石孤花，清笙幽磬。"刘熙载《艺概·词曲概》云："姜白石词幽韵冷香，令人抱之无尽。拟诸形容，在乐则琴，在花则梅也。"这些描述都揭示了白石词所具有

---

[1]　徐献忠：《吴兴掌故集》。

的可意会不可言传的内在节奏与扣人心弦的内在旋律。

白石词与乐的结合大致有两种方式，一为传统的"倚声填词"，即先乐后词，乐主词从；另一种是"初率意为长短句，然后协以律"① 的一部分自制曲和自度曲，即先词后乐，词主乐从。无论是哪种方式，他都能作到词乐和谐，二者相得益彰。

姜夔词集名《白石道人歌曲》，存词84首，计6卷。其中的"倚声填词"之作，夏承焘先生认为其曲调的来源大致有五种：

> 一种是截取唐代法曲、大曲的一部分而成的，象他的《霓裳中序第一》，就是截取法曲商调《霓裳》的中序第一段；一种是取各宫调之律，合成一只宫商相犯的曲子，叫做"犯调"，象《凄凉犯》；一种是从当时乐工演奏的曲子里译出谱来，象《醉吟商小品》，是他从金陵琵琶工求得品弦法译成的；一种是改变旧谱的声韵来制新腔，象平韵《满江红》，是因为旧调押仄韵不协律，故改作平韵。《徵招》是因为北宋大晟府的旧曲音节驳杂，故用正宫《齐天乐》足成新曲；一种是他人作谱他来填词的，象《玉梅令》本范成大家所制。②

在当时"乐典久坠"的情况下，姜夔对传统词乐的收集和整理无疑使词与乐的矛盾在一定程度上得以缓和。

《白石道人歌曲》中"自度曲"和"自制曲"共12首，分别为《淡黄柳》、《惜红衣》、《暗香》、《疏影》、《扬州慢》、

---

① 姜夔：《长亭怨慢序》，转引自唐圭璋编《全宋词》，中华书局1999年版。
② 夏承焘：《姜夔的词风》，转引自《月轮山词论集》，中华书局1979年版。

《角招》、《徵招》、《凄凉犯》、《长亭怨慢》、《翠楼吟》、《石湖仙》、《秋宵吟》。这 12 首自创曲有的是因声制词，即先曲后词，如夏承焘先生提到的《凄凉犯》、《徵招》等，有的则是先作词后谱曲，如《长亭怨慢》、《惜红衣》等。先词后曲，歌词可以不受声律的制约，舒卷自如地抒发情感，这比严守音律、依调填词的方式要自由得多。因此，因词制曲不失为歌词合乐方式的新尝试。当然，这种方式对词人的音乐修养要求很高，那些"才说音律，便以为难"（张炎《词源》）的作者是无法做到的。

姜夔有 17 首词自注工尺谱，这就为南宋后期词家"倚声填词"提供了宝贵文献。而且，由于"音节谐婉"，其词又成为后来不谙乐理的词人按格律填词的"样本"，沈义父《乐府指迷》云："自沈吴兴分四声以来，凡用韵乐府，无不调平仄者。……以及白石、梦窗辈，各有所创，未有不悉音理而可造格律者。今虽音理失传，而词格俱在，学者但依仿旧作，字字恪遵，庶不失其中矩矱耳。"正说明了这种情况。

姜夔之讲究词法又表现在他善于炼字炼句。清人汪森《词综序》说："鄱阳姜夔出，句琢字炼，归于醇雅。于是史达祖、高观国羽翼之，张辑、吴文英师之于前，赵以夫、蒋捷、周密、陈允衡、王沂孙、张炎、张翥效之于后。"可见其"句琢字炼"之功对于南宋雅词派的深远影响。

姜夔诗、词并工，其诗始以江西诗派为宗，后又转学晚唐诗，"有裁云缝月之妙思，敲金戛玉之奇声"[1]，其歌词的炼字炼句之法，也得益于他的诗学渊源。对此，夏承焘先生就指出：

　　白石的诗风是从江西诗派出来走向晚唐的，他的词正复相

---

[1]　陈振孙：《直斋书录解题》，引杨万里语，上海古籍出版社 1987 年版。

似，也是出入于江西和晚唐的，是要用江西诗派来匡救晚唐温（庭筠）、韦（庄）、北宋柳（永）、周（邦彦）的词风的。[1]

他的善于炼字主要表现在对虚词和去声字的合理使用上。关于虚词的妙用，张炎说：

> 词之句语有二字三字四字至六字七八字者，若堆叠实字，读且不通，况付之雪儿乎？合用虚字呼唤，单字如"正"、"但"、"甚"、"任"之类，两字如"莫是"、"还又"、"那堪"之类，三字如"更能消"、"最无端"、"又却是"之类，此等虚字，却要用之得其所，若能尽用虚字，句语自活，必不质实，观者无掩卷之诮。
>
> （《词源》卷下）

这大概可以说是他所推崇的白石词的经验总结。虚词在白石词中十分常见，如"正思妇无眠，起寻机杼"（《齐天乐》），"昭君不惯胡沙远，但暗忆、江南江北"（《疏影》），"问甚时同赋，三十六陂秋色"（《惜红衣》），"池面冰胶，墙腰雪老，云意还又沉沉"（《一萼红》）"韦郎去也，怎忘得玉箫分付"（《长亭怨慢》），等等，虚词的合理搭配使句与句之间的转折、衔接更加自然流畅，也增加了句式的跌宕跳跃之美。

白石词还喜用去声字领起全句，如他的《暗香》词，其句首就多用有拗怒之感的去声字，"旧时月色，算几番照我，梅边吹笛。唤起玉人，不管清寒与攀摘。何逊而今渐老，都忘却春风词笔。但怪得竹外疏花，香冷入瑶席"。这样的词句读来抑扬有

---

① 夏承焘：《姜夔的词风》，转引自《月轮山词论集》，中华书局 1979 年版。

致，于似水柔情之外别饶清刚爽健的美感。

　　姜夔词之善于炼句也是为后来词论家所公认的。陆辅之《词旨》就特意列出其词中的若干名句作为后人创作的典范：

属对：

　　　　虚阁笼寒，小帘通月。

（《法曲献仙音》）

　　　　池面冰胶，墙腰雪老。

（《一萼红》）

　　　　枕簟邀凉，琴书换日。

（《惜红衣》）

　警句：

　　　　波心荡，冷月无声。

（《扬州慢》）

　　　　千树压，西湖寒碧。

（《暗香》）

　　　　昭君不惯胡沙远，但暗忆江南江北。

（《疏影》）

　　　　墙头唤酒，谁问讯城南诗客。岑寂，高树晚蝉，说西风消息。

（《惜红衣》）

　　　　冷香飞上诗句。

（《念奴娇》）

　　这些新奇的词句，既脱尽传统歌词的脂香粉气，也无爱国词人派的粗豪之语，自出机杼，别立一派，令人眼前一亮。南宋后期词坛上出现"家白石而户玉田"的盛况，便与姜夔词多雅辞美句有一定关联。

纪昀说："夔诗格高秀，为杨万里所推；词亦精深华妙，尤善自度新腔，故音节文采，并冠绝一时。"[①] 这说明，由于在音乐和文学上都具有极深的造诣，姜夔无论在词与乐结合方面，还是在提高歌词的艺术表现手法方面，都已经达到了南宋歌词创作的巅峰。但是，也正是在这种创作倾向的引导下，南宋雅词派片面强调歌词的艺术技巧，在形式主义的道路上渐行渐远了。

吴文英（1200？—1260？）是继姜夔之后南宋雅词派的另一重要词人。

吴文英词，其源远绍清真，沈义父《乐府指迷》云："梦窗得清真之妙，其失在用事下语太晦处，人不可晓。"可谓知言。吴文英曾亲自向沈义父传授作词四法，曰：

> 音律欲其协，不协则成长短之诗；下字欲其雅，不雅则近乎缠令之体；用字不可太露，露则直突而无深长之味；发意不可太高，高则狂怪而失柔婉之意。
>
> （沈义父《乐府指迷》）

第一条谈音律，吴文英把"协律"放在歌词创作的首要地位，可见其对词体音乐性的重视。他本人熟谙乐理，所谓"审音拈韵，习谙古谐"[②]。为了检验所作歌词是否合乐，他还时常"命乐工以筝、笙、琵琶，方响迭奏"。吴文英喜用清真词调，

---

① 纪昀：《四库全书总目》，中华书局 2003 年版。
② 朱祖谋：《梦窗词跋》，转引自金启华等编《唐宋词集序跋汇编》，江苏教育出版社 1990 年版。

在其现存的340首词中，见诸《清真集》者就有70余调。他也用姜夔词调，还能自创曲调，如《江南春》、《西子妆慢》、《玉京谣》等十阕皆为其自度曲。无论是沿用旧调，还是自创新曲，吴文英都非常注重字声安排，严辩四声平仄，这也为后代词人按格律填词提供了范本。

第二条和第三条谈下语用字，要求其典雅含蓄。不同于姜夔词风的冷香淡雅，吴文英继了清真的密丽词风并将其进一步强化，其下语用字也呈现出明显的浓艳芬芳的特色。对此，况周颐说："梦窗密处，能令无数丽字，一一生动飞舞，如万花为春。"又说："（吴文英词）即其芬芳铿丽之作，中间隽句艳字，莫不有沉挚之思，灏瀚之气，挟之以流转，令人玩索而不能尽。"①张炎也批评说："梦窗词如七宝楼台，眩人眼目。碎拆下来，不成片段。"这既指出了梦窗词独特的艺术风格和美感色彩，也点明了其部分篇什雕琢过甚、堆砌辞藻的弊病。同时，为了追求歌词的"深长之味"，一些梦窗词凝滞晦昧，以至于"人不可晓"，这些都是南宋词过分追求典雅化的结果。

第四条批驳"狂怪"之论，乃是对辛派爱国词"发意太高"的反拨，这也是南宋雅词派维护词体"本色"的具体表现之一，此不赘述。

吴文英的论词（作词）四法，既有对清真衣钵的传承，也带有其个人的艺术特色和南宋后期特定的时代风格。张祥龄《词论》说："若梦窗舍词外，莫可竖立，故殚心血为之，是丹非朱，眼光未大。"狭窄的生活面，"眼光未大"的胸次，这几乎是南宋后期雅词作者的共同特点，而他们又同时具备相当深厚的文学修养和熟练的填词技巧，这必然导致其对歌词之艺术手法

---

① 况周颐：《蕙风词话》卷二，转引自唐圭璋《词话丛编》，中华书局2005年版。

以及形式美的片面和刻意追求。

张炎（1248—?）是宋元之交著名的词人和词论家。其词"大段瓣香白石，亦未尝不转益多师"①，现存词集《山中白云》，共8卷，约300首。他的《词源》二卷，是宋代重要的词学理论著作。

张炎在《词源》中系统地阐述了他的雅词理论。

首先，他仍然十分强调歌词的音乐性，并把合乐与否作为判定雅词的标准。他说：

> 词之作必须合律。
> 始知雅词协音，虽一字亦不放过，信乎协音之不易也。
> 美成负一代词名……而于音谱且间有未协，可见其难矣。

又说：

> 辛稼轩、刘改之作豪气词，非雅词也。于文章馀暇，戏弄笔墨，为长短句之诗耳。

可见他对歌词协律的高度重视。张炎《词源》还记载其父张枢作《惜花春起早》词，为了"歌之始协"，将词中的"琐窗深"改为"琐窗幽"，又改为"琐窗明"，言外有赞赏之意。为协律而不惜损害词意，这种对词律的要求就失之严苛了。

其次，他认为歌词从内容到形式都应追求醇雅。在思想内容方面，张炎主张以词抒写符合封建道德规范的闲情雅志，所谓"若能屏去浮艳，乐而不淫，是亦汉魏乐府之遗意"，反对"批

---

① 刘熙载：《艺概·词曲概》，上海古籍出版社1978年版。

风抹月"的俗艳之词。在艺术形式上，他强调下字、用笔、运意等各方面的推敲琢磨之功。如论及字面，他说：

> 句法中有字面，盖词中一个生硬字用不得。须是深加锻炼，字字敲打得响，歌颂妥溜，方为本色语。

论及句法，他说：

> 词中句法，要平妥精粹……于好发挥笔力处，极要用功，不可轻易放过，读之使人击节可也。

这一方面可见南宋雅词在艺术性上取得的巨大成就，另一方面也说明，随着歌词的进一步文人化、雅化，它与现实生活和大众文化之间的隔膜已经愈来愈深了。

从大众口头传播到文人案头传播，从乐主词从或词乐并重到词主乐从或偏重格律，词体经历了一个音乐属性逐渐削弱而文学属性不断加强的过程。王鹏运在《词林正韵跋》中说：

> 夫词为古乐府歌谣变体。晚唐北宋词，特文人游戏之笔，被之伶伦，实出声而得韵。南渡后与诗并列，词之体始尊，词之真亦渐失。当其末造，词已有不能歌者，何论今日！居今日而言，词韵实与律相辅。盖阴阳清浊，舍此更无从则律，是以声亡而韵始严，此则戈氏著书之微旨也。

这就大致揭示了词与乐之关系由密而疏的发展变化轨迹。南渡以后，词人们或者拓展词体的抒情言志功能，或者注重词体的合律性和艺术技巧，从各自不同的角度，为唐宋词的创作增添了色彩，但是，他们都未能圆满地解决歌词合乐的持续发展问题，而且，他们创作中的种种流弊在某种程度上还使得南宋词合乐面临新的困境，加速了文人词向格律诗的转变。

第四节　新的合乐诗体

一　南宋文人词逐渐转化为新型格律诗

作为诗与乐结合的综合艺术形式，词体的音乐美具有其特殊性。夏承焘先生说："宋代之词，文与乐合，文人更以文字之声律助音乐之谐美。"① 指出词体音律美与声律美的协调性。历代不少词论家都对歌词的声律提出过要求，如姜夔《大乐议》说："七音之叶四声，各有自然之理。"张炎《词源》说："腔平字侧莫参商。"仇远《山中白云词序》说："世谓词者诗之余，然词尤难于诗。词失腔，尤诗落韵。诗不过四、五、七言而止，词乃有四声、五音、均拍、轻重、清浊之别。若言顺律舛，律协言谬，俱非本色。"谢元淮《填词浅说》亦云："词有声调，歌有腔调，必填词之声调字字精切，然后歌词之腔调声声轻圆。调其清浊，叶其高下，首当责之握管者。"作词讲究声律，可以使词与曲、字声与乐音之间的配合更加圆融无碍、契合无间。

由宽至严，是唐宋词声律的发展趋势。夏承焘先生《唐宋词字声之演变》一文曾指出其迁进嬗变的轨迹，他说：

> 大抵自民间词入士大夫手中之后，（温）飞卿已分平仄，晏（殊）、柳（永）渐辨上去，（柳）三变偶谨入声，

---

① 夏承焘：《四声绎说》，载《夏承焘集·月轮山词论集》，浙江古籍出版社1997年版，第427页。

（周）清真益臻精密。惟其守四声者，犹仅限于警句及结拍。自南宋方（千里）、吴（文英）以还，拘墟过情，乃滋丛弊。逮乎宋季，（杨）守斋、（张）寄闲之徒，高谈律吕，细剖阴阳，则守之者愈难，知之者亦鲜矣。[①]

实际上，唐五代和北宋时期对于歌词声律的要求还是比较宽泛的，"从唐宋词（尤其是五代北宋词）大多数的声律情况看，大处合拍，细处审音；寻常处讲平仄，紧要处分四声，是歌词协音所遵循的一般原则。……一般词调只须调谐平仄，就能满足音律曲度的要求了。"[②] 南宋以来，词家对歌词声律的要求日趋严格。方千里、陈允平、杨泽民三家和清真词，完全拘泥于周词的四声平仄，一味死守盲填，不敢稍有变通。杨缵《作词五要》，第一要择腔，第二要择律，第三要按谱填词，第四要随律押韵，都是强调协律的重要性。他为周密订正《木兰花慢》词律，"阅数月而后定"[③]，可见其持律之严。张炎《词源》也明确指出："雅词协音，虽一字亦不放过。"南宋词坛之所以出现这样的情形，主要有以下两方面的原因：

首先，音乐的疏离使大多数文人不得不将更大的兴趣投注到对文字格律的推敲中。

朱光潜先生《中国诗何以走上律的路》一文指出：

　　齐梁时代，乐府递化为文人诗到了最后的阶段。诗有词而无调，外在的音乐消失，文字本身的音乐起来代替它。永

---

①　夏承焘：《唐宋词字声之演变》，载《夏承焘集·唐宋词论丛》，浙江古籍出版社1997年版。

②　吴熊和：《唐宋词通论》，浙江古籍出版社1989年版，第68页。

③　周密：《木兰花慢序》，转引自唐圭璋编《全宋词》，中华书局1999年版。

明声律运动就是这种演化的自然结果……音乐是诗的生命，从前外在的乐调的音乐既然丢失，诗人不得不在文字本身上作音乐的工夫，这是声律运动的主因之一。①

南宋文人词的演变和发展也与之相似。如第三节所述，靖康南渡之后，音谱大量失坠，知音审乐者寥寥。在这种情况下，文字格律逐渐取代了乐律的主导地位，越来越受到文人的重视。沈义父《乐府指迷》云："腔律岂必人人皆能按箫填谱，但看句中去声字最为紧要。然后更将古知音人曲，一腔三两只参订，如都用去声，亦必用去声。其次如平声，却用得人声字替。上声字最不可用去声字替。不可以上去人，尽道是侧声，便用得，更须调停参订用之。"如此，则一方面，重视词体内容的作者获得解脱，他们可以无视音律的制约，只依据前人词篇的平仄、声韵，较为自由地抒情言志。对于这样的词作而言，音乐的作用变得无足轻重，所谓"歌喉所为喜于谐婉者，或玩辞者所不满；骚人墨客乐称道之者，又知音者所不合"②，它们在某种意义上已经成为完全独立的新型格律诗。另一方面，主张严守音律的词家既偶尔自度曲调，填制新词，刻意维护词体本色，又对已经失传的词乐无可奈何，也只能固守原词格律，"一字不苟作"，将词雕琢成少数文人雅士手中的精致赏玩之物。舍音律而就格律，这是南宋词发展的总体趋势，"于是音律之事，变为吟咏之事，词遂为文章之一种"。③

---

① 朱光潜：《中国诗何以走上律的路》，载《朱光潜美学文集》第2卷，上海文艺出版社1982年版，第206页。

② 刘将孙：《新城饶克明集词序》，转引自金启华等编《唐宋词集序跋汇编》，江苏教育出版社1990年版。

③ 纪昀：《四库全书总目》，中华书局2003年版。

其次，南宋文人词向格律诗的演化，也与其传播方式的改变密切相关。

在很长时期内，词主要的传播方式是歌妓口头传唱，词人按谱填词，歌伎歌以佐欢，其情形正如欧阳炯《花间集序》所云："则有绮筵公子，绣幌佳人，递叶叶之花笺，文抽丽锦，举纤纤之玉指，拍按香檀。不无清绝之辞，用助娇娆之态。"在以歌妓为中心的传播过程中，词与乐、文人填词与歌伎唱词形成了互为因果的有机体，这种特殊的传播方式对词作的描摹内容和美学风格具有决定性影响。由此，则唐五代和北宋的大部分词与其说是语言艺术，毋宁称之为歌唱艺术。

但是，随着造纸和印刷技术的发展，北宋中叶，尤其是仁宗朝以后，词的文本传播开始受到注意，① 以单篇或结集出版形式传播的宋词不在少数。单篇如《曲洧旧闻》卷七载苏轼所草吕惠卿贬谪的制词"不日传都下，纸为之贵"。结集出版的有《尊前集》②、《兰畹集》（元祐年间）等总集，《乐章集》（多存北宋故谱）、《乐府补亡》（元祐四年编）等别集，这些词集大多是供人传唱的歌本，其文学因素并未得到充分的重视。元好问《新轩乐府引》引屋梁子语曰：

> 《麟角》、《兰畹》、《尊前》、《花间》诸集，传布里巷。子母妇女交口教授，淫言谍语，深入骨髓，牢不可去，久而与之俱化。

---

① 早在五代时期已有词集刊刻。《旧五代史·和凝传》载，和凝"平生为文章，长于短歌艳曲，尤好声誉。有集百卷，自篆于版，模印数百卷帙，分惠于人焉"，但此举在当时尚属罕见。

② 据王仲闻考证，其结集不早于仁宗，不晚于神宗。

　　可见最吸引普通百姓的，并非歌词的文采，而是其中符合市民口味的世俗情调。

　　南渡以后，词的传播方式发生了极大变化，文本传播逐渐受到重视，而以歌妓为中介的口头传播逐渐消退。到南宋末年，能够传唱的歌词已经寥寥无几了。南宋时书坊盛行汇刊丛刻，出现了诸如长沙《百家词》、钱塘《典雅词》、闽中《琴趣外篇》、《六十家词》等大型汇刻词籍。其时，总集和别集也数目众多。总集有《复雅歌词》、《乐府雅词》、《唐宋诸贤绝妙词选》、《阳春白雪》、《绝妙好词》等众多刻本；别集有《东坡词》、《清真集》、《淮海居士长短句》、《稼轩词》、《放翁词》、《白石道人歌曲》等。南宋末年陈振孙《直斋书录解题》录唐宋金词籍计132种，大部分结集于南宋。而且，与晚唐五代和北宋不同，南宋时的词集，"如《草堂诗余》之类尤重应歌外，大多则专尚文藻，目的在于尊体与传人传词"。①

　　词的传播方式由歌妓演唱向文本阅读之转移，非常直接地影响着词人的创作重心。以歌妓为中心的传播格局，强调的是歌词的娱乐功能与游戏功能，音乐性是歌词创作的第一要素，作者要在考虑美听效果之后才考虑文辞和性情。一旦词乐失传，歌词以纯文本的形态呈现于文人案头，其本身的文学价值必然引起欣赏者的关注。南宋时期，词体以文本传播为主的客观事实极大地刺激了文人的创作热情，他们一方面拓展词的表现内容，使其像诗文一样能"无意不可入，无事不可言"；另一方面，他们又在词的艺术形式上下工夫，比如用汉字的四声平仄替代音乐上的旋律，或通过用典、锤炼字句、铺排章法结构等技术手段，充分实现其典雅化、格律化。于是，词体逐渐脱离音乐而独立，最终被

---

① 　吴熊和：《唐宋词通论》，浙江古籍出版社1989年版，第328页。

传统文学体系所接纳，演变为格律诗的一种。

二　南宋民间词的曲化趋势

就在文人词脱离音乐，逐渐转化为新型格律诗的同时，南宋民间词却依然沿着音乐文学的道路发展，它适应着不断增长的大众文化需求和词与乐自身的发展规律，呈现出明显的向"曲"过渡的趋势。

首先，南宋民间词的表演形式日益多样化，这不但使市民的文化娱乐生活更加丰富多彩，也为新乐种、曲种、剧种的兴起提供了新的养料。

南宋以来，城市经济持续发展，民间音乐艺术的种类更加多元化。歌曲方面，有叫声、嘌唱、小唱、唱赚、赚等乐种；歌舞方面，有舞旋、舞剑、舞判等节目；说唱方面，有说话四家，又有鼓子词、诸宫调等重要剧种；器乐方面，有大乐、细乐、清乐、小乐器、独奏等乐种。[①] 唱词是音乐艺术中的一个重要项目，一度流行于市井间和士大夫文人中的小唱表演，因唱法单一、缺少变化，最终在激烈的市场竞争中逐渐失去了优势，而诸如鼓子词、唱赚和诸宫调等在北宋已经出现的唱词种类，则以其自由活泼、多姿多彩的表演形式，在此时愈发兴盛。

鼓子词　鼓子词是始于北宋文人宴会间的一种歌唱伎艺，主要用鼓伴奏。其特征是用同一曲调演唱一组内容相近或相关的词，所谓"皆徒歌而不舞，其所以异于普通之词者，不过重叠此曲，以咏一事而已"。[②] 如欧阳修的《十二月鼓子词》，以 12 首《渔家傲》分别吟咏 12 个月的节物风光，张抡《道情鼓子

---

① 杨荫浏：《中国古代音乐史稿》，人民音乐出版社 1981 年版，第 301 页。

② 王国维：《宋元戏曲史》，华东师范大学出版社 1995 年版，第 33 页。

词》，咏春、夏、秋、冬、山居、渔父、酒、闲、修养、神仙各十首。也有说唱结合用以叙事的，如北宋赵令畤的《商调蝶恋花》，它结合元稹《会真记》本事，敷衍张生和崔莺莺的爱情故事。其12首词皆以《蝶恋花》一调反复咏唱，一曲起，一曲结，中间10首词与10段散文说白轮流相间。杨荫浏先生认为，"这种鼓子词，是由3人以上合作表演的。一人讲说或兼唱。除了他以外，另有由若干人组成的'歌伴'，同时兼管'和'及唱和乐器的伴奏"①。由此可见，它的表演意味已经相当浓厚。

到了南宋，鼓子词的演出场面愈发庞大，据周密《武林旧事》卷七载，淳熙十一年六月初一日，车驾过宫，"太上"（宋高宗）邀"上"（宋孝宗）纳凉，"后苑小厮儿三十人，打息气唱道情。太上云'此张抡所撰《鼓子词》'"。30人同台演出，其表演的形式必然更加多样，伎艺化的倾向也更加明显。这种说唱结合的表演形式在民间也受到了广泛的欢迎，例如《清平山堂话本》中的《刎颈鸳鸯会》，就保存了《商调醋葫芦》鼓子词，其歌唱部分用《商调醋葫芦》曲10次，唱词和讲说都是口语，可以清楚地看出民间艺人表演的痕迹。

唱赚　唱赚在北宋时已经流行。《都城纪事》"瓦舍众伎"条云：

> 唱赚在京师日，有缠令、缠达：有引子、尾声为"缠令"；引子后只以两腔互迎，循环间用者，为"缠达"。中兴后，张五牛大夫因听动鼓板中，又有四片太平令，或赚鼓板（夹注：即今拍板大筛扬处是也），遂为"赚"。赚者，误赚之义也，令人正堪美听，不觉已至尾声，是不宜为片序

---

① 杨荫浏：《中国古代音乐史稿》，人民音乐出版社1981年版，第311页。

也。今又有"覆赚"，又且变花前月下之情及铁骑之类。凡
赚最难，以其兼慢曲、曲破、大曲、嘌唱、耍令、番曲、叫
声诸家腔谱也。

由上可知，唱赚的发展大致经历了三个阶段。

北宋时期的唱赚有缠令和缠达两种曲式：所谓缠令，由同一
宫调内的若干曲调联结而成，前有引子，后有尾声。其歌唱时以
拍板为节，言辞俚俗，内容多近郑卫。如张炎《词源》卷下云：
"若唱法曲大曲慢曲，当以手拍，缠令则用拍板。"又云，"词婉
于诗……若邻乎郑卫，与缠令何异焉？"至于缠达，则以引子开
头，后面用两个曲调交替演唱。王国维认为，缠达是由传踏发展
而来，"盖勾队之词，变而为引子；放队之词，变而为尾声；曲
前之诗，后亦变而用他曲；故云引子后只有两腔迎互循环也"。①

南宋绍兴年间，民间艺人张五牛受到"鼓板"伎艺的启发，
革新了缠令和缠达，创造了"赚"的歌曲形式。这种歌曲形式
融合了慢曲、大曲、曲破、耍令、嘌唱、番曲、叫声等多种唱
法，成为"宋代流行的最高的艺术歌曲形式"②。所以，当时人
以为"凡赚最难"，并对唱赚的歌法、配乐、演出动作、演出禁
忌等都作出明确规定③，这是有其道理的。

"覆赚"在结构上比"赚"复杂，一般由两个以上的套曲组
成，题材内容也从原来抒写"花前月下之情"变为对英雄事迹
的歌颂，较之原来单纯的抒情唱词，其更具故事性，也更吸
引人。

---

① 王国维：《宋元戏曲史》，东方出版社 1996 年版。
② 杨荫浏：《中国古代音乐史稿》，人民音乐出版社 1981 年版，第 309 页。
③ 见南宋陈元靓《事林广记续集》卷七有关遏云社的社规社条。

唱赚在南宋民间极为流行，据周密《武林旧事》卷六"诸色伎艺人"条记载，当时临安勾栏中著名的唱赚艺人就有22人之多，书会中还有专业的作赚人，如"作赚绝伦"的李霜涯等。

诸宫调　诸宫调是一种大型的说唱伎艺。它与鼓子词一样，都是由韵、散两部分组成，但鼓子词的音乐相当简单，通篇只用一个曲调反复歌唱，因此只能描写简短的故事；而诸宫调则由属于不同宫调的多种乐曲组成，可以用来表现庞杂的故事内容。

诸宫调也是创始于北宋时期。《东京梦华录》卷五"京瓦伎艺"条："孔三传，耍秀才诸宫调。"王灼《碧鸡漫志》卷二："熙、丰、元祐间，泽州孔三传者，首创诸宫调古传，士大夫皆能诵之。"《都城纪事》"瓦舍众伎"条："诸宫调本京师孔三传编撰，传奇灵怪，入曲说唱。"宋室南渡以后，诸宫调在南宋和金都获得了发展。南宋时期，见诸载籍的民间诸宫调说唱艺人除了熊保保外，还有高郎妇、黄淑清、王双连、袁太道等人。南戏《张协状元》里，也可见南词诸宫调的痕迹。在金人统治的北方地区，诸宫调的发展更为兴盛，流传至今的文本有无名氏的《刘知远诸宫调》残本和董解元的《西厢记诸宫调》全本两种。其中，简称《董西厢》的董解元《西厢记诸宫调》体制已经相当完善，它共用14个宫调，151曲①，说白与唱词构成有机的整体，在结构、语言、人物塑造等方面都较为成功。

除此之外，民间的唱词表演还与其他瓦舍伎艺如合生、叫声、队舞等相结合，彼此交流融合，相互吸收。以队舞为例，据《宋史·乐志》载："队舞之制，其名各十。小儿队凡七十二人：一曰柘枝队，二曰剑器队，三曰婆罗门队，四曰醉胡腾队，五曰浑臣万岁乐队，六曰儿童感圣乐队，七曰玉兔浑脱队。八曰异域

---

① 　如将变体计入，则有444调。

朝天队，九曰儿童解红队，十曰射雕回鹘队。女弟子队凡一百五十三人：一曰菩萨蛮队，二曰感化乐队，三曰抛球乐队，四曰佳人剪牡丹队，五曰拂霓裳队，六曰采莲队，七曰凤迎乐队，八曰菩萨献香花队，九曰彩云仙队，十曰打球乐队。"其服装道具因队名而异，已经初具戏曲的雏形，乃"戏曲之种子也"。①

王国维说："后代之戏剧，必合言语、动作、歌唱，以演一故事，而后戏剧之意义始全。故真戏剧必与戏曲相表里。然则戏曲之为物，果如何发达乎？此不可不先研究宋代之乐曲也。宋之歌曲，其最通行而为人人所知者，是为词。"② 实际上，南宋民间词之表演形式多样化和伎艺化的过程，正是它不断向曲演化的过程。宋代的戏曲宋杂剧和南戏，其唱词既以曲子词为主，曲调也多来自词调；而戏曲的表演形式（包括后代戏曲），如曲白结合、韵散结合、载歌载舞等，也都受到了民间词表演形式的深刻影响。

其次，与文人词务求严守格律不同，民间词的体式句法较为活泼自由，更能适应音乐的发展变化。

明王世贞《艺苑卮言》说："词不快北耳，而后有北曲。"又说："曲者，词之变，自金、元入主中国，所用胡乐，嘈杂凄紧缓急之间，词不能按，乃更为新声以媚之。"这就指出了音乐在词曲演变过程中的重要作用。

南宋以来，词乐渐趋衰落，而以新兴民间音乐为基础的南北曲则蒸蒸日上。明人俞彦《爰园词话》曾慨叹说："然今世之便俗耳者，止于南北曲，即以诗余比之管弦，听者端冕卧也。"其实这种情况早在金元时代就已经存在了。南宋方面，民间的各种

---

① 王易：《词曲史》，江苏教育出版社 2005 年版，第 184 页。
② 王国维：《宋元戏曲史》，东方出版社 1996 年版。

时新小调和新兴唱法为南曲的兴盛提供了新的养料；而北曲的发展较之南曲更为迅速。元周德清《中原音韵》共收北曲 12 宫调 315 曲，很多都创自金代及元初。又明徐渭《南词叙录》云："今之北曲，盖辽金北鄙杀伐之音，壮伟狠戾，武夫马上之歌，流入中原，遂为民间日用。"① 王骥德《曲律·曲源》亦谓："入元而益漫衍其制，栉调比声，北曲遂擅盛一代。"可见北曲在当时的繁盛及其主流地位。

曲乐的发达，进一步加快了民间词的曲化进程。

一方面，词曲在音乐和体式上本就有着极深的渊源，隋树森先生《元人散曲概论》指出："散曲与唐宋人词都有渊源。从曲牌上或形式上，可以看得出来。无论小令或套数。"② 不少曲调直接沿用词调或由词调演化而来。据王易先生统计，在《武林旧事》所载宋官本杂剧的 280 段目录中，用大曲者 103，用法曲者四，用诸宫调者二，用词调者三十③；另据王国维统计，周德清《中原音韵》载杂剧 335 章，所用曲调出于大曲者 11 章，出于唐宋者 75 章，出于诸宫调者 28 章。而明沈璟《南九宫谱》所载南戏曲调 543 章，出于唐宋词者 190 章，出于诸宫调者 13 章，出于南宋唱赚者 10 章④。词曲在音乐方面的承传为民间词向曲的过渡提供了极大便利。同时，南宋民间词中"歌舞杂剧唱赚之类"与曲在体式上的诸多相似之处，也使词的曲化过程更加自然，更加顺理成章。

另一方面，民间词以文就声、由乐定辞的创作方式，使得它

---

① 徐渭：《南词叙录》，《诵芬室丛刊》二编本。
② 隋树森：《元人散曲概论》，载《元人散曲论丛》，齐鲁书社 1986 年版，第 4 页。
③ 王易：《词曲史》，江苏教育出版社 2005 年版，第 198 页。
④ 王国维：《宋元戏曲史》，东方出版社 1996 年版。

与音乐的结合更具自由性和弹性，从而能够迅速适应音乐的流变，最终发展成为一代"新声"。

为了满足歌唱的需要，民间的乐工伶人经常改变歌词的字数和句法，因此，沈义父《乐府指迷》指出："古曲谱多有异同，至一腔有两三字多少者，或句法长短不等者，盖被教师改换。"又说："秦楼楚馆之词，多是教坊乐工及闹井作赚人所作，只缘音律不差，故多唱之。"杨无咎《雨中花令》咏歌妓："慢引莺喉千样转，听过处，几多娇怨。换羽移宫，偷声减字，不顾人肠断。"赵福元《鹧鸪天》赠歌妓："裙曳湘波六幅缣，风流体态总无嫌。歌翻檀口朱樱小，拍弄红牙玉笋纤。腔子里，字儿添，嘲风月性多般。"都描述了市井歌妓变换歌词的字数句法，以求音律流美的唱词情景。这种随声而定、调无定字的情况在民间词中相当普遍。比如宋代文人词中《木兰花》56字、《蓦山溪》82字、《碧牡丹》74字；而在董解元的《西厢记诸宫调》中，《木兰花》68字、《蓦山溪》89字、《碧牡丹》98字，添字和加衬字的现象较多，句式也有所变化。音乐对民间配乐歌词的决定性地位，淡化了词曲在形式方面的界限，宋翔凤《乐府徐论》所谓"宋、元之间，词与曲一也，以文写之则为词，以声度之则为曲"。王国维说："盖南北曲之形式及材料，在南宋已全具矣。"就都指出了在音乐的作用下，词转化为曲的连续性发展过程。

再次，南宋民间词的曲化，除了表现在音乐性质的转变、句式体制的变化等外在形式上的特点外，更表现在其所反映的审美情趣和生活理想乃至人生价值取向，都与曲有着"承续无间之关系与缠结不解之因缘。"① 这种因缘主要源自于词曲所植根的

---

① 任二北：《曲谱》卷一，中华书局聚珍仿宋版《散曲丛刊》。

以商品经济为背景的世俗文化之土壤。

曲体文学最大的特点在于"俗"，即其内容上的贴近世俗和语言上的浅近通俗，民间词在这两方面也表现得较为突出。

先看内容上的贴近世俗。

宋代民间词是现实中市井生活的一种投影，同现实生活的联系非常紧密。就题材选择而言，它对家国社稷、功名事业等重大题材采取回避舍弃的态度，主要着眼于日常生活中平庸、琐碎的细节，因其随时取材于生活，真实地反映生活，故更容易打动人心，引起人们的心理共鸣。

从总体上而言，宋代民间词的题材内容还是比较广泛的。有些词表现恋情和妓情，如《转调贺圣朝》（渐觉一日）① 描写一位痴情女子的相思煎熬；《御街行》（霜风渐紧寒侵被）② 写女子对情人的软语叮咛；《解佩令》（脸儿端正）③ 描写市井歌妓的妖娆之态，等等。有的词讽刺市井奸商欺诈顾客的卑劣行径，如《行香子》"咏买酒"："浙右华亭，物廉价平。一道会（货币单位）买个三升。……这一瓶，约迭三斤。君还不信，把称来称，有一斤酒，一斤水，一斤瓶。"④ 于嬉笑怒骂中，将奸商的嘴脸暴露无遗。有的词反映了当时科举考试的情形，如《青玉案》咏"举子赴省"，将应试举子的寒酸狼狈之态刻画得入木三分。除此之外，民间词对于社会生活的其他方面，也有不同程度的触及，有节序词、戏谑词、贺词、酒令等多方面内容。这些词思想比较简单浅显，艺术品位也不高。但是，它们从普通市民的视角来看待这五光十色的凡人俗事，凸显了市民阶层注重物质

---

① 见陈耀文《花草粹编》卷四。
② 见陈耀文《花草粹编》卷八。
③ 见郑麟趾《高丽史》卷七一。
④ 见陈世隆《随隐漫录》卷二。

生活，追求现世享乐的思维方式和价值尺度，呈现出一种与雅文化截然不同的世俗文化的艺术境界。

当然，文人词中也有贴近市民生活的俚俗之作。刘永济先生在《唐五代两宋词简析》的"总论"中说：

> 由上述两大派（指豪放、柔丽二派）中，又有滑稽一派发生。这种词，在苏、柳两家的作品中也有，两家以外的作者中如秦、黄诸人也都有此。但以此出名的，如仁宗元祐间的王齐叟，徽宗政和间的曹元宠，皆以滑稽语有名于河朔。他们全用人民口语填词，内容又以滑稽调笑为主，而滑稽调笑是后来散曲的成分之一，由此可知此派，于元曲不无关联。它与俚俗新曲为近，与文人学士的雅调不同，因此不为他们所重而流传甚少。①

夏敬观《手评乐章集》也指出："奢卿词，当分雅俚二类。……俚词袭五代淫波之风气，开金、元曲子先声。"此类文人的俚俗之作，无论是艺术风格，还是价值取向，都与民间词十分相近，说它们与曲有着极深的渊源关系，也是很有道理的。

再看语言上的浅近通俗。

论及词、曲的语言风格，俞平伯《词曲同异浅说》云：

> 最初之词、曲虽同为口语体，同趋于文，而后来雅俗之正变似相反也。换言之，即词之雅化甚早，而白话词反成为别体；曲之雅化较迟，固已渐趋繁缛，仍以白话为正格也。此种情形在文史上一览可知，不待烦言也。原因自非一端，

---

① 刘永济：《唐五代两宋词简析》，上海古籍出版社 1981 年版，第 5 页。

而口语在词、曲中用法不同，亦主要原因之一。曲似乎始终
以口语为主，而以文言中辞藻错杂之。凡历来成名之曲家，
无不以白话擅长……词用口语只在宾位……故词、曲之源同
为白话，其流变迥异；曲犹保存其乐府之本来面目，词则成
为诗之别体矣。①

此论乃针对文人词而言。实际上，由于创作者和欣赏者的文
化水平较低，民间词与曲一样，也是"始终以口语为主"、"保
存其乐府之本来面目"而"以白话擅长"的，这在现存不多的
唐五代和宋代民间词中都有集中体现。

民间词浅显化、口语化的语言风格还在一定程度上影响了文
人词的创作。刘永济先生说：

　　元祐间王齐叟、政和间曹元宠，皆以滑稽语噪河朔，则又
以嫚戏污贱为词，益于曲沆瀣矣。而其前则有耆卿柳氏，务敷
衍丽情，驰誉一世。《乐章》集，屡见称于散曲中，固已俨然
为之开宗矣。余人如山谷、少游，皆喜以方言俚语入词。②

由此可见，在城市文化圈场中，民间词既以其鲜活的生命力
不断给文人词以养料；又与都市流行俗乐紧密配合，按照自己的
轨迹不断演进，由词而曲的内在发展动力，就来自于世俗文化求
新求异的本质特征。

民间词的曲化与文人词的诗化一样，都从根本上削弱了词体
自身的特征。对此，不少论者持否定态度，如况周颐在肯定元词

① 俞平伯：《论诗词曲杂著》，上海古籍出版社 1983 年版，第 696—697 页。
② 刘永济：《唐五代两宋词简析》，上海古籍出版社 1981 年版，第 72 页。

成就以后，又慨叹说："设令元贤继起者，不为词变为曲风会所转移，俾肆力于倚声，以语南渡名家，何遽多让。"① 但词体曲化，使本脱胎于民间伎艺的曲子词重又回到了民间，并赋予它以更加生动、更加通俗的方式，这无论在音乐史上，还是在文学史上，都有重要的意义。

三　唐宋词合乐的评价问题

作为音乐文学，词与乐的关系是对立统一的。从消极方面而言，词受到音乐束缚，依附于乐；从积极方面而言，音乐又赋予词以独特的体制结构，使其能于诗歌之外"别是一家"。对于词与乐的关系，历来观点不一。

有主张"音乐中心论"者，如刘尧民先生，他在《词与音乐》中说：

> 词完全是受音乐的陶铸而成功的一种诗歌，所以能够称得上"音乐的文学"。但它所受音乐的影响极为复杂，它的内容形式，各方面无一不是受音乐所赐。过去虽然有多少诗歌是和音乐有关系，但没有哪一种诗歌会如词与音乐关系之密切之复杂。

> （《词与音乐》导言）

又说：

> 词的长短句子的工具，自然是音乐给予它的。……词的"婉约"的抒情调子，这一点灵感，都是燕乐的染色，燕乐的灵感。

---

① 况周颐：《蕙风词话》卷三，转引自唐圭璋《词话丛编》，中华书局 2005 年版。

还说：

> 词之抒情既以发抒两性之感情为中心，所以它的形态，必然趋于温柔婉约之一途，各种感情既以两性之情最为真挚，所以超出此范围外，取材广泛之题材，则情的晕围必逐渐淡薄以至于无。此所以唐五代、北宋之词之真纯，为以后之词所不及。而苏、辛"豪放派"之词，与夫取材广泛之题材之词所以为词之别调，而词之衰落，这是重要的原因。①

刘先生认为"词的时代是尊重音乐，诗歌反而附属于音乐"，这对于唐五代和北宋时期的词而言是基本符合实情的。但是，他过分强调音乐对词的影响力，否定词与乐关系的一切发展和变革，这显然是过于狭隘了。

也有持"音乐束缚论"者，比如胡适，他认为"苏轼以前，词的范围很小，词的限制很多"，而苏轼"解放了词体"，能够"不受词的严格限制，只当词是诗的一体"。他高度赞扬苏、辛，指出："苏轼、辛弃疾作词，只是用一种较自然的新诗体来作诗，他们并不想给歌童倡女作曲子"；又严厉批评那些严守音律的词人，认为："他们宁可牺牲词的意思来迁就词的音律，不肯放松音律来保存词的情意"，是"把那渐渐脱离音乐的词，硬送回到音乐里去"。"音律与古典压死了天才与情感，词的末运已不可挽救了。"② 胡适所论，很大程度上是出于新文学运动的需

---

① 刘尧民：《词与音乐》，云南人民出版社 1982 年版，第 277 页。
② 胡适：《〈词选〉自序》，载《胡适古典文学研究论集》（上），上海古籍出版社 1988 年版，第 554—555 页。

要。他完全割裂了词与乐的内在联系，将二者视为对立面，片面强调文学的独立性，这种论断对于作为音乐文学的词而言，是非常武断和不科学的。胡适的观点也对后来的词学研究产生了及其不良的影响。新中国成立以后，一些学者谈及词与乐的关系，仍然评论说："词在北宋以前，正如前述，原是非常活泼自由的新形式，保持着来自民间口头创作的本色；以致文人染指，便逐渐发生了变化：一方面在具有一定人民性的进步文人手中，确实也扩大了词的境界，精炼了词的语言，这是艺术的提高，还属于民主性精华；另一方面则更多地落入统治者所豢养的士大夫手中，一步步导向形式主义、神秘主义的邪路，讲究什么'宫调声情'，又所谓'依月用律'，神乎其神，玄而又玄，以致搞到连他们自己也莫名其妙的程度。"① 这不但不符合实际，也陷入了"唯阶级论"和"唯思想意识论"的泥淖。

词与乐的关系是一个不断发展和演进的过程，这个过程既影响了词体本身的性质特征，也决定了词体的演化和蜕变。

文人词摆脱音乐最终独立，这从音乐的角度讲，固然是一种遗憾，但从文学的角度讲，则又未尝不是一种解放或创新。正如钟振振先生所指出的那样："今天的读者尽可以为词之音谱的不传而感到遗憾，然燕乐亡而词独崔嵬屹立于天地间，则其文学骨骼之发育成熟、艺术灵魂之凝聚持恒，实经严酷无情的考验乃得以昭现，这未始不值得我们为之庆幸。"② 对音乐的疏离虽然消弭了歌词"别是一家"的特立性，但同时却也确立了它在文学史、诗史上的独特地位，这正是词体文学性不断发展完善的必然

---

① 公木：《歌诗与诵诗：兼论诗歌与音乐的关系》，载《文学评论》1980 年第 6 期。

② 钟振振：《论金元明清词》，载《第一届词学国际研讨会论文集》，台北中研院中国文哲研究所筹备处 1994 年版，第 269 页。

结果。

在文人词脱离了音乐之后，民间词逐渐发展成与音乐更为合契的文学式样——曲，由词而曲的过程也体现了在大众文化的背景下，流行音乐对文学的自主选择。

第四章

唐宋词与当代流行歌曲的比较研究

如第二章所述，从文化归属上来说，唐宋词与当代流行歌曲都属于大众文化。因此，二者具有着较为相似的"另类"社会功能和文体特性。不仅如此，它们在主题选择和"包装策略"上，也表现出惊人的一致性和共同的倾向。

第一节　主题论

一　唐宋词与当代流行歌曲情爱主题之比较

毋庸置疑，我们处在一个被情歌包围的年代。大街小巷充斥着流行歌曲的旋律，情和爱是它的普遍话题。而在"风暖繁弦脆管，万家竞奏声"的唐宋词中，情爱主题也是屡见不鲜。但因唐宋词毕竟与当代流行歌曲相隔近千载，是不同时代的产物，因此二者在情爱主题的表现上，既有相同和相似之处，也明显可见时代变迁的轨迹。

两者的相似之处主要表现在以下两个方面：

（一）情爱意识的张扬

相对于前代其他表现爱情题材的文学作品而言，唐宋词中的爱情观念有所进步，情爱意识也更加张扬。

早在"文学自觉"的六朝时代，宫体诗人就已经把女性提升为文学的主要表现对象。他们在诗中大量描写女性的容貌美和形体美，并把这种美与自然之美、日常器物之美一同吟咏，这就在一定程度上拓宽了文学表现领域。但宫体诗作者要么仅将女性作为单纯的客体来作静态的描摹，要么怀着狎玩的心态将女性视为"来侍寝于更衣"、"得横陈于甲帐"① 的玩偶，重声色却乏性情。然而同是以女性和情爱为写作对象，唐宋词就显然有所进步：

首先，词人不但形容尽致地描绘女性的容貌体态，而且赋予女性形象以丰富细腻的情感和鲜明灵动的个性，从而达到了"形"与"意"的完美结合。比如张泌的《杨柳枝》：

腻粉琼妆透碧纱，雪休夸。金凤搔头坠鬓斜，发交加。
倚着云屏新睡觉，思梦笑。红腮隐出枕函花，有些些。

此词描写一位女子梦后初起的片断。词中既有对人物外貌和服饰的细致描摹——她冰肌雪肤、腮隐红霞，金凤搔头斜坠在鬓边，乌发缭乱……也有对主人公回味梦中甜蜜情事的细腻刻画，"思梦笑"三个字把梦表现得极为透脱、深浓，娇慵情态，呼之欲出。

再如晏几道《临江仙》：

斗草阶前初见，穿针楼上曾逢。罗裙香露玉钗风。靓妆眉沁绿，羞脸粉生红。　流水便随春远，行云终与谁同？酒醒长恨锦屏空。相寻梦里路，飞雨落花中。

---

① 　徐陵：《玉台新咏序》，影印文渊阁四库全书本。

词之上阕可谓一句一景，一景一情。通过情景交融的描写，暗示了双方情感由浅入深的过程。而"相寻梦里路，飞雨落花中"二句，不但真情弥漫，且难掩"悲欢离合之事，如幻如电，如昨梦前尘"① 的悲凉和沧桑。

在多情缠绵的情感模式下，唐宋词中的女性形象又打破原来概念化、附庸化的局限，凸显鲜活灵动的人物个性。例如同样为爱情守望，表现却各不相同："无言匀睡睑，枕上屏山掩。时节欲黄昏，无聊独倚门"② 是自怨自艾者；"含恨含娇独自语：今夜约，太迟生！"③ 是温婉多情者；"早知恁么，悔当初，不把雕鞍锁"④ 是热情泼辣者；"花自飘零水自流，一种相思两处闲愁。此情无计可消除，才下眉头却上心头"。⑤ 则是多感易伤者……个性化的言谈、举止和内心活动真实地反映出人物不同的性格和心绪。

其次，也是更为重要的是，男性词人在某些词中直接表现了对女性的爱慕之情。从表面上看，这只是抒情角度的改变，实际上却融注了词人对女性的某种关爱。

在前代以爱情为题材的文人文学作品中，由于受到封建礼教的影响，女性多局限在以男子为中心，思慕男子甚至向男子邀怜取宠的附庸地位。如曹植《七哀》诗，描写思妇对游子的思恋，充满了缠绵乞怜之意；萧纲《采莲曲》"千春谁与乐，唯有妾随君"，一厢情愿地把女性的欢乐设定为男性的赐予。在这些作品

---

①　晏几道：《小山词自序》，转引自金启华等编《唐宋词集序跋汇编》，江苏教育出版社1990年版。

②　温庭筠：《菩萨蛮》，转引自曾昭岷等编《全唐五代词》，中华书局1999年版。

③　和凝：《江城子》，转引自曾昭岷等编《全唐五代词》，中华书局1999年版。

④　柳永：《定风波》，转引自唐圭璋编《全宋词》，中华书局1999年版。

⑤　李清照：《一剪梅》，转引自唐圭璋编《全宋词》，中华书局1999年版。

中，男性对女性多持一种居高临下的"垂怜"之态，理所当然地接受痴情女子们"忆君"、"思君"的情怀。而到了词中，这种状况却有了一定的改观。不少士大夫文人开始放下"架子"，设身处地、体贴入微地深入女性的内心世界，替她们谱写"心曲"，向她们吐露衷肠。他们往往将"谢娘"引为"知音"，向"卿卿"倾吐"心事"，既对女性的美姿赞叹不已，又因她们的悲伤而黯然销魂。① 在此类词中，创作者常常倾注了一定的真情。以韦庄词为例，如其《浣溪沙》：

> 惆怅梦余山月斜，孤灯照壁背窗纱。小楼高阁谢娘家。暗想玉容何所似？一枝春雪冻梅花。满身香雾簇朝霞。

那如梅如雪，似雾似霞的"谢娘"，既是词人思慕的对象，更寄寓着他心中对美的追求与渴望。

再如《女冠子》两首：

> 四月十七，正是去年今日，别君时。忍泪佯低面，含羞半敛眉。　不知魂已断，空有梦相随。觉来知是梦，不胜悲。

> 昨夜夜半，枕上分明见。语多时，依旧桃花面，频低柳叶眉。　半羞还半喜，欲去又依依。觉来知是梦，不胜悲。

这是一组联章组词，前一首写女梦男，后一首则写男梦女。在以梦传递的刻骨相思中，体现了男女恋人间相互交流、相互依恋的关系。

---

① 高锋：《花间词研究》，江苏古籍出版社 2001 年版，第 94 页。

可以说，在唐宋词中，不但女性形象的塑造和情爱内容的表现较之前代文学有所发展，而且创作者对女性的态度也在某种程度上有了一些转变。这不仅使唐宋艳情词具有"情真而调逸，思深而言婉"①的感染力，且对后世爱情题材的作品有所启迪。

当代流行歌曲大而化之地来讲，也可以说是一首首现代意义上的情歌，这种情形其实早在20世纪七八十年代流行歌曲刚刚复兴时已初露端倪。仅看当时的歌名就很能说明问题：《难忘的初恋情人》、《碎心恋》、《谁来爱我》、《忘记他》、《甜蜜蜜》、《爱人》、《我只在乎你》、《何日君再来》、《爱像一首歌》、《君心我心》……此后，《爱如潮水》，席卷了包括大陆、港台、新加坡在内的各地流行华语歌坛，80年代中后期以来，爱情题材竟占到流行歌词总数的十之八九，可以毫不夸张地说，爱情已经成了当代流行歌坛的"通用货币"。其中有青涩的爱情，如《青梅竹马》："是谁和谁的心刻在树上的痕迹，是谁和谁的名留在墙上未曾洗去，虽然分手的季节在变，虽然离别的理由在变，但那些青梅竹马的爱情不曾忘记"；有成熟的爱情，如《恋爱预告》："爱神也有苦恼，问他可知道，看看我的心似是醉了樱桃，人如熟了樱桃，爱情常向窗边低诉，恨他不知道"；有甜蜜的爱情，如《舍不得把眼睛睁开》："身边只要有你在，阳光片片洒下来"；也有苦涩的爱情，如《晚秋》："在这枫叶飘零的晚秋，才知道你不是我一生的所有"；放荡的爱情如《独自去偷欢》："独自去偷欢，我谢绝你监管"；专一的爱情则如《一天一天等下去》："一天一天等下去，没有想过抛开这份情。"

爱情题材在当代流行歌词中的主导地位，一方面源自音乐工

---

①　晁谦之：《花间集跋》，转引自金启华等编《唐宋词集序跋汇编》，江苏教育出版社1990年版。

厂的批量生产，另一方面却也顺应了消费大众对于爱情的心理期待。这正体现了新时期以来，随着意识形态的转变，人们开始越来越多地关注个体生活和个人情感世界的新趋势。

情感是"内容的包衣，这正是音乐所要据为己有的领域"①。爱情作为人类生活中最自然、最本能的情感之一，其成为唐宋词和当代流行歌词共同的主题并非偶然。在特定的历史进程中，给爱情以充满人情味和世俗性的不同表述与诠释，这便是唐宋词及当代流行歌词的重要价值之所在。

（二）艺术风格："犹以气格为病"

此处借用"犹以气格为病"②，并没有褒贬的含义在里面，只用以概括唐宋词与当代流行歌词偏柔、偏弱的共性风格。

前人云："词之为体如美人，而诗则壮士也；如春花，而诗则秋实也；如夭桃繁杏，而诗则劲松贞柏也。"③ 这就形象地指出了诗词判然有别的美感类型。唐宋词绵软、香弱的艺术风格大体表现在以下几个方面：

从选景造境的角度说，比如同为写水，诗人笔下往往是"君不见黄河之水天上来，奔流到海不复回"④ 之类大场景，词人则多选取："春水碧于天，画船听雨眠"⑤ 这样精巧的画面；同写风雨，诗家青睐"黑云翻墨未遮山，白雨跳珠乱入船"⑥ 式

---

① 黑格尔：《美学》第三卷（上），上海商务印书馆出版社 1979 年版，第 345 页。

② 叶梦得：《避暑录话》卷三，转引自《宋元笔记小说大观》，上海古籍出版社 2001 年版。

③ 田同之：《西圃词说》引魏塘曹学士语，转引自唐圭璋《词话丛编》，中华书局 2005 年版。

④ 李白：《将进酒》，载李白《李太白全集》，中华书局 1977 年版。

⑤ 韦庄：《菩萨蛮》，转引自曾昭岷等编《全唐五代词》，中华书局 1999 年版。

⑥ 苏轼：《望湖楼醉书》，载《苏轼全集》，上海古籍出版社 2000 年版。

的急风骤雨，而"小雨纤纤风细细"① 一类的斜风细雨则更合词作者的口味。清戴熙在《习苦斋画絮》中说："高山大河，长松怪石，诗人之笔也。烟波云岫，路柳垣花，词人之笔也。旖旎风光，正需词人写照耳。"此可谓知言也。

从人物形象塑造的角度讲，则大量"男子而作闺音"的作品本已使词风"先天"趋柔趋弱，而词中女性常见的那一类"懒起画蛾眉，弄妆梳洗迟"、"时节欲黄昏，无憀独倚门"② 的神态意绪，更为词作增添了娇柔无力，弱不禁风的色彩。即便是词中的男性，也多是"衣带渐宽终不悔，为伊消得人憔悴"③ "衣上酒痕诗里字，点点行行，总是凄凉意"④ 之类孱弱无助的痴情者形象，如辛弃疾词中那种"男儿到死心如铁"⑤ 的男子汉形象是少而又少。

从情感类型来讲，唐宋词中歌唱的，尽多失败的、无奈的、无望的、甚至灰色的颓废的情感，乐观向上的欢歌则很少，对此，清吴锡麒总结说："驻枫烟而听雁，舣葭水而寻渔。短径遥通，高楼近接。琴横春荐，杂花乱飞。酒在秋山，缺月相候。此其境与词宜。金迷纸醉之娱，管语丝哇之奏，浦遗余佩，钗挂臣冠。满地蘼芜，夕阳如画。隔堤杨柳，红窗有人。此其情与词宜。"⑥ 这无形中也使得词风偏于"阴柔"。

---

① 朱服：《渔家傲》，转引自唐圭璋编《全宋词》，中华书局1999年版。

② 温庭筠：《菩萨蛮》，转引自曾昭岷等编《全唐五代词》，中华书局1999年版。

③ 柳永：《蝶恋花》，转引自唐圭璋编《全宋词》，中华书局1999年版。

④ 同上。

⑤ 辛弃疾：《贺新郎·同父见和再用韵答之》，转引自唐圭璋编《全宋词》，中华书局1999年版。

⑥ 江顺诒：《词学集成》引《红豆词序》，转引自唐圭璋《词话丛编》，中华书局2005年版。

与改革开放以前那些轰轰烈烈、豪气干云的革命歌曲歌词相较，当代流行歌词明显地呈现出柔弱、婉媚的艺术风格。诚然，随着时代和社会的变迁，当代词人已不再习惯用风花雪月来营造爱情的艺术手段，人们之于唐宋词中那类过分多愁善感的情感模式也已不大习惯，但无论创作者还是欣赏者，他们对于流行歌词偏婉偏柔的审美嗜尚并未改变。比如在意象的选择方面，当代流行歌词中的"景语"本不多见，但只要使用，"暗夜"、"斜阳"、"冷风"、"秋雨"之类低迷感伤的物象必定是首选。又如当代流行歌词中的人物形象，男性也好，女性也好，总以孤独者、守望者、迷惘者、失落者为多，强者和英雄从来就不是流行歌词中的主角。再如情感类型，当代流行歌词中倾诉的，十之八九是俗世凡人无尽的烦恼与感伤，一如歌手王杰在《多少柔情多少泪》中所唱："多少柔情多少泪，往事如烟去不回，想起过去多少欢乐，如今已随流水。多少柔情多少泪，良辰美景去不回，剩下一片迷离梦静，梦醒时更悲哀。"凡此种种，共同促成当代流行歌词"阴柔"有余而"阳刚"不足的总体艺术风貌。

时历千年，唐宋词与当代流行歌词的总体艺术风格仍然遥相呼应，究其共性原因，大致有三：首先，华夏民族是农耕民族，其柔静内敛的心理特质一脉相承，导致了他们内心深处对于柔性美的偏嗜，虽然这种审美嗜尚屡遭压抑（如封建时代，"至大至刚"之气方为正道，以柔为美只能屈居末流；又如在"政治挂帅"，"以阶级斗争为纲"的年代，文学作品中的人物都是"高、大、全"形象，举国传唱的仅有的几首歌曲中，除了祖国就是党，脉脉柔情不要说表达，即便是想一想都是罪恶），但只要一有机会，它就会潜滋暗涨，迅速汇集成势不可挡的洪流。其次，词体本身的制约。无论是唐宋词，还是当代流行歌词，都是以体制短小见长。短不过十数字，长不过二三百字的篇幅，很难承载汨汨滔滔、汪洋肆虐的激情。另外，词体长短错落的句式也不适于文气的倾泻。再次，音乐的作用。唐宋词乐虽多已失传，但从诸多对"繁声淫奏"①的燕乐的描述中，可知其必定婉转缠绵。而当代流行歌曲的音乐主旋律也基本呈现软、慢、轻、柔的特点。与此类"靡靡之音"相配合，唐宋词与当代流行歌词形成偏柔偏弱的艺术风格也是十分自然的事情。

相隔近千年，时移世迁。唐宋词与当代流行歌词之间的诸多差异在所难免。大致而言，二者的不同之处主要表现在三个方面：

1. 爱情观念

不可否认，唐宋词之以"言情"独胜有它的积极意义，从文学角度讲，它开辟了一片风情独异的新天地；从思想意识的角度讲，它也较前代文学有所进步，闪烁着些许人性觉醒和人性解放的微光。然而，文学作品既然是一定时代和社会的产物，它所体现的思想观念就必然会受到当时社会的主流思想和伦理道德的制约。唐宋词人爱情观的思想根源，仍然是封建社会男尊女卑的思想。

唐宋词中的恋情，基本不脱"才子佳人"的范式，而其中的绝大部分作品，又都是以男性的视角来评判或衡量女性的"色"和"艺"。它们或细细摹写女性的居住环境、衣着配饰、音容笑貌和神态意绪，如"翠袂半将遮粉臆，宝钗长欲坠香肩。此时模样不胜怜"。② 以词人的怜爱兴奋之眼体察美女出浴的姿

---

① 王灼：《碧鸡漫志》卷一，转引自唐圭璋《词话丛编》，中华书局 2005 年版。
② 孙光宪：《浣溪沙》，转引自曾昭岷等编《全唐五代词》，中华书局 1999 年版。

容和风韵，"云一绹，玉一梭。淡淡衫儿薄薄罗。轻颦双黛螺"。① 写女性的轻愁浅恨之态，"双蝶绣罗裙，东池宴，初相见。朱粉不深匀，闲花淡淡春"②；描摹女子的服饰、装扮等，又或是夸赞女性的歌舞伎艺，如"有个人人，飞燕精神。急锵环佩上华裀。促拍尽随红袖举，风柳腰身"③ "池塘水绿风微暖，记得玉真初见面。重头歌韵响铮琮，入破舞腰红乱旋"④ "小令尊前见玉箫，银灯一曲太妖娆。歌中醉倒谁能恨？唱罢归来酒未消。"⑤ 这种建立在女性色艺基础上的恋情虽然不排除男性词人对女性美的欣羡和向往，却更多地表现出男权社会中，男性之于爱情的理解偏重感观满足和肉欲需求的特点。

既然女性的才貌是衡量她们是否值得去爱的主要标准，那么，恋爱双方就根本不可能具备平等的地位，而是依附和被依附的关系。唐宋词中最常出现的，便是思妇和怨妇的形象。而她们对待爱情，又往往痴迷得不可救药，沉醉得不能自拔，纵被冷落、离弃甚至遗忘，依然一往情深。"妾拟将身嫁与，一生休。纵被无情弃，不能羞"⑥ "奴为出来难，教君恣意怜"⑦ "旧香残粉似当初，人情恨不如。一春犹有数行书，秋来书更疏"⑧ "倦游燕，风光满目，好景良辰，谁共携手？恨被榆钱，买断两眉长斗。忆高阳，人散后，落花流水仍依旧。这情怀，对东风，尽成

---

① 李煜：《长相思》，转引自曾昭岷等编《全唐五代词》，中华书局 1999 年版。
② 张先：《醉垂鞭》，转引自唐圭璋编《全宋词》，中华书局 1999 年版。
③ 柳永：《浪淘沙令》，转引自唐圭璋编《全宋词》，中华书局 1999 年版。
④ 晏殊：《木兰花》，转引自唐圭璋编《全宋词》，中华书局 1999 年版。
⑤ 晏几道：《鹧鸪天》，转引自唐圭璋编《全宋词》，中华书局 1999 年版。
⑥ 韦庄：《思帝乡》，转引自曾昭岷等编《全唐五代词》，中华书局 1999 年版。
⑦ 李煜：《菩萨蛮》，转引自曾昭岷等编《全唐五代词》，中华书局 1999 年版。
⑧ 晏几道：《阮郎归》，转引自唐圭璋编《全宋词》，中华书局 1999 年版。

消瘦"① "眉共春山争秀，可怜常皱。莫将清泪滴花枝，恐花也，如人瘦"② ……这种在爱情中迷失自我而不知自振的女性形象，既是唐宋恋情词中的典型，也是唐宋词人爱情观倾斜和扭曲的明证。

当代流行歌词已经从根本上超越了"郎才女貌"的情爱范式。创作者与欣赏者所寻觅的，都是一种心灵上的共鸣和情感上的契合，外在因素对于爱情的限制也已逐渐变得无足重轻。歌词中最多描写的，是恋爱过程中的心境和体验，如《花满天》"真心问一声你，可否找到梦境，我愿重新陪你，一同寻觅。捧出我的祝福，吹醒你的面容，牵出你的心情，感动我的一生"；《牵手》"因为爱着你的爱，因为梦着你的梦，所以悲伤着你的悲伤，幸福着你的幸福"。《坚持到底》"是你让我翻破爱情的秘笈，四个字，坚持到底。不管有多苦，我会全心全力，爱你到底"；《读你》"读你千遍也不厌倦，读你的感觉像春天，喜悦的经典，美丽的诗篇……你的一切移动，左右我的视线，你是我的诗篇，读你千遍也不厌倦"。这种的相互理解、相互尊重的爱情观，正是枕奠在男女平等的思想基础之上的。

恋爱中男女双方的地位既然是自主独立的，当代流行歌词所表现的爱情于执著缠绵之外，又多了一份理性的沉着和冷静，在感情失败时，也能够"跳出"和"看开"：《梦醒时分》"早知道伤心总是难免的，你又何苦一往情深？因为爱情总是难舍难分，何必在意那一点点温存？要知道伤心总是难免的，在每一个梦醒时分，有些事情你现在不必问，有些人你永远不必等"，而在一些以女性视角来诠释爱情的流行歌词中，更表现了新时期女

---

① 王雱：《倦寻芳慢》，转引自唐圭璋编《全宋词》，中华书局1999年版。
② 周邦彦：《一落索》，转引自唐圭璋编《全宋词》，中华书局1999年版。

性全新的爱情观，《半糖主义》"就算你紧紧牵着我，也不代表，我属于你，我有自己的生活，爱不是每天相依为命"；《爱情三十六计》"爱是一种奇妙的东西，会让人突然不能呼吸。我需要一个人静一静，决定究竟什么该放弃"；《思念是一种惩罚》"女人天生就该被疼被爱，永远值得你去等待，别找借口勉强回头，我会学着不停留"。《太委屈》"太委屈，还爱着你你却把别人拥在怀里，不能再这样下去，穿过爱的暴风雨，宁愿清醒忍痛地放弃你，也不在爱的梦中委屈自己"。

从男尊女卑到男女平等，从女性在爱情生活中的主体缺失到自我意识的觉醒，唐宋词与当代流行歌词在爱情观念上所体现的种种不同，正是时代前进和社会文明进步的结果。

2. 表情方式

以"言情"独胜，是唐宋词与当代流行歌词的共同特征，然而在表情方式上，两者之间却存在着一定的差异。这种差异从总体而言，便是间接抒情和直接抒情的运用。

唐宋词言情多极尽含蓄之能事，如写离别："语已多，情未了，回首犹重道：'记得绿罗裙，处处怜芳草'。"[①] "镇日无心扫黛眉，临行愁见理征衣。尊前只恐伤郎意，阁泪汪汪不敢垂。"[②] "月皎惊乌栖不定，更漏将残，辘轳牵金井。唤起两眸清炯炯。泪花落枕红绵冷。"[③] 写思念："梳洗罢，独倚望江楼。过尽千帆皆不是，斜晖脉脉水悠悠。肠断白蘋洲。"[④] "生怕离怀别

---

① 牛希济：《生查子》，转引自曾昭岷等编《全唐五代词》，中华书局1999年版。

② 夏竦：《鹧鸪天》，转引自唐圭璋编《全宋词》，中华书局1999年版。

③ 周邦彦：《蝶恋花》，转引自唐圭璋编《全宋词》，中华书局1999年版。

④ 温庭筠：《望江南》，转引自曾昭岷等编《全唐五代词》，中华书局1999年版。

苦，多少事、欲说还休。新来瘦，非干病酒，不是悲秋。"① 写
两情相悦："晚逐香车入凤城，东风斜揭秀帘轻。慢回娇眼笑盈
盈。"② "无端天与娉婷，夜月一帘幽梦，春风十里柔情。"③ "淡
妆多态，更的的、频回眄睐。便认得琴心先许，与缩合欢双带。
记画堂、风月逢迎、轻颦浅笑娇无奈。向睡鸭炉边，翔鸳屏里，
羞把香罗偷解。"④ ……以侧面着笔为主，用借景抒情或者曲笔
等方式间接抒情。

　　唐宋词又善于运用象征和暗示等手法来间接传情。词人常
借用"鹧鸪"、"蝴蝶"、"鸳鸯"等成双成对的物象来暗示情
人的双宿双飞，如"照花前后镜，花面交相映。新帖绣罗襦，
双双金鹧鸪。"⑤ "可怜蝴蝶易分飞。只有杏梁双燕、每来
归。"⑥ "碧沼鸳鸯交颈舞。正恁双栖，又遣分飞去。"⑦ 用"暴
雨"、"狂风"、"严霜"等象征摧残美好事物和爱情的恶势力，
如"无端一夜狂风雨，暗落繁枝。蝶怨莺悲。满眼春愁说向
谁。"⑧ "正千林、风霜摇落，暮秋时候。"⑨ 用"神女"、"襄
王"、"巫山"等代指男女床笫之欢，如"艳冶轻盈放纵。倚东
风、从来遍宠。桃花溪上，相思未断，愁掩五云真洞。算曾揾、

---

① 李清照：《凤凰台上忆吹箫》，转引自唐圭璋编《全宋词》，中华书局 1999
年版。
② 张泌：《浣溪沙》，转引自曾昭岷等编《全唐五代词》，中华书局 1999 年版。
③ 秦观：《八六子》，转引自唐圭璋编《全宋词》，中华书局 1999 年版。
④ 贺铸：《薄幸》，转引自唐圭璋编《全宋词》，中华书局 1999 年版。
⑤ 温庭筠：《菩萨蛮》，转引自曾昭岷等编《全唐五代词》，中华书局 1999 年
版。
⑥ 晏几道：《虞美人》，转引自唐圭璋编《全宋词》，中华书局 1999 年版。
⑦ 赵令畤：《蝶恋花》，转引自唐圭璋编《全宋词》，中华书局 1999 年版。
⑧ 晏殊：《采桑子》，转引自唐圭璋编《全宋词》，中华书局 1999 年版。
⑨ 黄升：《贺新郎》，转引自唐圭璋编《全宋词》，中华书局 1999 年版。

飞鸾双控。等闲入、襄王春梦。"①　"剩烧蜜炬，只恐夜深花睡去。想得横陈，全是巫山一段云。"②　这类表情手法的应用，不仅使唐宋词具有了"风流蕴藉"无穷的韵味，也使其有了多种解读的可能。

由于时代的进步，观念的解放，当代流行歌曲言及爱情自然无所顾忌，比如初次相见，便"一见钟情我俩开花又结果"③，然后"期待见你一面，走到你门前……千百样心思，不过两个字，你叫我如此，想你"④；热恋中的男女总会问"我是不是你最疼爱的人"⑤；分手后"我们变成了世上最熟悉的陌生人，今后各自曲折，各自悲哀"⑥；遭遇情变，女方直接质问第三者"女人何苦为难女人，我们一样有最脆弱的灵魂，世界男子已经太会伤人，你怎么忍心再给我伤痕"⑦；男方慨叹"最心爱的情人，却伤害我最深，为什么你背着我爱别人。女人天真的眼神，藏着冷酷的针。人生看不清，却奢望永恒"⑧ ……这种直白袒露的情感表达，正符合现代人的文化心理特质，同时也是对快节奏的现代生活的适应。而且，迎合着"快餐化"的文化氛围，当代流行歌曲往往以第一、第二人称的直接对话为主："我就是一

---

①　沈蔚：《柳初新》，转引自唐圭璋编《全宋词》，中华书局1999年版。

②　向子谭：《减字木兰花》，转引自唐圭璋编《全宋词》，中华书局1999年版。

③　邓丽君唱：《一见钟情》，拷贝自 http：//www. haoting. com/htmusic/20995ht. htm。

④　Beyond 唱：《想你》，拷贝自 http：//www. haoting. com/htmusic/34702ht. htm。

⑤　潘越云唱：《我是不是你最疼爱的人》，拷贝自 http：//www. haoting. com/htmusic/268176ht. htm。

⑥　萧亚轩唱：《最熟悉的陌生人》，拷贝自 http：//www. haoting. com/htmusic/68316ht. htm。

⑦　辛晓琪唱：《女人何苦为难女人》，拷贝自 http：//www. haoting. com/htmusic/71224ht. htm。

⑧　许志安唱：《为什么你背着我爱别人》，拷贝自 http：//www. haoting. com/htmusic/110913ht. htm。

个爱情的俘虏，被迫地向你认输，却还要骗自己说这就是所谓幸福"①"我会变成童话里，你爱的那个天使，张开双手变成翅膀守护你。你要相信，相信我们会像童话故事里，幸福和快乐是结局"②"给你的爱一直很安静，来交换你偶尔给的关心，明明是三个人的电影，我却始终不能有姓名"③。如话家常的对白将复杂的情感纠葛交代得简洁明了、浅近直率，以单刀直入的方式取得打动人心的效果。

3. 形式语言

唐宋词与当代流行歌词的形式和语言大相径庭，这也是人们很难将二者联系在一起的原因之一。

形式方面，唐宋词的创作要求按谱填词，依曲定体，在字数、格律、平仄、音韵等细小环节都有较为严格的规定。流传至今的唐宋词调大约 800 多种，按一调三体计，有 2000 多种体式，④ 而现存的两万多首唐宋词便大体被囊括于这两千多种体式之中了。当代流行歌词的情况则截然不同。西洋乐器的传入造成了中国音乐史上的一次飞跃，也为配乐而歌的流行歌词提供了更广阔的发展空间。中西合璧的当代音乐种类繁多、形式多样，不但能够与流行歌词抒情写意的内容完美地结合，也使得流行歌曲一词一调的创作模式成为可能。因此，当代流行歌词动则以数十万首计，而且首首面目各不相同。

语言方面，由于流传下来的唐宋词以文人作品为主，因此除个别词作外，它的语言基本上属于精美考究的文学语言。其

① 孙悦唱：《爱情俘虏》，拷贝自 http：//www. haoting. com/htmusic/28353ht. htm。
② 光良唱：《童话》，拷贝自 http：//www. haoting. com/htmusic/84903ht. htm。
③ 阿桑唱：《一直很安静》，拷贝自 http：//www. haoting. com/htmusic/88449ht. htm。
④ 王兆鹏：《唐宋词史论》，人民文学出版社 2000 年版，第 106 页。

"景语"幽约细美，讲究"烟水迷离之致"①。如写水景"湖上。闲望。雨潇潇。烟浦花桥路遥"②；写春光"小径红稀，芳郊绿遍。高台树色阴阴见。春风不解禁杨花，濛濛乱扑行人面"③；写月色"吹彻小单于，心事思重省。拂拂风前度暗香，月色侵花冷"④；皆雅致可喜，有淡淡的书卷气。其"情语"则隽永深邃，如"换我心，为你心，始知相忆深"⑤ "剪不断，理还乱，是离愁。别有一番滋味在心头"⑥ "伤高怀远几时穷，无物似情浓"⑦ "衣带渐宽终不悔，为伊消得人憔悴"⑧ "人生自是有情痴，此恨不关风与月。"⑨ "许多烦恼，只为当时，一晌留情"⑩ "此情无计可消除，才下眉头，却上心头"⑪ 等一些著名的词句，至今仍被人们吟诵。又因为词体的特殊要求，唐宋词的语言谐律和婉，颇具音乐美。即使是当时屡被指斥为不合音律的苏轼词，其中大部分作品今天读来依然是流畅和谐，朗朗上口。

当代流行歌词的语言则基本上是日常生活中的口语，浅俗直白，通俗易懂。如《心靠心》："朋友，你一个人在想些什么？朋友，你是不是有些话想说？如果你有点累，听我来唱歌，陪你到天亮，一唱一和。"完全生活化的语言把朋友间嘘寒问暖的关切娓

---

　　① 况周颐：《蕙风词话》引王半塘语，转引自唐圭璋《词话丛编》，中华书局2005年版。

　　② 温庭筠：《河传》，转引自曾昭岷等编《全唐五代词》，中华书局1999年版。

　　③ 晏殊：《踏莎行》，转引自唐圭璋编《全宋词》，中华书局1999年版。

　　④ 朱淑真：《卜算子》，转引自唐圭璋编《全宋词》，中华书局1999年版。

　　⑤ 顾敻：《诉衷情》，转引自曾昭岷等编《全唐五代词》，中华书局1999年版。

　　⑥ 李煜：《乌夜啼》，转引自曾昭岷等编《全唐五代词》，中华书局1999年版。

　　⑦ 张先：《一丛花令》，转引自唐圭璋编《全宋词》，中华书局1999年版。

　　⑧ 柳永：《蝶恋花》，转引自唐圭璋编《全宋词》，中华书局1999年版。

　　⑨ 欧阳修：《玉楼春》，转引自唐圭璋编《全宋词》，中华书局1999年版。

　　⑩ 周邦彦：《庆春宫》，转引自唐圭璋编《全宋词》，中华书局1999年版。

　　⑪ 李清照：《一剪梅》，转引自唐圭璋编《全宋词》，中华书局1999年版。

娓道来。再如《暗恋的代价》："茶不思饭也不想，有些话想告诉她。心里太多牵挂，整夜心乱如麻，可是她知道吗？"用细小的生活片断将恋爱中少男的心理刻画得活灵活现。同时，当代流行歌词中也不乏朴素却富含人生哲理的语句，比如《星光》："黑夜如果太黑暗，我们就闭上眼看，希望若不熄灭就会亮成心中的星光；黑夜如果不黑暗，美梦又何必向往，破晓会是坚持的人最后获得的奖赏。"《不能这样活》："生活就得前思后想，想好了你再做。生活就像爬大山，生活就像趟大河，一步一个深深的脚窝，一个脚窝一支歌。"这些都能给人以深刻的启示。

但是，当代流行歌词的语言方面也存在着相当严重的问题。不少歌词的语言淡如白水，例如《新鲜》："坐在台阶，脱了凉鞋，愉快的斗嘴，别人在上班，我们放假，偷一点闲。不吃大餐，不多花钱，只逛公园。"真实则真实矣，却实在淡而无味。还有相当一部分歌词出现了语句不通、词意混乱的现象，明显的语法错误在当代流行歌词中也屡见不鲜。请读《千古一爱》："你是那么咄咄，我是那么乖乖"，《爱最大》："爱的力气好大好大，你背我好吗？但这不代表我会答应你，答应你嫁"，《安全感》"你是怀疑我眼光，还是怀疑你长相？每个男的你都抓狂，那我爸爸怎么办？"这类歌词，听后只会让人一头雾水，不知所云。

当代学者指出：

　　就文学作品来说，它要在自己那个时代里感动读者，必须与当时的"历史地发生了变化的人的本性"相适应，这才能引起读者的共鸣。然而，如果它仅仅是或主要是与其中那个时代所需要的、却不符合"人类本性"的内容相适应，那么在那个时代过去以后，它的魅力也就在很大程度上甚或全部消失；如果它较多地与其中符合"人类本性"的内容

相适应，那么在那个时代过去以后，它仍能在一定程度上打
动读者的心。①

以情爱为主要摹写对象的唐宋词，便是真实地反映了"人
类本性"，从而"在那个时代过去以后，它仍能在一定程度上打
动读者的心"的那类文学作品，虽历时千年，其经典之作仍能
"言情也必沁人心脾"，"写景也必豁人耳目"。②

作为当时的流行歌曲，唐宋艳情词与当代流行情歌之间虽
然存在爱情观念、表现手法等方面的差异，但也有着诸多的相
似之处，而后者向前者的借鉴也切实可行。唐宋词已经成为不
可改变的历史，当代流行歌曲却方兴未艾。它大可汲取唐宋词
中的养料，努力开拓未来的发展道路。当然，这需要人们认知
观念的转变，更需要多方面的参与和流行歌曲自身的巨大变
革。如何从历史中吸取经验教训，并用来指导下面将要走的道
路，这正是当代流行歌曲作者现在要做的事情。

二 唐宋词与当代流行歌曲怀旧主题之比较

有学者研究指出，从春秋时代的《诗经》到明清戏曲小说，
中国古代文学有十大主题曾反复出现，那就是相思、怀古、悲
秋、春恨、思乡、黍离、出处、游仙、生死和惜时，而纵观新时
期以来的中国流行歌曲，整体上与古代文学的十大主题都有巧妙
的对应关系。其中，"相思"、"怀古"、"思乡"是"重复率最
高的三大主题"，③ 这又与唐宋词的主题最为接近，"相思"（爱

---

① 章培恒：《中国文学史》，复旦大学出版社1997年版，第7页。
② 王国维：《人间词话》，滕咸惠校注，齐鲁书社1986年版。
③ 花建：《受众心理研究》，载《毛泽东邓小平理论研究》1996年第1期。

情）主题前文已述，"怀古"和"思乡"则更多地表现为怀旧情绪的倾诉，可概括为"怀旧"主题。唐宋词与当代流行歌曲中的怀旧主题既具有历史的贯通性和传承性，又呈现出不同的时代特征。

先看二者的相似与相通之处。具体来说，唐宋词与当代流行歌曲中的怀旧主题，主要表现在思乡之情和对以往美好时光的追忆之情两个方面。

（一）思乡之情

在中国人的情感世界里，乡情和亲情总是难以割舍的，班固《汉书·元帝纪》云："安土重迁，黎民之性；骨肉相附，人情所愿也。"王粲《登楼赋》亦云："人情同于怀土兮，岂穷达而易心。"这些都指出了汉民族恋土守乡、重视亲情的民族性格。源于此，中国文学作品中的思乡之情始终"剪不断，理还乱"，成为"怀旧情结"中浓墨重彩的一笔。早在《诗经·小雅·采薇》中，就有"采薇采薇，薇亦作止。曰归曰归，岁亦莫止。……昔我往矣，杨柳依依；今我来思，雨雪霏霏"。这样的思归之作，而唐诗中"近乡情更怯，不敢问来人"[1]、"举头望明月，低头思故乡"[2]、"故园东望路漫漫，双袖龙钟泪不干"[3]、"独在异乡为异客，每逢佳节倍思亲"[4] 等思乡名句至今仍是家喻户晓、尽人皆知。在唐宋词与当代流行歌曲中，也不乏对思乡之情的抒写和渲染，按其侧重表现的内容，大致又可分为思念亲人之情、思念乡土和祖国之情，以及对回归精神家园的渴望之情等几种类型。

---

① 宋之问：《渡汉江》。

② 李白：《静夜思》，《李太白全集》，中华书局 1977 年版。

③ 岑参：《逢入京使》。

④ 王维：《九月九日忆山东兄弟》。

　　第一类是思念亲人之情。

　　对于重视血缘亲情的中国人而言，挥之不去的思乡之情在很大程度上就源自对家中亲人的思念和依恋，以及对归家的向往和渴望。以唐宋词来说，比如苏轼，在他的乡愁中，便包含着当年合家团圆的美好回忆：“归心正似三春草。试著莱衣小。橘怀几日向翁开。怀祖已瞠文度、不归来。”[1] 又有与志同道合的胞弟苏辙对床夜语、听雨而眠的难忘一幕：“孤负当年林下意，对床夜雨听萧瑟。”[2] 还有对第一次婚姻生活的甜蜜追思：“夜来幽梦忽还乡，小轩窗，正梳妆。”[3] 而在其他一些词作中，我们也能够聆听到词人们渴望归家的迫切心声。如李白《菩萨蛮》：“何处是归程？长亭更短亭。”秦观《望海潮》：“无奈归心，暗随流水到天涯。”辛弃疾《鹧鸪天·送元济之归豫章》：“画图恰似归家梦，千里河山寸许长。”蒋捷《一剪梅·舟过吴江》：“何日归家洗客袍？银字笙调，心字香烧。”刘辰翁《菩萨蛮·湖南道中》：“家人当睡美，又忆归程儿。不管湿阑干，芙蓉花自看。”在当代流行歌曲的思乡意绪中，对亲情的依恋和对家庭的回归意识也占有着一定的比重，比如《酒干倘卖无》抒发了对父母养育之恩的无限感念：“没有天哪有地，没有地哪有家，没有家哪有你，没有你哪有我”；《一封家书》以“非常大众化的传递感情的方式，和更为口语化的语言”[4]，表达了对于亲人的问候和牵挂：“亲爱的爸爸妈妈，你们好吗？现在工作很忙吧？身体好

---

　　① 苏轼：《虞美人·述怀》，转引自唐圭璋编《全宋词》，中华书局1999年版。

　　② 苏轼：《满江红·怀子由作》，转引自唐圭璋编《全宋词》，中华书局1999年版。

　　③ 苏轼：《江城子》，转引自唐圭璋编《全宋词》，中华书局1999年版。

　　④ 黄会林、尹鸿主编：《当代中国大众文化研究》，北京师范大学出版社1998年版，第254页。

吗？我现在广州挺好的，爸爸妈妈不要太牵挂，虽然我很少写信，其实我很想家"；《我想有个家》诉说了一个普通人对于家的向往和渴望："我想有个家，一个不需要华丽的地方，在我疲倦的时候，我会想到它。我想有个家，一个不需要太大的地方，在我受惊吓的时候，我才不会害怕"；《流浪歌》则把对家的思念与对于母亲的依恋结合在一起："流浪的人在外想念你，亲爱的妈妈。流浪的脚步走遍天涯，没有一个家。冬天的风啊夹着雪花，把我的泪吹下。"……由此可见，无论是唐宋词，还是当代流行歌曲，其思乡之情都是扎根于家庭亲情之中的。

第二类是思念乡土和祖国之情。

唐宋词人对于亲人和家庭的牵挂，又往往延伸为对故乡的怀念和对祖国的眷恋。由于离家以后，时间和空间的距离造成了一种距离美，因此，他们记忆中的故乡格外温馨和美丽，如晏几道《阮郎归》："天边金掌露成霜。云随雁字长。绿杯红袖称重阳。人情似故乡。"周邦彦《苏幕遮》："故乡遥，何日去。家住吴门，久作长安旅。五月渔郎相忆否。小楫轻舟，梦入芙蓉浦。"李光《渔家傲》："忽忆故乡花满道。狂歌痛饮俱年少。桃坞花开如野烧，都醉倒，花深往往眠芳草。"……而当外族入侵，祖国分裂甚至覆亡之际，思乡之情又升华为深沉的家国之感，南宋初年，不少被迫流亡至江南的士人就满怀忧思地倾诉他们回归中原故土的渴望，如朱敦儒《采桑子》："扁舟去作江南客，旅雁孤云。万里烟尘，回首中原泪满巾。"吕本中《南歌子》："旅枕元无梦，寒更每自长。只言江左好风光，不道中原归思转凄凉。"南宋灭亡以后，更有词人发出了"无家"的慨叹，飘零之感油然而生，刘辰翁《沁园春·送春》叹曰："我已无家，君归何里？"陶明淑《望江南》则感叹："塞北江南千万里，别君容易见君难。何处是长安？"

当代流行歌曲中的思乡之情也往往具体地表现为乡土之恋。此类歌曲中较有代表性的有：《故乡情》、《九月九的酒》、《回家的人》、《人在江湖》、《我热恋的故乡》、《出门人》等，其中，《九月九的酒》又是最为著名、最为流行的一首：

> 又是九月九，重阳夜，难聚首，思乡的人儿漂流在外头。又是九月九，愁更愁，情更忧，回家的打算始终在心头。走走走走走呀走，走到九月九，他乡没有烈酒，没有问候。走走走走走呀走，走到九月九，家乡才有自由、才有九月九。

以中国传统的重阳节作为抒情的契入点，表现出浓烈的思乡之情，以及回归故乡的冲动。此外，在当代以思乡为主题的流行歌曲中，还有一类是以台湾同胞或海外游子为抒情主体的作品，如《故乡的云》、《我的中国心》、《乡愁》、《月之故乡》，等等。这些歌曲中的故乡实际上就是祖国，蕴涵于其中的浓重乡愁，也正是对于祖国的眷恋和对回归祖国的渴盼。

第三类是对回归精神家园的渴望之情。有时候，唐宋词中的故乡和家乡又不仅仅局限于形而下的物质层面，其中一部分还具有着形而上的精神层面的内涵。比如，面对纷纷扰扰的人世和忙忙碌碌的生活，有人就提出了这样的疑问："人生底事，来往如梭？"[①] "此身如传舍，何处是吾乡？"[②] 也有人发出这样的慨叹："屈指劳生百岁期，荣瘁相随。利牵名惹逡巡过，奈两轮、玉走金飞。红颜成白发，极品何为？"[③] "堪笑一场颠倒梦，元来恰似浮云。尘劳何事最

---

① 苏轼：《满庭芳》，转引自唐圭璋编《全宋词》，中华书局1999年版。
② 苏轼：《临江仙·送王缄》，转引自唐圭璋编《全宋词》，中华书局1999年版。
③ 柳永：《受恩深》，转引自唐圭璋编《全宋词》，中华书局1999年版。

相亲。今朝忙到夜，过腊又逢春。"① 为了给心灵减压，词人们或者强调自我关怀，体贴个体人生，以求得生命质量的相对提高，比如，不少词作中都流露出对世俗奔忙的厌倦和对自由生活的向往：

> 家山好，结屋在山椒。无事琴书为伴侣，有时风月可招邀，安乐更相饶。伸脚睡，一枕日头高。不怕两衙催判事，那愁五鼓趣趋朝，此福要人消。

> （吴潜《望江南》）

一些人则能调整心态，任天而动，坦然面对现实，这就使得其精神状态常处于泰然怡然的境地。比如苏轼，他对精神家园的寻觅，在经历了悲观、迷惘等曲折的过程之后，最终彻悟，总结出"此心安处是吾乡"② 的人生哲理，这不但是他个人应对人生逆境的法宝，也为后人寻求心理平衡和心境安宁提供了一剂良药。当代不少流行歌曲中，也流露出词人对于宁静温馨的精神家园的探究和向往。比如《橄榄树》：

> 不要问我从哪里来，我的故乡在远方，为什么流浪，流浪远方，流浪。为了天空飞翔的小鸟，为了山间轻流的小溪，为了宽阔的草原，流浪远方，流浪。还有还有，为了梦中的橄榄树，橄榄树。不要问我从哪里来，我的故乡在远方。为什么流浪，为什么流浪远方，为了我梦中的橄榄树，橄榄树。

---

① 朱敦儒：《临江仙》，转引自唐圭璋编《全宋词》，中华书局1999年版。
② 苏轼：《定风波》，转引自唐圭璋编《全宋词》，中华书局1999年版。

很显然，词人四处流浪的心灵，想要寻找的正是那属于自己的，清新恬淡的精神家园。

又如《回到拉萨》：

> 回到拉萨，回到了布达拉，回到拉萨，回到了布达拉宫，在雅鲁藏布江把我的心洗清，在雪山之巅把我的灵魂唤醒。爬过了唐古拉山，遇见了雪莲花，牵着我的手儿，我们回到了她的家，你根本用不着担心太多的问题，她会教你如何找到你自己。……我美丽的雪莲花，感觉是我的家，纯净的天空中，飘着一颗纯净的心。不必为明天愁，也不必为今天忧，来吧来吧我们一起回拉萨，回到我们阔别已经很久的家。

通过对"雅鲁藏布江"、"雪山"、"洁白的雪莲花"、"纯净的天空"等原始自然景物的呼唤，表达了词人对于灵魂净化和心灵宁静的渴望。

（二）对以往美好时光的追忆之情

普希金在《生活》一诗中写道："一切都是瞬息，一切都会过去，而那过去了的，就会变成亲切的怀恋。"用这几句诗来概括唐宋词与当代流行歌曲中的怀旧情结，真是再恰当不过。怀旧情绪的产生，大抵有两个基本前提，一是被怀念的对象与怀念者之间已经有了不可逾越的距离（如时空距离、心理距离等），而这种距离往往使对象得以美化；二是从某种意义而言，现在的生活状态（包括物质、精神、情感等诸多方面）并不令人满意，至少与以前相比存在一定的差距。因此，无论是唐宋词人，还是当代流行歌曲作者，都习惯采用追忆的写法，来弥补现实生活中的遗憾和不足。具体而言，词中的追忆之情又可分为直接抒写和今昔对比两种类型。

　　先说对追忆之情的直接抒写。距离产生美，这是审美心理的一个基本规律。很多事情，"当时只道是寻常"，经过时间的沉淀，却变得久而弥香，而一些令人印象深刻的美好回忆，则更会在人们的记忆中定格为永恒。词人直接抒写的追忆之情，便往往是对这种美好回忆的再现，其中不但有着追忆往事的淡淡哀愁，更浸润着回味往事的淡淡喜悦。比如白居易作数首《忆江南》，皆以追忆的情怀，摹写了"旧曾谙"的江南景色；又如宋初词人潘阆，他曾游余杭，而后念念不忘，作《酒泉子》（又称《忆余杭》）组词十首，分别回忆杭州、西湖、孤山、吴山、龙山和钱塘观潮，情调娴雅，清新可喜，以致"东坡爱之，书于玉堂屏风。石曼卿使画工绘之作图"。① 再如李清照，她前期的一些作品，就记录了幸福生活的点点滴滴，其《如梦令》："常记溪亭日暮，沉醉不知归路。兴尽晚回舟，误入藕花深处。争渡，争渡，惊起一滩鸥鹭。"用轻快活泼的笔调，回顾了一次给作者留下深刻印象的十分愉快的游赏。另一首《如梦令》："昨夜雨疏风骤，浓睡不消残酒。试问卷帘人，却道'海棠依旧'。知否知否，应是绿肥红瘦！"还有《减字木兰花》："卖花担上，买得一枝春欲放。泪染轻匀，犹带彤霞晓露痕。怕郎猜道，奴面不如花面好，云鬓斜簪，徒要教郎比并看。"都将生命中每一个美好的瞬间都珍藏在记忆里。

　　当代流行歌曲中也有对难忘生活点滴的追忆，如回忆欢乐的童年时光："如梦如烟的往事，散发着芬芳，那门前美丽的蝴蝶花，依然一样盛开。小河流我愿待在你身旁，听你唱永恒的歌声，让我在

---

　　① 杨湜：《古今词话》，见唐圭璋《词话丛编》，中华书局 2005 年版。

回忆中寻找往日，那戴着蝴蝶花的小女孩。"① "犹记得那年，在一个雨天，那七岁的我躲在屋檐，却一直想去荡秋千，爷爷抽着烟，说唐朝陆羽写茶经三卷，流传了千年。"② 回首青涩的学生时代："你从前总是很小心，问我借半块橡皮，你也曾无意中说起，喜欢跟我在一起。那时候天总是很蓝，日子总过得太慢，你总说毕业遥遥无期，转眼就各奔东西。"③ 怀念甜蜜的初恋"夏天夏天悄悄过去留下小秘密，压心底，压心底，不能告诉你。晚风吹过温暖我心底，我又想起你，多甜蜜，多甜蜜，怎能忘记"④，等等。由于过去的一切都成为了可望而不可即的美好回忆，怀旧情绪由此具有了若有所失而又若有所得的复杂况味，这种独特的审美心理和情绪体验，又使得此类唐宋词与当代流行歌曲由此而具有了独特的审美意蕴。

再说通过今昔对比的手法来展现的追忆之情。以昨日之欢娱反衬今日之悲凄，由此引起"华屋山丘"的盛衰之感，这是唐宋词人抒写怀旧情怀最常用的手法。晏小山即深谙此道，如其《临江仙》：

> 梦后楼台高锁，酒醒帘幕低垂。去年春恨却来时，落花人独立，微雨燕双飞。　记得小苹初见，两重心字罗衣。琵琶弦上说相思，当时明月在，曾照彩云归。

往日的软语温存、两情缱绻仿佛就在眼前，而斯人已逝，唯

---

① 孟庭苇唱：《往事》，拷贝自 http：//www. haoting. com/htmusic/86550ht. htm。

② 周杰伦唱：《爷爷泡的茶》，拷贝自 http：//www. haoting. com/htmusic/16698 ht. htm。

③ 老狼唱：《同桌的你》，拷贝自 http：//www. haoting. com/htmusic/6016ht. htm。

④ 邓丽君唱：《粉红色的回忆》，拷贝自 http：//www. haoting. com/htmusic/173726 ht. htm。

余酒醒梦回后的无穷怅惘。今与昔的巨大落差加重了全词的悲剧色彩，正所谓"悲欢离合之事，如幻如电，如昨梦前尘，但能掩卷抚然，感光阴之易迁，叹镜缘之无实也"。①

又如《鹧鸪天》：

> 彩袖殷勤捧玉钟，当年拼却醉颜红。舞低杨柳楼心月，歌尽桃花扇底风。　从别后，忆相逢，几回魂梦与君同？今宵剩把银釭照，犹恐相逢是梦中。

全词在今与昔、梦与醒、真与幻之间腾挪转换，上阕追忆当年初见情形，其越是繁华满眼、花团锦簇，就越是衬托出别后的感伤悲凉；下阕从别后之相思，一转又为今宵之重逢，但与此同时，再度分别的痛苦已然潜伏于其中了。

其他诸多唐宋词大家在抒写怀旧之情时，也多采用今昔对比的手法，比如姜夔怀念合肥恋人之作②，吴文英追思苏杭二妾之词③，张炎亡国后回顾旧日生活的词作等，都通过今与昔的巨大反差，隐现出词人的深哀剧痛，以及心中永难磨灭的伤痕。

当代流行歌曲也惯用今昔对比的手法来表现怀旧之情。如《水手》："长大以后为了理想而努力，渐渐地忽略了父亲母亲和故乡的消息，如今的我生活就像在演戏，说着言不由衷的话戴着伪善的面具。"流露出对当前人生态度的怀疑，以及对回归本真人性的渴望。《笑脸》中，因为现在"听说过许多山盟海誓的表演"，因此"突然想看看你，曾经纯真的笑脸"；《睡在我上铺的

---

① 晏几道：《小山词自序》，转引自金启华等编《唐宋词集序跋汇编》，江苏教育出版社1990年版。

② 见夏承焘《姜白石词编年笺校》词笺卷一。

③ 见夏承焘《吴梦窗系年》。

兄弟》中"你来的信写的越来越客气，关于爱情你只字不提"，"你曾经问我的那些问题，如今再没人问起"，都表现出对以往纯真心灵和亲密友情的怀念。

此外，唐宋词与当代流行歌曲的悼亡词中，也往往用今昔对比的写法来增加词情的悲感，比如苏轼悼念亡妻的《江城子》，以梦中"小轩窗，正梳妆"的夫妻恩爱之景反衬"千里孤坟，无处话凄凉"的残酷现实，贺铸《半死桐》以当年"挑灯夜补衣"的伉俪深情与"原上草，露初晞，旧栖新垅两依依"的现状对比，又如当代流行歌曲《落花的窗台》："当花瓣飘落你窗前，又到了梅雨的季节，窗台上紧闭着窗帘，却再也看不见你的脸。多希望能回到从前，也是花开的季节，你朝南的窗，挂着粉色的窗帘，我知道背后藏着你的笑脸。"《夜曲》："公园里葬礼的回音在漫天飞行，送你的白色玫瑰，在纯黑的环境凋零。……对你心跳的感应，还是如此温热亲近，怀念你那鲜红的唇印。""昔日"之景的旖旎温馨，愈发显得"今日"之景的冷清、凄凉。

当然，由于年代相隔久远，唐宋词与当代流行歌曲中的怀旧主题又呈现出不同的时代特征。这也主要表现在两个方面。

首先，从总体而言，怀旧主题的唐宋词，其情感类型比较单一，主要集中于对男女情爱的留恋，而当代流行歌曲则相对多样化。

综观怀旧题材的唐宋词，虽然其中也有对父母、儿女，以及对故乡祖国的怀念之情，但表现最多的，却是男女之间的思念和爱恋。换句话说，怀旧题材的唐宋词，在很大程度上呈现出重爱情而轻其他类型情感的"一面倒"的倾向。

比如，在前代思乡题材的文学作品中，就"全方位"地展现了对家中亲人的眷恋，而并不偏重对妻妾或恋人的怀念。其中有惦念父母的孝情：

> 肃肃鸨行，集于苞桑，王事靡盬，不能艺稻粱，父母
> 何尝。
>
> （《诗经·唐风·鸨羽》）
>
> 儿女未成人，父母已衰羸。
>
> （白居易《续古诗十首》）
>
> 重睹日月光，何报父母慈。
>
> （张为《谢别毛仙翁》）

有兄弟姐妹之间的手足之情：

> 女子有行，远父母兄弟。
>
> （《诗经·邶风·泉水》）
>
> 自叹兄弟少，常嗟离别多。
>
> （宋之问《别之望后独宿蓝田山庄》）
>
> 还家百战后，访故几人存。兄弟得相见，荣枯何处论。
>
> （钱起《初至京口示诸弟》）

有对儿女的怜爱之情：

> 今夜鄜州月，闺中只独看。遥怜小儿女，未解忆长安。
>
> （杜甫《月夜》）
>
> 欲就东林寄一身，尚怜儿女未成人。
>
> （司空曙《闲园即事寄陈公》）

但是到了唐宋词中，却出现了相当反常的现象——在所有以怀旧为主题的唐宋词中，其他类型的情感大抵被淡化或忽略不

谈，而男女之情却被有意凸显并无限放大。以柳永为例，他一生沉沦下僚，长期在外漂泊，而观其宦游期间所作词，竟大半是怀念早年倚红偎翠生活或是思念恋人之作，如：

> 临风。想佳丽，别后愁颜，镇敛眉峰。可惜当年，顿乖雨迹云踪。
>
> （《雪梅香》）
>
> 记得当初，翦香云为约。甚时向、幽闺深处，按新词、流霞共酌。再同欢笑，肯把金玉珠珍博。
>
> （《尾犯》）
>
> 暗想当初，有多少、幽欢佳会，岂知聚散难期，翻成雨恨云愁。
>
> （《曲玉管》）
>
> 因念秦楼彩凤，楚观朝云，往昔曾迷歌笑。别来岁久，偶忆欢盟重到。
>
> （《满朝欢》）
>
> 洞房记得初相遇。便只合、长相聚。何期小会幽欢，变作离情别绪。况值阑珊春色暮。对满目、乱花狂絮。直恐好风光，尽随伊归去。
>
> （《昼夜乐》）

似乎值得他追忆和怀念的，只有那些姿态万千、风情各异的红颜知己。再如刘克庄《沁园春·送包尉》：

> 我羡君归，一路秋风，芙蓉木犀。想慈颜望久，灵乌乍噪，新眉画就，郎马频嘶。忙脱征衫，快呼斗酒，细为家人说建溪。争知道，这中年怀抱，最怕分携。丈夫南北东西。

应笑杀离筵粉泪啼。怅佳人来未，碧云冉冉，王孙去后，芳
草萋萋。明日相思，山重水复，古道人稀茅店鸡。元龙老，
有高楼百尺，谁共登梯。

在整首词中，"慈颜望久"的形象不过一闪而过，而词人主
要的描摹对象和关注重心，则是"新眉画就"和"离筵粉泪啼"
的佳人。并且，即使是这一闪而过的"慈颜"，在整个唐宋词中
也属凤毛麟角，佳人的倩影和粉泪则无时无刻不闪现在词人的脑
海中。

怀旧题材的唐宋词对于男女恋情的着重摹写，一方面源自于
"词为艳科"的固有创作模式，另一方面，又与当时趋"柔"嗜
"艳"的时代心理有着密切的关联，这个问题在本书的第二章第
二节已有详细论证，此不赘述。

相对于唐宋词而言，怀旧题材的当代流行歌曲，其情感类型
则较为丰富和多样化。

新时期以来，流行歌曲借着改革开放的春风席卷华夏，随之
而来的"歌坛怀旧风"也此起彼伏，从未间断。20 世纪 80 年代
中期，大量以怀旧为主题的台湾校园歌曲传入内地，从刘文正的
《乡间小路》、《外婆的澎湖湾》，到罗大佑的《童年》、李宗盛
的《生命中的精灵》、齐豫的《橄榄树》等，简单清新的旋律，
洋溢着校园风情的歌词，这些怀旧色彩浓厚歌曲即使在今天听
来，仍然能够动人心弦。

台湾校园歌曲的流行也掀起了内地校园民谣创作的热潮，90
年代初，一盒名为《校园民谣》的磁带发行，这盒磁带收录了
老狼的《同桌的你》、《睡在我上铺的兄弟》，郁冬的《离开》，
艾敬的《那天》等歌曲，发行伊始便以迅雷不及掩耳之势红遍
大江南北。

几乎在校园民谣风行的同时，内地流行乐坛又刮起一股强劲的"西北风"，这类作品以西北民歌素材为音乐元素，以念乡怀旧为主要内涵，一经推出就引起了处于剧烈变革期的中国人的共鸣。继程琳的《信天游》后，《我热恋的故乡》、《黄土高坡》、《十五的月亮十六圆》、《山沟沟》等乡土气息浓郁的流行歌曲风靡一时，但因风格始终一成不变，逐渐被流行乐坛淘汰。

八九十年代之交，迎合着当时社会上普遍流行"毛泽东热"、"知青热"的文化背景，流行歌坛又掀起翻唱红色经典歌曲的所谓"红太阳"歌潮。一时间，《我的祖国》、《毛主席的话儿记心上》、《沿着社会主义大道奔前方》、《没有共产党就没有新中国》等经典革命歌曲配以时尚的唱法、乐器、节奏，响彻大街小巷，成了中国90年代流行歌坛上一道奇特的新景观。

90年代中后期至今，怀旧情绪依然弥漫于华语流行歌坛，并成为歌曲流行的重要保证。其中固然不乏对男女情爱的关注，但对故乡、童年的怀念和留恋，对亲人、朋友的牵挂和关爱等内容也占有了相当大的比例。像刘欢的《弯弯的月亮》、郑钧的《回到拉萨》、李春波的《一封家书》、张楚的《姐姐》、腾格尔的《父亲》、甘萍的《大哥你好吗》、周华健的《朋友》、李进的《你在他乡还好吗》等歌曲都是这一时期怀旧题材的代表作。

当代怀旧题材的流行歌曲，其情感类型的多样化，既是现代人情感世界多样化的外在表征，同时，也体现出在商品经济的运行机制下，消费者对于精神消费品之情感补偿功能的一再强调。

其次，由于时代背景和文化心理的差异，唐宋词与当代流行歌曲中怀旧情绪产生的原因也有所不同。

从整体而言，怀旧情绪的产生一方面是由于在客观上，时间和空间的距离能够造成一种距离美；另一方面，所谓"人穷则反本"，当人处于困厄中的时候，主观上也必然会思念家乡和父母，怀念从前的美好时光。而且，中国文化几千年以来所形成的重伦理、重亲情的文化因缘，使得这种恋乡怀旧的内容更加丰满。

具体来说，唐宋词与当代流行歌曲中的怀旧情绪，其产生原因的差异主要表现在以下两个方面。

其一，在唐宋词与当代流行歌曲中，人物背井离乡或者脱离原有生活状态的动机有所差异。

就唐宋词人而言，他们离乡或漂泊在外主要是为了参加科举考试和为仕途奔波，从一定意义上讲，其政治目的较为明显。因此，怀旧题材的唐宋词虽然侧重摹写男女恋情，但也有一些作品的怀旧意蕴表现为对政治生涯和朝廷的眷恋。像唐宋词中经常出现的"长安"意象，其中不少就具有政治层面的内涵，比如：

> 醉袖抚危栏，天淡云闲。何人此路得生还？回首夕阳红尽处，应是长安。
>
> （张舜民《卖花声·题岳阳楼》）
>
> 岛边天外，未老身先退。珠泪溅，丹衷碎。声摇苍玉佩，色重黄金带。一万里，斜阳正与长安对。
>
> （苏轼《千秋岁·次韵少游》）
>
> 万里长安回首望，山四向，澄江日色如春酿。
>
> （晁冲之《渔家傲》）
>
> 可怜衰鬓飒霜丛。借酡红。遣愁浓。梦入长安，惊起送飞鸿。
>
> （张纲《江城子·和吕丞送进士赴省》）

在这些词作中，词人的"长安"情结，就都表现出他们对于的京师和朝廷怀念。

现代人离乡入城，最主要的却是经济原因。据统计，每年进城打工的农民约有 1.3 亿之众，约占全国人口的 1/10，而每天涌入上海的外来人口竟多达 331 万。然而，对于很多到城市里"淘金"的乡下人而言，"外面的世界"却远非他们想象中那样精彩。在这种情况下，"乡村与城市对立的特征被强调，乡村意味着淳朴、清新、自然、美好，城市则代表着与之相反的冷漠、虚伪、疏离、异化；操作的原则是一个手持身份证的人，站在热闹的城市感受着孤独、落寞，想念着远方的家乡和亲人"。① 而原来意义上单纯的思乡怀旧之情，也由此而具有了复杂的内涵："刻意渲染的有意的乡愁，与其说是对本原的怀念，不如说是对前路的惶惑。"②

其二，在唐宋词与当代流行歌曲中，人物产生怀旧情绪的矛盾有所不同。

在古代社会，由于客观物质条件的限制，空间距离首先便成为难以逾越的鸿沟，因此，对于唐宋词人来说，时空差距也就成了使他们产生怀旧情绪的主要矛盾。比如在大多数抒写相思之情的词作中，地域的阻隔便是相爱男女之间难以逾越的界河。请看词人笔下的"两地书，儿女情"：

> 都城池苑夸桃李。问东风何似。不须回扇障清歌，唇一点、小于珠子。正是残英和月坠。寄此情千里。
>
> （张先《师师令》）
>
> 别来音信千里。怅此情难寄。碧纱秋月，梧桐夜雨，几回无寐。
>
> （晏殊《撼庭秋》）

---

① 孟繁华：《众神狂欢——当代中国的文化冲突问题》，今日中国出版社 1997 年版，第 57—58 页。

② 张汝伦：《乡愁》，载《天涯》1997 年第 1 期。

春来早是，分飞两处，长恨西东。到如今、扇移明月，
簟铺寒浪与谁同。

（杜安世《合欢带》）

千里空回首。两地厌厌瘦。春去也，归来否。五更楼外
月，双燕门前柳。人不见，秋千院落清明后。

（赵闻礼《千秋岁》）

花自飘零水自流。一种相思，两处闲愁。此情无计可消
除，才下眉头，却上心头。

（李清照《一剪梅》）

交通和通信的不便增加了人们相见和联络的困难，这就使得
唐宋词分外重相聚而伤别离。

当代流行歌曲中怀旧情绪的产生也有时空相隔的原因，但是，
现代社会迅速和便捷的通信交通手段，使人们能够做到"每一次我
想见到你就要飞，无论地球上哪一角我一天就到"①，也可以随时使
用手机或电话联络："你微笑浏览，手机里的浪漫，原来真心终究还
是这么简单。温馨影幕上，你可爱的模样，关于缘分的解释，我又
多传了一行。"② 因此，当代歌曲中怀旧情绪的蔓延，其最主要的原
因还是社会转型的重要时期，人与人之间心理距离拉大，从而导致
了"情感危机"和"信任危机"。这使一贯重亲情、重友情的国人
一时间难以接受，产生"流浪的脚步走遍天涯，没有一个家"③ 的
孤独感，发出了"我属于故乡还是前面的灯光"④ 的疑问，于是，

---

① 陶晶莹唱：《走路去纽约》，拷贝自 http：//www. haoting. com/htmusic/106091
ht. htm。

② 周杰伦唱：《浪漫手机》，拷贝自 http：//www. haoting. com/ htmusic/109894ht. htm。

③ 陈星唱：《流浪歌》，拷贝自 http：//www. haoting. com/htmusic/115624ht. htm。

④ 黄群、黄众唱：《江湖行》，拷贝自http：//www. haoting. com/htmusic/83334ht. htm。

他们退而从怀旧中寻求抚慰。正如当代学者所指出的那样："作为当下中国之时尚的怀旧，与其说是在书写记忆，追溯昨天，不如说是再度以记忆的构造与填充来抚慰今天。"①

总之，唐宋词与当代流行歌曲中的怀旧主题，既有一脉相承之处，又散放出了各自不同的时代气息和展现出了面貌各异的文学景观。而因怀旧主题乃是唐宋词与当代流行歌曲所包孕的丰厚人生意蕴中的一个分支，所以通过对词中怀旧主题的审视和剖析，也就有可能以点窥面地感知当代流行歌曲之于唐宋词在题材内容方面的传承与变异。这不仅具有文学方面的价值，也体现出一定的文化意义。

第二节　唐宋词的"包装策略"

俗话说："佛要金装，人要衣装。"在市场竞争日益激烈的现代社会，包装对于流行歌曲而言同样重要。或者可以说，商业包装已经成为现代流行歌曲"流水化生产线"上必不可少的一环。大部分歌手的专辑在投放市场之前，都要经过商家的包装策划和大肆炒作，以期获得最优的商业利益。成功的包装策略不但能直接影响顾客的消费心理导向，诱发消费者的购买欲望，增强自身的市场竞争力，而且能够确保歌曲以最快的速度在最大范围内"流行"。随着唱片公司对歌手的发掘、包装和推广，如今的歌星多如过江之鲫，流行歌曲也以排山倒海之势席卷全世界。

作为当时流行歌曲的唐宋词，其风靡于社会各个阶层，最终成为"一代之文学"，也同样离不开其成功的"包装策略"。而且，从一定意义上讲，现代流行歌曲所采用的不少"包装策略"

---

① 戴锦华：《想象的怀旧》，载《天涯》1997 年第 1 期。

都可以在唐宋词中找到源头。现择其大端分述之。

一　音乐、舞蹈加美女

舞台表演是现代流行歌曲最主要的传播途径之一，大大小小的歌舞晚会、各种各样的音乐盛典以及形形色色的个人演唱会为歌手们展示自我、宣传新歌提供了绝佳的机会。因此，对现场演出效果的包装也就显得至关重要。演唱者百变的造型、令人目眩的舞美特技和纷繁复杂的音乐元素的变幻组合是吸引观众眼球，烘托现场气氛最常用的包装手段。例如，在"周杰伦2004无与伦比演唱会"上，主办方就采用了歌手悬吊高空开场、热歌劲舞、烟火瀑布和巨大火焰、古董车登台等噱头，而对蔡依林2005年举办的"只有蔡依林 J1 Live Concert 演唱会"，唱片公司更是斥资3000万极尽宣传和包装之能事。对于被称为现代"重金属之父"的莱德·泽普林乐队的一次演唱会实况，有人曾这样描述：

> 场内人山人海，观众的呼声一阵高过一阵。当乐队成员出现在舞台上，舞台灯光骤然大亮，观众的欢呼声达到了沸点。这时候，一阵结实而不间断的声浪从巨大的扩音系统传出，观众的五脏六腑开始震荡起来。整场演出的曲目是在暴风骤雨般的原始摇滚乐和温柔甜蜜的情歌间跳跃着前进。尽管歌曲的风格不时在变化，但观众的热情丝毫未减。几乎没有间隙的3小时演出使得台上台下大汗淋漓。①

这就展示了流行歌曲在现场演出时，各方面共同作用所造成的令人心醉神迷的舞台效果。而实际上，现代流行歌曲这种以俊

---

① 关颖：《摇滚王族》，上海三联书店1995年版，第60页。

男美女、舞美音响来烘托现场演出效果的包装策略，古已有之。

在现代人看来，欣赏唐宋词是一件雅事。但实际上，唐宋人"听词"与今人"读词"的感受是截然不同的。现存的唐宋词仅靠文辞之美来吸引当代读者，而当时的词，却可以与音乐、舞蹈和美女联手，共同营造出令人魂销、令人情迷的舞台效果。

唐宋词的演唱者主要是女性歌妓。欧阳炯在《花间集》的序言中就描述了晚唐五代"绣幌佳人""举纤纤之玉指，按拍香檀"的唱词场面。而王灼《碧鸡漫志》亦云：

> 古人善歌得名，不择男女。……今人独重女音，不复问能否。而士大夫所作歌词，亦尚婉媚，古意尽矣。

可见"重女音"、"尚婉媚"也是宋代流行歌坛的时尚。《碧鸡漫志》并载：

> 政和间，李方叔在阳翟，有携善讴老翁过之者。方叔戏作《品令》云："歌唱须是玉人，檀口皓齿冰肤。意传心事，语娇声颤，字如贯珠。 老翁虽是解歌，无奈雪鬟霜须。大家且道，是伊模样，怎如念奴？"

这就道出了宋人"重女音"的真正原因。明眸皓齿，语娇声颤的"念奴"，带给听众的是视觉和听觉的双重享受，老翁虽然也善歌，但其"雪鬟霜须"的形象却实在对不起观众。更何况，词中风花雪月、你侬我侬的内容，也不适宜须发皆白的老翁演唱。

因此，正如现代流行歌曲的运营商注重发掘年轻靓丽的歌手，不惜重金打造青春偶像一样，女艺人的年轻美貌也是唐宋词招徕听众和观众的亮点。如北宋名妓李师师，《大宋宣和遗事》载："东京角妓李师师，住金钱巷，色艺冠绝。"由于色艺俱佳，李师师位列当时小唱名角之首①，是名副其实的"天皇巨星"。再如周密《齐东野语》卷二〇载："天台营妓严蕊，字幼芳，善琴弈歌舞、丝竹书画，色艺冠绝一时……四方闻其名，有不远千里而登门者。"② 不远千里来求一见，可见"偶像级歌星"的巨大影响力，而歌迷"追星"的热度，与当今社会的"粉丝"们相比亦毫不逊色。此外，又如周密《武林旧事》所载，南宋临安城内著名歌妓赛观音、孟家蝉、吴莲儿、唐安安等人，亦"皆以色艺冠一时"。③

而且，唐宋词中大量赠妓、咏妓之作，也不乏对歌妓容貌、体态、伎艺和才情的称颂。比如，北宋张先就写过大量赠妓词，据清叶申芗《本事词》卷上载：

> 张子野风流潇洒，尤擅歌词，灯筵舞席赠妓之作绝多。其有名可考者，《谢池春慢》为谢媚卿作也。词云："缭墙重院，时闻有流莺到。绣被掩馀寒，画阁明新晓。朱槛连空阔，飞絮无多少。径莎平，池水渺。日长风静，花影闲相照。尘香拂马，逢谢女，城南道。秀丽过施粉，多媚生轻笑。斗色鲜衣薄，碾玉双蝉小。欢难偶，春过了。琵琶流韵，都入相思调。"又《南乡子》，听二玉鼓胡琴也。词云："相并细腰身。时样宫妆一样新。曲项胡琴鱼尾拨，离人。入塞弦声水上闻。天碧染衣巾。血色轻罗碎摺裙。百卉已随

---

① 孟元老：《东京梦华录》卷五，中国商业出版社1982年版。
② 周密：《齐东野语》，转引自《宋元笔记小说大观》，上海古籍出版社2001年版，第5684页。
③ 周密：《武林旧事》卷二〇，中国商业出版社1982年版。

霜女妒，东君。暗折双花借小春。"又《望江南》，赠龙靓也。词云："青楼宴，靓女荐银杯。一曲白云江月满，际天拖练夜潮来。人物误瑶台。　醺醺醉，拂拂上双腮。媚脸已非朱淡粉，香红全胜雪笼梅。标格外风埃。"他如赠年十二琵琶娘者，有《醉垂鞭》云："朱粉不须施。花枝小。春偏好。娇妙近胜衣。轻罗红雾垂。琵琶金画凤。双绦重。倦眉低。啄木细声迟。黄蜂花上飞。"又听九人鼓胡琴者，有《定西番》云："焊拨紫檀金衬，双秀蕂、两回鸾。齐学汉宫妆样，竞婵娟。三十六弦弹闹，小弦峰作团。听尽昭君幽怨，莫重弹。"又舟中闻双琵琶者，有《剪牡丹》云："野绿连空，天青垂水，素色深漾都净。柔柳摇摇，坠轻絮无影。汀州日落人归，修巾薄袂，撷香拾翠相竞。如解凌波，泊烟渚春暝。彩绦朱索新整。宿绣屏，画船风定。　金凤唱双槽，弹出古今幽思，谁省。玉盘大小乱珠迸。酒上妆面，花艳媚相并。重听。尽汉妃一曲，江空月静。"而咏吹笛、咏舞、赠善歌诸作，又不胜枚举矣。

从这些充满着词人激赏之情的描述中，我们不难看出"歌妓情结"和"歌星效应"对于唐宋词的重要"包装"作用。女艺人们如花的容貌，软美的歌声不仅极大地刺激了作者的创作热情，也掀起了整个社会听词唱曲的热潮，致使城市中"歌管欢笑之声，每夕达旦……虽风雨暑雪，不少减也"[1]。而即便是边远地区，流行歌曲亦具有"凡有井水饮处，即能歌小（柳）词"的广泛传播面。

关于唐宋词与音乐和舞蹈相伴相随的演出情景，词人们曾有

---

① 周密：《武林旧事》卷二○，中国商业出版社1982年版。

过这样的描述：

> 舞袖歌扇花光里，翻回雪，驻行云。
>
> （柳永《少年游》）
>
> 向尊前，舞袖飘零，歌响行云上。
>
> （柳永《长寿乐》）
>
> 皓齿善歌长袖舞。渐引入，醉乡深处。
>
> （柳永《思归乐》）
>
> 风流妙舞，樱桃清唱，依约驻行云。
>
> （晏殊《少年游》）
>
> 新曲调丝管，新声更飐霓裳。
>
> （晏殊《望仙门》）
>
> 樱唇玉齿。天上仙音心下事。留往行云，满坐迷魂酒半醺。
>
> （欧阳修《减字木兰花》）
>
> 倾国与倾城，袅袅盈盈，歌喉巧作断肠声。
>
> （仲并《浪淘沙》）

由此而知，载歌载舞的现场演出方式不但为听众提供了崭新的视听感受，也为表演者和欣赏者之间，欣赏者与欣赏者之间构建了情感互动的平台，促发和推动了整个演出氛围情绪的高涨。这与现代流行歌曲在现场演出时，利用舞台背景、灯光、音响、伴舞等辅助手段来增强舞台效果是同样的道理。

从宋人对一次"歌舞晚会"的"实况转播（录）"中，我们可以更真切地体会到唐宋词现场演出的盛况。据周密《齐东野语》卷二〇"张功甫豪侈"条载：

　　王简卿侍郎，尝赴其牡丹会，云众宾既集，坐一虚堂，寂无所有。俄问左右云："香已发未？"答云："已发。"命卷帘，则异香自内出，郁然满座。群妓以酒肴丝竹，次第而至。别有名姬十辈皆衣白，凡首饰衣领皆绣牡丹。首戴"照殿红"一枝，执板奏歌侑觞，歌罢乐作乃退。复垂帘谈论自如。良久，香起，卷帘如前。别数十妓易服与花而出，大抵簪白花则衣紫，紫花则衣鹅黄，黄花则衣红。如是十杯，衣与花凡十易。所讴者皆前辈牡丹名词。酒竟，歌者、乐者，无虑百数十人，列行送客，烛光香雾，歌吹杂作，客皆恍然如仙游也。

　　音乐、舞蹈和美女的综合作用，使听众在现场参与过程中获得"酒不醉人人自醉"的无穷快感，甚至"恍然如仙游也"。而追求强烈的感官刺激，这也是现代流行歌曲的既定包装策略。

二　精美的物语和景语

　　用影像来诠释歌曲内容，演绎歌词情境，这是现代流行歌曲常用的另一种包装手段，它主要通过"可视音乐"来实现。"可视音乐"，原称"电视音乐"（简称 MTV 或 MV，即 Music Video），是指经由电子媒介，以可视的形式传播的音乐作品（主要限于流行歌曲）。实际上，"可视音乐"就是流行歌曲唱片的视频广告，其包装、宣传歌手和歌曲的目的显而易见。近几年来，由于科学技术的发展，"音乐视频"不仅局限于电视，还可以单独发行影碟，或者通过手机、网络的方式发布，流传面更加广泛。

　　这种"可视音乐"，以镜头的组合、转接、跳跃等方式，配合计算机绘画、蓝幕合成、视觉特技等现代科技手段，以及构图、色彩、用光、服装道具等精心布局，将音乐符号和文学语汇直接转化为视觉造型语言，为观众制造出一个个或纯情唯美，或热闹火爆，或光怪陆离的情景世界，加速了观众对于流行歌曲本身的认知和接受，给人留下深刻的印象。例如，在美国获得全美音乐电视网最佳外语片提名的中国 MTV 作品《阿姐鼓》，其以西藏地域的自然生活空间为情境依托，以藏族传统文化中典型的事物表象为语汇，勾勒出一个富有抽象意味的民族生活图景，极具视觉冲击力和画面美。

唐宋词虽无上述现代化的表现手段，但在营造唯美词境方面却也有其独到的秘诀。郭麐在《词品》中运用大量形象生动的比喻，为我们描绘了唐宋词引人入胜的美丽词境：

> 鲛人织绡，海水不波。珊瑚触网，蛟龙腾梭。明月欲堕，群星皆趋。凄然掩泣，散为明珠。织女下眄，云霞交铺。如将卷舒，贡之太虚。
>
> （《奇丽》）
>
> 杂组成锦，万花为春。五酝酒酽，九华帐新。异彩初结，名香始薰。庄严七宝，其中天人。饮芳食菲，摘星抉云。偶然咳唾，明珠如尘。
>
> （《称艳》）①

由此可见优美的词境所具有的深刻的艺术表现力和强烈的美感力量。

选用精美的物语和景语，这是唐宋词构筑唯美词境的主要手段。唐宋词人很善于借助物语和景语来增强词作的画面感，给欣

---

① 江顺诒：《词学集成》，转引自唐圭璋《词话丛编》，中华书局 2005 年版，第 3296 页。

赏者留下深刻印象。他们惯用华丽精致的物语来刻画人物形象，如写女性美貌之用花鬟、蝉鬓、蛾眉、娇眼、纤手、雪肤；写女性衣饰之用芙蓉带、绣罗襦、石榴裙、鹧鸪衫；写居室则用金井、玉楼、画堂、绣户；器物则有金炉、玉盏、锦屏、珠帘、鸾镜、珊瑚枕、翡翠盘，等等。① 真是雕缋满眼，美不胜收，极具形象感和画面美。而与歌词内容相关联的众多景语也都经过精心选择，被精描细刻。对此，缪钺先生说得好：

> 词中所用，尤必取其轻灵细巧者。是以言天象，则"微雨"、"断云"、"疏星"、"淡月"；言地理，则"远峰"、"曲岸"、"烟渚"、"渔汀"；言鸟兽，则"海燕"、"流莺"，"凉蝉"、"新雁"；言草木，则"残红"、"飞絮"、"芳草"、"垂杨"……即形况之辞，亦取精美细巧者。譬如亭榭，恒物也，而曰"风亭月榭"（柳永词），则有一种清美之境界矣；花柳，恒物也，而曰"柳昏花暝"（史达祖词），则有一种幽约之景象矣。②

词人以富有情韵的直接表象来构筑立体式的场景画面，展示出鲜明的视觉形象，激发人们的美感想象，从而收到了"状物描情，每多意态，直如身履其地，眼见其人"③ 的审美效果。例如温庭筠的《菩萨蛮》：

> 水精帘里颇黎枕，暖香惹梦鸳鸯锦。江上柳如烟，雁飞

---

① 高锋：《花间词研究》，江苏古籍出版社 2001 年版，第 50 页。
② 缪钺：《诗词散论》，上海古籍出版社 1982 年版，第 60 页。
③ 沈雄：《古今词话》，转引自唐圭璋《词话丛编》，中华书局 2005 年版。

残月天。藕丝秋色浅，人胜参差剪。双鬓隔香红，玉钗头
上风。

詹安泰先生在《宋词散论》中曾这样剖析此词：

> 　　一开始就写帘，接着写枕头，写绣被，写江上早晨的景
> 物，写女人的服饰和形状，自始至终，都是人物形象、家常
> 设备和客观景物的描绘，五光十色，层见叠出，使人目迷神
> 夺……简直是一幅完整而又鲜艳的异常动人的画面。①

此论又与唐圭璋先生的评价不谋而合，他说：（温庭筠词）
"一字一句，皆精锤精炼，艳丽逼人。人沉浸于此境之中，则深
深陶醉，如饮醇醴，而莫晓其所以美之故。"② 这些评语都强调
了唐宋词物语与景语织综而成的图画美，以及它由此而具有的令
人"目迷神夺"、"深深陶醉"的艺术魅力。

"物色之动，心亦摇焉"，强调的就是景物本身的诱情因素。
所谓"人禀七情，应物斯感；感物吟志，莫非自然"③。唐宋词
人以山川草木，花鸟虫鱼，日月星辰等自然景象入词，一方面能
够使词作呈现一种绘画美，造成一种画境，另一方面，也能将个
体抽象的情感，经由景物转化成具体可感的形象，从而更容易引
发读者共鸣。同时，以景诱情的过程也可以说是一个将自然人化
和情感化的过程，词人"搜求于象，心入于境"④，选取典型物
象来烘托环境，渲染气氛，更易于听众对歌词的理解和接受。

---

① 詹安泰：《宋词散论》，广东人民出版社 1982 年版，第 141 页。
② 唐圭璋：《词学论丛·温韦词之比较》。
③ 刘勰：《文心雕龙·明诗》，北京燕山出版社 2001 年版。
④ 王昌龄：《诗格》，胡问涛校：《王昌龄集编年校注》，巴蜀书社 2000 年版。

按照马克思的观点，"艺术就是按照人的内在的'尺度'，也就是从人的审美理想出发，按照美的尺度去创造一个自然中没有的——第二自然，现实中没有的第二现实，以激励和引导人自身走向美的世界"。① 流行歌曲虽然只是满足大众文化消费需要的通俗文艺，但它同样以审美属性为特征，也需要按照美的规律去塑造。无论现代流行歌曲还是唐宋词，都必须服从听众的"审美理想"，迎合他们的"美的尺度"。大众内心对于"美的世界"的渴望，是唐宋词与现代流行歌曲将营造唯美词境作为重要包装策略的真正动因。

三　你的柔情我永远不懂

音乐评论家彭根发在《近年来歌曲艺术的"软化"现象》一文中指出：

> 由于长期紧张动荡的政治生活转入稳定状态，人们普遍有了安全感，精神突然松弛下来，转而要求环境更进一步地适应这种心灵的宁静。……人们追求新异性的审美心理，社会生活节奏的加快，也使人们比较注重文艺作品的娱乐性的一面。这样就孕育和促进了具有消遣性、娱乐性，具有轻松、甜蜜，舞蹈性节奏强烈的作品的出现，使这类作品得到流行。②

在这样一种社会心理的指引下，"柔情似水"的情感世界和

---

① 杜东枝编：《美·艺术·审美》，云南大学出版社1990年版，第337页。
② 彭根发：《近年来歌曲艺术的"软化"现象》，载《人民音乐》1987年第1期。

"宛转妩媚"的柔性美感成为现代流行歌曲的审美时尚，也就不足为奇了。综观现代流行歌坛，花前月下、卿卿我我一类作品满天飞，一如齐秦在《柔情主义》中所唱："我不知不觉，无可救药地为爱感伤……柔情是我们的主张，我们说着千篇一律的地久天长。"这种以柔动人、以柔诱人、以柔媚俗的总体趋势，正体现了柔情攻略在现代流行歌曲产业化过程中的深远影响，究其源头，唐宋词堪称其典范。

嗜柔尚弱是整个宋代社会中较为普遍的审美趣尚。如理学家程颐就曾经慨叹："今人都柔了。"并这样解释其中的原因："盖自祖宗以来，多尚宽仁，不曾用大刚之属，由此人皆柔软。"①南宋词人陈人杰《沁园春》词序亦云："东南妩媚，雌了男儿。"抛开音乐和传播方式的影响不谈，这种偏于柔弱的社会文化生态正是导致唐宋词以柔为美，坚持不懈地向听众展开柔情攻势的重要原因。

关于唐宋词柔媚婉约的总体风格，前人多有论述。如宋王炎《双溪诗余自序》云："长短句命名曰曲，取其曲尽人情，惟婉转妩媚为善。"如宋胡仔曾以"婉美"二字来评论秦观的词风，②如明何良俊《草堂诗余序》云："周清真、张子野、秦少游、晏叔原诸人之作，柔情曼声，摹写殆尽，正词家所谓当行，所谓本色者也。"又如清纪昀云："词自晚唐五代以来，以清切婉丽为宗"，等等。③这些表述都强调和突出了唐宋词崇尚婉媚，以柔情动人的艺术特色。而对于"婉转妩媚"、"婉美"、"宛转回互""柔情曼声"、"清切婉丽"之类艺术风貌所造成的艺术效

---

① 《朱子语类》卷133，《四库全书》本。

② 胡仔：《苕溪渔隐丛话》，人民文学出版社1981年版，第253页。

③ 纪昀：《四库全书总目》，中华书局2003年版，第1808页。

果，明人王世贞《艺苑卮言》这样表述："其婉娈而近情也，足以移情而夺嗜。"唐宋词的柔情攻略主要表现为其对儿女柔情的集中摹写和它所呈现的阴柔化的审美特色。

具体来说，唐宋词基本上以表现女性生活情感以及与女性相关联的男女情爱题材为主。诸如闺怨离思、欢情别绪、伤春悲秋、男欢女爱之类情事，成了词中"出镜率"最高的热门话题。对此，张炎在《词源》中就指出，"康、柳词亦自批风抹月中来"，并且"为风月所使"。王铚也认为小山词"妙在得于妇人"，①秦观词则因能够"将身世之感打并入艳情"②而受到后人称许。难怪胡云翼在《中国词史大纲》中下结论说："苏轼以前二百多年的词都是病态的、温柔的、女性的词。"③话虽偏颇，却也说中了部分事实。实际上，即便是以豪放词风著称的苏轼、辛弃疾等人，他们的词中也都难舍柔情。例如，对于苏轼《蝶恋花·春景》（花褪残红青杏小）一词，王士禛在《花草蒙拾》中即评云："'枝上柳绵'恐屯田缘情绮靡，未必能过。孰谓坡但解作'大江东去'耶？"而对辛弃疾的《祝英台令·晚春》，魏庆之《诗人玉屑》赞曰："风流妩媚，富于才情，若不类其为人矣"，沈谦《填词杂说》亦云："稼轩词以激扬奋厉为工，至'宝钗分，桃叶渡'一曲，昵狎温柔，魂销意尽。"这既体现了苏辛词超旷豪迈之外的另一种风韵，也由此可见女性题材与柔性情感在唐宋词人中的强大号召力和感染力。

女性是阴柔美的典型体现，而男女情思也具有着绮丽柔婉的审美内涵。唐宋词在题材内容上的偏颇造就了它偏于阴柔的审美

---

① 王铚：《默记》卷下，中华书局1997年版，第46页。
② 杨世明：《淮海词笺注》，四川人民出版社1984年版，第46页。
③ 胡云翼：《中国词史大纲》，北新书局1933年版，第155页。

特色。缘此，一些词论家就喜欢用女性来比喻词体的风容色泽、娇姿媚态。如毛晋《跋小山词》云："字字娉娉嫋嫋，如挽嫱，施之袂。"极现小山词的柔媚之态。又如王又华《古今词论》引毛稚黄词论云："长调如娇女步春，旁去扶持，独行芳径，徙倚而前，一步一态，一态一变，虽有强力健足，无所用之。"用"娇女步春"为喻，以状慢词的袅娜风姿。又如田同之《西圃词说》引魏塘曹学士语云："词之为体如美人，而诗则壮士也。"这些品评都明白地揭示了唐宋词以柔为美的特性。

正如一首现代流行歌曲所唱："你的柔情我永远不懂"，大众对于流行歌曲的"柔情攻略"也永远无法抗拒。人们在不知不觉间走进了流行歌曲精心策划的"温柔陷阱"，接受了它那体贴人心的慰藉，重复地演绎着一段段似曾相识的"情事"——于是，百炼钢化为绕指柔，心甘情愿地成了它的俘虏。由此而知，无论对于唐宋词，还是现代流行歌曲，柔情攻略都不失为在竞争中占得先机，克敌制胜的"黄金定律"。

四　谁的眼泪在飞

与"柔情攻略"相伴随而来的，是流行歌曲中常用的"悲情策略"。保加利亚伦理学家基里尔·瓦西列夫在《情爱论》中曾指出："爱情是人类心理生活的最精细、最脆弱的产品。"但是，由于种种原因，美好的爱情却往往遥不可及，于是，痛苦便不可避免地产生了。——"因为事物的因果关系使大部分的欲求必然不得满足，而意志被阻挠比畅遂的机会要多得多，于是激烈的和大量的欲求也会由此带来激烈的和大量的痛苦。"[1] 痛苦的艺术表现一方面可以使作者的情绪在创作过程中得以净化和宣

---

① 　许自强：《歌词创作美学》，首都师范大学出版社 2000 年版，第 104 页。

泄，获得精神上的愉悦，从而将快感转化为美感，如拜伦的《我的心灵是阴沉的》说道："告诉你，歌手呵，我必须哭泣，不然这沉重的心就要爆裂。"另一方面，它也能让欣赏者由同情别人的痛苦而产生快感。席勒在《论悲剧的艺术》中就指出："我们的感性受到了打击，这就创造了一个条件，使心灵中激起某种力量：这种力量活动的结果，便产生由同情别人痛苦而带来的快感。"流行歌曲"以悲为美"、"以悲动人"的"悲情策略"，便是抓住了听众的这种审美心理。

当然，唐宋词的感伤气质又源自"生于忧患而死于安乐"的传统文化心理和"诗穷而后工"的文学传统，也受到人生失意和社会苦难等因素的影响。尤其值得注意的是，唐宋词人喜写感伤，还与词的创作环境有关。所谓："夫词多发于临远送归，故不胜缠绵悱恻。即当歌对酒，而乐极哀来，扪心渺渺，阁泪盈盈，其情最真，其体亦最正矣。"① 同时，"愁苦之词"的产生也与"愁怨"之音的盛行关系密切。例如理学家周敦颐就针对当时的"流行音乐"发出"代变新声，妖淫愁怨，导欲增辈，不能自止"② 的哀叹。

唐宋词中普遍的、浓郁的感伤色彩，不仅构成了它"悲情"的感情基调，而且成为词有别于其他文体的一个重要的审美特征。这种特征具体表现为，失意文人固然自抒胸怀，"满纸愁苦言，一把辛酸泪"，衣食无忧者也愁情满怀，其词中也多有"闲愁闲闷，难消遣，此日年年意绪"③ 的感伤。以南唐宰相冯延巳为例，其词大都作于金陵盛时，词人以鼎辅之任尽享富贵，然而

---

① 谢章铤：《赌棋山庄词话》，转引自唐圭璋《词话丛编》，中华书局2005年版。

② 周敦颐：《周子通书》，上海古籍出版社2000年版，第89页。

③ 万俟咏：《卓牌儿》，转引自唐圭璋编《全宋词》，中华书局1999年版。

他的词作中却始终充满了"昨夜笙歌容易散，酒醒添得愁无限。"①一类难以摆脱的惆怅和哀伤。再如北宋的"承平宰相"晏殊，其"一曲新词酒一杯"的娴雅气度，亦难掩那"无可奈何花落去"的失落和感伤。更重要的是，词人不但自己故作愁态，有意写愁，"为赋新词强说愁"②，而且往往"代他人愁"。因此，清田同之在《西圃词说》中说："（词）其写景也，忽发离别之悲，咏物也，全寓弃捐之恨。无其事，有其情，令读者魂绝色飞，所谓情生于文也。"这就指出了不少唐宋词为文造情的事实。而另一位清人对此的表述就更为深透——赵秋舲（庆熹）《花帘词序》云：

> 无岁而无落花也，无处而无芳草也，无日而无夕阳明月也。然而古今之能言落花芳草者几人，古今之能言夕阳明月者几人，则甚矣，写物之难、写愁之难也。花帘主人工愁者也，词则善写愁者。……无端而愁，即无端其词。落花也，芳草也，夕阳明月也，皆不必愁者也。不必愁而愁，斯视天下无非可愁之物，斯主人之所以能愁，主人之词所以能工。
>
> （江顺诒《词学集成》）

他把花帘主人"词所以能工"的原因归结为"花帘主人工愁者也"，并将"无端而愁"与"无端其词"联系起来，可见"悲情"之于词的重要作用。

韩愈《荆潭唱和诗序》云："夫和平之音淡薄，而愁思之声要眇；欢愉之辞难工，而穷苦之言易好也。"此说其实更适用于

---

① 冯延巳：《鹊踏枝》，转引自曾昭岷等编《全唐五代词》，中华书局1999年版。

② 辛弃疾：《丑奴儿》，转引自唐圭璋编《全宋词》，中华书局1999年版。

词。悲情是一种内涵丰富的情感，多愁往往与善感、多情和多思联系在一起，形成令人回思不尽的无穷韵味。秦观词之所以"情韵兼胜"①，离不开其"古之伤心人"②的悲剧气质，而柳永词之被指"韵终不胜"③，则不但与其展衍铺叙、备足无余的表达方式有关，也是由其"承平气象，形容曲尽"④的内容所决定。陈廷焯《白雨斋词话》说："作词之法，首贵沉郁，沉则不浮，郁则不薄。"以为愁怨可以令词意味深长，这便可为"穷苦之言易好"之说的绝好注解。

对于唐宋词中普遍存在的"以悲为美"现象，杨海明先生说："在众多的唐宋词篇中，大多均可沥取或分解出悲哀的感情'汁水'来：婉约词中固然是充满着'女儿泪'、'妇人泪'，而豪放词中却也大多藏着'英雄泪''壮士泪'……"⑤实际上，在"悲情策略"的指引下，不但唐宋词中处处飘飞着各种各样的"眼泪"，现代流行歌曲中的"眼泪"也泛滥成灾——例如《别说我的眼泪你无所谓》、《不让我的眼泪陪我过夜》、《一个男人的眼泪》、《情人的眼泪》、《让眼泪在风中飞》等，而这些眼泪大多为情而流，这样一来，柔情和悲情合而为一，共同造就了流行歌曲以哀婉为"本色"的主体风格。

屈原《离骚》云："纷吾既有此内美兮，又重之以修态。"可见，内美与修态相统一，乃是屈原追求的目标。而采用"修态"与"内美"并重的包装策略——既重视流行歌曲的"外包

---

① 纪昀：《四库全书总目》，中华书局2003年版。
② 冯煦：《蒿庵论词》，转引自唐圭璋《词话丛编》，中华书局2005年版。
③ 李清照：《词论》，转引自胡仔《苕溪渔隐丛话》，人民文学出版社1984年版，第254页。
④ 陈振孙：《直斋书录解题》，上海古籍出版社1987年版，第256页。
⑤ 杨海明：《唐宋词史》，天津古籍出版社1998年版，第648页。

装",如利用多种手段渲染演出氛围,营造唯美词境等;又强调
流行歌曲的题材选择和情感取向等内在特质符合大众口味,以获
得消费者感情上的认可和共鸣,这正是唐宋词与现代流行歌曲迅
速占领文化消费市场的法宝。

美国著名的跨国公司杜邦公司曾提出著名的"杜邦定律",
即有63%的购买者是根据产品的包装而进行购买决策的。我国
古代"买椟还珠"的寓言,也从反方向揭示了包装的重要作用。
但是,换角度言之,商业包装无疑又是一把双刃剑,它在为流行
歌曲市场带来巨大经济利益的同时,却往往因过分强调外因作
用,从而导致了重包装炒作而忽视作品质量的浮躁心态,阻碍了
优秀歌曲的产生。相比较现代流行歌曲积极主动的、有意为之的
商业包装行为,唐宋词的"包装策略"则更多地体现出"集体
无意识"的非自觉性特征,它的包装指向,也主要集中于对作
品本身质量的精益求精,这也许正是唐宋词多美文、多经典传
世,而大多数现代流行歌曲往往昙花一现的原因之一。

第五章

请君莫忘前朝曲,旧阕新翻总关情

马克思在论及希腊艺术和史诗时曾说:"困难并不在于了解希腊艺术和史诗是与社会发展的某些形态相关联的。困难是在于了解它们还继续供给我们以艺术的享受,而且在某些方面还作为一种标准和不可企及的规范。"① 对于虽然古老,却始终余温不散,并在近年屡次掀起阅读热潮的唐宋词来说,这样的研究难题同样存在。尤其处在当今这样一个融会贯通,提倡"古为今用"的文化大背景之下,我们对唐宋词之于现代意义的研究就显得更为重要。

千百年来,唐宋词作为一种雅俗共赏的文学作品,一直给人以美的享受,人们对词体魅力的探究也不断深入。然而,唐宋词既然是当时配乐演唱的流行歌曲歌词,是一种音乐与文学相结合的产物,那么,它能为现代的流行歌曲歌词提供哪些"标准"和"规范"?它对现代流行歌曲的发展又起到了何种沾溉作用?这正是本章所要探讨的问题。

第一节 接受论

一 当代流行歌词向唐宋词的诗意回归

"诗意"一词,早在唐代就已出现。如王昌龄的《诗中密

---

① 马克思:《政治经济学批判·导论》,人民出版社 1971 年版。

旨》即云："诗有二格：诗意高谓之格高，意下谓之格下。"朱庆余《送吴秀才之山西》一诗中也有"东湖发诗意，夏卉竞如春"之语。这里提到的诗意，或指诗歌品位高下，或指行诸于文的美感体验，皆非确定的概念。而今人张思齐在《宋代诗学》中对"诗意"的范畴界定，则比较明确和直接。他说：

> 诗意是中国诗学中一个重要范畴。诗意又称为诗思。所谓诗意，有两方面的含义。一指诗的内容和该内容所产生的意境。二指事物所表现的类似于诗歌所产生的能够给人以美感的意境。前者是诗歌本身的本质要素，后者是以诗歌的认知方式作用于其他事物的结果。①

本书的论述就偏重于前者，主要从"意"与"境"两个方面来探讨当代流行歌词向唐宋词的诗意回归。当然，就广义范畴而言，以唐宋词的认知方式来反思当代流行歌词的创作，本身也是当代流行歌词对唐宋词"诗意辐射"现象的一种反馈。

（一）诗意回归的必要性和价值

应该承认，当代流行歌词中有一部分作品是相当优秀的，但也有很多作品存在着严重的问题。大体而言，时下歌词创作中信手涂鸦、粗制滥造的现象几乎已成为一种风气，大量胡言乱语，不知所云，甚至满纸粗话、脏话的"垃圾作品"随处可见，这种情况造成的后果小则蔽人耳目，污染了大众的视听环境，大则颓人心智，足可导致一场文化危机。

以文学创作中最基本的要素语言和文字为例，流行歌词中就出现了"错字别字满天飞"、"语言苍白贫乏"、"词意混乱不

---

① 张思齐：《宋代诗学》，湖南人民出版社 2000 年版，第 27 页。

堪"、"胡乱肢解成语"等"严重症状"① 和"语法混乱，不合逻辑"、"病句百出"、"大话连篇"、"陈词滥调，空洞无物"等"十大硬伤"②。从语法到句法的种种误用、滥用现象在流行歌词中随处可见，层出不穷③。如此混乱的局面就使得一些研究者对流行歌词痛心疾首，或者要为当代流行歌词"把脉"，或为其发下"病危通知"④，有人则干脆呼吁将流行歌词中的低劣作品当做"语言垃圾"一样清除掉，以"净化语言环境"。⑤

　　当代流行歌词在题材内容方面出现的问题也不少。而内容狭窄（拘囿于男欢女爱的恋情题材）、作品艺术品位不高，格调低下等现象尤为突出。以一个简单的数据统计为证，据报载，1996年1月在一家发行量甚大的流行歌曲出版物上公布的"排行榜"中的"原创音乐榜"上，1个月21首的上榜歌曲中除了三首不是直接或间接地表现男欢女爱的题材外，其余均系爱情歌曲，占总数的86%之多。而在差不多同时出版的一家音乐报纸与广播电台公布的"排行榜"上，为数不多的大陆原创歌曲中，又100%是爱情歌曲。⑥ 既然题材上难有突破，许多歌词作者为了市场效益，索性选择媚俗搞怪或盲目模仿的创作模式。如不久前风行一时的《老鼠爱大米》一曲，其歌词将美好纯真的爱情表

　　① 贾清云：《发给当代歌词的病危通知》，http：//ent. enorth. com. cn/system/2002/12/09/000469301. shtml.

　　② 周俞林：《当代歌词的"十大硬伤"》，http：//www. huain. com/music_zhuanti/news_ read. php? no = 294.

　　③ 费良华：《流行歌曲歌词的语法规范问题》，载《白城师范高等专科学校学报》2002 年第 2 期。

　　④ 钟一：《挑剔排行榜》，载《音乐周报》1996 年第 29 期。

　　⑤ 贾清云：《发给当代歌词的病危通知》，转引自 http：//ent. enorth. com. cn/system/2002/12/09/000469301. shtml.

　　⑥ 费良华：《流行歌曲歌词的语法规范问题》，载《白城师范高等专科学校学报》2002 年第 2 期。

白为"我爱你，就像老鼠爱大米"本来就匪夷所思，但更令人吃惊的是，这个所谓的"新意"和"亮点"，竟然吸引了很多词作者的眼球，于是乎，《水煮鱼》："我爱你，就像爱吃水煮鱼"；《披着羊皮的狼》："我确定我就是那一只披着羊皮的狼，而你是我的猎物是我嘴里的羔羊。……你让我痴，让我狂，爱你的嚎叫还在山谷回荡"；《狐狸爱上熊》"一只狐狸爱的熊，一只爱狐狸的熊"之类离奇怪异的歌词相继出炉。最近，歌坛上又刮起一股炒作热点人物之风，如讽刺"网络红人"芙蓉姐姐的歌曲《芙蓉姐夫》：

> 我是芙蓉姐夫，每天每夜想哭，老婆臭名昭著，不行我也出书。我是芙蓉姐夫，每天每夜受苦，老婆体形像猪，也有男人追逐。……（RAP部分）这个女人真讨厌，什么事情都敢干。自知之明很重要，可她偏偏整这套。白痴媒体还采访，说她魅力不可挡。自称明星很耀眼，我看纯属不要脸。……

整首歌极尽挖苦谩骂之能事，以词为歌曲增加噱头，商业味浓得实在有点呛鼻。此外，又有安又琪的《你好，周杰伦》、希婕的《CS美女》、黄品冠的《张爱玲》、关智斌的《我不懂张爱玲》、陶喆的《苏三说》以及谢霆锋的《苏三想说》等，都为他们赚足了曝光率。对此，我们不禁要问，照此趋势发展下去，流行歌词的出路何在？

至于一部分赤裸裸地表现"欲望解放"和"物欲宣泄"的流行歌词，其所带来的消极影响就更加不可轻视。如《情人》"用你那火火的嘴唇，让我在午夜里无尽的销魂"，《冲动的惩罚》"就想着你的美，闻着你的香味，在冰与火的情欲中挣扎徘徊"，《38.5℃》："就算有三十八度五，你也必须与我共度，我吻你吻我每寸肌肤，今夜不退出；就算有三十八度五，也不能让爱情凝固，我要你要我没有满足，不要孤独，那会更恐怖"……在这些公然描绘感观刺激和性快感的歌词中，"道德没有了，审美没有了，剩下的只有与大脑相脱离的感观和与心理相割裂的肉身，于是人的全部精神趣味，就凝聚在感观和肉身上。感观与大脑脱离，全部活动就变成对视听觉的刺激，以及各种变着花样的刺激。"① 难怪有人这样批评：

> 表现情欲的人声，从婴儿呱呱坠地时就存在着，并且不同程度地伴随着人的一生，在少年、青年起用得最多。这完全是正常的现象。问题是，如果不适当地在数量上和质量上强调、夸张、扭曲这种人声效果（向软的极端变形是各种色彩的慵懒的语气——所谓的靡靡之音，向硬的极端变形的则是各种色彩的刺激性叫喊——所谓歇斯底里），就成为一种低级趣味的音乐形态了。什么叫"色情音乐"呢？这就是。②

造成当代流行歌坛之"怪现状"的原因主要有二：

首先是创作主体的文学修养问题。唐宋词，尤其是那些流传至今的经典之作，其作者多为具有高深文化底蕴的学者文人，他们善于融会古今，借鉴诗、文、赋等多种表现手法，以文学化的语言构筑完美的情境，故其作品耐得住咀嚼，经得起推敲，也能

---

① 刘士林：《变徵之音——大众审美中的道德趣味》，湖北人民出版社 1998 年版，第 68 页。

② 蒋一民：《论音乐审美的低级趣味》，载《人民音乐》1985 年第 2 期。

够接受时间的考验。而与此相较，现代流行歌词的作者队伍则人员庞杂，文化素质也参差不齐。要改变当前流行歌词创作缺经典，少佳作的现状，一方面需要现有词人不断努力，提高自身文学修养，另外，那些具有相当文学水平的作家、诗人，他们如能改变观念，参与流行歌词的创作，也将会使流行歌坛的气象为之一新。

其次是当代流行歌曲过于商品化的客观环境。诚然，如前所述，现代流行歌词创作走的是一条全方位的大众化道路。但是，通俗不等于毫无原则地从俗，更不是媚俗。我们不反对流行歌词的琐屑和浅白，然而，作为伴随都市经济的繁盛而兴起的一种特殊文化现象，流行歌词除了一味地追求市场效应之外，作品的多元化也亟待列入创作者的议事日程。毕竟，作为一种文学化的精神消费品，流行歌词除了吟咏风花雪月和卿卿我我之外，对生活也应该有多层次、多角度的体现。

流行歌词作为一种文学样式，就本质而言，是现代社会文化的产物，反过来它也应该反映特定社会文化生活中人们的精神风貌、价值观念、审美取向，同时还对大众的心理气质产生潜移默化的影响。而当代流行歌词创作，似乎已经处于"重心失控"和"价值失范"的边缘。正如有识之士所指出的那样："正像假冒伪劣商品侵害着我们的物质生活一样，残次病态的流行歌词，正侵害着我们的精神生活。……低劣的文字水平、讨巧的立意、明确的商业目的制造的残次病态文化，已经成为我们这个时代的精神公害。"[①] 针对时下流行歌词高温发热、胡言呓语、茫然无措的现状，著名词作家乔羽先生曾疾呼："当代流行歌词创作这种缺乏理论指导的状况，不能再继续下去了，因为它已经约束了

---

① 欧阳墨君：《流行歌词流行什么》，载《江海侨声》1999 年第 6 期。

我们的创作，盲目者是无法步履雄健的。"① 而向唐宋词的诗情雅韵回归，便正如向日渐混浊干涸的池塘内注入涓涓活水，具有理论价值和实际意义。

（二）诗意回归的成功实例

当代流行歌词向唐宋词的诗情雅韵回归，不乏成功的先例。具体来说，主要表现为三种形式：

首先，当代的某些流行歌曲直接把古老的唐宋词重新配乐歌唱，这既可称为"新瓶装陈酒"，也可以视为对唐宋词的"重新包装"。由于唐宋词本即合乐而歌之作，极富韵律感和声调美，这就为现代人将它重新配乐歌唱提供了极大的方便。同时，唐宋词顾盼生情的艺术风韵和丰厚的人生意蕴又恰能满足当代许多听众的审美嗜尚和心理需求，缘此，一些目光独到的音乐人大胆地采用"拿来主义"便是十分自然的事情。在这方面做得最成功的例子当推邓丽君。她曾经出版过一张名为《淡淡幽情》的个人专辑，其中就收录了多首经过配乐的唐宋词名篇，如李煜的《相见欢》（无言独上西楼），苏轼的《水调歌头》（明月几时有），范仲淹的《苏幕遮》（碧云天），柳永的《雨霖铃》，辛弃疾的《丑奴儿》（少年不识愁滋味），李之仪的《卜算子》（我住长江头），等等。由于作曲家对唐宋词原著之"词心"和韵致理解深透，再加上歌唱者轻柔内敛、细声曼语的演唱，这就将这些古老的唐宋词中的精品演绎成了现代音乐史上的经典之作。故而《音像世界》杂志曾将该唱片评为"十张最适合在夜晚用心聆听的专辑"，这也足以表明大众对于以现代音乐重新演唱唐宋词这一形式的充分肯定。

---

① 乔羽：《中国词海论丛序言》，载《中国词海论丛》，广西民族出版社 1993年版，第 1 页。

其次，当代的不少歌词曾经直接引用或化用唐宋词中的名句，这种融会古今的创作方式不但丰富了当代流行歌词的表现内容，而且大大加深了后者的文化底蕴。例如，琼瑶就是当代华人作家群中对唐宋词情有独钟的一位，她的作品大多即以唐宋词中情韵兼胜的名句命名，而由其小说所改编的影视剧主题曲歌词，也很多都借唐宋词来"代言"。例如，其《却上心头》一曲中"才下眉头，却上心头"句即源自李清照的《一剪梅》，《庭院深深》主题曲中"庭院深深深几许"一句又来自冯延巳的《鹊踏枝》，《一帘幽梦》的部分歌词化用秦观《八六子》中"夜月一帘幽梦，春风十里柔情"的词意，《心有千千结》歌词里"我心深深处，中有千千结"一语则又得之于张先《千秋岁》中的名句"心似双丝网，中有千千结"……这些悱恻缠绵的词句，配上如泣如诉的音乐旋律，便将琼瑶作品郎情妾意，你侬我侬的主题烘托得淋漓尽致。其他再如大陆歌坛岭南派创作人中的陈小奇，其歌词也多有古风古韵，他的《大浪淘沙》、《朝云暮雨》等名作皆化用唐宋词，亦可称得上是用现代音乐去诠释唐宋词的典范了。此外则还有收视率火爆的电视连续剧《金粉世家》之主题曲《暗香》，同样以其得益于唐宋词的那股幽香冷韵沁人心脾，词作者陈涛也因此获得了由中央电视台和 MTV 全球音乐电视台联合主办的中国内地年度音乐颁奖典礼"第六届 CCTV—MTV 音乐盛典"的最佳作词奖。

再次，就词本身来看，唐宋词也曾给当代流行歌词以某种启示，为其提供了有别于用散文式语言"直说"的另一种"韵文"式的语言风貌。

香港著名音乐人黄霑可谓以古典诗词形式创作当代歌词的高手，这与他经常为古装武侠剧和历史剧创作主题曲有一定的联系。如其名作《笑傲江湖》的主题曲《沧海一声笑》：

> 沧海一声笑，滔滔两岸潮，浮沉随浪只记今朝。苍天笑，纷纷世上潮，谁负谁胜出天知晓。江山笑，烟雨遥，涛浪淘尽红尘俗世几多娇？清风笑，竟惹寂寥，豪情还剩了一襟晚照。苍生笑，不再寂寥，豪情仍在痴痴笑笑。

它就颇似一首韵味十足的现代版唐宋词。再如邓伟雄的《铁血丹心》（《射雕英雄传》主题曲）：

> 依稀往梦似曾见，心内波澜现。抛开世事断愁怨，相伴到天边。逐草四方，沙漠苍茫，哪惧雪霜扑面。射雕引弓，塞外奔驰，笑傲此生无厌倦。

其词从形式到内容都颇具唐宋词风韵。另外，像卢国沾、许冠杰、小虫等港台当红词曲作者和一些大陆词家都作过类似的尝试，而且效果也都不错。

不仅如此，一些当代流行歌曲歌名也曾直接借用过唐宋词的词牌，如《一剪梅》、《长相思》、《声声慢》、《梦江南》等，虽然歌词内容本身与唐宋词联系不大，但却也由此可见出唐宋词对当代流行歌词之"余泽"。

（三）诗意回归的内容

其实，以上所述还都只是现代流行歌曲向唐宋词"诗意回归"的表面现象。就具体内容而言，"诗意回归"当包括"意"与"境"的回归。

关于唐宋词与当代流行歌词的"意境"，我们不妨借用况周颐所提出的"词心"和"词境"二词来指代。况氏之"词境词心"说大体以创作论为基点，指词人作词时的精神境界和心理状态。① 本书主要从作品论的角度进行论述。词境，简单来说是指词作所营造的环境和氛围；词心，则是指作品所传递的情感内涵和精神境界。一首优秀的作品，其词境与词心本是相辅相成，不可分割的，正所谓"一切景语皆情语也"。这里为了论述的方便，姑且分述之。

先说词境。一首词的词境有诗意与否，听起来是一个比较虚幻的，似乎是只可意会不可言传的话题。而实际上，看似玄妙的诗意回归却并非无迹可寻，当代流行歌词能够向唐宋词借鉴的，就是其巧妙地运用景语、物语甚至情语来构建词境的方法。方法主要有二。

一是借景抒情。关于景和情，谢榛说："景乃诗之媒，情乃诗之胚，合而为诗。"② 王夫之说："不能作景语，又何能作情语耶？"③ 情景交融，又融合得不露痕迹，这是诗家的臻境。而对于唐宋词来说，脉脉"情语"借"景语"和"物语"款款传递，又恰好与词体婉曲深细的抒情特色相吻合，因此，唐宋词中的经典之作，大都是以景诱情，情寓景中的典范。例如，张泌《浣溪沙》"黄昏微雨画帘垂"所传达的微雨中的迷惘和怊怅，欧阳修《生查子》"月上柳梢头，人约黄昏后"中以月色为背景的旖旎情致，晏几道《临江仙》"落花人独立，微雨燕双飞"那氤氲于落花微雨中的凄迷感伤，等等。

唐宋词人以山川草木、花鸟虫鱼、日月星辰等自然景象入词，一方面能够使词作呈现一种绘画美，造成一种画境，另一方

①　黄霖：《近代文学批评史》，上海古籍出版社1993年版，第341页。

②　谢榛：《四溟诗话》，转引自郭绍虞主编《四溟诗话　姜斋诗话》，人民文学出版社1961年版，第153页。

③　王夫之：《姜斋诗话》，转引自郭绍虞主编《四溟诗话　姜斋诗话》，人民文学出版社1961年版，第28页。

面，也能将个体抽象的情感，经由景物转化成具体可感的形象，从而更容易诱发读者共鸣。同时，借景抒情的过程也可以说是一个将自然人化和情感化的过程，词人"搜求于象，心入于境"①，选取典型物象来烘托环境，渲染气氛，使得"物皆着我色彩"②，从而水到渠成地促成了情与景的融会和统一。

借景抒情是唐宋词的强项，也是当代流行歌词创作的薄弱环节。当代流行歌词多表现节奏紧促的现代都市生活，在那里，人们脚步匆匆，既不去留意自然界的节序转换和阴晴更替，更无暇为月缺花残黯然神伤。因此，适应着"快餐化"的文化氛围，当代流行歌词的表情方式也大抵以"直说"为尚："今夜你会不会来，你的爱还在不在"③、"当你孤单你会想起谁，你想不想找个人来陪"④、"你不曾真的离去，你始终在我心里"⑤ 如话家常的对白固然将复杂的情感纠葛交代得简洁明了，而直接抒情方式的反复使用却很容易导致审美疲劳，给听众以千篇一律、味同嚼蜡之感。不同历史时期，借景抒情应有其不同的内涵和外延，如何把握时代的脉搏去选取新"景"，且能借新"景"，抒新"情"，这正是当代流行歌词创作应该探索的一条新路。

二是虚实相生。早在春秋时期，老子就提出了"妙在恍惚"的美学观点，而所谓"恍惚"，即包含有虚实相生的意思在里

---

① 王昌龄：《诗格》，转引自胡问涛校《王昌龄集编年校注》，巴蜀书社 2000 年版，第 319 页。

② 王国维：《人间词话》，藤咸惠校注，齐鲁书社 1986 年版。

③ 黎明唱：《今夜你会不会来》，转引自 http://www.haoting.com/htmusic/103451ht.htm。

④ 张栋梁唱：《当你孤单你会想起谁》，转引自 http://www.haoting.com/htmusic/224106ht.htm。

⑤ 林忆莲唱：《当爱已成往事》，转引自 http://www.haoting.com/htmusic/25070ht.htm。

面。以实带虚，以虚衬实，实中含虚，虚中有实，这样，才能使歌词生出无穷的变化和"别有洞天"的境界。无疑，这也是唐宋词惯用的构建词境的方法之一。

《周易·系辞上》曰："书不尽言，言不尽意，圣人立象以尽意。"作为一种体制短小的文学样式，意象的选择无疑是虚实相生的关键。在这点上，有关张先的一则词话就很有说服力。据《苕溪渔隐丛话》、《古今词话》等书记载，张先平生最得意的词有三句，曰："云破月来花弄影"①、"娇柔懒起，帘压卷花影"②、"柳径无人，堕飞絮无影"③，他并由此自称"张三影"。而实际上，张词中的"影"还远不止这 3 处，大约共有 15 处之多。象是实，影是虚，词人选用的诸如"花影"、"月影"、"水影"、"絮影"等意象，本身就具有亦实亦虚，摇曳生姿的美感韵味。而由这类意象所构建的词境，也正如"空中之音，相中之色，水中之月，镜中之像"④，既能做到不虚不空，又格外富有情味。唐宋词人之偏爱"醉"、"梦"意象，某种意义上也正因其适用于虚实相生的表现手法，能够营造"烟水迷离"之境的缘故。

意象组合的跳跃转接是实现虚实相生这一构境手法的另一个重要途径。由不同意象所构成的意象结构整体，构架要疏散空灵，不能筑造得太密太实，要给欣赏者以想象和联想的空间。这就要求词家尽量避免平直单一的抒情结构，代之以曲折灵活、跌宕多姿的章法技巧。

除此之外，用典、比喻、象征、引用等多种修辞手法的运

① 张先：《天仙子》，转引自唐圭璋编《全宋词》，中华书局 1999 年版。
② 张先：《归朝欢》，转引自唐圭璋编《全宋词》，中华书局 1999 年版。
③ 张先：《剪牡丹》，转引自唐圭璋编《全宋词》，中华书局 1999 年版。
④ 郭绍虞：《沧浪诗话校释》，人民文学出版社 1961 年版，第 24 页。

用，也是造成词境含蓄灵动、虚而不空的重要原因。"歌词不能写得太满，没有空间就会窒息。"① 对于当代大多数流行歌词而言，过实过满正是其难以掩饰的弊病。以最近网络上流行的《我是你老公》一曲为例，其词曰：

> 我是你老公，你是我老婆，我喜欢饭后抽上一支烟。我是个男的，你是个女的，所以你是我的，我也是你的……我来赚钱你来花钱，世上的钱不够埋怨。哪怕你花光我所有的钱，我也不敢有半句怨言。

虽然词作者以平实直白自我标榜，然而我们不得不说，其词平实则平实矣，却实在淡而无味，没有给欣赏者留下想象和回味的空间。当代词人要创作令人耳目一新的作品，虚实相生的手法无疑值得尝试。

再说词心。关于词心，况周颐说：

> 吾听风雨，吾览江山，常觉风雨江山外有万不得已者在。此万不得已者，即词心也。而能以吾言写吾心，即吾词也。此万不得已者，由吾心酝酿而出，即吾词之真也，非可强为，亦无庸强求。视吾心之酝酿何如耳。吾心为主，而书卷其辅也。书卷多，吾言尤易出耳。

（《蕙风词话》）

对创作者而言，一篇杰作的诞生需要灵感加真情，辅之以博学，而由此产生的词心，就具有了纯情和多思的特点。

---

① 吴善翎：《言外集》，广西民族出版社1992年版，第7页。

　　唐宋词的纯情，多半表现人类对于爱情的普遍盼企和强烈追求。其中有一见倾心的悸动："春日游，杏花吹满头。陌上谁家年少足风流"[①]；有相思的煎熬："过尽千帆都不是，斜晖脉脉水悠悠，肠断白蘋洲"[②]；有重逢的喜悦："今宵剩把银釭照，犹恐相逢是梦中"[③]；也有对爱成往事的伤怀："肥水东流无尽期，当初不合种相思"[④]。词人捕捉的，往往是自身或主人公内心深处最为真实的体验和感触，故而容易引起读者共鸣。清沈祥龙在《论词随笔》中所云："词之言情，贵得其真……古无无情之词，亦无假托其情之词。"即说明唐宋词在表情方面的真挚悃诚。同时，唐宋恋情词又表现出深微细腻、体贴蕴藉的情感特征。词人对于爱情的由衷渴盼和细心呵护，使其不但能够将自我内心深处最温柔、最纤细情感借词款款传递，即便是"代言"，也往往给人以体贴入微的慰藉。真挚的情感，细腻的笔触，是唐宋词能够以"言情"而兴一代之胜的最根本原因。

　　综观当代流行歌坛，情歌虽然也占到总数的十之八九，却缺乏精品。究其原因，正是当代流行歌词创作缺乏"纯情"的词心。对当代相当一部分词作者来说，爱情之于歌词不过是一个华丽且流行的包装，是保证歌词快速流行的通行证。因此他们笔下的爱情既乏真情的融入，更缺少打动人心的体贴和抚慰，有的只是"对你爱爱爱不完"这样忸怩作态的虚情假意和"说吧，说你爱我吧"一类空洞干瘪的呼号。如此形式化、概念化的爱情正如热量高而营养少的快餐，吃多了只会让人大倒胃口。

---

①　韦庄：《思帝乡》，转引自曾昭岷等编《全唐五代词》，中华书局1999年版。

②　温庭筠：《望江南》，转引自曾昭岷等编《全唐五代词》，中华书局1999年版。

③　晏几道：《鹧鸪天》，转引自唐圭璋编《全宋词》，中华书局1999年版。

④　姜夔：《鹧鸪天》，转引自唐圭璋编《全宋词》，中华书局1999年版。

当然，由于年代相距久远，古人与现代人的恋情心态、情感类型和对爱情的诠释都大相径庭，唐宋词中的恋情表达有时也会令今人觉得有些隔膜。但是，如果当代流行歌词作者能够向唐宋词"纯情"的词心回归，在作品中融入自己的真情，对爱情世界中林林总总的情感多一些观察和思索，当代流行歌词中的爱情主题依然有相当大的挖掘空间和发展前景。

应该说，唐宋词"多思"的特点，最明显地表现在词人对于个体生命，乃至对生命过程中一切美好事物的思索和热爱。

自魏晋以来，随着生命意识的觉醒，"人生苦短"和"浮生若梦"成了士大夫文人对于生命的一种集体性喟叹。而在唐宋词中，词人之于年华易逝、好景难长的叹惋更是贯穿始终，请听：

> 可奈光阴似水声，迢迢去未停。
>
> （晏殊《破阵子》）
>
> 韶华不为少年留。恨悠悠，几时休？
>
> （秦观《江城子》）
>
> 念过眼光阴难再得。想前欢，尽成陈迹。
>
> （曹组《忆少年》）
>
> 醉里插花花莫笑，可怜春似人将老。
>
> （李清照《蝶恋花》）
>
> 欲买桂花同载酒，终不似，少年游。
>
> （刘过《唐多令》）
>
> 流光容易把人抛，红了樱桃，绿了芭蕉。
>
> （蒋捷《一剪梅》）

那长一句、短一句的幽幽叹息所传递的，正是词人对于生命的缱绻依恋之情。

美好而短暂的生命过程除了让词人不舍和眷念，平添无穷无尽的闲愁之外，也引发了他们对于生命本身的深思和感悟，而这种生命意识的核心即是，对生命价值的肯定。大体而言，它们主要通过三种模式表现出来。

一是惜时奋进，完善人生。建功立业，是封建时代大多数文人的毕生追求，其中的一部分精英，更是怀着"先忧后乐"的社会责任感和事业心。然而，人生有涯，理想却很难一蹴而就，词人对人生既定目标的孜孜以求往往因生命意识的融入而显得格外紧迫和动人心弦。于是，便有了辛弃疾"了却君王天下事，赢得生前身后名"（《破阵子》）的低叹，有了陆游"此身谁料，心在天山，身老沧州"（《诉衷情》）的悲歌，当然也有岳飞只争朝夕的大声疾呼"莫等闲，白了少年头。空悲切"（《满江红》）和文天祥晴天霹雳般的怒吼："人生翕歘云亡，好轰轰烈烈做一场！"（《沁园春》）透过这些掷地有声的语句，我们不难看出词人渴望实现自我人生价值的迫切心情。

二是善待自我，体贴生命。如果唐宋词中的生命意识仅仅局限于词人对个体社会价值的追求，那就很难于诗文之外"别是一家"。实际上，社会价值与生命意识的融合在诗文中表现得更为突出。而强调个体人生，通过善待自我来体贴生命，这才是唐宋词中生命意识的个性之所在。如何善待自我，体贴生命，不同人给出了不同的答案。迷失者及时行乐，以外在的感观刺激补偿生命无情消逝的失落："这边走，那边走，只是寻花柳。那边走，这边走，莫厌金杯酒"①，清醒者则渴望通过对生命的不断领悟和体验，寻求到真正属于自己的精神家园。他们或随缘自

---

① 王衍：《醉妆词》，转引自曾昭岷等编《全唐五代词》，中华书局1999年版。

适，以一颗平常心来看待人生，使得生命能够在现实的无情挤压下尽量圆满；或者将生活艺术化，于平淡中发掘诗意和雅趣；又或摒除贪欲杂念，以求得内心的安宁平静。凡此种种，都是唐宋词人为关爱生命而做的不懈努力，其中虽然不乏消极颓废的成分，更深层的内在却是沉厚的人文关怀之情。

三是由我及物，关爱众生。唐宋词中的生命意识不仅表现在词人对个体生命的关怀，还流露出他们对生命过程中身边一草一木的热爱。春尽花落本是自然界的规律，而美好事物的无端凋残，却在敏感的词人心中引起了巨大的震动。如皇甫松《摘得新》："锦筵红蜡烛，莫来迟。繁红一夜经风雨，是空枝"，周邦彦《六丑》："春归如过翼，一去无迹"，辛弃疾《摸鱼儿》："惜春常怕花开早，何况落红无数"……生命中美的事物，都值得留恋与珍惜，在词人的多愁善感和惆怅莫名背后，隐现出的正是他们对于一切生命的礼赞和由衷爱戴。

强烈的生命意识使唐宋词洋溢着融融的暖意，这不仅是唐宋词至今仍具活力的"热源"之一，还为其增添了一定的厚重感和深度。而将自然现象上升为哲理，将人生的感受转化成理性的反思，立足现实却不为现实所囿，也正是当代流行歌词创作中尚待开采的"富矿区"。虽然，流行歌词娱乐文学的属性决定了它所表现的人生与严肃文学必然有所差距，但从宏观角度着眼，生活毕竟不只是"我要为你做做饭，我要为你洗洗碗"① 一类琐屑小事，人生也不能永远定位于"最近比较烦比较烦，只觉得钞票一天比一天难赚"② 这样狭小的视域。不是要求所有作品如

---

① 阿妹妹唱：《我要为你做饭》，转引自 http://www.haoting.com/htmusic/34020ht.htm。

② 周华健、黄品冠等唱：《最近比较烦》，转引自 http://www.haoting.com/htmusic/16527ht.htm。

此，但如果当代流行歌词作者能把目光再放远一些，多花一些心思来感悟和反思人生，这样创作出来的作品不但耐人寻味，也能提升当代流行歌词的整体品位。因为，"受欢迎的东西并不一定就没有值得诟病之处，因为生命和生活本身都是芜杂的。艺术不仅仅是娱乐、好看和过瘾，它还必须陶冶人、净化人、提升人，艺术的伟大就在于此。因此唯娱乐、唯技术、唯煽情等都是不够的，它还应有更为深刻的东西，这深刻的东西来自于历史上辉煌的精英艺术深邃的回想，那是永不熄灭的明灯，因为，在每个人的内心深处，有着向往崇高的本能"。①

"真正的经典，不是与当下流行相对立，它本身不仅应有永久的流行性，而且应该成为独立于流行趋势之潮涨潮落之外而被视为基本标准之所在。"② 诗意盎然的唐宋词，正是值得当代流行歌词回归的经典。当然，向唐宋词诗意回归，只是当代流行歌词发展的途径之一，另外，加强自身理论体系的建设，向其他古典文学样式借鉴、向外国歌曲借鉴以及向民歌借鉴都是当代歌词作者应该考虑的问题。对于这些问题的提出、分析、反思、讨论、解决，无疑将有助于当代流行歌曲创作的进一步发展。

二　当代流行歌词向唐宋词的理性回归

叶燮《原诗》论诗言及"理"、"事"、"情"，所谓"理"，即事物现象的内在本质和规律，"事"是指具体的事物现象，"情"则指诗人的主观情感。就唐宋词而言，似乎是"情"有余，而"理"和"事"则先天不足。但实际上，心思缜密的唐

---

① 刘水平：《文化变迁：精英艺术与大众文化》，载《文艺评论》2004 年第 9 期。

② 韩经太：《诗意生存的精神传统及其现代意义》，载《求索》2002 年第 1 期。

宋词人除了吟咏风花雪月,慨叹离怀别苦之外,也不乏对社会、人生和自然的理性思考和总结,而且,唐宋词中所蕴涵的理性,也将给当代流行歌曲创作以借鉴和启迪。

（一）理性回归的必要性

不可否认,当代流行歌曲中不乏富有理性内涵的作品,而且,其中一部分作品还相当优秀。比如:

> 只要人人都献出一点爱,世界将变成美好的人间。
>
> 　　　　　　　　　　　　　　　　　　　　　（《爱的奉献》）
>
> 太阳在不停的旋转,自古就没有改变。宇宙那无边的情怀,拥抱着我们的心愿。……但愿会有那么一天,大海把沙漠染蓝,和平的福音传遍,以微笑面对祖先。……这世界在变换,唯有渴望不曾改,生命血脉紧相连,永远不分开。
>
> 　　　　　　　　　　　　　　　　　　　　（《让世界充满爱》）

反映的是人类呼唤爱与和平的共同理想。

> 把握生命里的每一分钟,全力以赴我们心中的梦。不经历风雨怎么见彩虹,没有人能够随随便便成功。
>
> 　　　　　　　　　　　　　　　　　　　　　　（《真心英雄》）
>
> 人生短暂何必计较太多,成败得失不用放在心头。今宵对月高歌,明朝海阔天空,真心真意过一生。
>
> 　　　　　　　　　　　　　　　　　　　（《真心真意过一生》）
>
> 心若在梦就在,天地之间还有真爱。看成败人生豪迈,只不过是从头再来。
>
> 　　　　　　　　　　　　　　　　　　　　　　（《从头再来》）
>
> 每一次都在徘徊孤单中坚强,每一次就算很受伤也不闪

泪光，我知道我一直有双隐形的翅膀，带我飞，飞过绝望。

（《隐形的翅膀》）

表现了一种成熟理性、实实在在的人生观。

而一些简明扼要的说理歌词，如"我的未来不是梦"、"爱拼才会赢"、"平平淡淡才是真"、"好人一生平安"等，则早已经成为人们耳熟能详的"至理名言"。这些闪耀着理性和睿智光芒的歌词也得到了词人和词评家的充分肯定，如我国著名音乐史学家、教育家高士杰先生就曾精辟地论述道："凡文化现象，其中必蕴涵着某种意义，多种价值追求。由此决定了某一文化成果的品位之高低。古今中外，一切伟大的音乐作品中无不寄托着国家人生问题的种种关怀。"[1] 著名词作家倪维德也说："我喜欢歌词中的理，是音乐化了的理，形象化了的理，感情化了的理，是在人们不知不觉中唱了的理。"[2] 然而，上述富于理性色彩的作品相对于浩如烟海的当代流行歌曲而言，却实属凤毛麟角。正如中国音乐文学学会主席、著名词作家乔羽所指出的那样，缺少理性光芒是当前歌词创作中需要关注的根本问题之所在。[3] 事实上，大量庸俗化、粗鄙化的歌曲正不断涌现，并逐渐成为当代流行歌曲创作的主流。从整体而言，它们主要表现为两种趋势。

首先，不少歌曲沉迷于对生活琐事的反复挖掘、絮絮不休，从而落入了浮浅庸俗、空洞无物的怪圈。比如，有人高歌《马桶》："我的家有个马桶，马桶里有个窟窿"，又有人为爱甘作"垃圾车"："我走路你坐车，你吃饭我洗碗，你被欺负我拼命，若为了爽到你，可以艰苦到我……我是你的垃圾车，每天听你的

---

① 杨光进：《为流行音乐把脉》，载《音乐天地》1999 年第 5 期。
② 许自强：《歌词创作美学》，首都师范大学出版社 2000 年版，第 240 页。
③ 晨枫：《歌词艺术面临的课题》，载《音乐天地》1999 年第 2 期。

心声。"（《垃圾车》）各种各样的食物也在当代流行歌坛"闪亮登场"，堂而皇之地被反复歌唱："蛋炒饭，最简单也最困难，饭要粒粒分开，还要粘着蛋。蛋炒饭，最简单也最困难，铁锅翻不够快，保证砸了招牌。"（《蛋炒饭》）"我知道你和我就像是豆浆油条，要一起吃下去味道才会是最好。"（《豆浆油条》）"炒焗炆煎煮我怎么可以输，亲密的鳗鱼叫我不敢共处，不用惊番薯，我的水果也许也可煮煮，今夜不下厨没坏处。"（《士多啤梨苹果橙》）"是想吃一碗热腾腾的炸酱面来填饱我的肚子，还是需要找一个女朋友来陪伴我度过这个寂寞的夜晚。"（《谁动了我的炸酱面》）……还有人把歌词写成"流水账"，而且乐此不疲，如《睡觉》：

　　12点　我觉得有点累了，躺在沙发上看着无聊的电视；1点钟　我想睡了，闭上眼想了很多事；2点钟　我给你打电话，电话那头传来你无助的声音；3点钟　我已经开始做梦，梦里头　有你还有我；4点钟　我起来上厕所，看见我的猫在角落里蜷着；5点钟　我的闹钟响了，我讨厌它它又坏了；6点钟　我还醒着，我知道我在失眠；7点钟　我听见窗外吆喝声，小贩又开始了一天的生活。……我累了想睡了……我累了我睡了。8点钟　该起来上班了，没有节目电视还开着，盖着被子我蒙住了头，我听见有个声音对我说，我讨厌，我讨厌，我怕失眠，没有太多的时间。哦……

又如《塞车》：

　　我刚来到广州的时候，还没有觉得什么，不知不觉我在这儿待了一年多。说句实话，广州这地方真不错，最让我头

疼的就是塞车。天气那么热，人又那么多，路是那么窄，各
种车又挺多的。

走到海珠桥，那里总是塞车，环市路那里，好像又在修
什么。十字路口的红绿灯，好像是摆设，你亮你的我挤我的
谁去都没辙。前面的货车抛了锚，后面的更难过，出租车里
的计价器，蹦得人心哆嗦。车呀车呀你快开吧，路哇桥哇你
快修吧，塞车的问题要是能解决，那咱广州该有多好哇！

亲爱的司机姐姐司机哥哥，我想我们还是坐下来开个会
吧，大家都客气一点不好吗，何必你争我抢的，都是开车
的，都挺着急的，安全最重要，对不对啊，你说呢？

此类缺乏思想性、艺术性和感染力的歌词，虽貌似贴近大
众，实则肢解生活、毫无内涵，只能让听众味同嚼蜡，唯恐避之
不及。

著名作家池莉在论及其成名作《烦恼人生》的创作原因时
说："那现实琐碎浩繁，无边无际，差不多能够淹没销蚀一切，
在它面前，你几乎不能说你想干这，或者想干那，你很难和它
讲清道理。"[①] 从某种意义上说，这也正是当代流行歌曲平庸
化、"唯生活化"的症结之所在。新时期是社会的转型期，很
多人面对外界的巨变感到无力把握、无所适从，由于他们主体
意识和观念的转换与社会现实的改变之间存在着极大的错位与
滞后，加之对生活缺乏清醒的认识和理性的思考，从而产生认
知的迷误以及行为的失据，陷入无意义、无目的琐碎现实而无
法自拔。"我们还处在一个旧的价值体系已陷困境，而新的价
值体系尚未产生的断裂时期，或许我们要以很大的耐心来承受

---

① 池莉：《我写〈烦恼人生〉》，载《小说选刊》1998 年第 2 期。

这 空白时期。"① 在这种情况下,流行文化向传统文化回归,引导大众用理性来寻找生命真谛,确定人生价值取向就显得格外迫切和重要。

其次,又有大量歌曲一味地追求洒脱和另类,将一切虚无化,或用解构崇高、解构经典的方法来标显新意。

曾几何时,"潇洒"、"洒脱"、"游戏"、"快乐"等词汇成为当代流行歌坛的流行语,《随遇而安》、《游戏人间》、《潇洒走一回》、《怎么 HAPPY 怎么来》、《快乐崇拜》等歌曲一度在青年人中大行其道。这类歌词以随遇而安的、放纵的态度对待人生,以崇尚完全自由的、超脱的"快乐"为生活核心,其实质是精神世界的"虚空状态"和生活意义的失落。例如《潇洒走一回》:

> 天地悠悠,过客匆匆,潮起又潮落。恩恩怨怨,生死白头,几人能看透。红尘呀滚滚,痴痴呀情深,聚散终有时。留一半清醒、留一半醉,至少梦里有你追随。我拿青春赌明天,你用真情换此生,岁月不知人间多少的忧伤,何不潇洒走一回。

又如《快乐崇拜》:

> 忘记了姓名的请跟我来,现在让我们向快乐崇拜。放下了包袱的请跟我来,传开去建立个快乐的时代。……忘了你存在,有什么期待,欢乐你邀请它一定来。与其渴望关怀,

---

① A. H. 马斯洛主编:《人类价值新论》,河北人民出版社 1998 年版,第 73 页。

不如一起精彩。快乐会传染，请你慷慨。相恋的失恋的请跟我来，一边跳一边向快乐崇拜，开心不开心的都跟我来，美丽而神圣的时光不等待。

都是通过宣扬"纯粹意义"上的"潇洒"和"快乐"，来逃避现实、回避矛盾。由于大部分作品中的"潇洒"和"快乐"都缺乏真实的内涵，因此，追求潇洒快乐的行为本身也显得虚幻而无意义。例如《我要快乐》："我要快乐，从前都算了，只把握现在的。我要快乐，不随便哭了，好的才开始呢。我要快乐，遗憾都忘了，只记得美好的。我要快乐，你也要快乐，不要再担心了。"从始至终重复着"我要快乐"，但这"快乐"究竟为何，却不得而知。发展到一定程度，对快乐的追求就变成了对虚无的向往："爱恨纠缠世事无常，悲欢离合还是旧情难忘？不再理会尘世忧伤，抛开一切走进天堂。"（《快乐梦想》）当代流行歌曲中这种玩世不恭、游戏人间、盲目追求潇洒快乐的心态，带有相当大的逃避责任、将现实生活虚无化的思想成分，其消极影响对于广大受众，尤其是对于人生观和世界观尚未形成和定型的青少年而言，实在不可小觑。

还有一些歌曲为了标榜其"另类"和特立独行，故意以粗俗、恶俗，甚至是否认传统、反对崇高的语言内容来填充歌词，以求夺人眼球。如"把你的快乐建筑在我的痛苦上，当我在哭的时候你坐在那边笑。你这个没有心的王八蛋，你会有一天后悔，你会有一天后悔"。（《王八蛋》）"别笑我，我犯贱，被嫌弃，也像蜜甜。别劝我，我自愿，下来这条贼船。别理我，我犯贱，被磨折，也是自然。"（《犯贱》）"别跟我谈正经的，别跟我深沉了，如今有钱比有文化机会多多了。谁说生活真难，那谁就真够笨的，其实动点脑子绕点弯子不把事情都就办了。"（《混子》）"钱在空中飘荡，我们没有理想。虽然空气新鲜，可看不见更远地方。虽然机会到了，可胆量还是太小，我们的个性都是圆的，像红旗下的蛋。"（《红旗下的蛋》）……

应该说，当代流行歌词中用叫嚣和大放厥词来代替思考的怪现象，与后现代主义思潮对文艺的消极影响不无关系：

> 他们以嘲弄、讽刺、挖苦、亵渎、胡说八道等手段，对人类活动升华出来的体现在人身上的人之所以为人的东西的消解，他们以玩世的方式解构了人及人类活动的意义，解构了一切社会价值。任何严肃性、真诚性、道德感、责任感都被彻底地"玩"掉了。……他们把高雅的与粗俗的、高尚的与卑鄙的、真诚的与虚伪的并置，把美好的与丑恶的、正义的与邪恶的、圣洁的与污浊的同视，完全取消二者在价值上、性质上的区别，使其归而为一，这就把有价值的东西通过无价值的东西消解了。①

于是，受到这种思潮侵蚀的当代人，尤其是一部分青年人，就很容易从此类流行歌曲获得共鸣。如果对流行歌曲创作这种缺乏理性的现状放任自流，最终的结果只能导致全社会精神文明的环境进一步恶化。

"一个词家，不但应是'情种'同时还应是哲人，不但应追求感情的浓度，还应追求哲理的深度，使歌词既燃烧着炽热的感情之焰，又闪耀着睿智的哲理之光。"②"一首具有持久生命力的歌词不能只仅仅停留在感情的层次上，还应当使作品具有更加充

---

① 张德祥：《王朔批判》，中国社会科学出版社1993年版，第30页。
② 许自强：《歌词创作美学》，首都师范大学出版社2000年版，第262页。

分地揭示人生真谛、概括社会本质以及传达生命体验的巨大慑服力，因而，必须借助于理性的概括与升华，才可能给以更加深刻的感染与启迪。"① ……针对当前流行歌曲创作中理性、意义与价值的亏空状态，不少文艺工作者和词人已经洞察，并在努力寻求解决方案。古典诗词是一部形象化的"心灵百科全书"，世事的沧桑变化，人生的悲欢离合，尽在其中。而唐宋词作为当时的流行歌曲，其所蕴涵的理性光芒和哲思力量无疑是当代流行歌曲创作取之不尽的宝藏。

（二）理性回归的内容

1. 社会之理

社会之理是词人对于社会历史发展变化的内在规律，以及人与社会关系的阐述与评价。这些阐述与评价，不但受到时代背景的制约，也会因作者人生观、价值观、审美观的不同而有所差异。

唐宋词中的"社会之理"主要表现为两种形态：

首先，对于社会历史的发展规律，词人多采用"过去时态"，从历史角度进行概括和总结，这种情况在诸多的怀古和悼古词中都有体现。比如欧阳炯《江城子》：

> 晚日金陵岸草平，落霞明，水无情。六代繁华，暗逐逝波声。空有姑苏台上月，如西子镜照江城。

这是一首金陵怀古词。凭吊的是金陵古城曾经的繁华，寄寓的则是词人的兴亡之感和今昔之慨。六朝帝王的统治和他们荒淫豪奢的生活已经消逝在历史的长河中，一去不复返了。而前车之

---

① 晨枫：《歌词艺术面临的课题》，载《音乐天地》1999 年第 2 期。

覆，后车可鉴，其警示后人不要重蹈覆辙之意由此昭然可见。

又如孙光宪《河传》：

> 太平天子，等闲游戏。疏河千里。柳如丝，偎依绿波春水，长淮风不起。如花殿脚三千女，争云雨。何处留人住。锦帆风，烟际红，烧空，魂迷大业中。

李冰若《花间集评注·栩庄漫记》评曰："词写炀帝开河南游事，妙在'烧空'二字一转，使上文花团锦簇，顿形消灭。"又詹安泰《宋词散论·孙光宪词的艺术特色》评曰："活绘出隋杨广荒淫纵乐、劳民伤财、卒至覆国亡身的情状……寄寓着对不幸者的同情和对统治者的讽刺。"综之二者，则可见此词通过前后对比，揭示了"水可载舟，亦可覆舟"[①] 的至理。

再如李冠《六州歌头·项羽庙》：

> 秦亡草昧，刘项起吞并。驱龙虎。鞭寰宇。斩长鲸。扫欃枪。血染中原战。视余耳，皆鹰犬。平祸乱。归炎汉。势奔倾。急兵散月明。风急旌旗乱，刁斗三更。共虞姬相对，泣听楚歌声。玉帐魂惊。泪盈盈。恨花无主。凝愁苦。挥雪刃，掩泉扃。时不利。骓不逝。因阴陵。叱追兵。呜喑摧天地，望归路，忍偷生。功盖世，何处建遗灵。江静水寒烟冷，波纹细、古木凋零。遗行人到此，追念益伤情。胜负难凭。

整首词把项羽从起兵到失败的错综复杂的历程娓娓道来，最

---

① 《后汉书·皇甫规传》注引《孔子家语》。

后以"胜负难凭"四字点明主题。一时的胜负是难以凭信的，功过是非自有后人评说。这既表现了词人对项羽的推崇和肯定，也包含着"公道自在人心"的哲理。

其次，在揭示人与社会关系时，词人又采用"正在进行时"，以炽热的爱国热情和勇敢的担当精神倾注于词，将词同国家民族的命运结合起来，表现出强烈的社会责任感和历史使命感。

"以天下为己任"的入世精神是儒家思想体系中的重要内容。孟子说："禹思天下有溺者，由己溺之也；稷思天下有饥者，由己饥之也。"① 又说："乐以天下，忧以天下，然而不王者，未之有也。"② 这种"人饥己饥，人溺己溺"和"乐以天下，忧以天下"的济世情怀，在唐宋词中（主要是南宋爱国词）也有突出的表现。

南宋初年，面临外族入侵、中原沦陷、国事危亡的严峻形势，士人阶层的政治使命感和道德责任感普遍高涨。陆游《跋傅给事（崧卿）贴》言及当时的情况，说：

> 绍兴初，某甫成童，亲见当时士大夫相与言及国事，或裂眦嚼齿，或流涕痛哭，人人自期以杀身翊戴王室，虽丑裔方张，视之蔑如也。

金瓯残缺的现实，一定程度上扭转了南宋文人对词体文学审美功能的体认，而一向"风云气少，儿女情多"③ 的词，也开始

---

① 孟子：《孟子·离娄下》。
② 孟子：《孟子·梁惠王下》。
③ 刘熙载：《艺概·词曲概》，上海古籍出版社1978年版。

跳动时代的脉搏。

南宋爱国词主要表现为以下两方面内容：

一是抒发词人壮志难酬的无奈。由于统治阶级上层的投降政策，使得爱国人士只能空怀一腔报国热忱，这不能不让他们备感压抑和失落，如张元幹《贺新郎·送胡邦衡待制》：

> 梦绕神州路。怅秋风、连营画角，故宫离黍。底事昆仑倾砥柱，九地黄流乱注？聚万落千村狐兔？天意从来高难问，况人情老易悲难诉。更南浦，送君去。凉生岸柳催残暑。耿斜河，疏星淡月，断云微度。万里江山知何处？回首对床夜语。雁不到，书成谁与？目尽青天怀今古，肯儿曹恩怨相尔汝！举大白，听金缕。

蔡戡《芦川居士词序》云：

> 绍兴议和，今端明公上书请剑，欲斩建议者。得罪权臣，窜谪岭海，平生亲党，避嫌畏祸，惟恐去之不速。公作长短句送之，微而显，哀而不伤，深得《三百篇》讽刺之义。

衣冠礼乐的文明乐土，已经变成了狐兔横行的废墟，然而，最高统治者却不思恢复。词人在质问当权者的同时，更加忧虑国家民族的未来："万里江山知何处？"于此，则作者满腔抑郁不平之气也奔泻而出，无可止遏。

此外，李纲的《六幺令》（长江千里）、赵鼎的《满江红》（惨结秋阴）、《鹧鸪天》（客路哪知岁序移），胡铨的《好事近》（富贵本无心），张孝祥的《六州歌头》（长淮望断），辛弃疾的

《鹧鸪天》（壮岁旌旗拥万夫）、《贺新郎·别茂嘉十二弟》、《水龙吟·过南剑双溪楼》等，都寄寓了报国无门的忧愤。词人忧国忧民的挚诚之心，以及其"有志不获骋"的悲愤，千百年后依然令人怒目扼腕，奋发之志遂起。

二是词人"舍我其谁"的强烈社会责任感和事业心。以岳飞的千古名篇《满江红》为例，其词曰：

> 怒发冲冠，凭栏处，潇潇雨歇。抬望眼，仰天长啸，壮怀激烈。三十功名尘与土，八千里路云和月。莫等闲，白了少年头，空悲切。
>
> 靖康耻，犹未雪；臣子恨，何时灭？驾长车踏破贺兰山缺。壮志饥餐胡虏肉，笑谈渴饮匈奴血。待从头，收拾旧山河，朝天阙。

唐圭璋先生《唐宋词简释》评曰：

> 此首直抒胸臆，忠义奋发，读之足以起顽振懦。……"莫等闲"两句，大声疾呼，唤醒普天下之血性男儿，为国雪耻。……"驾长车"三句，表明灭敌之决心，气欲凌云，声可裂石。着末，预期结果，亦见孤忠耿耿，大义凛然。

其崇高的责任感不但鼓舞了当时的军民，对后世也产生了巨大的影响。比如抗日战争时期，无数热血男儿便以岳飞为榜样，高唱《满江红》，义无反顾奔赴炮火连天的抗日战场，而这种勇往直前、勇担责任的自我牺牲精神即使在当代，也仍然是激励人们奋发向上的思想动力，具有着重大的现实意义。

其他如辛弃疾"要挽银河仙浪，西北洗胡沙"（《水调歌头·寿赵漕介庵》），"算平戎万里，功名本是，真儒事，君知否"（《水龙吟·为韩南涧尚书寿甲辰》），"袖里珍奇光五色，他年要补天西北"（《满江红》），"凭谁问，廉颇老矣，尚能饭否"（《永遇乐·京口北固亭怀古》）；陈亮"尧之都，舜之壤，禹之封，于中应有，一个半个耻臣戎！"（《水调歌头·送章德茂大卿使虏》）"正好长驱，不须反顾，寻取中流誓言"（《念奴娇·登多景楼》）；文天祥"乾坤能大，算蛟龙、元不是池中物"（《酹江月》），"为子死孝，为臣死忠，死又何妨"（《沁园春·题潮阳张许二公庙》）等著名词句，都唱出了当时词坛的最强音，其掷地有声的话语和深邃丰富的内涵，已超越时空，成为中华民族弥足珍贵的精神财富。

2. 人生之理

人生之理即有关人生的道理和哲理，它是词人对人世纷繁百态的哲思，以及对于生命的感悟和对人生意蕴的探究。与传统诗文相比较，唐宋词中的"人生之理"，对个体生命价值更加关注，也更加富于人文关怀的色彩。

先看词人对人世纷繁百态的哲思。

俗话说，人生不如意，十事常八九。人生在世，难免有各种各样的烦恼，也都有荣辱是非、失意得意的人生遭遇。面对纷繁复杂的社会现象，特别是面对"名"和"利"的种种诱惑，人们常常会浮躁不安、心理失衡。于是，如何从名缰利锁中解脱出来，便是许多词人苦苦思索的问题。

对此，不少词人就采取了"及时行乐"的方法来解决问题。如柳永《夏云峰》：

　　宴堂深。轩楹雨，轻压增广低沉。花洞彩舟泛斝，坐绕清浔。楚台风快，湘簟冷、永日披襟。坐久觉、疏弦脆管，

时换新音。越娥兰态蕙心。逞妖艳、昵欢邀宠难禁。筵上笑
歌间发，舄履交侵。醉乡归处，须尽兴、满酌高吟。向此
兔、名缰利锁，虚费光阴。

又如王观《红芍药》：

人生百岁，七十稀少。更除十年孩童小，又十年昏老。
都来五十载，一半被、睡魔分了。那二十五载之中，宁无些
个烦恼。仔细思量，好追欢及早。遇酒追朋笑傲，任玉山摧
倒。沉醉且沉醉，人生似、露垂芳草。幸新来、有酒如渑，
结千秋歌笑。

但是，这种方法虽然看似跳出了"名缰利锁"的牵绊，却
只能暂时地缓解矛盾，而且，从本质上说，无休止地沉溺于
"把酒听歌，量欢买笑"①的生活，也是词人享乐欲望的变态张
扬，是一种对于物欲世界无法自拔的贪念，长此以往，同样会使
人空虚疲惫，心灵不宁。

相比较而言，另外一些词人解决问题的方法就相当智慧和理
性。他们以"万事随缘，一身须正"②的态度来调整心态和平衡
心理，这样，既能防止对于名利的贪婪和过分患得患失，又能随
时保持宁静淡泊的心境。比如，针对人们无穷无尽的贪欲，赵长
卿有词云："贪痴无了日，人事没休期。白驹遇隙，百岁能得几
多时。自古腰金结绶，著意经营辛苦，回首不胜悲。名未能安

---

① 柳永：《古倾杯》，转引自唐圭璋编《全宋词》，中华书局 1999 年版。
② 赵师侠：《踏莎行》，转引自唐圭璋编《全宋词》，中华书局 1999 年版。

稳，身已致倾危。"① 又云："天下事、无穷尽。贪荣贪富，朝思
夕计，空劳寸方。"② 他认为，费尽心机地追名逐利和贪图富贵，
却因此而浪费了宝贵的人生，这实在是可悲可叹的事情。又比如
辛弃疾《最高楼》，其题为"吾拟乞归，犬子以田产未置止我，
赋此骂之"，词曰：

> 吾衰矣，须富贵何时？富贵是危机。暂忘设醴抽身去，
> 未曾得米弃官归。穆先生，陶县令，是吾师。待葺个、园儿
> 名佚老。更作个、亭儿名亦好。闲饮酒，醉吟诗。千年田换
> 八百主，一人口插几张匙？休休休，更说甚，是和非！

"千年田换八百主，一人口插几张匙？"这是最简单和最朴
素的道理，但在物欲横流的世界里不停追逐的人们却不明白，也
不愿明白。辛弃疾又进一步否定某些人贪得无厌的做法："悟人
世、正类春蚕，自相缠缚。"（《贺新郎·和吴明可》）"万事几
时足？日月自西东。无穷宇宙，人是一粟太仓中。"（《水调歌
头·题杨少游一指堂》）提倡"知足常乐"："若要足时今足矣，
以为未足何时足"（《满江红·山居即事》），这些既具备历史的
思辨，又富有人生哲理的词篇，正是现代人关爱自我，提高自我
生命质量的思想养料。

再看词人对于生命的感悟和对人生意蕴的探究。

从我国古代思想史的整体发展状况来看，唐宋时期（尤其
是宋代）是一个思想相当活跃的年代，唐宋词人也堪称是一个
善于思考的群体，他们对于生活和人生的反思不但比前代深刻，

---

① 赵长卿：《水调歌头》，转引自唐圭璋编《全宋词》，中华书局1999年版。
② 赵长卿：《水龙吟》，转引自唐圭璋编《全宋词》，中华书局1999年版。

也更加理智和成熟。

　　比如，他们将个体人生际遇普泛化，获得一种广泛的形态与意义，从而使之通向对人生普遍性的体验和审视。再比如，当他们将人世的纷扰置之于宇宙无尽的"永恒"中来观察时，超脱、旷达之情又往往油然而生，甚而至于升华为深邃的宇宙意识。以下就分别举例分析。

　　前者如李后主。李煜 25 岁嗣位南唐，39 岁国破为宋军所俘。其早期词作多写朝歌夜弦的宫廷享乐生活，虽也有一定艺术价值，思想意义却不高。身经惨变后，后主词发生了深刻的变化。他常常把国破家亡的惨痛遭遇与人事无常的悲哀融合起来，并将其延伸到对人生命运、生存状态的感受和体悟。如其《乌夜啼》：

> 林花谢了春红，太匆匆，无奈朝来寒雨晚来风。胭脂泪，留人醉，几时重，自是人生长恨水长东。

　　叶嘉莹先生以为此词"由微知著，由小而大"，可见"生命之短促无常，生活之挫伤苦难"，而"人生长恨水长东"句，"写尽千古以来苦难无常之人类所共有的悲哀"，此可谓知言矣。

　　其他如"人生愁恨何能免，销魂独我情何限"（《子夜歌》）、"世事漫随流水，算来一梦浮生"（《乌夜啼》）、"问君能有几多愁，恰似一江春水向东流"（《虞美人》）、"剪不断，理还乱，是离愁，别有一番滋味在心头"（《乌夜啼》）、"梦里不知身是客，一晌贪欢"（《浪淘沙令》）等词句，都揭示了普遍的人生悲剧性体验，而因这种体验寄慨既深，概括面亦广，所以能超越时空，引起人类心灵的普遍共鸣。王国维"词至后主而眼界始大，感慨遂深"（《人间词话》十五）之说，即指出李煜后期词作能够源于生活却超越生活，以高超的概括力和深邃的洞察力透视人生的特点。

后者如苏轼。苏轼一生，可谓命运多舛，然而，也正是这种"崎岖世味尝应遍"（《立秋日祷雨，宿灵隐寺，同周、徐二令》）的人生经历，玉成了他那执著于人生而又超然物外的生命范式，促使他感悟人生，思索人生，甚至超越人生，这就使得他的作品在某种意义上具有了相当深广的宇宙意识。苏词中也有"世路无穷，劳生有限，似此区区常鲜欢"（《沁园春》）、"长恨此身非我有，何时忘却营营"（《临江仙》）的苦闷，也有"世事一场大梦，人生几度新凉"（《西江月》）、"人生如逆旅，我亦是行人"（《临江仙》）、"休言万事转头空，未转头时皆梦"（《西江月》）的悲观失望，也有"此生此夜不长好，明月明年何处看"（《阳关曲》）的怀疑和迷惑，但词人的伟大在于，他不但能够将人生的苦难看轻看淡，不时提醒自己保持"也无风雨也无晴"（《定风波》）的宁静心态，又能够以他的达观、乐观战胜悲观、消沉，从而达到新的思想境界。而且，词人还将相对有限的人生放置于整个人类发展的历史发展过程中，甚至于整个宇宙无穷大的空间背景下来审视。这种反思和升华就让他打破时空的界限，发现了人生之于宇宙的重要意义，继而发出了如"谁道人生无再少？门前流水尚能西！休将白发唱黄鸡"（《浣溪沙》）的豪迈歌声和"但愿人长久，千里共婵娟"（《水调歌头》）的美好祝愿。

唐宋词人对于生活的敏锐洞察力，他们对于生命细致入微的体贴，以及他们探究人生意蕴时所具有的高屋建瓴的气势和高瞻远瞩的眼光，都是当代流行歌曲作者所应该学习和借鉴的。

3. 自然之理

不同的季节和景致总能引起人们不同的情绪反应，陆机

《文赋》说："遵四时以叹逝，瞻万物而思纷。悲落叶于劲秋，
喜柔条于芳春。"钟嵘《诗品》说："若乃春风春鸟，秋月秋蝉，
夏云暑雨，冬月祁寒，斯四候之感诸诗者也。"刘勰《文心雕
龙》也说："岁有其物，物有其容，情以物迁，词以情发。"唐
宋词中吟咏自然山水的作品，既有对自然景物的客观写实，也不
可避免地融入了作者的主观情感和思想，同样蕴涵着深刻的
哲理。

　　首先，词人的个体生命因大自然的青山绿水而洋溢着活力与
乐趣，并由此获得了丰富的诗意感受与审美启迪。

　　早在中唐，号称"烟波钓徒"的张志和就曾写过五首著名
的《渔父》词：

　　　　西塞山前白鹭飞，桃花流水鳜鱼肥。青箬笠，绿蓑衣，
斜风细雨不须归。
　　　　钓台渔父褐为裘，两两三三舴艋舟。能纵棹，惯乘流，
长江白浪不曾忧。
　　　　霅溪湾里钓鱼翁，舴艋为家西复东。江上雪，浦边风，
笑著荷衣不叹穷。
　　　　松江蟹舍主人欢，菰饭莼羹亦共餐。枫叶落，荻花干，
醉宿渔舟不觉寒。
　　　　青草湖中月正圆，巴陵渔父棹歌还。钓车子，橛头船，
乐在风波不用仙。

　　自然山水让人流连忘返，而其中浸润的词人高蹈自适的情
怀，更使读者在陶醉于如画美景的同时，不知不觉地达到了远离
尘嚣、心旷神怡的精神境。

　　宋代士人皈依自然、寄情山水的志趣更加明显。南宋罗大经

《鹤林玉露》曰：

> 士岂能长守山林，长亲蓑笠，但居市朝轩冕时要使山林蓑笠之念不忘，乃为胜耳。陶渊明《赴镇军参军》诗曰："望云惭高鸟，临水愧游鱼，真想初在襟，谁谓形迹拘。"似此胸襟，岂为外荣所点染哉！荆公拜相之日，题诗壁间曰："霜松雪竹钟山寺，投老归欤寄此生。"只为他见趣高，故合则留，不合则拂袖便去，更无拘绊。山谷云："佩玉而心若槁木，立朝而意在东山。"亦此意。

大自然以母亲的胸怀，为人类的本性复归提供了最安适的栖居之地，故即使身居市朝轩冕，有朝一日能回归大自然的怀抱依然是士人心中念念不忘的梦想。比如欧阳修，他曾任颍州（今安徽阜阳）知州，"爱其民淳讼简而物产美，土厚水居而风气和，于时慨然已有终焉之意也"。（《思颍诗后序》）而在22年后，当欧公终于得偿夙愿，归隐颍州之时，其怡然陶然的愉悦之情自是难以遏抑。欧阳修曾以"西湖念语"为题，作10篇《采桑子》组词，兹选录其中4首：

> 轻舟短棹西湖好，绿水逶迤，芳草长堤，隐隐笙歌处处随。无风水面琉璃滑，不觉船移，微动涟漪，惊起沙禽掠岸飞。
>
> 画船载酒西湖好，急管繁弦，玉盏催传，稳泛平波任醉眠。行云却在行舟下，空水澄鲜，俯仰留连，疑是湖中别有天。
>
> 群芳过后西湖好，狼籍残红，飞絮蒙蒙，垂柳阑干尽日风。笙歌散尽游人去，始觉春空，垂下帘栊，双燕归来细

雨中。

　　天容水色西湖好，云物俱鲜。鸥鹭闲眠。应惯寻常听管弦。风清月白偏宜夜，一片琼田。谁羡骖鸾。人在舟中便是仙。

　　四首词从不同的角度，表现了"西湖好"的共同主题，虽不带明显的主观感情色彩，却从字里行间婉曲地显露出作者的旷达胸怀和恬淡心境，体现出他对大自然和现实人生的无限眷恋和热爱。

　　置身于大自然的怀抱，人的精神境界也得以升华和净化，变得澄澈透明。请读张孝祥《念奴娇·过洞庭》：

　　洞庭青草，近中秋，更无一点风色。玉鉴琼田三万顷，著我扁舟一叶。素月分辉，明河共影，表里俱澄澈。悠然心会，妙处难与君说。

　　应念岭表经年，孤光自照，肝胆皆冰雪。短发萧骚襟袖冷，稳泛沧溟空阔。尽挹西江，细斟北斗，万象为宾客。扣舷独啸，不计今夕何夕。

　　词人月下泛舟洞庭，面对星月皎洁的夜空和寥廓静谧的湖面，神与物游、悠然心会，逐渐达到了"天人合一"的美妙境界。在这个过程中，自然之景因词人的高洁人格变得更加纯净无瑕和晶莹剔透，而词人也从自然审美中受到启迪，得到了精神澡雪和心灵净化。

　　其次，词人又在对恬淡淳朴的田园风光和乡村生活的审美中，获得对生命价值的重新体认，领悟到人生的另一层真意。

　　晚唐五代已出现描写田园风光的词作，如孙光宪《风流子》：

> 茅舍槿篱溪曲。鸡犬自南自北。菰叶长，水蕨开，门外
> 春波荡绿。听织，声促。轧轧鸣梭穿屋。

以质朴的语言，描绘了一幅有声有色的农村风情画。而真正以农村生活为题材进行大量创作的词人，则是苏轼和辛弃疾。

苏轼农村题材的词作，最著名的当属在徐州任上所作的 5 首《浣溪沙》，其词曰：

> 照日深红暖见鱼，连村绿暗晚藏乌。黄童白叟聚瞧盱。
> 麋鹿逢人虽未惯，猿猱闻鼓不须呼。归家说与采桑姑。
> 旋抹红妆看使君，三三五五棘篱门。相挨踏破茜罗裙。
> 老幼扶携收麦社，乌鸢翔舞赛神村。道逢醉叟卧黄昏。
> 麻叶层层苘叶光，谁家煮茧一村香。隔篱娇语络丝娘。
> 垂白杖藜抬醉眼，捋青捣麨软饥肠。问言豆叶几时黄。
> 簌簌衣巾落枣花，村南村北响缫车。牛衣古柳卖黄瓜。
> 酒困路长惟欲睡，日高人渴漫思茶，敲门试问野人家。
> 软草平莎过雨新，轻沙走马路无尘。何时收拾耦耕身。
> 日暖桑麻光似泼，风来蒿艾气如薰。使君元是此中人。

农村生活中常见的石潭、树林、棘篱门、神社、麻叶、枣花、缫车、桑麻、蒿艾等景物，鱼、乌、猿、鹿等各类动物，黄童、白叟、采桑姑、蚕妇等人物和活动，共同织就了一幅幅情趣盎然的田园风景画。这一派洋溢着生活气息和泥土芳香的农村景致如浑金璞玉，对词人具有着巨大的吸引力，最后，他居然乐而忘返地动了归田的念头："何时收拾耦耕身？""使君原是此中人。"

　　由于被投闲置散 20 余年，长期居住在农村，辛弃疾对乡村生活的感情比苏轼更加深厚，观察的角度也更加细致和全面。

　　宁静、祥和的田园生活和自然界的美好风光给了词人无穷无尽的创作灵感，因此，即便是一些极为平常普通的事物，作者也能以独特的慧眼，发掘出它们身上不同寻常的美来。在他的笔下，有成群的鸡鸭、茂密的桑麻："鸡鸭成群晚不收，桑麻长过屋山头"（《鹧鸪天·戏题村舍》），有悠闲的黄犊、聒噪的暮鸦："春雨满、秧新谷，闲日永眠黄犊"（《满江红·山居即事》），"平冈细草鸣黄犊，斜日寒林点暮鸦"（《鹧鸪天·代人赋》），"乱鸦毕竟无才思，时把琼瑶蹴下来"（《鹧鸪天·黄沙道中即事》），有稻田中的鸣蛙和田边溪头的野花："稻花香里说丰年，听取蛙声一片"（《西江月》），"携竹杖，更芒鞋，朱朱粉粉野蒿开"（《鹧鸪天·代人赋》），"山无重数周遭碧，花不知名分外娇"（《鹧鸪天·代人赋》）……词人对农民的劳动生活和农村的风土人情也有着浓厚的兴趣，如"北陇田高踏水频，西溪禾早已尝新"（《浣溪沙·常山道中即事》）写农夫车水灌田，"春入平原荠菜花，新耕雨后落群鸦"（《鹧鸪天》）写雨后新耕，"青绮裙裾谁家女，去趁蚕生看外家"（《鹧鸪天》），"谁家寒食归宁女，笑语柔桑陌上来"（《鹧鸪天》），"东家娶妇，西家归来，灯火门前笑语"（《鹊桥仙》）写农村的各种风俗和淳朴的民风……凡此种种，都表现了词人对农村生活的由衷热爱和对生命自由的真心向往。

　　叶嘉莹先生在一次讲座中曾指出："学习古典诗歌的无用之用，其可贵之处，正在于一种生命的共感。"（《从现代观点看几首旧诗》）这种"生命的共感"不仅存在于古人和今人之间，也存在于人与自然之间。事实上，唐宋词中所表现的对自然中一切生命的善待、尊重和热爱，所唤起的便是人与自然和谐共处的思想和情趣，也是一种广义上的人文关怀。如果能在当今浮躁喧嚣的歌坛吹拂一股清新的田园山水之风，让心灵疲惫不宁的当代人在领略自然美景的同时感悟万类平等的欣喜，这对于生态环境日趋恶化，人与自然日益疏离的现代社会而言，意义尤为重要。

鲁迅先生说："俗文之兴，当兴两端，一为娱心，二为劝善。"[①] 然而就当代流行歌词而言，其价值取向无疑过分偏重前者，对于后者却往往视而不见。作为通俗文化的典型形态，流行歌曲强调娱乐大众在某种意义上是一种必然，但是，作品所达到的娱乐效果应该令欣赏者"如沐春风"、会然于心，还是如歌德所说"快乐是圆球体，一滚而过"，这正是当代流行歌曲发展应该确定的方向。

第二节　当代词人对古典文学和传统文化的传承与借鉴

一　琼瑶歌词对中国古典文学和传统文化的传承与借鉴

琼瑶，原名陈喆，台湾著名言情女作家。自 1963 年发表第一部长篇小说《窗外》以来，迄今已创作小说 50 余部，并几乎全被改编成电影、电视剧，这些作品不但造就了一批又一批因扮演其剧作中的角色而红极一时的影视明星，也使作家拥有了庞大的读者和观众群，在华语文坛形成了罕见的、历时 30 多年而不衰的"琼瑶现象"。除此之外，琼瑶还为她的影视剧创作了 200 多首歌词，这些歌词脍炙人口，配乐以后迅速流行，在中国现代流行歌曲史上同样占有极其重要的地位。

琼瑶作品的风靡和久盛不衰，在很大程度上得益于其对中国古典文学和传统文化的大力传承与成功借鉴，这与作家的身世背

---

① 鲁迅：《鲁迅全集》第 9 卷，人民文学出版社 1982 年版，第 10 页。

景和她个人对于古典文学（尤其是古典诗词）的爱好密切相关。琼瑶生长在一个中国传统文化气息相当浓厚的家庭，"父亲研究中国历史，母亲酷爱中国诗词，我耳濡目染，受了极深的影响"。（琼瑶《写于"湮没的传奇"之后》）她6岁接触古典文学，7岁时已能熟读和背诵唐诗宋词中的名篇，成名后，当回顾自己的写作生涯时，琼瑶说："我想，我后来会迷上写作，和这段背唐诗的日子大大有关。"

深厚的古典文学功底使得琼瑶在创作时能够游刃有余地将古代的诗词歌赋信手拈来，化为己用，这仅从其作品的篇名就可见一斑。琼瑶作品的篇名多出自中国古典诗词，例如：《在水一方》出自《诗经·蒹葭》："所谓伊人，在水一方"；《青青河边草》出自汉乐府《古诗十九首》："青青河畔草，郁郁园中柳"；《菟丝花》源自李白的《古意》："君为女萝草，妾作菟丝花"；《剪剪风》出自韩偓《寒食夜》："恻恻轻寒剪剪风，杏花飘雪小桃红"；《人在天涯》来自于马致远的《天净沙·秋思》："夕阳西下，断肠人在天涯"，等等。值得一提的是，由于唐宋词顾盼生情的艺术风韵和哀感顽艳的心理氛围与琼瑶小说悱恻缠绵的故事内容甚为契合，她对唐宋词尤为偏爱。仍以作品篇名为例，在琼瑶的50余部作品中，取名于唐宋词中名篇名句的就有1/3以上，比如：《寒烟翠》、《碧云天》出自范仲淹的《苏幕遮》："碧云天，黄叶地，秋色连波。波上寒烟翠"；《庭院深深》出自欧阳修的《蝶恋花》："庭院深深深几许？杨柳堆烟，帘幕无重数"；《月满西楼》、《却上心头》语出李清照的《一剪梅》："云中谁寄锦书来，雁字回时，月满西楼"和"此情无计可消除，才下眉头，却上心头"；《几度夕阳红》来自于杨慎的《临江仙》："青山依旧在，几度夕阳红"；《心有千千结》出自张先的《千秋岁》："天不老，情难绝。心似双丝网，中有千千结"；《匆匆，太匆匆》出自李煜的《相见欢》："林花谢了春红，太匆匆"；《一帘幽梦》源自秦观的《八六子》："无端天与娉婷，夜月一帘幽梦，春风十里柔情"；《烟锁重楼》源自李清照的《凤凰台上忆吹箫》："念武陵人远，烟锁秦楼。惟有楼前流水，应念我，终日凝眸"；《彩云飞》出自冯延巳《虞美人》："只知长作碧窗期，谁信东风吹散彩云飞"，等等。琼瑶对于中国古典文学的传承与借鉴，同样表现在她的歌词创作中。这主要表现为以下三种情况：

（一）直接借用或化用古典诗词中的名句作为歌词

清李绿园《歧路灯》第九二回云："祖宗诗文，在旁人观之，不过行云流水；我们后辈视之，吉光片羽，皆金玉珠贝。"此可谓琼瑶歌词创作的真实写照。古典诗词中精致典雅的语言、咀嚼生香的名句，都是她取之不尽的宝藏。比如，当年传唱于大街小巷的电视剧《婉君》之主题曲《婉君》：

> 一个女孩名叫婉君，她的故事耐人追寻，小小新娘，缘定三生，恍然一梦，千古伤心。
> 一个女孩名叫婉君，明眸如水，绿鬓如云，千般恩爱，集于一身，蓦然回首，冷冷清清。
> 一个女孩名叫婉君，冰肌如雪，纤手香凝，多少欢笑，多少泪水，望穿秋水，望断青春。
> 一个女孩名叫婉君，她的故事耐人追寻，几番风雨，几度飘零，流云散尽，何处月明。

这首歌中的多处语句皆出自古典诗词。其中，"千般恩爱，集于一身"语出白居易《长恨歌》："三千宠爱在一身"；"蓦然回首，冷冷清清"分别出自辛弃疾《青玉案·元夕》和李清照

《声声慢》（寻寻觅觅）；"几番风雨，几度飘零"出自辛弃疾的
《摸鱼儿》："更能消几番风雨"；"冰肌如雪，纤手香凝"分别
语出李煜《玉楼春》："晚妆初了明肌雪，春殿嫔娥鱼贯列"和
吴文英《风入松》："黄蜂频扑秋千索，有当时纤手香凝"，
等等。

又如《梅花三弄之鬼丈夫》片头曲《鸳鸯锦》：

> 梅花开似雪，红尘如一梦，枕边泪共阶前雨，点点滴滴
> 成心痛。去年元月时，花市灯如昼，旧时天气旧时衣，点点
> 滴滴成追忆。
>
> 忆当时初想见，万般柔情都深种。但愿同展鸳鸯锦，挽
> 住时光不许动。情如火，何时灭，海誓山盟空对月。但愿同
> 展鸳鸯锦，挽住梅花不许谢。

此词亦可谓句句皆有来处。歌名《鸳鸯锦》许多古诗词中
都有涉及，与本词内容最为贴近的，当属晏几道《鹧鸪天》：
"谁堪共展鸳鸯锦，同过西楼此夜寒。"歌词中，"梅花开似雪"
语出吕本中《踏莎行》："雪似梅花，梅花似雪，似和不似都奇
绝"；"红尘如一梦"出自张镃《水调歌头》："万事红尘一梦，
回首几周星"；"枕边泪共阶前雨，点点滴滴成心痛"源自聂胜
琼《鹧鸪天》："枕前泪共阶前雨，隔个窗儿滴到明"；"去年元
月时，花市灯如昼"出自欧阳修《生查子·元夕》："去年元夜
时，花市灯如昼"；"旧时天气旧时衣，点点滴滴成追忆"语出
李清照《南歌子》："旧时天气旧时衣，只有情怀不似旧家时"，
等等。

事实上，这种直接借用或化用古典诗词歌赋入词的现象，几
乎出现在琼瑶的每首歌曲中。古典诗词所包含的优美和丰厚的意

蕴，为琼瑶的作品平添了有别于其他通俗小说的幽情雅致，使其具有了气质独特的古典美学风韵。此外，琼瑶又善于借鉴古诗词常用的夕阳、疏云、淡月、碧草、柳丝、落花、冷雨、寒烟、绿水等意象，在词中展开一幅幅如诗如梦的画面。如《梅花三弄之水云间》片尾曲《我心已许》："犹记小桥初见面，柳丝正长，桃花正艳，你我相知情无限，云也淡淡，风也缱绻。执手相看两不厌，山也无言，水也无言，万种柔情都传遍，在你眼底，在我眉间。"旖旎唯美的景致将剧中人物之间缠绵悱恻的恋情烘托得淋漓尽致，让读者透过无声的画面，深切感受到两情相悦的无怨无悔、刻骨铭心。

（二）用现代语言和视角对古典诗词进行重新诠释和演绎

琼瑶不仅善于借用或化用古典诗词，她还用现代通俗语言对古典诗词进行重新诠释，化雅为俗，达到了雅俗共赏的效果。比如电视剧《在水一方》主题曲《在水一方》：

> 绿草苍苍，白雾茫茫，有位佳人，在水一方。绿草萋萋，白雾迷离，有位佳人，靠水而居。
>
> 我愿逆流而上，依偎在他身旁，无奈前有险滩，道路又远又长。我愿顺流而下，找寻他的方向，却见依悉仿佛，他在水的中央。
>
> 我愿逆流而上，与她轻言细语，无奈前有险滩，道路曲折无疑。我愿顺流而下，找寻她的踪迹，却见依悉仿佛，她在水中伫立。

这首由邓丽君演唱的电视剧主题曲，在当年的风靡程度绝不逊色于电视剧本身，而即使时至今日，这首歌仍然拥有大量听众，不少人都把它当做怀旧经典反复回味。实际上，这首歌就是

《诗经·蒹葭》的现代版白话译文，其原诗为：

> 蒹葭苍苍，白露为霜。所谓伊人，在水一方。溯洄从之，道阻且长。溯游从之，宛在水中央。
>
> 蒹葭萋萋，白露未晞。所谓伊人，在水之湄。溯洄从之，道阻且跻。溯游从之，宛在水中坻。
>
> 蒹葭采采，白露未已。所谓伊人，在水之涘。溯洄从之，道阻且右。溯游从之，宛在水中沚。

词人在深刻理解原作的基础之上，对其进行了重新诠释和演绎，由于有具体的故事情节作为背景，且又结合了现代视角，此词所表现的情感比原诗更为丰富细腻，也更容易为大众所接受。

又比如电视剧《一帘幽梦》的主题曲《我有一帘幽梦》：

> 我有一帘幽梦，不知与谁能共，多少秘密在其中，欲诉无人能懂。窗外更深露重，今夜落花成冢，春来春去俱无踪，徒留一帘幽梦。
>
> 谁能解我情衷，谁将柔情深种，若能相知又相逢，共此一帘幽梦。窗外更深露重，今夜落花成冢，春来春去俱无踪，徒留一帘幽梦。

这首歌词很容易让人联想到温庭筠的《更漏子》，其词曰：

> 星斗稀，钟鼓歇，帘外晓莺残月。兰露重，柳风斜，满庭堆落花。虚阁上，倚栏望，还似去年惆怅。春欲暮，思无穷，旧欢如梦中。

此二词无论意象、意境，还是情感内容，都有异曲同工之妙，但在艺术风格上，二者却又大相径庭：前者通俗易懂而后者典雅含蓄。其实，这也正是琼瑶的匠心独运之所在，用她自己的话说，就是"把中国'根'的东西，借现代语言传达出来"①。这样，不但提高了作品本身的艺术品位，使其于通俗文学之外别立一格，更重要的意义还在于，能够赋予古典文学以新的生命力，使它们走出"阳春白雪"的象牙塔，走进现代普通大众的生活。

当然，上述这种用现代语言来诠释古典诗词，且又较为"忠于原著"的作品，在琼瑶歌词中为数并不多。更多时候，作者是以现代视角对古典诗词进行重新演绎和再创作，在深得原作精髓的基础上，又赋予它们新的内涵。比如林青霞和秦汉主演的电影《彩霞满天》，其中一首插曲《把酒问青天》在当年甚为流行，其词如下：

> 把酒问青天，明月何时有？莫把眉儿皱，莫因相思瘦，小别又重逢，但愿人长久！
> 把酒问青天，明月何时有？多日苦思量，今宵皆溜走，相聚又相亲，但愿人长久！
> 把酒问青天，明月何时有？往事如云散，山盟还依旧，两情缱绻时，但愿人长久！
> 把酒问青天，明月何时有？但愿天不老，但愿长相守，但愿心相许，但愿人长久！

这首歌重新演绎了苏轼的名作《水调歌头》，使其成为男女主人公爱情经历的写照。它改变了原作清空超旷而又低回深沉的

---

①　中新社网站：琼瑶谈创作、谈女性，拷贝自 http://sina.com.cn。

格调，将词中惆怅、真挚的情感本色进一步深化，再加上喁喁细语般的内心表白，从而实现了既有古典诗词委婉、清新韵味，又体现剧中人缠绵殷切之情感世界的艺术效果。

再如众口传唱的电视剧《还珠格格》插曲《当》：

> 当山峰没有棱角的时候，当河水不再流，当时间停住日月不分，当天地万物化为虚有，我还是不能和你分手，不能和你分手，你的温柔是我今生最大的守候。
>
> 当太阳不再上升的时候，当地球不再转动，当春夏秋冬不再变换，当花草树木全部凋残，我还是不能和你分散，不能和你分散，你的笑容是我今生最大的眷恋。
>
> 让我们红尘做伴活得潇潇洒洒，策马奔腾共享人世繁华，对酒当歌唱出心中喜悦，轰轰烈烈把握青春年华。……

很显然，这首歌词的创作灵感来自于汉乐府《上邪》，其诗曰：

> 上邪！我欲与君相知，长命无绝衰。山无棱，江水为竭，冬雷震震，夏雨雪，天地合，乃敢与君绝！

琼瑶对原诗加以大胆演绎和改写，不但将内容大幅展衍，且变"乃敢与君绝"为"我还是不能和你分手"、"我还是不能和你分散"，表达的情感更加炽烈和坚贞，既有原作的境界，又有所翻新，具有新的时代气息。

（三）借鉴或模仿古典诗词的语言形式和修辞格，进行现代流行歌词创作

苏珊·朗格说："衡量一首好歌词的尺度，就是看它转化为

音乐的能力……歌词必须传达一个可以谱写的思想，提供某种感情基调和联系线索，以此来激发音乐的想象力。"① 这就要求歌词本身具有音乐性和旋律美。在歌词的音乐建设方面，琼瑶同样受到中国古典诗词的浸润和启发，她的大多数歌词，即使不谱曲，读起来也抑扬顿挫、朗朗上口，极具节奏感和音韵美。下面着重分析两种：

1. 复沓的句式章法

复沓是琼瑶歌词中最基本和最有效的抒情方法，也是中国古典音乐文学最常见的修辞格和表现形式。所谓复沓，也称反复、重复或重叠，就是重复某些句子或章节，只对应变换少数字词，以达到突出某种意思或强调某种情感的效果。

关于复沓，早在 30 年代，著名学者龙沐勋在论及中国新体乐歌之章法和句法的构建时就指出："乐歌原以民谣为主，而民谣多反复咏叹之音。《诗经》中之十五国风，每篇或有若干章，章各若干句，而各章字句，长短略同，一篇之中，恒多复语，最足为创制新体乐歌之准则。"又说，在语气缓急、声调抑扬之间，似未能适合自然之喉吻，而与参差繁复之曲调相应。此吾所以主张新体乐歌形式，宜取法于《诗经》之章，而句法之改进则有待于广求词曲，始得渐近自然一也。由此，他提出："望有志作歌者，取篇章之法于《诗经》、唐、宋、金、元以来之词曲，而句法之铸造，则须借助于同曲者尤多。不必专仿西洋，生吞活剥，以自矜为创获，而实无当世用也。"② 这些理论在琼瑶的歌词创作中得到了最好的实践。《婉君》、《把酒问青天》、《月朦胧鸟朦胧》、《一帘幽梦》、《却上心头》、《青青河边草》、《我

---

① 苏珊·朗格：《情感与形式》，中国社会科学出版社 1986 年版，第 198 页。
② 龙沐勋：《创制新体乐歌之途径》，见《同声月刊》创刊号。

是一片云》、《一颗红豆》、《问斜阳》、《几度夕阳红》等歌词都明显"取法于《诗经》之章",是典型的复沓结构。比如电影《一颗红豆》之同名主题曲《一颗红豆》:

> 我有一颗红豆,带着相思几斗,愿付晚风吹去,吹给伊人心头。我有一颗红豆,小巧玲珑剔透,愿付月光送去,送给伊人收留。
>
> 我有一颗红豆,带着诗情万首,愿付夜莺衔去,衔给伊人相守。我有一颗红豆,伴我灯残更漏,几番欲寄还留,此情伊人知否。

全词反复咏叹,回环复迭,有如流风回雪,乐声袅袅不绝处,剧中人欲诉还休的哀婉心曲也得到了反反复复、重重叠叠的传递和宣泄。

朱自清说:"诗的特性似乎就在回环复沓,所谓'兜圈子',说来说去只说那点,复沓不是为了要说得多,是为了要说得少而强烈些。"① 对于需要"入乐传唱"的歌词而言,复沓这种一唱三叹的章法结构,其作用又不仅在于强化感情、突出主题,它还能在回环往复的咏唱中,使抑扬错落而又余音袅袅的旋律回荡其间,从而使得全词前后呼应,产生一种整体的节奏感和韵律美。巧妙而频繁地使用复沓修辞,这也是琼瑶歌词别具一格的重要原因之一。

2. 对称的语言结构

讲求对称、以对称为美,这是传统汉语言乃至汉文化中自觉

---

① 转引自许自强《歌词创作美学》,首都师范大学出版社 2000 年版,第 198 页。

和普遍的审美追求。所谓"言对为美,贵在精巧;事对所先,务在允当。若两言相配,而优劣不均,是骥在左骖,驽为右服也。若夫事或孤立,莫与相偶,是夔之一足,趻踔而行也"。①针对传统文学崇尚对称的审美心理,修辞学家陈炯即指出:"倘从文化语言学或文化人类学的角度看,对偶,这种汉语中独有形态的辞格,汉文化中的珍品,最富有中国作风与中国气派,历来为汉族人民所喜闻乐见,广泛运用。"②他又说,"在历史上,四六对偶曾被当做美的典范,虽然'五四'时曾是新文化的打击对象,但是直到今天,单双音节的对称搭配,对双音节的偏爱,依然有强大的势力,这反映了汉人的均衡美感,对称心理的强大优势和巨大生命力。"③事实上,琼瑶的大部分歌词正是继承和发扬了传统汉语言文学讲究对称的特点。一方面,她自觉追求歌词句式整齐、结构匀称的均衡美;另一方面,她的歌词又不像古典诗词那样规矩严格,而是采用更为自由灵活的形式。它可以是三言、四言、五言、六言或七言、八言,也可以多言并用,但歌词语言结构和句式保持大体对称。这样一来,整首歌曲既流动着参差错落的变化之美,又体现出均衡对称的和谐之音。比如以下两首歌曲:

其一,《山一程,水一程》:

> 山一程,水一程,柳外楼高空断魂;马萧萧,车辚辚,落花和泥辗作尘。风轻轻,水盈盈,人生聚散如浮萍;梦难寻,梦难平,但见长亭连短亭。

① 刘勰:《文心雕龙·丽辞》,北京燕山出版社 2001 年版。

② 陈炯:《对偶、对仗、对联:汉文化体现的三个层面》,载《江南学院学报》1998 年第 1 期。

③ 陈炯:《中国文化修辞学》,江苏古籍出版社 2001 年版,第 208 页。

> 山无凭，水无凭，萋萋芳草别王孙；云淡淡，柳青青，杜鹃声声不忍闻。歌声在，酒杯倾，往事悠悠笑语频；迎彩霞，送黄昏，且记西湖月一轮。

其二，《天上人间会相逢》：

> 回忆当初，多少柔情深深种，关山阻隔，且把歌声遥遥送。多少往事，点点滴滴尽成空，千丝万缕，化作心头无穷痛。
>
> 自君别后，鸳鸯瓦冷霜华重，漫漫长夜，翡翠衾寒谁与共。临别叮咛，天上人间会相逢，一别茫茫，魂魄为何不入梦。
>
> 情深似海，良辰美景何时再？梦里梦外，笑语温柔依依在。也曾相见，恍恍惚惚费疑猜，魂儿梦儿，来来往往应无碍。
>
> 旧日游踪，半是荒草半是苔，山盟犹在，只剩孤影独徘徊。三生有约，等待等待又等待，几番呼唤，归来归来盼归来。

这是电视剧《还珠格格》中的两首插曲，其歌词句式参差，章节匀称，多用双声叠韵，而内在韵律尤为和谐。此类借鉴了传统诗歌形式的新体歌词，既有古典诗歌的优雅神韵，又兼有现代新歌体灵活流畅的特点，因此很容易在流行歌坛独树一帜并为大众所接受。

此外，琼瑶在歌词创作中还运用大量传统辞格，例如比喻、象征、用典、借代、双关，等等。朱光潜先生在论述中国传统诗歌与外国诗歌的差异时指出："西诗以直率胜，中诗以委婉胜；

西诗以深刻胜，中诗以微妙胜；西诗以铺陈胜，中诗以简隽胜。"[1] 传统辞格的频繁使用，也是琼瑶歌词极具传统诗歌美学风范的重要原因之一。

琼瑶歌词不仅在语言和形式上对古典诗词有所借鉴，而且，中华民族传统的精神品格和道德思想在其中也有彰显。

首先，从整体而言，儒家"温柔敦厚"、"怨而不怒"的思想与诗教对琼瑶作品的影响相当深远。

孔子云："《关雎》乐而不淫，哀而不伤。"（《论语·八佾》）《论语集解》引孔安国疏说："乐不至淫，哀不至伤，言其和也"。这种言论直接导致了后来以"温柔敦厚"、"怨而不怒"为基本内容的传统诗教的建立。琼瑶深谙个中三昧，其作品无论是小说，还是歌词，大多遵循着传统诗教的创作规范，具有中国传统文化的魅力。

以歌词来说，琼瑶的歌词始终围绕着一个"情"字展开，但这种"情"往往是"发乎情，止乎礼义"，大都停留在感情、精神交流的层次上，表现出对"性"的消解——这就不同于一般流行歌曲所渲染的充满肉欲和物欲的爱情，正符合传统诗教"乐而不淫"的审美标准。比如，电视剧《两个永恒》之同名主题曲《两个永恒》：

> 天上有新月如钩，地上有烟锁重楼，人间有永恒的爱，惜人能永恒相守。同是天涯沦落人，相逢但求人长久，红颜自古如名将，不许人间见白头。
>
> 天上有新月如钩，地上有烟锁重楼，两个永恒情无限，

---

① 朱光潜：《朱光潜美学文学论文集》（第 1 卷），湖南人民出版社 1980 年版第 97 页。

拼得今生万古愁。世间多少痴儿女，爱到深处无怨尤，天苍苍兮地茫茫，情绵绵兮恨悠悠。……

又如电视剧《几度夕阳红》之同名主题曲《几度夕阳红》：

　　时光留不住，春去已无踪，潮来又潮往，聚散苦匆匆。往事不能忘，浮萍各西东，青山依旧在，几度夕阳红。
　　且拭今宵泪，留与明夜风，风儿携我梦，天涯绕无穷。朝朝共暮暮，相思古今同，青山依旧在，几度夕阳红。

无论是痴情、柔情，还是悲情、怨情，都在无尽的时空中得到净化和升华，最终成为永恒。这种纯真美好的情感不但符合儒家"《诗三百》，一言以蔽之，思无邪"的爱情道德标准，也是作者心中理想爱情的至高境界。

其次，琼瑶的作品虽然在一定程度上体现了现代人的精神与气质，但就其本质而言，它依然固守着传统的审美标准和价值观。

正如琼瑶自己所说："我的身体和思想里，一直有两个不同的我。一个充满叛逆性，一个充满传统性。叛逆的那个我，热情奔放、浪漫幻想。传统的那个我，保守矜持、尊重礼教。"[1] 存在于作家思想意识中根深蒂固的民族传统观念，使得其作品既有张扬人性的一面，同时又始终囿于传统的审美定式和思想道德范围之内。

美丽、多才、柔弱而痴情的女性是中国封建社会男性士大夫们普遍欣赏的一种女性形象。"在中国传统的言情小说中，

---

① 汤哲声：《流行百年》，文化艺术出版社 2004 年版。

'才'、'貌'是男女共有的素质，有貌无才很少能成为'红粉佳人'，理想的佳人是既能写诗，又是美貌，方能成为'才子'的'知己'。"① 事实上，在以男权主义为中心的传统文化中，"佳人"形象一直在审美活动中反复出现，女性的阴柔美被刻意强调，她们是男性或以男性为主体的文化的附庸。

琼瑶小说中的女性形象，固然也散发着自强、自立、自爱的现代气息，但在她们深层次的心理气质上，始终带有中国传统女性忠贞不渝、温柔恬让、甘于贫贱等美德，其所反映的审美观和价值观，正顺应了男权文化中心的体制，体现出传统男权社会的道德模式和审美理想。配合着小说中的女性形象，琼瑶歌词中的"佳人"也大多柔弱顺从，如小鸟依人，处于被呵护和受保护的地位。比如电视剧《还珠格格》的插曲《梦里》：

（女）梦里听到你的低诉，要为我遮风霜雨露，梦里听到你的呼唤，要为我筑爱的宫墙，一句一句，一声一声，诉说着地老和天荒，一丝一丝，一缕一缕，诉说着地久和天长。

（男）梦里看到你的眼光，闪耀着无尽的期望，梦里看到你的泪光，凝聚着无尽的痴狂，一句一句，一声一声，诉说着地老和天荒，一丝一丝，一缕一缕，诉说着地久和天长。

（合）天苍苍，地茫茫，你是我永恒的阳光，山无棱，天地合，你是我永久的天堂。

其片尾曲之一《自君别后》：

① 陈必祥主编：《通俗文学概论》，杭州大学出版社1991年版，第103页。

　　天茫茫，水茫茫，望断天涯，人在何方？记得当初，芳草斜阳，雨后新荷，初吐芬芳。缘定三生，多少痴狂，自君别后，山高水长，魂兮梦兮，不曾相忘，天上人间，无限思量。

　　天悠悠，水悠悠，柔情似水，往事难留，携手长亭，相对凝眸，烛影摇红，多少温柔。前生有约，今生难求，自君别后，几度春秋，魂兮梦兮，有志难酬，天上人间，不见不休。

　　歌词字里行间所流露的，是女性的无尽痴情与哀怨，而此类"佳人"形象，正是传统文学作品中"思妇"形象的经典再现，也是男权文化对女性形象至今未变的追求。

　　法国作家莫洛亚曾说："用'现实主义'这个词来形容屠格涅夫的艺术是不够的，还必须补充一下，说他是一位有诗意的现实主义作家。"① 从一定意义上讲，琼瑶就是一位"有诗意"的作家——而且是具有鲜明的中国古典特征的。她的作品，无论小说、散文，还是歌词，都与中国古典文学和传统文化有着千丝万缕的联系，而那些柔情款款，又略带忧愁的歌词，化经典为己用，寓馨香于古朴之中，尤其具有传统诗词的韵味。

　　可以说，琼瑶的艺术之树之所以繁花似锦、硕果累累，离不开中国古典文学和传统文化之"根"，既然如此，则如何于一味地重复和模仿西方文化之外另辟蹊径，走中西结合、古为今用的道路，这正是值得当代艺术家和文艺工作者深思的问题。

二　周杰伦专辑中歌词的古典文化气息

　　自 2000 年发行首张专辑《JAY》以来，周杰伦迅速成为当

---

① 莫洛亚：《安德烈·莫洛亚·屠格涅夫传》，载《名作欣赏》1982 年第 4 期。

代华语歌坛一颗最耀眼的明星。他不仅被捧为"美式节奏蓝调接班人"、"R&B 小天王"，而且屡次拿下多项大奖，缔造了各类流行歌曲排行榜前所未有的新纪录。在第十二届全球华语音乐榜中榜上，他就包揽了最佳男歌手奖、最佳创作歌手奖、最受欢迎男歌手奖、最受欢迎音乐录影带奖（《夜曲》）、年度最佳歌曲（《夜曲》）五项大奖，而华语榜中榜（CMA）是中国内地举办最早、最权威的针对全球华语歌曲的年度颁奖盛会。除此之外，他还被日本民众誉为"华流最顶尖 STAR"，被马来西亚政府封为"模范青年"（因其常在歌曲里表达对父母与外婆的孝顺），并且在 ETFM 联播网"公主与战士"票选活动中，获得"娱乐界最佳战士代表"的称号，等等。周杰伦在当今流行乐坛"集万千宠爱于一身"的地位，固然得益于其自身超常的音乐天赋和表演潜质，同时也源于其歌词的独特魅力。例如，2005 年 3 月，他演唱的《蜗牛》就被列入"上海中学生爱国主义歌曲 100 首"的推荐目录。自创词曲向来是周杰伦的拿手好戏，此外，为他作词的还有被称为"词神"的方文山和许世昌、黄俊郎、刘畊宏、徐若瑄、宋健彰、曾郁婷等人。古典风尚与潮流元素奇妙的融合，是周杰伦专辑中歌词的特色，而植根于其中的古典文化情结，更使得他的大部分专辑都弥漫着浓郁的古典浪漫主义气息。以下我们就对这个问题进行简要分析。

（一）意象的古典化

孟建安在《得体性与中国传统文化》一文中指出："中国文化的悠久历史，使得一些普通的东西、景物携带上了浓厚的文化气息，它们出现在文学作品中组合成了特定的意象，成了汉民族传统文化的载体。"① 周杰伦专辑中的不少歌词就因选择和使用

---

① 李名方主编：《得体修辞学研究》，河海大学出版社 1999 年版，第 60 页。

了这些"携带"着"中国文化气息"的意象，从而使此类歌曲无形中具有了汉民族传统文化的无穷韵味。意象的古典化在周杰伦的歌词中主要表现为以下类型。

选用具有特定民族文化内涵的事物为意象

伽达默尔说："在一个特定的语言和文化传统中成长起来的人看世界，其方法是不同的。"① 由于中华民族的历史十分悠久，所以前代人所形成的文化心理就会积淀为一种"文化传统"，潜移默化地影响着后代人的价值观念、思想情感、风俗习惯和审美趣味。而那些因与中华民族文化起源和发展有一定渊源，或因文学的重复使用从而具有固定文化内涵的意象，就充当了承传这种文化传统的基本载体。以"杨柳"为例，古人向来有"折柳送别"的习俗②，由此这个意象便带有了"离别"、"留恋"的意味。后代文人多沿袭此意，尤其在唐宋词中，它更成了渲染离愁别绪必不可少的"道具"。如李白《忆秦娥》："秦楼月，年年柳色，霸陵伤别"，周邦彦《兰陵王》："柳荫直，烟里丝丝弄碧。隋堤上，曾见几番，拂水飘绵送行色？"柳永《雨霖铃》："今宵酒醒何处？杨柳岸，晓风残月"，等等。周杰伦专辑中的歌词也使用了"杨柳"意象："娘子，却依旧每日折一枝杨柳。你在那里，在小村外的溪边河口默默等着我"（《娘子》)，这就将一个痴情守望者的形象刻画得明白而深刻。其他富有民族文化内涵的意象同样在周杰伦专辑的歌词中频繁出现，如象征着民族精神的长城、黄河、泰山、龙："那长城像五千年来待射的梦……跨越黄河东登上泰山顶峰……我右拳打开了天化身为龙"（《龙拳》)；

---

① 转引自陈炯《中国文化修辞学》，江苏古籍出版社 2001 年版，第 4 页。
② 《三辅黄图》中载："霸桥在长安东，跨水作桥，汉人送客至此桥，折柳赠别"。

代表相思的红豆:"相思寄红豆,相思寄红豆,无能为力地在人海中漂泊,心伤透"(《娘子》);意味着双宿双飞的蝴蝶:"蝴蝶自在飞,花也布满天,一朵一朵因你而香"(《星晴》);表现岁月沧桑的风霜:"消失的旧时光,一九四三,回头看的片段,有一些风霜"(《上海一九四三》),等等。此类意象,由于具有特定的民族文化内涵,因而很容易引起欣赏者的认同感和熟稔感,能够产生扩展歌词的内蕴和外延、便于理解、易于被接受的艺术效果。

选用或重组古典诗词中的语句为意象

其实,早在唐宋时期,歌词领域就已经存在直接撷取前人成句,或者间接化用前人成句入词的创作先例。贺铸尝自云:"吾笔端驱使李商隐、温庭筠,常奔命不暇。"与他同时期的周邦彦亦染此风,所谓"下字运意,皆有法度,往往自唐宋诸贤诗句中来"(沈义父《乐府指迷》)。此外,还出现隐括前人的诗文入词的隐括词,如苏轼隐括陶渊明《归去来辞》的《哨遍》(为米折腰),隐括韩愈《听颖师弹琴》的《水调歌头》(昵昵儿女语),以及黄庭坚隐括欧阳修《醉翁亭记》的《瑞鹤仙》(环滁皆山也),等等,由此可见当时这种"笔端驱使古人"的词学风尚。此类现象在当代流行歌词创作中也屡见不鲜。例如琼瑶,她作品的题目大多即是唐宋词中情韵兼胜的名句,而由其小说改编的影视剧主题曲歌词,更是很多都借用古典诗词来"代言"。周杰伦专辑的歌词里很少直接引用古典诗词原句,而是重组或萃取前人成句,将其转化为符合自身情境需要的独特意象。如《发如雪》一词:"狼牙月,伊人憔悴。我举杯,饮尽了风雪。是谁打翻前世柜,惹尘埃是非。缘字诀,几番轮回,你锁眉,哭红颜唤不回。纵然青史已经成灰,我爱不灭。繁华如三千东流水,我只取一瓢爱了解,只恋你化身的蝶。你发如雪,凄美了离别,我焚香感动了谁？邀明月，让回忆皎洁，爱在月光下完美。你发如雪，纷飞了眼泪，我等待苍老了谁？红尘醉，微醺的岁月，我用无悔，刻永世爱你的碑。"从《娘子》，到《东风破》，再到这首《发如雪》，周杰伦专辑中的歌词较为完美地体现了古典与现代的"整合"。此词充满了"任弱水三千，我只取一瓢"的专一和青史成灰而爱不灭的执著，不但选用诸如"前世柜"、"焚香"一类传统意象，而且巧妙地将李白《秋浦歌》中"白发三千丈，缘愁似个长。不知明镜里，何处得秋霜"四句诗浓缩为"发如雪"这一鲜明而独特的意象。同时，它又借古诗词中"邀明月"的意象为己用，渲染出既不同于"举杯邀明月，对影成三人"①之清冷孤寂，又异于"对酒卷帘邀明月，风露透窗纱"②之惆怅自怜的凄美意境。这种融会古今的创作方式不但丰富了周杰伦歌词的表现内容，而且深化其文化底蕴，使得欣赏者在其时尚的RAP形式和充满着西方音乐元素的曲调之外，感受到了歌词内在的古典而优雅的韵致。

使用中华民族特有的传统事物为意象

马克思说："人们自己创造自己的历史，但是他们不是随心所欲地创造，并不是在他们自己选定的条件下创造，而是在直接碰到的、既定的、从过去继承下来的条件下创造。"③ 每个民族在不同的历史发展过程中都形成了各自相异的文化、传统、信仰和价值观，也都有着本民族独特的传统事物。像中华民族特有的节日、习俗、服装、饮食、建筑模式、武术、书法、乐器等传统事物，虽然没有特定的文化内涵，却都有着固定的"话语系

---

① 李白：《月下独酌》，见《李太白全集》，中华书局1977年版。
② 苏轼：《少年游》，转引自唐圭璋编《全宋词》，中华书局1999年版。
③ 《马克思恩格斯选集》第一卷，人民出版社1972年版，第603页。

统",也共同构成了汉民族传统的"意象体系"。周杰伦专辑的歌词中即大量使用了此类意象,比如与中华传统武术有关的"双刀"(《双刀》)、"双节棍"、"铁砂掌"、"杨家枪"、"呼吸吐纳心自在"、"气沉丹田手心开"、"日行千里系沙袋"、"太极风生水起"、"轻功飞檐走壁"、"漂亮的回旋踢"(《双节棍》)等意象;属于中国传统民居范畴的"老街坊"、"小弄堂"、"白墙黑瓦"(《上海一九四三》)等意象;与传统习俗有关的意象"春联"(《上海一九四三》);中华民族的传统书法意象"楷书",等等,甚至连"陆羽"和《茶经》等意象也在他的歌词中出现。人们常说,越是民族的,就越是世界的。然而,日益物质化和全球化的现代社会使得越来越多的青年人漠视民族传统文化,过洋节、嗜洋餐、哈日哈韩。用作家冯骥才的话说是:"目前我们最大的问题是传统文化的文脉已断……文化的流传需要一定的载体和条件,文脉一断,青年一代就再没有机会接触传统的文化,他们与文化传统的陌生感就会越来越强烈。"① 在民族传统文化于当代青年中式微的堪忧境况下,周杰伦专辑里那些洋溢着浓郁"中国风"的作品无疑值得肯定。使用中华民族特有的传统事物为意象,既能增强歌词的历史沧桑感和厚重感,又能提升欣赏者的民族自豪感和自信心,从大的方面来看,或者说,它还能"寓教于乐"地对那些酷爱流行歌曲的当代青少年进行爱国主义教育。

(二)意境的诗意化

周杰伦的音乐一向给人强烈的画面感,他善于用音符表现恬静优雅的诗意,营造出诗境般的画面,这与其学习古典音乐出身,又对古典音乐有着特别的情愫有关。因此,他非常欣赏

---

① 冯骥才:《紧急呼救——民间文化拨打120》,文汇出版社 2003 年版。

"钢琴诗人"肖邦，自己的专辑中也常以"诗人"为名来做造型。音乐的古典风格决定了周杰伦专辑中很多歌词的意境也具有古典化、诗意化的特点。这具体表现在两个方面。

1. 怀旧情绪的渲染

普希金在《生活》一诗中曾写道："一切都是瞬息，一切都会过去，而那过去了的，就会变成亲切的怀恋。"这也正道出了周杰伦专辑中浓厚的怀旧情绪。在那些歌词里，有对世事迁换的慨叹和感伤："消失的旧时光，一九四三。在回忆的路上，时间变得好慢。老街坊，小弄堂，是属于那年代白墙黑瓦的淡淡的忧伤。"（《上海一九四三》）有对逝去时光的留恋和怀想："我怀念起国小的课桌椅，怀念着用铅笔写日记，记录那最原始的美丽，记录第一次遇见的你"（《对不起》），"故事的小黄花，从出生的那年就飘着，童年的荡秋千，随记忆一直晃到现在"（《晴天》）；有对消逝情感的追思和怀念："想回到过去，试着抱你在怀里，羞怯的脸带有一点稚气"（《回到过去》）；还有对美好初恋的回味和怅惘："牵着你的手经过种麦芽糖的山坡，甜蜜的四周我低头害羞。我们愉快的梦游，我在草地上喝着麦芽糖酿的酒。"（《麦芽糖》）

其实，正如有的评论者所指出的那样："怀旧的涌现作为一种文化需求，它试图提供的不仅是在日渐多元、酷烈的现实面前的规避与想象的庇护空间；而且更重要的是一种建构。"① 现代经济社会的飞速发展和急剧变化，一方面极大地提高了人们的物质生活水平，另一方面，却也使现代人因奉行以"利益"为中心的交往原则而产生价值观"失衡"的迷失感和孤独感。"按照'现代社会交往理论'，城市中的人际交往具有两个本质特征：

---

① 戴锦华：《想象的怀旧》，载《天涯》1997年第1期。

利益性交往和非亲身性交往。前者因为极端强调功利性和实用性，从而导致'信任危机'，产生'疏离性'，使人'冷漠'。而'非亲身性交往'也产生'疏离性'，但它主要的是导致'情感危机'，使人'孤独'。"① 与此同时，生活的杂乱琐碎也不断地消磨着人们的个性，吞噬他们的理想，以上正是周杰伦专辑中歌词之怀旧意绪产生的主要原因。

然而，蔓延的怀旧情绪，却造成了周杰伦专辑中歌词意境诗意化的结果。这是因为，对往事的怀念，一方面能够使歌词充满悲情的美感，另一方面也能美化词境，增强词境的空旷感和纵深感。关于前者很容易理解：回忆美好的过去常让人产生今昔之慨，而今昔对比的落差就是悲感的根源。换句话说，得不到的永远是最好的，往事正因具有"已失去"的不可追回性，所以显得弥足珍贵。例如，"回想那一年你温柔的脸"的温馨画面，更衬托出现在的孤寂和凄凉："怎么隐藏我的悲伤，失去你的地方，你的发香散的匆忙，我已经跟不上。"（《轨迹》）往昔甜蜜的恋情，到如今却只能是："断了的弦，再弹一遍，我的世界你不在里面。我的指尖已经弹出茧，还是无法留你在我身边。"（《断了的弦》）"往事"越是"只能回味"，就越发让人留恋和感到无望，这就是怀旧情绪引发的悲剧美。至于后者，则与美学范畴的"距离美"有一定关联。朱光潜先生说："美和实际人生有一个距离，要见出事物本身的美，须把它摆在适当的距离之外去看。"② 由于距离可以带来想象和联想，而这又会对"实际人生"起到填充和补偿的作用，于是，现实形象便会因距离差异

---

① 马树春：《流行歌曲中的怀旧之情》，载《广西右江民族师专学报》2003年第10期。

② 朱光潜：《谈美》，广西师范大学出版社2004年版。

而升华，笼罩着一层超越自身实际的美丽光环。一般说来，"过去"与"现在"之间往往存在着一定的时空距离，它促使人们对记忆中的往事进行一次"理智筛选"：摒去那些"不愉快记忆"而留下印象最为深刻的"快乐记忆"，这就使得歌词的意境无形中具有了"唯美化"的审美效果。同时，从词境的构筑角度而言，"过去"与"现在"之间的转换跳跃，又跳出了时空的局限，扩展了词境空间，从而增强词境的空旷感和纵深感。

2. 情景交融的抒情模式

情和景，是传统诗歌创作中的两个重要元素。古典诗歌常常借景抒情，寓情于景，使诗情画意高度融合，由此产生了美妙的诗歌意境。周杰伦专辑中的不少歌词，也因采用了情景交融的传统创作模式，从而具有了诗味浓郁、情趣盎然的艺术感染力。

以山川风月、云雨花鸟等自然景物来抒情言志，是中国文学的一大特色，因此，自然之物也就成了诗歌中最常见的"景语"。钱穆先生就曾指出："三千年来之中国文学，无不涉及鸟兽草木。"① 周杰伦专辑里的歌词也常常缘情布景，通过描写自然景物来铺垫情节、营造氛围。有的情寓景中，如"在山腰间飘逸的红雨，随着北风凋零。我轻轻摇曳风铃，想唤醒被遗弃的爱情。雪花已铺满了地，深怕窗外枫叶已结成冰"。（《枫》）将失恋后的孤独沉寂之情融入衰败荒凉的景物之中。有的借景传情："回头看的片段，有一些风霜。老唱盘，旧皮箱，装满了明信片的铁盒里藏着一片玫瑰花瓣，黄金葛爬满了雕花的门窗。夕阳斜斜映在斑驳的砖墙，铺着榉木板的屋内还弥漫，姥姥当年酿的豆瓣酱。"（《上海一九四三》）通过对旧时代上海老家景物的描写，传递出淡淡的怀旧之情。还有的以景衬情："乌云开始遮

---

① 古风：《意境探微》，百花洲文艺出版社 2001 年版，第 233 页。

蔽，夜色不干净。公园里葬礼的回音，在漫天飞行。送你的白色
玫瑰，在纯黑的环境凋零，乌鸦在树枝上诡异的很安静，静静
听。"(《夜曲》) 以凄冷肃穆之景，渲染恋人逝去后荒芜绝望的
心情。当然，周杰伦专辑歌词中的"景语"，除了自然景物，还
包括很多人文景观，其中更有一些借助具有时尚气息的"物语"
来传情的佳作，如《浪漫手机》、《黑色毛衣》等，由于和本书
论述的内容关系不大，兹不赘述。

　　情景交融的抒情模式，一方面有助于将歌词内在的、抽象的
情感具体化，从而加强作品的形象性和生动性。另一方面，"情
融乎内而深且长"①，"寓情于景而情愈深"②，它更增强了歌词
百转千回的韵味，令人回味悠长。周杰伦专辑的歌词中使用这种
抒情模式，既是对古典文学传统的一种继承，也体现了中华民族
一脉相承的审美趣味和审美理想。

　　周杰伦专辑中歌词意境的诗意化还表现于其纯情化的情感内
涵。无论亲情、友情还是爱情，都被提纯和升华为人间的纯真之
情，这就给欣赏者以质朴而单纯的心灵感动。

　　(三) 修辞的民族化

　　周杰伦专辑中歌词的另一个突出特点就是大量使用传统的修
辞格。中华民族在情感的表达方式上，向来讲究含蓄内敛。对
此，朱光潜先生就曾指出："西诗以直率胜，中诗以委婉胜。"③
然而，当代大部分流行歌词却以"直说"为尚，抒情方式"备
足无遗"。此类歌词虽说直白易懂，听多了却不免令人乏味。因

---

　　①　谢榛:《四溟诗话》，转引自郭绍虞主编《四溟诗话　姜斋诗话》，人民文学
出版社 1961 年版。

　　②　刘熙载:《艺概》，上海古籍出版社 1978 年版。

　　③　朱光潜:《美学文学论文集》(第 1 卷)，湖南人民出版社 1980 年版，第 97
页。

此，适当地运用传统的修辞格，不仅能起到翻新出奇的效果，也使歌词具有了含蓄的韵味。在周杰伦专辑的歌词中出现的此类辞格主要有：

1. 比喻

比喻是中国传统文学中最常见的修辞格之一，历代都留下了无数比喻的佳句。而因其使用灵活——本体和喻体的选择自由，可实可虚，包罗万象；形式多样——有明喻、暗喻、借喻之分，比喻辞格在当代文学创作中也备受青睐。周杰伦专辑歌词中比喻辞格的使用往往虚实相生，或以实喻虚，或以虚喻实，从而达到了"作者得于心，览者会于意"的艺术效果。如"你的温柔像羽毛"、"你的微笑像拥抱"（《你听得到》），"思念像底格里斯河般的蔓延"（《爱在西元前》），把抽象的事物变得具体可感，增强了作品的形象性；"相爱还有别离像无法被安排的雨"（《对不起》），"雨下整夜，我的爱溢出就像雨水"，把爱情不可预知却又汹涌澎湃的特性表露无遗。再如，"院子落叶，跟我的思念厚厚一叠"，"窗台蝴蝶，像诗里纷飞的美丽章节"（《七里香》），把具体实物与美好的感觉相联系，使整首词流动着空灵而生动的韵致。将抽象虚幻的事物比做实物，或者将具体事物虚化，有助于欣赏者对歌词的理解和接受，也避免了作品呆板平淡的弊病。

孟宪爱在《汉语比喻和汉语文化》中指出："并不是在汉人的日常生活和历史上，凡是出现过的、有些关系的东西都可以拿来做比喻的。凡是汉人常用的喻体都是在汉人生活和文化上有更高价值的东西。"关于这一点，周杰伦专辑中的歌词有所突破，但是，从一些比喻里还是可以明显地看出汉文化的影子。比如，"这民族的海岸线像一支弓"、"那长城像五千年来待射的梦"（《龙拳》）、"陆羽泡的茶像幅泼墨的山水画"（《爷爷泡的茶》）等等，都带有浓郁的民族文化气息。

2. 用典

所谓用典,刘勰《文心雕龙》的解释是:"据事以类义,援古以证今。"按照陈望道《修辞学发凡》的说法,用典就是在"文中夹插先前的成语或故事"。周杰伦专辑中部分歌词也采用了这种辞格。如"只恋你化身的蝶"(《发如雪》)就用了民间传说"梁山伯与祝英台"中"化蝶"的典故;歌曲《四面楚歌》的题目即是源自楚霸王项羽的典故;《乱舞春秋》中连续出现"东汉末年黄巾军起义"、"曹操争霸天下"、"诸葛亮北伐难成"等历史故事。用典不但扩大了歌词的含量,深化了歌词内涵,而且提升了其文化品位,有助于其达到雅俗共赏的艺术效果。

3. 拟人

拟人是指把非人类的东西加以人格化,赋予他们以人类的思想感情、行动和语言能力。周杰伦专辑中的歌词为了铺排情节、渲染气氛,也经常使用拟人的修辞手法。像"一盏离愁孤单仁立在窗口"、"夜半清醒的烛火不忍苛责我"(《东风破》),突出了曲终人散的凄清和冷落。"广场一枚铜币悲伤的很隐秘,它在许愿池里轻轻叹息"、"戒指在哭泣静静躺在抽屉,它所拥有的只剩下回忆"(《对不起》),通过对"铜币"、"戒指"的拟人化描写,给人以"物犹如此,人何以堪"之感。赋予非人类之物以生命和情感,能够使歌词内容生动,语言富有新奇感和表现力,形式上也趋于多样化。

以上几种辞格在周杰伦专辑中的运用,既有对中国传统修辞手法的继承,又体现了自己的特色。需要指出的是,修辞格的运用不仅是一种民族语言现象,同时也是一种文学和文化现象,正如马林诺夫斯基所指出的那样,"语言是文化整体的一部分,但它并不是一个工具体,而是一套发音的风俗及精神文化的一部分。"① 换而言之，我们从周杰伦专辑中歌词的修辞手法的使用上，即可窥见中华民族于抒情方式上追求温柔敦厚，在话语表现中崇尚含蓄典雅的文化心理。

　　另外，周杰伦专辑中的每首歌词，几乎都使用了反复辞格。例如，歌曲高潮部分的重复，还有句子和段落之间稍加变化的反复，以及一个词在同一句子中的反复使用，如"老旧管风琴在角落一直一直一直伴奏"（《以父之名》），"蝴蝶自在飞，花也布满天，一朵一朵因你而香"（《星晴》），等等。这不仅是出于音乐回环往复之美和节奏感的需要，也能起到突出歌词中心，强调情感表达的作用。同时，周杰伦专辑中还有少量歌词运用了对偶的修辞格，如"手牵手，一步两步三步四步望着天；看星星，一颗两颗三颗四颗连成线。"（《星晴》）颇具整饬之美。从某种角度而言，反复和对偶辞格的运用正暗和了传统诗歌创作之于对称美的形式追求，体现出民族传统文化心理的迁延和积淀。

　　"歌词是遵循了自己的民族特定艺术规律而走向逐步繁荣兴旺的。"② 用这句话来概括周杰伦专辑中歌词的古典文化情结之根源最恰当不过。就如周杰伦自述的那样，"中国风"的歌曲，在他的每张专辑里都有，也许，这股蕴涵着浓厚的古典文化情韵的"中国风"，正是其歌曲能够在五光十色的流行歌坛上"特立清新之意"的重要原因。

---

　　①　马林诺夫斯基：《文化论》（中译本），中国民间文艺出版社 1987 年版。

　　②　何以：《歌词美学风韵》，广西民族出版社 1992 年版。

结 束 语

毋庸置疑，唐宋词研究在当代已成"显学"。20世纪80年代以来，关于唐宋词研究的论文大量涌现，各种学术专著、博硕士论文和单篇的研究文章层出不穷。但是，就在唐宋词研究蓬勃发展的同时，"危机"也逐渐显现——题目难有新意，"于世无补"的困惑亦时有潜生。这主要是由于研究者"为学术而研究"、"为研究而研究"的研究习惯和思维定式所致。而事实上，虽然时隔千年，古老的唐宋词，其灵魂和身影仍时时闪现在当代人的心中及文化生活中，比如，在如今响彻大街小巷，红遍大江南北的流行歌曲中，人们就会时时触摸到唐宋词的优姿倩影，感受到它的馥郁芬芳。

对于时下正如火如荼的当代流行歌曲来说，唐宋词已是明日黄花。但其飘落的花瓣并未完全枯干，它丰厚的养料，实已深入土壤。如果我们从当代流行歌曲视角对唐宋词进行重新审视和重新诠释，真正弄清属于"俗文学"的当代流行歌词与被视为"雅文学"的唐宋词的辩证关系，并将古老的唐宋词与流行歌曲作一番"古今勾连"和"比较研究"，这样的研究，就或可突破纯学术的研究而萌生新意，将唐宋词的研究引向"面向现实"与"有补于世"的新境地。

而且，适当汲取唐宋词中的有益养料，寻回被遗忘已久的

"诗意世界",也必将对当代流行歌曲的创作起到"补充"作用。毕竟,作为当代文学的重要组成部分,流行歌词应该承载着中华民族传统的文化心理和审美视角与规范,它只有体现本民族的价值观念、思想感情、风俗习惯和审美趣味,才会更具有独特的文化价值和审美意义。

主要参考资料

专　　著

刘士林：《变徵之音——大众审美中的道德趣味》，湖北人民出版社1998年版。

游国恩：《楚辞概论》，上海商务印书馆1930年版。

过常宝：《楚辞与原始宗教》，东方出版社1997年版。

王钦若等：《册府元龟》，影印文渊阁四库全书本。

蔡襄：《蔡忠惠公文集》，四部丛刊本。

石介：《徂徕石先生文集》，中华书局1984年版。

杨朝英选：《朝野新声太平乐府》，中华书局1958年版。

郭绍虞：《沧浪诗话校释》，人民文学出版社1961年版。

张思岩辑：《词林纪事》，成都古籍书店1982年版。

徐釚编著：《词苑丛谈》，人民文学出版社1988年版。

唐圭璋编：《词话丛编》，中华书局1986年版。

王易：《词曲史》，江苏教育出版社2005年版。

龙榆生：《词曲概论》，上海古籍出版社1980年版。

龙榆生：《词学十讲》，北京出版社2005年版。

吴世昌：《词林新话》，北京出版社1991年版。

刘尧民：《词与音乐》，云南人民出版社1982年版。

罗忼烈：《词学杂俎》，巴蜀书社 1990 年版。

王小盾、杨栋主编：《词曲研究》，湖北教育出版社 2004 年版。

施议对：《词与音乐关系研究》，中国社会科学出版社 1985 年版。

金循华、万玉兰编著：《词林遗事》，辽宁教育出版社 1986 年版。

邵培仁：《传播学》，高等教育出版社 2000 年版。

汤亚汀：《城市音乐景观》，上海音乐学院出版社 2005 年版。

任二北：《敦煌曲初探》，上海文艺联合出版社 1954 年版。

任二北：《敦煌歌辞总编》，上海古籍出版社 1987 年版。

孟元老等著：《东京梦华录　都城纪胜　西湖老人繁胜录　梦粱录　武林旧事》，中国商业出版社 1982 年版。

苏轼：《东坡诗话全编笺评》，西南师范大学出版社 1996 年版。

俞平伯：《读词偶得》，上海书店 1984 年版。

《第一届词学国际研讨会论文集》：台北中研院中国文哲研究所筹备处 1994 年版。

李名方主编：《得体修辞学研究》，河海大学出版社 1999 年版。

黄会林、尹鸿主编：《当代中国大众文化研究》，北京师范大学出版社 1998 年版。

高小康：《大众的梦——当代趣味与流行文化》，东方出版社 1993 年版。

朱弁：《风月堂诗话》，中华书局 1988 年版。

［朝鲜］郑麟趾：《高丽史》，朝鲜劳动新闻出版社印刷所

1957 年版。

欧阳修撰：《归田录》，三秦出版社 2003 年版。

周密：《癸辛杂识》，中华书局 1997 年版。

许自强：《歌词创作美学》，首都师范大学出版社 2000 年版。

何以：《歌词美学风韵》，广西民族出版社 1992 年版。

班固：《汉书》，中华书局 1962 年版。

马其昶：《韩昌黎文集校注》，上海古籍出版社 1986 年版。

罗大经：《鹤林玉露》，中华书局 1997 年版。

华钟彦注：《花间集注》，中州书画社 1983 年版。

杨世明：《淮海词笺注》，四川人民出版社 1984 年版。

黄昇：《花庵词选》，中华书局 1958 年版。

刘克庄：《后村诗话》，中华书局 1983 年版。

陈师道：《后山谈丛》，影印文渊阁四库全书本。

胡适：《胡适作品集》，台北远流出版公司 1986 年版。

胡适：《胡适古典文学研究论集》，上海古籍出版社 1988 年版。

萧涤非：《汉魏六朝乐府文学史》，人民文学出版社 1984 年版。

诸葛忆兵：《徽宗词坛研究》，北京出版社 2001 年版。

高锋：《花间词研究》，江苏古籍出版社 2001 年版。

刘昫等：《旧唐书》，中华书局 1974 年版。

朱熹：《集注楚辞集注》，上海古籍出版社 1979 年版。

薛用弱：《集异记》，中华书局 1980 年版。

李心传：《建炎以来系年要录》，丛书集成本。

龙榆生编选：《近三百年名家词选》，上海古籍出版社 1979 年版。

黄霖：《近代文学批评史》，上海古籍出版社 1993 年版。

叶嘉莹：《迦陵论词丛稿》，上海古籍出版社 1980 年版。

王玫：《建安文学接受史论》，上海古籍出版社 2005 年版。

冯骥才：《紧急呼救——民间文化拨打 120》，文汇出版社 2003 年版。

老子：《老子》，影印文渊阁四库全书本。

李白：《李太白全集》，中华书局 1977 年版。

柳宗元：《柳河东集》，上海人民出版社 1974 年版。

刘禹锡：《刘禹锡集》，中华书局 1990 年版。

王安石：《临川集》，四部丛刊本。

王柏：《鲁斋集》，影印文渊阁四库全书本。

王仲闻校注：《李清照集校注》，人民文学出版社 1979 年版。

程千帆、吴新雷：《两宋文学史》，上海古籍出版社 1991 年版。

吴相洲、王志远编：《历代词人品鉴辞典》，北京大学出版社 1996 年版。

郭绍虞、王文生主编：《历代文论选》，上海古籍出版社 2001 年版。

何文焕：《历代诗话》，中华书局 2004 年版。

王运熙：《六朝乐府与民歌》，古典文学出版社 1957 年版。

龙榆生：《龙榆生词学论文集》，上海古籍出版社 1997 年版。

鲁迅：《鲁迅全集》，人民文学出版社 1982 年版。

王铚、王林：《默记·燕翼诒谋录》，中华书局 1981 年版。

吴自牧：《梦粱录》，三秦出版社 2004 年版。

沈括：《梦溪笔谈》，中华书局 1957 年版。

侯忠义主编：《明代小说辑刊第 2 辑》，巴蜀书社 1995年版。

茅盾：《茅盾文艺杂论集》，上海文艺出版社 1981 年版。

李泽厚：《美的历程》，文物出版社 1982 年版。

杜东枝编：《美·艺术·审美》，云南大学出版社 1990年版。

［德］黑格尔：《美学》，商务印书馆 1995 年版。

［德］席勒：《美育书简》，中国文联出版公司 1984 年版。

马令：《南唐书》，影印文渊阁四库全书本。

徐渭：《南词叙录》，《诵芬室丛刊》二编本。

李新灿：《女性主义观照下的他者世界》，中国社会科学出版社 2001 年版。

欧阳修：《欧阳修全集》，中华书局 1992 年版。

［德］康德：《判断力批判》，商务印书馆 1964 年版。

王骥德：《曲律》，《诵芬室丛刊》二编本。

李修生主编：《全元文》，江苏古籍出版社 1997 年版。

曾昭岷等编：《全唐五代词》，中华书局 1999 年版。

唐圭璋编：《全宋词》，中华书局 1999 年版。

朱丽霞：《清代辛稼轩接受史》，齐鲁书社 2005 年版。

藤咸惠校注：《人间词话校注》，齐鲁书社 1986 年版。

［日本］胡伊青加著：《人：游戏者》，贵州人民出版社 1998 年版。

吴灿华、詹万生：《人生哲学》，北京师范大学出版社 1987年版。

《诗经》，影印文渊阁四库全书本。

阮元：《十三经注疏》，中华书局 1980 年版。

魏徵寿：《隋书》，中华书局 1973 年版。

张唐英：《蜀梼杌》，丛书集成本。

佚名：《十国故事》，影明刻本历代小史本。

吴任臣：《十国春秋》，中华书局1983年版。

江少虞：《宋朝事实类苑》，上海古籍出版社1981年版。

脱脱等撰：《宋史》，中华书局1977年版。

陈邦瞻撰：《宋史纪事本末》，中华书局1977年版。

徐松：《宋会要辑稿》，中华书局1957年版。

邵博：《邵氏闻见后录》，中华书局1983年版。

陈元靓：《岁时广记》，影印文渊阁四库全书本。

陶宗仪：《说郛三种》，上海古籍出版社1988年版。

陈元靓：《事林广记》，中华书局1999年版。

高承：《事物纪原》，影印文渊阁四库全书本。

蔡正孙：《诗林广记》，中华书局1982年版。

张綖：《诗余图谱》，影印文渊阁四库全书本。

纪昀等撰：《四库全书总目》，中华书局2003年版。

徐士銮：《宋艳》，浙江古籍出版社1987年版。

王国维：《宋元戏曲史》，华东师大出版社1995年版。

钱钟书：《宋诗选注》，人民文学出版社1958年版。

张宏生：《宋诗》，上海古籍出版社2001年版。

《宋元笔记小说大观》，上海古籍出版社2001年版。

王水照等：《宋代文学通论》，河南大学出版社1997年版。

苏晋仁、萧炼子校注：《宋书乐志校注》，齐鲁书社1982年版。

叶德均：《宋元明讲唱文学》，三杂出版社1953年版。

唐圭璋编著：《宋词纪事》，上海古籍出版社1982年版。

施蛰存、陈如江辑录：《宋元词话》，上海书店出版社1999年版。

张思齐：《宋代诗学》，湖南人民出版社 2000 年版。

胡云翼：《宋词研究》，巴蜀书社 1989 年版。

薛砺若：《宋词通论》，上海书店 1985 年版。

缪钺：《诗词散论》，上海古籍出版社 1982 年版。

詹安泰：《宋词散论》，广东人民出版社 1980 年版。

沈祖棻：《宋词赏析》，上海古籍出版社 1980 年版。

谢桃坊：《宋词辨》，上海古籍出版社 1999 年版。

沈家庄：《宋词的文化定位》，湖南人民出版社 2005 年版。

张惠民：《宋代词学审美理想》，人民文学出版社 1995年版。

史双元：《宋词与佛道思想》，今日中国出版社 1992 年版。

李啸仓：《宋元伎艺杂考》，上杂出版社 1953 年版。

朱瑞熙：《宋代社会研究》，中州书画社 1983 年版。

周宝珠：《宋代东京研究》，河南大学出版社 1992 年版。

陈少峰：《宋明理学与道家哲学》，上海文化出版社 2001年版。

艾治平：《诗词抉微》，湖南人民出版社 1984 年版。

王水照、朱刚：《苏轼评传》，南京大学出版社 2004 年版。

中国俗文学学会编：《俗文学论》，黑龙江人民出版社 1987年版。

［德］齐奥尔格·西美尔：《时尚的哲学》，文化艺术出版社 2001 年版。

吕树坤编著：《诗词趣话与诗词格律》，中国文联出版公司 1991 年版。

席鸿泥主编：《谁是宋词》，中国戏剧出版社 2005 年版。

李山：《诗经的文化精神》，东方出版社 1997 年版。

谢晋青：《诗经之女性的研究》，商务出版社 1924 年版。

杜佑：《通典》，中华书局 1988 年版。

李肇：《唐国史补》，上海古籍出版社 1979 年版。

周勋初校：《唐语林校证》，中华书局 1987 年版。

胡仔：《苕溪渔隐丛话》，人民文学出版社 1984 年版。

郭绍虞主编：《四溟诗话·姜斋诗话》，人民文学出版社 1961 年版。

龙榆生编选：《唐宋名家词选》，上海古籍出版社 1980 年版。

金性尧注：《唐诗三百首新注》，上海古籍出版社 1993 年版。

《唐五代笔记小说大观》，上海古籍出版社 2000 年版。

金启华等编：《唐宋词集序跋汇编》，江苏教育出版社 1990 年版。

唐圭璋、缪钺等撰写：《唐宋词鉴赏辞典》，上海辞书出版社 1988 年版。

夏承焘：《唐宋词欣赏》，百花文艺出版社 1980 年版。

夏承焘：《唐宋词论丛》，上海古典文学出版社 1956 年版。

吴熊和：《唐宋词通论》，浙江古籍出版社 1985 年版。

吴熊和：《唐宋词汇评》，浙江教育出版社 2004 年版。

刘永济：《唐五代两宋词简析》，上海古籍出版社 1981 年版。

叶嘉莹：《唐宋词名家论稿》，河北教育出版社 2001 年版。

杨海明：《唐宋词史》，天津古籍出版社 1998 年版。

杨海明：《唐宋词与人生》，河北人民出版社 2002 年版。

杨海明：《唐宋词美学》，江苏教育出版社 1998 年版。

杨海明：《唐宋词纵横谈》，苏州大学出版社 1994 年版。

杨海明：《唐宋词论稿》，浙江古籍出版社 1988 年版。

［日本］青山宏：《唐宋词研究》，北京大学出版社 1995年版。

［日本］村上哲见：《唐五代北宋词研究》，陕西人民出版社 1987 年版。

刘扬忠：《唐宋词流派史》，福建人民出版社 1999 年版。

王兆鹏：《唐宋词史论》，人民文学出版社 2000 年版。

邓乔彬：《唐宋词美学》，齐鲁书社 1993 年版。

王昆吾：《唐代酒令艺术》，东方出版中心 1996 年版。

沈松勤：《唐宋词社会文化学研究》，浙江大学出版社 2000年版。

王晓骊：《唐宋词与商业文化关系研究》，中国社会科学出版社 2004 年版。

朱光潜：《谈美》，广西师范大学出版社 2004 年版。

王明居：《通俗美学》，安徽教育出版社 1985 年版。

刘勰：《文心雕龙》，北京燕山出版社 2001 年版。

温庭筠著：《温飞卿诗集笺注》，上海古籍出版社 1980年版。

夏竦：《文庄集》，影印文渊阁四库全书本。

马端临：《文献通考》，中华书局 2006 年版。

胡问涛校：《王昌龄集编年校注》，巴蜀书社 2000 年版。

闻一多选：《闻一多选唐诗》，岳麓书社 1986 年版。

张德祥：《王朔批判》，中国社会科学出版社 1993 年版。

吴晟：《瓦舍文化与宋元戏剧》，中国社会科学出版社 2001年版。

刘晶雯整理：《闻一多诗经讲义》，天津古籍出版社 2005年版。

欧阳修：《新五代史》，中华书局 1974 年版。

欧阳修：《新唐书》，中华书局 1975 年版。

李焘：《续资治通鉴长编》，上海古籍出版社 1986 年版。

毕沅编著：《续资治通鉴》，中华书局 1957 年版。

僧文莹：《湘山野录》，中华书局 1984 年版。

高晦叟：《席珍放谈》，丛书集成本。

李渔：《闲情偶寄》，时代文艺出版社 2001 年版。

夏承焘：《夏承焘集》，浙江古籍出版社 1997 年版。

罗钢、王中忱：《消费文化读本》，中国社会科学出版社 2003 年版。

《心理学百科全书》，浙江教育出版社 1995 年版。

赵士林：《心学与美学》，中国社会科学出版社 1992 年版。

张晶：《心灵的歌吟——宋代词人的情感世界》，河北大学出版社 2001 年版。

周发祥：《西方文论与中国文学》，江苏教育出版社 1997 年版。

吉联抗译注：《西汉论乐文字辑译》，人民音乐出版社 1980 年版。

周晓虹：《现代社会心理学》，上海人民出版社 1997 年版。

徐陵编：《玉台新咏》，影印文渊阁四库全书本。

洪迈：《夷坚志》，中华书局 1981 年版。

沈作喆：《寓简》，影印文渊阁四库全书本。

邵雍：《伊川击壤集》，学林出版社 2003 年版。

刘熙载：《艺概》，上海古籍出版社 1978 年版。

叶燮：《原诗》，人民文学出版社 1979 年版。

隋树森：《元人散曲论丛》，齐鲁书社 1986 年版。

李剑锋：《元前陶渊明接受史》，齐鲁书社 2002 年版。

罗根泽：《乐府文学史》，东方出版社 1996 年版。

王汝弼：《乐府散论》，陕西人民出版社 1984 年版。

张永鑫：《汉乐府研究》，江苏古籍出版社 1992 年版。

周云龙：《倚声艺术新论》，南海出版公司 1997 年版。

关颖：《摇滚王族》，三联书店 1995 年版。

吴善翎：《言外集》，广西民族出版社 1992 年版。

［法］贾克·阿达利：《音乐的政治经济学》，上海人民出版社 2000 年版。

左丘明：《左传》，中华书局 2002 年版。

司马光等：《资治通鉴》，上海古籍出版社 1987 年版。

罗烨：《醉翁谈录》，古典文学出版社 1957 年版。

陈振孙：《直斋书录解题》，上海古籍出版社 1987 年版。

朱熹：《朱子语类》，影印文渊阁四库全书本。

周敦颐：《周子通书》，上海古籍出版社 2000 年版。

周德清：《中原章韵》，元刻本。

郑振铎：《中国俗文学史》，商务印书馆 2005 年版。

袁行霈主编：《中国文学史》，高等教育出版社 1999 年版。

中国社会科学院文学研究所编：《中国文学史》，人民文学出版社 1985 年版。

刘大杰：《中国文学发展史》，上海古籍出版社 1997 年版。

章培恒：《中国文学史》，复旦大学出版社 1997 年版。

鲁亦冬：《中国宋辽金夏经济史》，人民出版社 1994 年版。

袁行霈：《中国诗歌艺术研究》，北京大学出版社 1996 年版。

胡云翼：《中国词史大纲》，北新书局 1933 年版。

朱谦之：《中国音乐文学史》，北京大学出版社 1989 年版。

杨荫浏：《中国古代音乐史稿》，人民音乐出版社 1981 年版。

方智范等：《中国词学批评史》，中国社会科学出版社 1994 年版。

陈炯：《中国文化修辞学》，江苏古籍出版社 2001 年版。

［日本］加藤繁：《中国经济史考证》，台湾华世出版社 1981 年版。

《中国大百科全书》，中国大百科全书出版社 1991 年版。

乌丙安：《中国民俗学》，辽宁大学出版社 1985 年版。

祝肇年：《中国戏曲》，作家出版社 1962 年版。

许金榜：《中国戏曲文学史》，中国文学出版社 1994 年版。

张思齐：《中国接受美学导论》，巴蜀书社 1989 年版。

马兴荣主编：《中国词学大辞典》，浙江教育出版社 1996 年版。

朱光潜：《朱光潜美学文集》，上海文艺出版社 1982 年版。

杨海明：《张炎词研究》，齐鲁书社 1989 年版。

［德］伽达默尔：《真理与方法》，上海译文出版社 1999 年版。

孟繁华：《众神狂欢——当代中国的文化冲突问题》，今日中国出版社 1997 年版。

［希腊］亚里士多德：《政治学》，商务印书馆 1996 年版。

论　文

谢桃坊：《再论宋代民间词》，载《贵州社会科学》1987 年第 4 期。

陈茜、谢海光：《从流行歌曲解读当代青年文化倾向》，载《思想·理论·教育》1995 年第 2 期。

洛克：《多写些音乐少造些新词》，载《音乐周报》1996 年第 10 期。

耿文婷：《论新时期流行歌曲的文化属性》，载《辽宁师范大学学报》1999 年第 1 期。

刘水平：《文化变迁：精英艺术与大众文化》，载《文艺评论》2004 年第 1 期。

韩经太：《宋词与宋世风流》，载《社会科学》1994 年第 6 期。

方行：《中国封建地租与商品经济》，载《中国经济史研究》2002 年第 2 期。

曹勇军：《与流行歌曲共舞》，载《中国青年研究》1999 年第 4 期。

沈松勤：《唐宋词体的文化功能与运行系统》，载《文学评论》2001 年第 4 期。

刘扬中：《北宋时期的文化冲突与词人的审美选择》，载《湖北大学学报》1998 年第 3 期。

徐放鸣：《论美学范畴的学科特性》，载《学术月刊》1993 年第 7 期。

高克勤：《宋代文学研究的突破》，载《复旦学报》1998 年第 4 期。

龙登高：《南宋临安的娱乐市场》，载《历史研究》2002 年第 5 期。

陶东风：《世俗化时代文艺的消遣娱乐性》，载《文艺争鸣》1996 年第 3 期。

木斋：《论应制应歌对飞卿体的促成》，载《东方论坛》2004 年第 6 期。

余恕诚：《南唐词人的创作及其在词史演进中的地位》，载《安徽师范大学学报》2000 年第 8 期。

田玉琪：《柳永用调究竟有多少》，载《中国韵文学刊》2003 年第 2 期。

沈祖棻：《苏轼与词乐》，载《徐州师院学报》1978 年第 1 期。

彭根发：《近年来歌曲艺术的"软化"现象》，载《人民音乐》1987 年第 1 期。

花建：《受众心理研究》，载《毛泽东邓小平理论研究》1996 年第 1 期。

张汝伦：《乡愁》，载《天涯》1997 年第 8 期。

费良华：《流行歌曲歌词的语法规范问题》，载《白城师范高等专科学校学报》2002 年第 3 期。

钟一：《挑剔排行榜》，载《音乐周报》1996 年第 7 期。

蒋一民：《论音乐审美的低级趣味》，载《人民音乐》1985 年第 4 期。

欧阳墨君：《流行歌词流行什么》，载《江海侨声》1999 年第 6 期。

韩经太：《诗意生存的精神传统及其现代意义》，载《求索》2002 年第 3 期。

杨光进：《为流行音乐把脉》，载《音乐天地》1999 年第 5 期。

晨枫：《歌词艺术面临的课题》，载《音乐天地》1999 年第 2 期。

池莉：《我写〈烦恼人生〉》，载《小说选刊》1998 年第 2 期。

晨枫：《歌词艺术面临的课题》，载《音乐天地》1999 年第 2 期。

马树春：《你知道我在等你吗：流行歌曲中的怀旧之情》，《广西右江民族师专学报》2003 年第 10 期。

后　记

　　衷心感谢我的导师杨海明先生，几年来，他以诲人不倦的精神引导我走上学术研究之路，恩师渊博的专业知识、严谨的治学态度、精益求精的工作作风和朴实无华、正直宽厚的长者风范不仅使我在学术上受益良多，还使我明白了许多为人处世的道理，将永远是我人生的楷模。

　　我还要感谢同门的王晓骊师姐和曹辛华师兄，他们在本书的写作过程中，给了我许多热心指点、肯定和鼓励，尤其在章节的安排和结构的调整上提出了很多建设性的意见。

　　论文完成以后，复旦大学王水照教授、南京师范大学钟振振教授、苏州大学王英志教授、曹林娣教授，以及马亚中、马卫中教授审阅了论文并参加了答辩，他们的建议给我以很大的启发和帮助，在此对他们也致以深深的谢意。

　　特别感谢本书的责任编辑冯斌先生。冯先生与我素昧平生，却始终给予耐心的指导和无私的帮助，提出很多宝贵意见，使本书得以面世。

　　最后，我还要感谢培养我长大的父母，和一直支持、鼓励我的爱人徐英泽，谢谢你们！

　　人生之路和治学之路都很漫长，我将抱持始终如一的态度继续求索。

宋秋敏

2009 年 4 月